大周互娱
DA ZHOU HU YU

所有瞬间都是你

都是你

All the
moment
is you

NA XIA / WORKS

那夏 / 著

百花洲文艺出版社
BAIHUAZHOU LITERATURE AND ART PRESS

图书在版编目（CIP）数据

所有瞬间都是你 ／ 那夏著. —南昌：百花洲文艺
出版社，2019.3
ISBN 978-7-5500-2200-3

Ⅰ．①所… Ⅱ．①那… Ⅲ．①言情小说—中国—当代
Ⅳ．①I247.5

中国版本图书馆CIP数据核字（2019）第027702号

出 版 者 百花洲文艺出版社
社 址 江西省南昌市红谷滩世贸路898号博能中心Ⅰ期A座20楼 邮编：330038
电 话 0791-86895108（发行热线） 0791-86894790（编辑热线）
网 址 http://www.bhzwy.com
E-mail bhzwy0791@163.com

书 名 所有瞬间都是你
 SUOYOU SHUNJIAN DOU SHI NI
作 者 那 夏
出 版 人 姚雪雪
出 品 人 周 政
特约监制 曾筱佳
责任编辑 袁 蓉 刘玉芳
特约编辑 陈 思
封面设计 小 鱼
版式设计 李映龙
封面绘制 小黑牙
经 销 全国新华书店
印 刷 湖南天闻新华印务有限公司
开 本 880mm×1230mm 1/32
印 张 10
字 数 348千字
版 次 2019年3月第1版
印 次 2019年3月第1次印刷
书 号 ISBN 978-7-5500-2200-3
定 价 38.00元

赣版权登字：05-2019-30

目录
CONTENTS

婚姻也许无趣

还好你很好玩

——

送给我的先生

婚礼那天，休息室的落地窗外是一抹微妙的蓝。不是钴蓝，也不是靛青，不是任何一种叫得出名字的蓝色。它像极了那种因放久而变干的美术颜料，被温水强行兑开，大片大片地晕染，却无论如何都铺展不均。

林粤懒洋洋地半倚在沙发上，纳罕地看了好一会儿天，又低头看了一眼表，仪式要开始了，她必须得起来做最后的准备，为了迎接一个崭新的开始。

她打开首饰盒，迅速扫了一眼码放整齐的项链，包括叶慎安上月特地陪她选的那条。最后，毫不犹豫地拿起了最不起眼的那条。

水滴形的红宝石以最简单的工艺镶嵌，质感有余，却不够时髦，像上了年代的古董款式，和她今天的礼服完全不搭。但没关系，她喜欢。万事万物，只要她喜欢就够了。

她撩起颈后的头发，微微垂首，试图将链子扣上，就听见门外急促的敲门声。

"门没锁，进来。"

伴娘之一的夏筱筱一开门，便把包包丢在地上，苍白着脸躬身，一双手扶在膝盖上，喘了半天，也没喘出个所以然。

林粤的神经隐隐跳动了一下，沉声开口："怎么了？"

夏筱筱这会儿总算顺上了气："叶……叶慎安那个超级大浑球，真是浑得没边儿了！这种时候手机竟然关机了！关！机！了！"

"距仪式开始还有多久？"

"五十分钟。"

"我知道了，我们一起走一趟吧。"

"去……去哪里？！"

"能去哪里，当然是找新郎。"

"你……"夏筱筱默默擦了把额头的细汗，将视线投向她脚上的三寸高跟，"要不要先换双鞋？"

"不用。"林粤说着从化妆盒里拽出一根皮圈，边走边绑住已经卷好定型的长发，"行了，我们走吧。"

同一时间，数十米开外的婚礼现场鲜花环绕、气球缤纷，通往仪式区的艳红地毯上铺满了保加利亚玫瑰的花瓣，上千只鸽子即将被放飞，所有人都等待着为一对新人献上祝福——如果他们能及时赶到的话。

第一章

命运

"我要结婚了，和叶慎安。"

三个月前，地点是三人常常聚会的那家咖啡厅，原本大家还在聊着林栩突然离婚的事情，不知怎的，林粤忽然话锋一转，宣布自己的婚讯。

坐在她对面的林栩听罢惊得险些背过气去，想不到自己的堂姐一路聪明到大，竟会一夕之间失了智："姐，我没听错吧！这是大伯为着那个酒店要把你卖了，你还开开心心去帮他数钱的意思？那可是叶慎安啊！只懂吃喝玩乐的真废柴！"

林粤呷了一口咖啡，没应声。但看她的眼神就像在关爱智障。

林栩胸口堵得慌，觉得必须拉上个人帮腔，转头望着夏筱筱："筱筱，别顾着吃了！你倒是也说两句啊！"

"说什么？"夏筱筱茫茫然抬头，嘴里还包着半块没来得及吃完的苹果派，"小粤结婚的事吗？没关系，小粤想要嫁给谁，我都支持，不过，首席伴娘必须是我。"

果不其然，一旁的林粤露出了满意的微笑。

拉闸！林栩一拍脑门，总算明白这两人为啥能踏破阶级的天花板从大学好到现在了，夏筱筱就是林粤的脑残粉啊！

偶像说什么都对！但她可没这么脑残："姐，结婚不是儿戏，我这个前车之鉴就摆在你眼前，扪心自问，你觉得自己足够了解叶慎安吗？我可是听说……"

不等她说完，林粤打断她："我们是高中同学。"

"哈？我之前怎么没听你说过？！"

"现在不说了么。"

林粤的视线轻飘飘地滑过她的脸，含着些许笑意，更多是气势夺人的笃定："你相信我吗？"

"相……相信。"被她这么一看，林栩话都说不利索了。

"所以，这可不是什么悲伤的联姻，是我自己选择的命运。"

林栩默了片刻："那，你们地方定了吗？"

"还没来得及，日子昨天才定下，下下个月。"

"我办婚礼那里倒是很美，我当初选了很久……如果你不嫌弃我离婚了不吉利，我可以帮你联系。"

"好。"

"姐姐……"林栩欲言又止，又抬起头看了看自己这位被公认人生开了挂的姐姐，最后还是摇摇头，"不，没什么了。"

下午茶喝完，夏筱筱突然接到一通电话，临时被叫回单位加班。

林粤笑着跟她挥手："伴娘服的款式，回头有空了再发你选。"

"嗯！"

林粤叫来服务生买单，顺便问林栩："刚见你没开车，要送你回去吗？"

林栩脸色惊变："不，我不回家！"

知道她离婚的事还瞒着二叔，林粤想了想："那去我家坐坐？不过，这种事拖得了一时，拖不了一世，你还是尽早跟二叔交代清楚吧。"

一路上，平日里叽叽喳喳的林栩难得沉默。一方面是因为林粤刚才的话，另一方面则是因为她实在不看好这段即将开始的婚姻。哪怕林粤笃定这不会是一桩悲剧，但对方可是叶慎安啊！这人她虽见得不多，但传闻却听了不少，完全是实打实的纨绔富二代。虽说学历尚可，但毕业回国后却一直处于消极怠工的状态，爱好是跟几个富二代一起打牌。那些人里头有个叫周世嘉的，她刚好也认识。

反观她的姐姐，则是业界精英的典范，非但自己从家里独立出去创立了酒庄，平日对家里的事业也是尽心尽力帮衬，从没出过任何岔子。

今天如果不是林粤亲口告诉她这个消息，她大概会觉得是自己在做梦。

世悦酒店是两家人合作筹备了很久的项目，想要以这样的形式绑定利益无可厚非，但这样八竿子打不着的两个人，真能顺利结婚吗？

虽说姐姐是决定了就会坚持做到的女人，但叶慎安这种人，睡一觉起来反悔了也不是不可能……

林栩不禁悄悄地叹了声气。

婚礼当天。

在林粤的要求下，婚礼流程被缩至最短。

清晨六点，林粤推开休息室的门，造型师已准时候在那里。

"你好。"她微微颔首，边说边将身上的西装外套脱下，挂在衣架上。

"怎么新娘还带着行李箱？"嘀咕的是造型师的助理，按理说，所有需要穿戴的东西，早已在前一天运到了酒店。

"哦，"林粤低头瞥了一眼脚边的拉杆箱，"明天我还有工作。"

"不度蜜月？"

在场除了夏筱筱一脸淡定，众人不约而同投来惊诧的目光。

林粤不由皱眉："婚姻法有规定结婚必须去度蜜月吗？如果没有的话，我们可以开始了。"

"眼影要香槟色系。"

"阴影不要太重。"

"唇膏用我带来的就可以。"

一开始上妆，造型师便深刻地意识到，眼前的人，比所有人都清楚，想要成为一个怎样的新娘。

妆发顺利完成，然后是换纱。结束这一切，林粤走到镜前端详了自己一番，微笑道："我很满意，谢谢！接下来的时间，烦请各位去隔壁房间稍事休息，服务员已经为大家准备好了茶点。"

"那你呢？"林栩好奇地问。

"我想自己待一会儿。"说罢，林粤大步走向沙发，舒舒服服坐下了。

窗外的天空是一种叫不出名字的蓝色，万里无云，晴碧如洗——这是她的大喜之日。而她的新郎，此刻应该正在赶来的路上。

休息室的门缓缓阖上了，林粤一只手臂微曲着，撑在沙发柔软的扶手上，双眼半眯着，嘴边漾起了一抹不易觉察的甜蜜笑容。

能如愿嫁给自己喜欢的人，大概世界上没有人会不为此雀跃吧。

仪式前四十五分钟。

踩着高跟鞋的林粤健步如飞，好不容易跟上的夏筱筱帮着按了电梯。两

/ 所有瞬间都是你 /

人走进去，谁也没说话。

电梯下行，林粤的视线无意间扫过夏筱筱怀中那个胀鼓鼓的包："你今天怎么带这么大个包？"

"这个？"夏筱筱侧过脸神秘一笑，"这是为你准备的百宝箱。"

"哈，"林粤失笑，脸上紧绷的线条微微放松了一些，"所以我才说，他们都不了解真正的你。"

"真正的我？"夏筱筱水汪汪的杏眼望着她。

"对，就是这种无辜的眼神，就连栩栩都被你骗过去了呢。"

"什么眼神？"

"算了，反正我知道。"

"叮"一声，电梯门开了，林粤率先走出去："走啦。"

"我知道的哦，"暖色的灯光下，夏筱筱微微歪着头，脸上笑盈盈的，"哪怕全世界都觉得你不可能喜欢叶慎安，但我就是知道，你超级喜欢他，所以才会嫁给他。"

林粤微微一怔，旋即笑："那还不赶紧陪我去把老公找来！"

叶慎安不会逃婚。虽然不知道他眼下去了哪里，但唯有这一点，她能够肯定。

这种脑子缺根筋的事，程家那个冷口冷面的大少爷逼急了也许做得出来，但叶家这个成天嘻嘻哈哈的小儿子可做不了。

某种意义上来说，叶慎安是最拎得清的人。所以，才会同意这桩婚事。

不知怎的，她忽然想起林栩之前问她的话："你觉得自己足够了解叶慎安吗？"

她当然了解他，比她所知道的，多得多。

只是……林粤眉心攒紧，抬手又看了一眼手表，还有四十分钟，她不由得加快脚步。

"这天气，竟然比看上去冷多了呢。"跟在后头的夏筱筱望了眼蓝得古怪的天，小声嘟囔。

林粤匆匆回头，正要说话，便听见草坪那一头的水泥道上传来一阵跑车引擎熄火的声音。

夏筱筱自然也听见了，两人不约而同朝那个方向看过去。

车门悠悠被推开，身着礼服的男人先探出一只脚，而后是半个身子。

林粤注意到，那身衣服非黑非白，而是浅浅的月白色，面料隐约还镶着

/ 所有瞬间都是你 /

暗纹，款式也是最浮夸的燕尾。

骚包！她心道，惴惴的心情逐渐明朗了起来。

这身衣服跟他的气质极配，之前她没工夫去陪他选礼服，本以为他会穿件黑漆漆的礼服来，没想到竟然有惊喜。

走下车的叶慎安捂嘴打了个长长的呵欠，一双桃花眼随之眯成两条缝。因为侧着身，林粤只能看见他的半边脸，眼下那挺拔的鼻梁和微翘的唇角完全融于逆光之中，只显出轮廓分明的剪影。

有风吹动他的衣摆，叶慎安慢悠悠转过脸，眼角微微上挑，柔和的眸光中似撩人的星光闪动："怎么你们都跑到外头来吹风了啊？"

夏筱筱听罢"啧"了一声，转头看林粤："你未来老公可真有意思，不像来结婚，倒像来郊游。你的口味……还真是特别。"

林粤不动声色地弯起嘴角："你见我喜欢过不特别的东西吗？"

那边叶慎安已锁好车，朝这边走来。

近身，他认认真真打量了林粤一遍，眼神似有话要说。

林粤心领神会，以为他要配合着今天的场合夸自己几句，没想到叶慎安眉一拧、拳一握："对了，你有充电宝吗？"

？？？

饶是林粤，也为之一愣。刚才余下的那点儿忧虑，也跟着烟消云散了。

旁边的夏筱筱强忍着笑，从包里摸出个充电宝递过去："这位新郎，别怪我没提醒你啊，婚礼马上要开始了哦！你的伴郎团呢？"

"啊！他们应该到了吧？"叶慎安一拍脑门，看样子是真把这事给忘了，"我这不手机没电了吗，刚赶到，也没法打电话确认。"

"昨晚你没充电？"夏筱筱咂舌，这人是多不靠谱啊。

"哎！"叶慎安赶紧挤出个痛心疾首的表情，"你可别提了，我爸最近养的那只蠢狗，半夜不知道什么时候钻进了我的房间，直接把充电线给咬断了，没充上。"

他说罢把手机充上电，这才再看林粤，眼光蓦地一亮："欸，别说，你今儿这身可真好看！不过这项链，怎么不是我上月陪你买的那条？款式似乎不太配啊……不过，也无所谓啦。"他顿了顿，不以为意抻了抻胳膊，说："你喜欢就行。"

林粤微笑着，没说话。

"得去现场了。"夏筱筱看了看时间，催促他们。

"走了走了。"叶慎安自然而然挽起林粤的手臂，走了两步，却停下来，"你穿这么高的鞋跟，踩着草地，累不累啊？"

林粤想了想，点头："累，所以我们得走快点。"

大厅内。

庄严的音乐声奏起，林家的一家之主林伟庭踩着红毯，亲自挽着自己的独生女走向仪式区，将林粤的手交到叶慎安手中。大约是一时激动想起了早逝的夫人，到动情处，铁血如林伟庭也倏然红了眼眶。

可爱的花童将花瓣撒向天空，门口整齐站立的放鸽人齐齐放飞白鸽，在众人的欢呼与祝福声中，叶慎安垂首亲吻林粤……主婚人宣布礼成。

林粤在这一刻，正式成为了他叶慎安的合法妻子。

"从今往后，你们不论彼此疾病或是健康、富有或贫穷，都应忠于对方，直到离开这个世界……"主婚人的声音依稀回荡在耳畔，叶慎安望天，大概，是这样的吧？

之所以有这种困惑，不是因为他怀抱着儿戏的心态，而是直到现在，他都搞不懂他新婚的老婆。从前他和林粤做同学的时候，他就不太搞得懂她，可往后又大不一样了，林粤变成了他的妻子。搞不懂的朋友和搞不懂的老婆，到底是两回事。

大概发现叶慎安在走神，林粤的手绕过身后，轻轻拽了拽他的衣角："笑一下，要拍照了。"

"我这不笑着么……"

"我是说，再笑得开心一点。这可是我们一生一次的婚礼呢。"

"……"

没错，就是这个态度。他能弄明白她才有鬼了！不过，明天的事，明天再去想吧。

叶慎安调整了一下站姿，端出一个恰到好处的甜蜜笑容，偏头亲吻林粤的脸颊："新婚快乐啊，我的老婆！"

因为林粤怕麻烦，叶慎安又只会说"林粤说了算"，以至于这场婚礼仪式出奇地简单。这令主动揽下了监工责任的林栩几欲吐血，倍感寒酸。

"姐，你说你堂堂酒庄老板，林家唯一的大小姐，酒店未来的老板娘，那个叶慎安……哦不，我姐夫……也不穷啊，怎么你就偏要这么省？"眼下婚宴结束半个钟头了，林栩的气却还没消，揪住正在卸妆的林粤疯狂唠叨。

林粤取下耳环，从镜里看了她一眼，似笑非笑："你起码该欣慰，至少今晚我舍得花钱住总统套房。"

"就瞎扯吧你！"林栩气得直翻白眼，"你不说清楚，我今晚就赖这儿了！正好我也懒得回去受我爸的白眼，自从搬回去后，他看我就像看只丧家犬……而且，我看你们也没什么感情基础啦，肯定不会这么快就睡一起吧。"

"谁说我不睡了？"

"你说什么？！"

"谁说我不睡我老公了？"林粤仔细擦干净脸上的残妆，站起身，走近林栩，"赶紧给我回家！"

林栩愣了愣，脸倏地一红："姐……"

"什么？"

"你还没到三十吧？"

"嗯？"

"如狼似虎啊！吓死宝宝我了！"

"……"

眼看林粤要发怒，林栩飞快地从床上弹起来，奔到门口："我这就走！这就走！"

"等等。"林粤却叫住了她。

"还有什么命令，小的洗耳恭听！"

"栩栩，我看你这么兴奋，可能是搞错了——再盛大的婚礼，也只不过是开场，那之后的，才是婚姻。"

好不容易送走一众亲朋好友，叶慎安揉着自个儿沉甸甸的脖子，独自进了电梯。

房间在最顶层，没想到林粤这人比他还没耐性，轮桌敬完酒，就借口人不舒服，先上楼休息了。她是洒脱自在了，他却惨兮兮地被一群人揪着不放，连灌了三轮才算数。

叶慎安不爽地叹了声气，刷卡开门。

一进房间，扑面而来的冷气立刻让他醉得昏昏沉沉的大脑清醒了三分。一瞬间，那些今天一整天没空思考、懒得思考的问题统统钻进了脑子里，首要的便是——睡不睡林粤？

虽然这档子事需要以林粤的意愿为主导，但掌握最终决定权的那个人，到底是他。当然，他也不是什么柳下惠，更何况他们是真的结婚了，他身心健康，暂无出轨意愿，对无性婚姻更是敬谢不敏……想到这儿，叶慎安不觉拧了拧眉毛，感觉福至心灵，算了，既来之，则安之，见机行事。

"进来。"

睡房里忽然传来林粤的声音，干净利落的，没有丝毫情绪起伏的，瞧瞧这态度……

叶慎安脸上再度浮起了那种惯有的吊儿郎当的笑。他决定了，兵来将挡，水来土掩，人来我上……就这么着吧！

然而当他走进睡房，却当场傻眼了。

所以……这是什么场面？

他高贵冷艳、气宇轩昂的老婆，正规规整整地穿着一件毫无吸引力的麻灰色睡衣，握着手机，端坐在床头。

见他进来，头也没抬："打游戏吗？我们刚好差个人，来组队。"

叶慎安："……"

开眼了，林粤竟然也打游戏！他有点蒙，一动不动。

林粤终于施舍般地把目光转向他，尾音微微上扬，又问了一遍："打不打？"

叶慎安不由失笑："打啊，为什么不打？陪老婆打游戏，这可是求之不得的美差。"

林粤没搭理他，又低下了头。

感觉马屁拍在了马腿上，自讨了个没趣，叶慎安悻悻地脱了身上那套沉甸甸的礼服，这才乖乖坐过去。

他算是明白了，她林粤大小姐愿意嫁给他，可能就真的只是想找个床伴——会暖床，陪玩游戏，盖棉被纯聊天的那种。

也行吧，反正他也没觉得今晚非发生点儿什么不可。

叶慎安安安分分地陪林粤打了三局，发现她水平并不咋地，感觉像是纯新手。意识到她开挂到飞起的人生也有短板，不知为何，他突然生出几丝快意。

瞥了一眼时间，差不多快凌晨两点了，他愉快地建议："要不，我们睡觉吧？"

林粤偏头看了他一眼，没说话，漆黑的眸中似有粼粼的波涛在涌动。下一秒，她凑过去，吻上了他的唇。

冰冷而柔软的触感令叶慎安陡然一个激灵，从脚趾酥麻到天灵盖。

/ 所有瞬间都是你 /

你大爷啊，就不能提前发个预告？要不给个暗号也行啊！叶慎安感觉自己脆弱的神经直接劈了个大马叉，敢情对林粤来说，打游戏是一种特殊的前戏？

她动作极快，不一会儿，就把他剥了个精光。

好不容易从震惊中回神的叶慎安，下意识地抱住自己光溜溜的胸口，恍惚间感觉到一丝丝微妙的屈辱，明明是件挺浪漫旖旎的事，怎么到这里，竟然产生了一种任人宰割的悲剧幻觉……

不行，他要夺回主动权！

自尊心催他奋进，他一个用力，翻身压在了林粤身上。灰扑扑的睡衣在混乱中滑脱了两颗纽扣，露出莹白的锁骨。林粤竟没有要挣脱的意思，一双眼跟隔岸观火似的，一瞬不瞬地盯着他看。她长了一双典型的柳叶眼，眼角稍稍下勾，眼尾则微微上挑，长长的睫毛浓密而卷翘，就那么赤裸裸地盯着他看，也看不出有没有生气。

叶慎安越想越气不过，仿佛置气般和她狠狠对视，然而看着看着，心头却咯噔一声，完了，被她这么一看，他竟然厌了？厌了！厌了啊！

捕捉到他眼中的犹豫，林粤暧昧地笑了笑，抓准时机，成功反扑，再次严严实实地将他压了回去。不仅如此，她还恶作剧般地朝他的耳朵里轻轻吹了口气："不是要睡觉么？还是你想继续打游戏？"

温热的呼吸扑进耳朵里，麻麻痒痒的，叶慎安感觉自己全身的血管都要炸开了。妈的，不管了，刚才说什么来着，兵来将挡，水来土掩……哦，对，人来我上！

林粤去洗澡的时候，叶慎安正默默望着天花板发呆。

事情发展到这里，一切看上去都很正常，是新婚夫妇再平常不过的日常。但，他总觉得哪里不对。可能因为，这个陪他日常的人是林粤。叶慎安不得不审慎地认为，这对林粤来说，根本不代表什么。事实也的确如此。

洗完澡出来的林大小姐又恢复了往昔的作态，态度不冷漠，但也丝毫没有小鸟依人般的亲昵："我先睡了。"

"嗯。"叶慎安明显还在神游。

"你也早点睡。"

"好。"

"晚安。"

"晚安。"

灯关上，叶慎安闭上眼，世界刹那间沉入黑暗，但莫名的，他的神思突然活跃了起来——很好，他有失眠的预感。

失眠着，叶慎安也不知道自己究竟是什么时候睡着的。反正在他睡着之前，关于林粤的想法，他是一点儿都没参明白。

大概是头一晚上喝了酒的缘故，这一觉他直接睡到了日上三竿。睁开眼，窗边的遮光帘还拉得严严实实，房间内昏暗着。他觉得有点儿口渴，撑着坐起来准备倒杯水喝，就发现身侧的被子里已空空荡荡。

林粤什么时候走的？怎么自己就一点儿知觉都没有？叶慎安心里直犯嘀咕，视线落到床头柜上，发现上面用笔压着一张纸条，他顺手拿起来：

我有工作先走了，昨晚睡得好吗？这是新家的钥匙，阿姨休假了，下周等我回来后才会报到，你要是不怕麻烦，可以随时先搬进去。

粤

？？？这算什么操作？

叶慎安整个傻眼了，冷静了片刻，定睛再往柜子上一看，才发现还真有一把钥匙……

他觉得世界上大概没有一种语言，能形容他此刻的心情。他掩面，脱力地靠在床头上，深吸了一口气……

枕边的手机响了。

电话里，伴郎之一的周公子的声音听上去要多欢快有多欢快："叶老二，洞房花烛夜可还快活？"

叶慎安心情复杂，一时说不出话，情不自禁地再看了一眼林粤的纸条，眼前蓦地一黑，只好敷衍道："还行。"

周公子见他不愿细说，坏笑了两声，机灵地换了话题："既然你们不度蜜月，今天有什么安排？你爸不会要你今天就去酒店报到吧？"

"酒店下个月才正式开业呢！"

叶慎安烦躁地从床上坐起来，顿了顿，问周公子："对了，你留过那种纸条吗？"

"哪种？"

"就是那种……一觉醒来，溜之大吉之前留下的……"

"哦，好像留过吧。江湖儿女，好聚好散，你懂的。其实留不留言不重要，最重要是得留下一张卡，以示诚意。"

叶慎安默了默神，又问周公子："那，有女人给你留过吗？"

"怎么可能！"周公子哈哈大笑，"我要是遇到，怕是得耻辱一辈子吧！”

“……”

“怎么？难道你遇到了？”周公子的八卦嗅觉格外敏锐。

“哪能呢，你忘了我昨天才结婚么……”叶慎安心虚地干笑几声，“对了，你找我什么事？”

“噢对，瞧我这记性！晚场麻将三缺一，你来不来？”

挂断电话后好久，叶慎安才鼓起勇气走回床头。深呼吸，闭眼，再睁眼，他迅速翻动着便笺簿——谢天谢地，没卡。

感觉整个人都松了一口气，他瘫坐在床边，第一次明白了哭笑不得的滋味。

给前台打电话暂续了一周房，又去楼下餐厅简单吃了顿饭，叶慎安驱车前往周公子的家。

周公子之所以被称为周公子，是因为他极尽风流之能事，壮观的情史简直能写一系列风花雪月的爱情小说，时间久了，大家似乎都忘了他还有个挺附庸风雅的本名，叫周世嘉。

周世嘉别的不好说，审美的确一流，家里那栋别墅装修得有模有样，以叶慎安不咋地的文学造诣来形容，约莫是风雅里透着一点儿庸俗，高贵中带着一点儿风骚。

总之，就是很对他的胃口。叶慎安平时挺爱去那儿消磨的，不过，今天却有点儿不一样。

他突然记起来，林粤也住那个小区。才经历完起床那一出，他现在想到自己的老婆，心里就悲催得慌。

恰好前头是红灯，叶慎安停了车，伸手抓了抓自己没心情打理的头发，忽然就特别后悔，在结婚这件事上，他怎么如此轻易地放弃了自己的主动权，以至于被林粤各种牵着鼻子走？

叶家之前明明为二人置办了新的房产，但林粤却还是留了自己的钥匙给他。她这是打算无视周遭人的看法，把自己变成豢养在她家里的小狼狗吗？还是拔了牙的那种。

叶慎安望着前头乌泱泱的车河，一声叹息。

然，周公子家却是另一番欢天喜地的热闹景象。

伴郎团的诸位今天齐齐在场，昨天碍于场合，大家没机会洗涮他，今天可不一样了，统共就几个熟人，知根知底，百无禁忌。

叶慎安听着大家可着劲儿地吐槽，不仅不生气，还配合地笑。

其中一位伴郎是叶慎安的老同学，看他一脸自在，不由得叹了一声："我看啊，就你这厚颜无耻的德性，也只有我们的'陛下'能收得了你喽。"

"'陛下'是什么？"周公子眼前一亮。他大学毕业后才结识叶慎安，走得近归近，但男人之间，却几乎不会有坐下来劈旧情操的机会。

"就是慎安的老婆啊。嘿，别说，她可是从高中威风到现在，不信你让慎安讲给你听。"

"得，下次有机会再说吧！"

叶慎安脸上明明仍挂着笑，声音却逐渐冷淡下来，环视一周："我说，你们几个废话说了这么多，到底还打不打牌了？"

"当然打啦！"周公子乐呵呵地应道，领着众人往娱乐房走。

"摸牌摸牌！"是周公子催促的声音。

叶慎安这才发现，轮到自己了。他搁在小边几的手机同时震了一下，提示有新微信。

众人乐坏了："哎哟喂，你老婆这么快就来查岗了？"

叶慎安愣了愣，回头瞥了眼手机，一时不确定该不该看。他总有一种不祥的预感——林粤还会有更令人窒息的操作。

"你要不看，我可替你看了啊，密码还是那个蠢透了的1234吧？"周公子手快，不等他开口，已然抢过手机。输入密码，周公子的嘴缓缓张成了"O"型。

叶慎安感觉自己的右眼皮跳了跳。

"怎么了？"一旁的人好奇地凑过去。

周公子摸了摸自己的下巴，没说话，干笑了两声："呵呵……"

"什么啊？我也要看！"

手机被挨个传阅了一遍，众人放下手机，纷纷将目光投向叶慎安。那其中有震惊、有同情，还有悲悯。

叶慎安感觉背后蹿起一阵凉意，一把将手机拽了过来。

……

一阵沉默。

周公子试图为叶慎安找个台阶下："咳，虽然我之前没好意思问，不过，你们应该是协议婚姻吧？"

话虽说得隐晦，但意思却是明白的——你们也就做个名义夫妻，私底下各过各的，开心愉快。

叶慎安用力扯了扯嘴角，发觉自己实在笑不出来："不……是。"

至少，他不是。两家人在商量婚事的时候，是把它当作一桩严肃的事情来对待的，虽然其中的确夹杂着利益关系，但它总归是一桩实打实的婚事。他当然也考虑过今后各种可能发生的情况，但对他而言，并没有打算一开始就把这场婚姻当成儿戏。他是做好觉悟承担起属于自己的那份责任的，这个责任，也包括和林粤的这段婚姻。

但谁会想到，新婚第一天，林粤就给自己献上了一份惊喜的大礼——一顶绿光闪闪的帽子！

"呃，你先冷静一下……要不，咱们喝口茶？"周公子忙不迭把茶杯往叶慎安手里送。

叶慎安没接。

"咳！你也别急着往心里去，说不定是以前的照片呢……看你新婚燕尔，想跟你恶作剧一下嘛！"

说话的这位本抱着一颗最诚挚的心，想安抚他，没想到叶慎安听完反而更如丧考妣，一言不发地把手机推至他跟前。

那人定睛一看，不说话了。

照片里，林粤和那个男人并肩而立，身边的电子信息牌上赫然显示着今天的日期——现场捉奸图没跑了。

眼看气氛越来越凝重，周公子一拍大腿："男子汉大丈夫，绿没绿，一句话，你赶紧打电话问清楚！"

所谓一语惊醒梦中人。叶慎安急忙抓过手机，给林粤拨过去。

关机。

再来一遍，还是关机。

正要拨第三遍，发图过来的那位，才参加完叶慎安与林粤婚礼的高中同学，万分同情地又发来了一条最新线报："我刚悄悄跟过去看了一眼，登机口12号，飞巴黎，已关舱……节哀。"

……

叶慎安下意识打了个"谢谢"，想了想，突然意识到不对，谢什么谢啊，这破事，有什么值得感谢的？最后还是删掉了"谢谢"，改发了一句"我知道了"。

退出微信，叶慎安自牌桌起身。

"去哪儿？我送送你？"周公子赶忙跟上。

"别……不用了，我自己走。"叶慎安说着已背过身去。

不知是不是周公子的错觉，总觉得他瘦削的身板似乎不自觉地抖了两抖，那身墨绿色的光缎卫衣，衬得他犹如一株随风飘摇的柔弱杨柳，满目绿油油。

突然间，是谁叫了一声："哇靠！刚才我就觉得那个男人有点儿眼熟，终于想起来是谁了！"

"谁？"叶慎安猛地顿住脚步，回过头。

"温行远——一个挺出名的画商。"

"画商？"周公子不由眯起眼，上下打量起叶慎安，说话的调调是惯有的痞气，"想不到，你家老婆，原来是好文艺这一口……"

周公子话没讲完，便意识到情况不对，赶紧闭嘴。因为叶慎安的脸，百年难得一见地拉了下来。其实也不算拉下来，只是不笑。叶慎安唇角天生微微上扬，所以平日看上去总是一副人畜无害的表情，再加上他没事儿爱笑，更令他显得和蔼可亲。但这种人不笑的时候，往往会比普通人不笑时可怕万倍。

周公子心道凉凉，试图圆场："你还没说这是要去哪儿呢，要不要咱们哥几个陪你去？那句话怎么说来着，人多势众嘛。"

"我去巴黎。"

"哈？"

"去巴黎，找老婆。"

第二章

蜜月

机舱内。

空姐送来果汁和餐点，林粤出发前已吃过早餐，只端起杯子，低头抿了一口："真是抱歉。"

温行远正望着窗外厚积的云层，听见她的声音，这才转过头："怎么？"

"让你等我，改签了后一趟航班。"

温行远脸上挂着优雅而干净的笑容："没关系，反正都是同一天。况且婚礼后一天睡过头，乃人之常情。"

"别说得你结过婚似的。"

"欸，别明目张胆欺负单身狗啊，我可是差一点就结婚了呢。"他的视线落至自己的无名指，上头是一枚由女款修改来的戒指。

林粤也看到了，但没有追问。她向来不是那种问题很多的人。

"我其实可以配合你，延后一天出发。"是温行远的声音，已从容错开话题。

林粤放下水杯，思索片刻："不，我不爱给人添麻烦。当然，也不喜欢别人给我添麻烦。"

温行远微微一怔："但愿你的先生能理解。"

"放心，"林粤托腮，微笑凝视着窗外，"我不会选择不能理解我的人。"

同一时间，莫名被戴上"能理解"高帽的叶慎安，正不耐烦地坐在VIP

/ 所有瞬间都是你 /

休息室内候机。他脚边放着的，是刚才匆匆收拾的行李。

"阿嚏！"

叶慎安抱着自己的胳膊抖了抖，这冷气开得也太足了吧……怎么还要等五个小时啊？！

航班落地，林粤打开手机。两条未接提示都来自叶慎安。她想了想，朝温行远比了个手势："我先回个电话。"

温行远颔首。

她转过身，拨了号码。关机提示的女声立刻从手机里传来。想了想，她没再继续拨："我们先去酒店吧。"

此行是为了给叶林两家即将开业的世悦酒店订画，这件事原本可以交给温行远独自去做，但林粤想到既然接下来还要去波尔多的几家酒庄为酒店的酒廊选酒，便索性将行程安排到了一起。她向来喜欢一切尽在掌控的感觉。

下榻酒店就是即将举行拍卖会的酒店，林粤放好行李，洗了个澡，点了一份餐，便打开电脑开始处理这两天因婚礼积压的邮件。

距离酒店开业还有一个月，除了为了赶这场拍卖会，将装饰画上墙的工程推迟，眼下唯一没有确定下来的，只剩下法式餐厅的主厨。不是没有不错的选择，但几场面试下来，林粤愈发肯定，她心中已有最合适的人选。但那个人，还没有回复她。

将所有未读邮件都浏览了一遍，确定没有来自William Chan的邮件，林粤的手指轻叩着桌面，正好她现在来了欧洲，要不要亲自跑一趟？

手机忽然响了。她瞥一眼，接起来。

"栩栩？"

"姐，你就是个大骗子，呜——"

"嗯？"

"你不是说不和姐夫度蜜月的吗？怎么今天我去酒店找你，前台说你们已经退房了？"

林粤沉默："我前天不是说过了，我要出差？至于他，应该是退房回家了吧。"

"胡说！我现在就在你家门口！家里一个人都没！"

"栩栩，"林粤的声线逐渐冷硬起来，打断她没有重点的抱怨，"我正在忙，你有什么需求，直接说。"

"我……我想在你家借住一段时间……"

所有瞬间都是你

"为什么？"

"我离家出走了，我爸竟然给我安排了相亲！！！你能信吗？我才离婚三个月啊！他怎么就像送瘟神似的巴不得把我立刻赶走？"

"栩栩……"林粤扶额，"要不这样吧，你去找筱筱拿我家的备用钥匙。我一周后才回来，这段时间应该够你处理和二叔之间的问题。至于你姐夫，你就先别操心了，关照好自己。先这样，我挂了。"

"等等，姐！"

不等林栩再说什么，林粤已果断地掐断了通话。她端起手边的红茶，呷了一小口，视线重新回到屏幕上。邮箱提示有一封新邮件——来自William Chan。

拍卖会当天。

林粤前一晚定好了清晨六点的闹钟，计划先去酒店的健身房慢跑四十分钟再洗澡化妆，结果是还不到闹钟响，人就醒了过来，大抵因为时差。索性不再睡，她起身洗漱，换好运动装备，准备出门。

刚塞上耳机，电话就进来了，看见名字，她愣了愣，按下接听。

"喂——"

"你在哪里？"

叶慎安那边的背景音有些嘈杂，像人声，林粤猛地记起，前天她离开时，好像只记得留下钥匙，忘了交代要来巴黎，是她的失误。

她连忙道："我在巴黎。"

"不是，我是问你住哪家酒店。"

叶慎安的声音里隐约透露着不悦，林粤当然也感觉到了他的异样，但她低头看了一眼手表，已经六点十分了，如果现在还不去跑步，待会儿拍卖会就要迟到了。

"文华东方。先不说了，我得去跑步，晚点儿再联系你。"

不及叶慎安开口，林粤已挂掉电话。

机场内，刚取到行李箱的叶慎安不可置信地望着自己的手机，简直无法相信自己的耳朵——

妈的，你出门外遇竟然还不忘健身？体力可真好！你咋不上天呢！

在机场大门口抽了支烟，叶慎安感觉自己二次受伤的小心灵勉强得到了一丝丝平复。

他努力扭了扭自己疑似坐残废的腰，又使劲儿抻了抻浮肿的双腿，最后

/ 所有瞬间都是你 /

是饱含幽怨地深吸了几口气，这才伸手招车。

酒店都暴露了，大爷我就不信，不能把你们这对狗男女抓个现行！

拍卖会设在酒店的三楼的宴会厅，温行远提前十五分钟便已候在门口。见到迟一步抵达的林粤，他不由得多打量了几眼，语气诧异："你今天心情很好？"

"怎么这么说？"

"我认识你两年，这还是头一次看你走路带笑。"

想起叶慎安清晨的那通电话，林粤不禁莞尔："那我平时都带什么？"

"带风……嗯，不止，应该是'神挡杀神，佛挡杀佛'的表情。"

"看不出，你年纪不小了，嘴还挺贫。"林粤仍笑着，却分明巧妙地绕开了这个话题。

语罢，她敛住笑容，晃了晃手腕上的表："还有五分钟开始了，我们进去吧。"

拍卖会当日展示的都是一些刚刚在艺术界崭露头角的新生代画家的作品，价位相对合宜，也极具升值空间。

尽管艺术非她所长，但来之前，林粤还是做了足够多的功课。她个人最属意的，是华裔画家Faye Tong的作品——色彩艳丽，鬼马俏皮，风格特立独行，轻易令人过目不忘。但Faye Tong产量不高，这次拍卖会亦只展出她的一幅作品，完全无法满足酒店的采购需求。评估之后，林粤惋惜地决定放弃。

对她而言，酒店的需求永远是凌驾于她个人审美之上的。世悦的目标不仅仅只有眼下这家即将开业的新店，而是打造一个面向中高端年轻消费群体，具有市场竞争力的优质酒店品牌。因此，挂在墙上的画不仅仅是画，更是酒店文化中重要的一环，是体现有别于竞争对手的有利机会。

也许是揣摩过林粤的心意，温行远之前向她推荐的画家之中，也并没有Faye Tong的存在。

台上的拍卖员一次次叫价，温行远负责举牌。几乎他们事先瞄准的全部作品，都以预期的价格成功拿下了。

拍卖会尾声将至。林粤感觉自己紧绷了半天的神经终于逐寸松开，她克制地伸展了一下坐得酸痛的脊背，余光扫过腕表上的时间——某人大概快到了吧？

忽然间，会场内响起一阵细微的交头接耳声。

感觉到一旁温行远的气场起了变化，林粤困惑地回头，发现会场竟然进来了一位"不速之客"。

这位"不速之客"个头高挑，身段错落有致，着一身柠檬黄的缎面吊带裙，柔软的长发随意地披散着，妍丽饱满的面容犹如刚从枝头摘下的蜜桃，周身散发着一种清甜的妩媚。

不及林粤发问，拍卖员便热情地宣布："现在有请我们的特邀嘉宾Faye Tong小姐为大家做最后的致辞。"

原来，是她啊。

林粤的视线不动声色地滑过温行远的脸，哪怕他已经竭力在掩饰了，但她还是读出了他眉宇间的心不在焉。她的手指轻叩着缎面手包，没想到这次公差，竟会意外撞破他人的心事……倒是意外多出了一份度假式的惊喜。

拍卖会结束后，众人自大厅内鱼贯而出。

不知为何，林粤今次走得极慢，绅士如温行远，不由放慢步调等她。

见Faye Tong还在角落与主办方的工作人员攀谈，林粤突然止住了脚步。温行远费解地回看她。

她笑了："去找她吧。"

温行远沉默片刻："不必了，我们不是能一起吃饭的关系。"

林粤偏头打量了他一眼，难得俏皮地眨了眨眼："即便是不能一起吃饭的关系，那喝一杯咖啡，总是可以。做人哪，切忌太为难自己的心，我们可不是什么圣人。"

温行远怔了半晌，唇边漾起一抹无奈的笑："我现在倒是确定了一件事。"

"嗯？"

"你今天心情的确很好。"

"嘁——"林粤笑着冲他摆了摆手，"爱喝不喝，我先走喽。"她踩着高跟疾步而去，只留给温行远一个轻快而潇洒的背影。

叶慎安赶到酒店时，拍卖会刚刚散场。大堂的电梯门"叮"一声开了，里头走出不少此次参加拍卖会的宾客。

叶慎安正百无聊赖地等着前台为自己办理入住手续，视线不自觉地往那群人身上瞟了几眼，忽然间，他呆住了。

等等！那个男人不就是照片里的"奸夫"吗？怎么他身边那个穿黄色裙

/ 所有瞬间都是你 /

子的女人不是林粤？！这难道是……江湖传说的双人混劈？

叶慎安感觉自己再度遭受了精神上的暴击，连忙伸手扶住前台，狠喘了几口气，才免于气得当场昏厥。

"慎安。"一个熟悉的声音突然在他耳畔响起。

叶慎安怔了几秒，心跳莫名加快……他他妈的没幻听吧？

不等前台小姐将登记用的护照还给他，他扭头就走。

他的反常自然引起了服务生的注意，对方三两步跟上他，眼神狐疑："先生您好，有什么我可以帮到您的吗？"

"有……"叶慎安弱弱道。

"请讲。"

"你们这里有锅盖吗？那种盖头上，刚好遮住脸，最好念个咒，还能立刻凭空消失的。"

服务员："……"

"慎安。"不远处的林粤又叫了他一声。

呵……完犊子。所谓捉奸不成反被捉，大概说的就是他本人了。

算了，谁让他没有丰富的捉奸经验。想到这，叶慎安索性破罐子破摔，直接扭过头，递给林粤一个哀怨而愤怒的眼神，意思很明确——麻烦你心里有点儿数。

然而林粤看上去却似乎完全没有数，反而一脸愉悦地问他："要出去喝个下午茶吗？"

"……"呵呵。

叶慎安怒极反笑，干脆抱起一双手，故作散漫地与她对视——行吧，老子倒要看看你葫芦里卖的什么药。

咖啡厅内。

林粤慢条斯理地舀着盘中的沙拉，时不时看一眼窗外的风景。

天朗气清，枝头的翠意如点墨，在整个城市任意挥洒，巴黎不愧为浪漫之都。

她嘴角微微翘着，看上去是真的挺开心。

相较之下，对面的叶慎安却是真没什么胃口了——也不全是给她气的，更因为刚才十来个钟头的飞行。他来得匆忙，没买到头等舱，几乎是全程睁眼，在经济舱硬生生地熬了一宿。

"慎安，"林粤忽地放下手中的不锈钢叉，看向他的眼睛，"有什么想问的，你就直接问吧。"

她的眼神明亮坦率，叶慎安心头梗了一下——这可是你自己说的，待会儿可别怪老子不留情面！

"你出轨了？"

"没有。"

"和你来的那男人是谁？"

"温先生是我这次特地聘请的顾问，负责酒店装饰画的采购。"

"那你为什么没有提前告知我？"

"来巴黎出差的事是我忘记说，我向你道歉。至于工作的细节——"林粤顿了顿，这才继续淡淡道，"我认为我们还没有亲密到，需要事无巨细向对方汇报。甚至哪怕足够亲密，我也不认为这是一件必须做的事。"

"……"

叶慎安一时没说话，眼底却逐渐涌起了一层被轻视的愠怒。敢情在你眼里，咱俩睡一睡，就是履行婚内责任？

就那么安静了好几分钟，他才再度开口，语气是前所未有的严肃："那么……林粤，你想要什么样的婚姻？"

林粤脸上的笑意却丝毫没有受到影响："那么你呢……你又想要什么样的婚姻？"

叶慎安微微张了张嘴，发不出声。

他感觉自己被将了一军。林粤想要什么样的婚姻，他都可以给她，他是这么打算的。但若要问他，他想要什么样的婚姻，答案却是无解。他唯一明确的是，这份婚姻算在了他作为叶慎安的责任里头。

"哈……"他不禁蹙眉，神态却已然恢复到以往的惬意，"这个问题，我还真没思考过。"

"那，你要不要现在想想？"

叶慎安往后坐了坐，身体贴紧座椅，连连摇头："得，这么深奥的问题，我怕是一时半会儿也想不明白，不过……"他顿了顿，话锋忽地一转，"倒是有些细节，我们可以先明确好，以免再出现这次的误会。"他可不想再凄惨地飞十几个钟头来"捉奸"了。

"你说。"

"不许出轨，我并不想要一个形式上的婚姻。还有，彼此认为重要的事情要及时向对方说明……最后，我不会搬去你那里。"

林粤像是在思考他的话，没吭声。许久。她托住下巴，眼神迎向他，颇玩味地笑了："你是说——哪种意义上的出轨？"

叶慎安的神情似微微一凛，很快答："哪种意义上，都不行。"

没想到他会这么说，林粤怔了一会儿，最后心满意足地收回了视线："行了，我知道了。你说的条件，我都可以接受，不过，我暂时还不想搬进你爸准备的那套房子。"

"为什么？"

"装修不喜欢。"

"……可以拆了重来。"

"这个方案倒是不错，只不过，那大概得花上好几个月吧，那段时间，我们要住哪儿呢？酒店？出租公寓？我是不会跟公婆同住的那类人，这一点，你应该明白的。"

你他妈的！欺人太甚！叶慎安按捺住自己想要骂人的冲动："三个月。"

"嗯？"

"去你那里住三个月。"再往后，就算你跪下来求老子，老子也不会再妥协了！

"那说好了？"

"嗯。"

"慎安……"

"嗯？"

他错愕地抬起头，就感觉她轻飘飘的吻，落在了自己的脸颊："我希望，在这段婚姻里，你能是快乐的。"

"……"话说得可真好听，那你就不能言行一致，做点儿让我开心的事？

回到酒店，林大小姐话不多说，径自进了浴室。

叶慎安郁闷归郁闷，却没忘了正事，拿起手机，迅速往平日哥几个约局的群里发了句：老子没被绿！

也不晓得那边几点，周公子究竟有多闲，竟然秒回：喜大普奔！叶二没被绿！

不出五分钟，满屏都是整齐划一的回复——喜大普奔！叶二没被绿！

不知怎的，叶慎安看着屏幕上黑漆漆的字，一刹间竟感觉悲从中来，暗骂了一声，顺手把手机抛到一边儿。

林粤刚好从浴室出来，正擦着头发，瞅了瞅他生无可恋的脸，不冷不热道："去洗澡。"

"哦……"

呵，还嫌弃起他风尘仆仆折腾了一天不够整洁了。

叶慎安恹恹地起身，绕过林粤，进了浴室。不一会儿，身后传来了电视的声音——林大小姐的心情，是真的好。

洗完澡，叶慎安才发现自己犯了个低级错误，居然忘了带换洗的内裤进来。

本来是可以开口，让林粤帮忙递一下的，但他现在心情不好，他很傲娇，他不想跟她说话。于是他特别硬气地直接套上浴袍，出来了。

林粤竟然还在看电视，叶慎安抱着手臂，先瞄了几眼屏幕上的法国人，又瞄了一眼床上披散着头发的女人，正打算无视这两样东西，钻进被窝补觉，林粤忽然开口了："你现在是在勾引我吗？"

"……"

你是从哪里看出来我想勾引你了？！

林粤不语，微眯的双眼扫过地毯上那只还未打开的行李箱……叶慎安一时半会儿没读懂她眼神中的含义，只感觉自己被赤裸裸地调戏了，万年含笑的脸僵了僵，半晌，才勉强扯起嘴角："……你不困吗？"

我看你清早六点起床，又是健身又是拍卖会，还陪自己出去喝了下午茶吃了饭，按理说，该困了吧。

"我不困啊。"

"……"

你喝红牛长大的吧你！

叶慎安没说话，走过去，坐到属于自己的那一边床。他，想，静，静。

然而林粤却关了电视。两人轻飘飘地对视了一眼，叶慎安周身一凛——不好！不能再让她为所欲为了！得先下手为强！

他率先侧过身，俯下脸，吻住了她的唇。

两分钟后。

叶慎安发现，林粤看自己的表情似乎不太对，除了旖旎，还有一股说不出的别样意味。

他愣了愣，终于后知后觉地反应过来。顷刻间，脸红了一片——你听我解释，老子只是忘了带内裤而已，真的没想勾引你啊！！！

古语有云，一回生，二回熟。和林粤睡觉这档子事，大概也是同一个道理。

不不不，不仅是和她睡觉，就连和她睡过之后得失眠这回事，也和头两天如出一辙。

翻个身，看了一眼身旁熟睡的林粤，又眺望了一眼窗外幽深的景致，他顿时觉悟了——对林粤来说，也许快乐的，只是指睡他这件事。他决定，从今天开始，再也不要浪费精力揣摩林粤的心思了。说什么女人心海底针，那简直是在侮辱林粤，她的心可不是什么绣花针，而是一根实实在在的大铁棍，抡起来，随时能把你打晕。

这样辗转到后半夜，叶慎安终于睡着了。等再睁开眼，林粤已经晨跑回来了。

刚洗过澡换了衣服的她正坐在桌前对着电脑处理公务，意识到他醒了，头也没抬："我刚叫了早餐服务。"

叶慎安"嗯"了一声，又迷迷糊糊地合上了眼。

足足养了五分钟的神，他像想到什么，突然坐了起来："你戴了眼镜？"

林粤终于舍得看了他一眼，不知道是不是他眼花，那眼神里竟然含着些许笑意："刚洗了澡，就接到电话有事情要处理，没来得及换隐形。怎么，很奇怪吗？"

"也不是奇怪……"

就是，他已经很多年没有看见过这样的林粤了。戴着黑框眼镜穿着校服的林粤，是他们高中部，神一样的存在。江湖人称，"陛下"。

说话间，林粤已起身摘下了黑框眼镜，走进了浴室。不一会儿，她换上了透明的隐形眼镜。

叶慎安此刻已经完全清醒了，眼前的这个林粤，又变成了他现在所熟悉的那个林粤，他的老婆。

"接下来你有什么安排？"

他伸手挠了挠睡得乱七八糟的头发，翻身下床，准备洗漱。

门铃恰好响了，林粤没回答，先过去应门。不一会儿，她端着餐盘走了回来："过些天还要去一趟波尔多，难得现在刚好有空，我们要不要趁这个机会度蜜月？"

"……"

当初说不度蜜月的是你，现在要度蜜月的还是你。

叶慎安忍了又忍，才忍下一肚子的吐槽，转过脸，朝她挑眉一笑："都行啊。"

林粤向来是行动派，等叶慎安反应过来，人已被林粤带到"老佛爷"置办起旅行装备了。从林粤只带了礼服和职业装来看，蜜月的确是她临时起意的决定。

此刻，叶慎安正跷着一双长腿，舒舒服服地倚在店内的沙发上，一双波澜不兴的眼，时不时掠过那个在店内来回走动的身影，不过这一次，他可什么都没想。

犹太人有句话说得好：人类一思考，上帝就发笑。这话放在他们身上也是同一个道理——他一思考，林粤就发笑。

"这件怎么样？"林粤拎起一件藏蓝色的抹胸长裙，转身询问他的意见。

叶慎安认认真真地看了一遍货架，又看了一眼她手中的那条裙子："刚才店员推荐的那件白色比较适合你，还有货架上从左数起的第三条印花连体裤。对了，进门橱窗里挂着的那件应该也不错。"

林粤听罢轻轻颔首，转身吩咐店员："把这位先生刚说的那几件全部包起来。"

店员虽面露讶色，却还是连忙照做了。

"不试试吗？"叶慎安其实也有点儿惊讶，他不过是帮忙提了点意见，没想到她竟然会照单全收。

"不用了，术业有专攻，吃喝玩乐，你是专业的。"

"……"

夸人就好好夸，能不夸得跟骂人似的吗？

"不过，倒是你，不考虑也买几件吗？"

"不了，"叶慎安不无骄傲地指了指自己身上那件巴洛克风的花衬衫，"我天天都在度假。"

林粤难得"扑哧"一声笑了，没多说什么，转身去结账。

买过单，叶慎安替她拎过大包小包，两人一起出了店门。刚走没两步，叶慎安忽然停住，左顾右盼起来："要不，你到休息区等我？"

"怎么？"

"上厕所。"

"你事儿还挺多。"

"……"你话才多。

第二天，天没亮，叶慎安便被林粤从床上拎了起来。他明显没睡够，惺忪着一双眼跟她求饶："再睡半个钟头，要不，十分钟也行……让我再睡一会儿吧！"

不知他的恳切是否令她良心发现了，林粤揪着他衣领的手竟然松开了。

叶慎安来不及多想，头一歪，整个人倒回被窝里，继续呼呼大睡。

三分钟后。

浸过冷水的毛巾不偏不倚地盖在了他的脸上。叶慎安被冻得一个哆嗦，一时间睡意全无，猛地坐了起来。这回他是真的有点儿生气了。

"你醒了吗？"是林粤的声音。

"……"

他不讲话，下颌骨的线条却越绷越紧。他脾气好是一回事，过分蹬鼻子上脸又是另一回事。

然而林粤的声音，听上去却好像跟往常不太一样。平日里，她总是一副盛气凌人的样子，任何事都说一不二，但现在她的语气，却像是在和他商量……和他商量？

"虽然知道你还想睡，但我想去看日出……这么多年，我来来回回巴黎无数次，还没有看过一次塞纳河的日出呢。"

她人正在衣柜前挑衣服，没有回头看他，他也就看不清她的表情。

过了好一会儿，他才意识到，自己居然走神了。走神了，也就意味着生生错过了发脾气的最佳时机。

"那就去吧，反正我都醒了。"他懊丧地将枕边的那张湿毛巾捡起来，起身去浴室洗漱。

很快，浴室里传来水流的声音。

衣柜前的林粤已挑选好裙子，却不知为何，迟迟未更衣。她若有所思地回头看了一眼浴室紧闭的大门——蜜月旅行，大概是她迄今为止做过最错误的选择。

却也是她最想要的选择。

自酒店离开时，天仍是暗的。但那种幽深却似乎有别于所有的黑暗，仿佛随时都能自混沌中，迸发出光来。

车子是酒店一早帮忙预订好的，下楼去拿车时，叶慎安才后知后觉地意识到，自己竟然又被林粤摆了一道——商量个屁，她明明一早就决定好了。

他重新冷静下来，嘴角渐渐浮起那种玩世不恭的笑。行吧，你要什么样的新婚旅行，我都可以陪你。谁让，你是我叶慎安自己选择的老婆呢？

沿街的建筑一路后退，还未熄灭的路灯错落有致，叶慎安目不斜视地握紧方向盘，仿佛这一路，是要开往另一个未知的时空。

他们赶到公园时，太阳将将升起来一个边儿。很淡很淡的光线，肆意地铺洒在河面上，波纹漾开去，像是一匹被谁恶作剧揉皱的锦缎，起起伏伏。

叶慎安看了一会儿，觉得实在没劲儿，对一旁的林粤道："我找个地方抽根烟。"

"嗯。"

他颔首，抬脚离开，走了一段，又悻悻地回头看了一眼——林粤今天穿了那天自己为她选的白色裙子。明明是柔媚的雪纺质地，但穿衣者却赋予了服装完全不一样的灵魂，甜美中带着一丝飒爽，真正甜而不腻。叶慎安欣赏的目光自发端滑过腰肢，最后停在了她踩着的三寸高跟鞋上。想起婚礼时她曾说过累，他微微一愣，默默将拿出来的烟盒收了回去。

原路折回，他自身侧自然而然地挽住了她的手臂："我还是陪你看吧。"

许是被他突如其来的举动吓到了，林粤惊讶地回看了他一眼，像想要说什么，最后却什么都没有说。足底传来轻微的钝痛，这感觉如此熟悉，每天每天，她要经历一遍，但在这一刻，不知道为何，这一切突然变得清晰而不可忍受起来。她抿唇，极其克制地将身体的重心向他那边倾斜了一些。

对此，叶慎安颇受用，唇边泛起点点笑意。

不远处的太阳已完全升起来，高悬在空，犹如一颗四平八稳的蛋，泛着淡淡的光。

她清了清嗓子："要散步吗？"

叶慎安看向她的脚："你确定？"

"确定。"

"那好吧。"

他原本打算收回的手，不得不安于原处。两人沿河漫无目的地走着。

不同于日出前的寂静，天一亮，周遭的一切一下子变得热闹而生动起来，晨跑的人、遛狗的人、拍照的人……拍照的人？！

叶慎安下意识眨了眨自己的眼睛，不敢相信——几步开外，那个着牛仔裤、运动鞋，端相机的女孩，真的是她吗？

他不确定。有好长一段日子没见过她了……当然，他向来知道，她过得很好，但也仅仅局限于知道她过得很好。

无知无觉间，他挽着林粤的手臂，缓缓地垂了下去。

"慎安。"林粤的声音将他拽回了当下。

他偏过头，看她，神情却像看一处遥远的风景："嗯？"

"我改变主意了，我们明天就出发去波尔多吧。"

原来只是在跟他讨论接下来的行程安排。他隐隐松了口气，顺手解了两颗衬衫纽扣："都可以啊。"

"那我就自己决定了？"

"嗯。"

似乎有片刻的沉默，但林粤很快恢复到平时那种理所当然的语气："我饿了，我们去吃早饭吧。"

"啊？"

叶慎安这才意识到，自己是真的走神了。恍然间，他竟然想起林粤在咖啡店里向自己提出的那个问题——"你是说——哪种意义上的出轨？"

他怔了两秒，旋即微笑，再次挽起她的手臂："想吃什么，欧巴都带你去！"

话一出口，叶慎安便呆住了。这是他过去的习惯，他以为自己已经忘记了。他从未在林粤面前自称过什么"欧巴"，而林粤也明显是个根本不需要"欧巴"的女人。

他希望她表现出生气——至少，也要跟现在的他一样，感觉如坐针毡。

但林粤却笑了。意味不明的笑容被金箔般的细碎光线笼罩着，像放太久终于融化了的冰淇淋，溢出黏腻而冰冷的香气。

"知道我为什么和你结婚吗？"

叶慎安心头一紧，呼吸全乱了。竭力镇住心绪，他配合地端出玩世不恭的笑容："因为我人帅嘴甜技术好？"

林粤仍笑着，不置可否。下一秒，她仰头吻上了他的唇。

这个女人，果然只是看上了自己的肉体吧？

漫长而各怀心事的一吻结束，叶慎安挽着林粤继续往停车的地方去。周遭的人似乎更多了，各种嘈杂的声音纷纷钻进他的耳朵里。但他很确定，那个人已经不见了，像凭空蒸发的水滴，抑或根本只是幻觉。

"我们走吧。"

第 三 章

修罗

餐厅内客来客往。

跟服务生点过餐，叶慎安突然从座位上站了起来："我出去抽支烟。"

林粤点了点头。

叶慎安一路疾步朝大门的方向走去，林粤目送着他的背影消失在门口，这才重新端起桌上的咖啡杯，开始回复林栩前一天发来的消息。

"钥匙拿到了吗？"

"拿到了。不过，姐，你这是才睡醒吗？从昨天到现在，我可是给你发了十来条信息啊，你居然一条都没回我！我还以为你被人绑架了！差点去联系大伯！还好筱筱及时摁住了我躁动的手……"

"你可以给我打电话。"

"对哦！！！"

"……"

"没关系，你没事就好！"

"……"

林粤放下手机，微不可闻地叹了声气，她这个妹妹竟然不是捡来的，这比她们以上的这段对话还匪夷所思。

一杯咖啡逐渐见底，叶慎安还没有进来。林粤不动声色地瞥了一眼大门——他该不会是直接溜了吧？

虽说婚礼那时她十分笃定他不会走，但现在却不一样了，他们已经结婚了。眼下的蜜月对他来说，可能只是可有可无的小事。更何况，那个人来了……她确定自己刚才没有看错——程酒酒，也在这里。

那么，叶慎安，现在你要怎么做呢？

餐厅门外。

叶慎安点了支烟夹在左手，却一直没有抽。小半截烟灰无声地掉落在地上，他握着手机的右手总算划拉到了那个三百年没有联系过的号码。

身为酒酒的哥哥，也不知道程少颐有没有把他拉黑。

还好电话接通得很快，他怔了片刻，还没想好说辞，程少颐低沉的声音便钻进了他的耳朵："嗯？"

算了，本也不指望他能有什么好态度。

"我是叶慎安。"

"慎安？真是好久不见，最近过得如何？"

呵，明知故问。

叶慎安配合地干笑了两声："这不前些天才收到了你的贺礼吗？"

"也是，我竟然一转头就给忘了。"

"哎呀，小事，都说贵人多忘事嘛。"

本想打个哈哈免去尴尬，没想到程少颐突然话锋一转："我在吃早餐，有什么你就直接说吧。"

"……"

"你没看错，她在。"

"……"

"在我这里度假。"

这下就真没什么好问的了。

叶慎安望着手机屏幕发了会儿呆，意识到指尖发烫，一低头，发现整根烟彻底烧没了。他暗骂了一声，掐掉烟头，再看手机，电话已经被程少颐切断了。

白花花的日头晃得他有些头晕，他蓦地想起里头还坐着等他吃饭的林粤，整了整衬衫，转身往室内去。两道目光交会的一刹，他脸上堆起天衣无缝的笑："怎么，餐还没上齐吗？"

按照计划，第二天他们便要从酒店退房，驱车前往波尔多的酒庄了。

当天叶慎安难得起了个大早，收拾好了行李。林粤跑完步回来，见他乖乖坐在躺椅上玩手机，半开玩笑半认真地"啧"了一声："看来你真的很想

/ 所有瞬间都是你 /

离开巴黎嘛。"

叶慎安整个人都陷在柔软的沙发里，扬眉冲着她眨了眨眼睛："这是要听老婆的话嘛。"

林粤瞄了他一眼，没接话，转身去洗澡了。

门阖上，浴室里头传来渐渐沥沥的水声，叶慎安放下手机，脸上的笑容慢慢散去。

事情好像是从昨晚开始，就变得不对劲了——林粤难得没有热情地扑倒他，这令全身心做好准备的叶慎安说了一句蠢话："你今天……不睡我吗？"

她似笑非笑地看着他："你觉得自己很好睡？"

"……"

那我看你睡得还很起劲儿啊！

感觉自尊心受到了严重伤害，叶慎安不想说话，默默扭过身，蜷在自己的一方小角落里，闭目装睡。他寄望于自己的举动能激起林粤的良心。

但很显然，林粤这个人——她没有良心。

委屈着委屈着，叶慎安渐渐睡着了。多年不做梦，这一夜，他竟然梦到了酒酒。

那个画面真实得仿佛发生过，梦醒后，叶慎安回过神来，那个画面，它的确发生过，就在酒酒二十岁的那个春天。

他们那天似乎是约在哪家商场前碰面，人来人往的广场上，酒酒自人群中向他迤迤然走来。

她对他说的第一句，也是唯一一句话是："二哥，我们分手吧。"

暖风拂过她将将退去婴儿肥的脸颊，她歪着头，一双波光潋滟的眼看着他，轻快的模样像是要趁着春光明媚，邀他去哪个好地方走走。

于是他微笑着摸了摸她的头，不无温柔地应了一声："好"。

林粤洗完澡出来，叶慎安仍然是那副闲云野鹤的懒散姿态。

见林粤要整理箱子，他起身走过去，轻轻拍了拍她的肩膀，指着衣柜旁边那双不知道从哪里变出来的平底鞋："虽然是去做正经事，但也不是什么了不起的正式场合，你今天就穿这双吧。"

"你什么时候买的？"

"那天你买完衣服，我不是自己去了趟厕所吗？门店就在厕所旁边，我觉得拿来配那条白色的连衣裙不错，就买了。"

"我怎么没发现？"

"可能是因为我拎的袋子太多了吧，多一个不多……你快去换鞋吧。"

林粤怔了一会儿，这才一言不发地走过去。换好鞋，她对镜端详了自己片刻，果真如叶慎安所言，跟她身上的裙子极配。

叶慎安显然更满意自己的作品，得意地打了个响指："我眼光真好。"

正要坐一边儿去等她继续收行李，没想到林粤直接把换下来的高跟鞋递到了他眼前："帮我把这双收起来。"

？？？你可真会蹬鼻子上脸使唤人！这是对待给你买鞋的人该有的态度吗？

为了捍卫自己的尊严，叶慎安硬是死撑着不肯接。

见他迟迟不伸手，林粤挑了挑眉："老公？"

"……"

等等！这是林粤第一次叫自己老公？

大概是过于震惊，叶慎安的嘴竟然张成O形。而等他回过神来，林粤已经把一双鞋直接丢到了他手里。

他低下头，哀怨地看了一眼鞋子，感觉五味杂陈……算了，老子姑且就吃这一回亏，下回免谈！

傍晚的霞光逐渐笼罩住纪龙德河的左岸，他们的车终于在天黑之前顺利抵达了克里斯先生的酒庄。

克里斯亲自来迎接他们："路途遥远，辛苦了。"

林粤笑得礼貌："克里斯先生客气了，是我们打扰您了才对。"

叶慎安也跟着笑，目光不禁扫过跟在克里斯身后的那个"小尾巴"——是张清秀的华人面孔。

他的好奇心上来了："酒庄原来有华裔员工？"

克里斯回头看了童岸一眼，笑着否认："Lucile可是地道的中国人，这次想要推荐给二位的The darling，就出自她手。"

林粤似乎对这个"小尾巴"有些兴趣，偏过头，开始打量她。

"小尾巴"似乎被看得不好意思了，脸颊泛起淡淡的红晕："两位旅途辛苦了，我是Lucile。"

叶慎安觉得这姑娘实在挺可爱，但也仅止于可爱。

一行人说说笑笑往酒庄去，叶慎安边走边舒展着筋骨，视线越过繁茂的草地，望向不远处青翠的葡萄园——但愿在这里，他能享受到一个美好的假期。

酒庄的厨房一早就绪，开胃酒、头盘、法式清汤依次呈上，还有专门的侍酒师为大家斟酒，这一餐温馨却不失隆重。

林粤似乎对克里斯口中的The darling很感兴趣，热情地和"小尾巴"聊了不少。

叶慎安对葡萄酒没什么研究，压根没听她们的谈话。望着院内漆黑的树影，他再次想起了昨夜的那个梦。这么多年过去，当时的小姑娘，有没有遇见更美的春天？

忽然间，他听见林粤在叫他："老公，我看这里的酒还不错，反正接下来我们也没有安排，在这里多住几天？"

飘远的思绪被毫无防备地扯回来，他心不在焉地应了一声："可以啊，你开心就好。"

晚餐结束后，克里斯和"小尾巴"便起身告辞了。厨师与侍酒师也相继下班离开，偌大的餐厅，如今只剩下林粤与他两个人。

夜阑静寂，是个好天。浑圆饱满的月亮悠然地挂在天的那一边，仿佛天真得从未识过人间的聚散。

有风拂过。

林粤拿过酒瓶，为自己斟上了半杯红酒："老公，刚才你在想什么呢？"

还是不太习惯这个称谓，不过也无所谓……叶慎安托腮，凝视着对面人的眼睛，狡黠地勾起嘴角："想你。"

"噢，这样吗？"林粤回看他，无辜地眨眨眼，"那还真是受宠若惊啊。"

"……"呵，老子还真没看出你哪儿受惊了。

气氛似变得有些微妙，门外突然响起了一阵脚步声，二人俱是回头。

一刹间，叶慎安愣住了。他没想到，会在这里见到她。他还以为，她正在巴黎。

不，不止她，还有程少颐……更甚至，刚才一起吃过饭的"小尾巴"也在！众人面面相觑。

叶慎安努力组织着语言，寄望能让场面显得自然一些，然而不及他开口，酒酒已率先跟他们打了招呼："嗨，二哥、二嫂，真巧啊……"

……

没人搭话。

林粤的手指缓慢地敲击着桌面，一下、两下……脸上挂着的，是无懈可击的笑容。

叶慎安不由往后仰了仰身子，不动声色地环视一周——很好，程少颐稳住了，酒酒稳住了……唯一没能稳住的，大概只有那条可爱"小尾巴"。她正尴尬地左顾右盼着，仿佛寻找这诡谲气氛的突破口。

令人窒息的沉闷中，程少颐鲜有地主动开口了："慎安、小粤，介绍一下，这是我的女朋友，童岸。"

林粤镇定的脸上难得浮起了一点儿讶色："Lucile是你的女朋友？这世界还真小啊。刚好，我很喜欢你女朋友酿的酒，要不，大家一起喝一杯？"

"好啊。"竟然是酒酒在附和。

"……"

叶慎安后知后觉地开始头痛。他偏头，慢悠悠地给林粤递了个眼色，意思是你差不多得了。

林粤当然看到了，也读懂了，于是她投桃报李地回了他一个眼神——搬椅子去。

"……"

还真是个美好的假期。

酒过三巡，叶慎安抱着酒瓶开始发疯："都说有缘千里来婵娟，你们快看，今夜的太阳是多么圆！"

一旁程少颐黑着一张冰块脸无动于衷，倒是"小尾巴"极担忧地看着林粤："叶先生他还好吧？"

林粤淡淡地瞄了一眼叶慎安的脸："还能喝吗？"

"放心，我喝完这些，还能给你们打一套太极拳！"

"……"

林粤起身，将身边的叶慎安从椅子上拽起来，架在自己的身上，朝众人微微颔首："抱歉，我看今晚就到这里吧。"

程少颐不置可否，童岸则拼命点头。坐得最远的酒酒像是在走神，沉默了半晌，最后是低声说了句"好"。

林粤微笑："我老公平时可是三杯倒的酒量，今天算超常发挥了。不错，没给我丢脸。"

从餐厅回克里斯为他们安排的房间需要经过一段长长的回廊，林粤抬头望天，枝枝蔓蔓的花架遮住了月亮泰半的脸，稀薄的月光仿佛海上升起的迷雾，笼住叶慎安那张醉意蒙眬的脸。她抿唇，果断地将他从自己身上推开。

叶慎安毫无防备，整个人踉跄了几步，好不容易站稳，一双眼迷茫地看着她："怎么了？"

"来吧。"

"嗯？"

"表演太极拳啊。"

"……"

他觉得自己能答应跟林粤结婚，一定是因为撞了邪。

入夜后的酒庄极安静，林粤打开房门，径自走进去。

"你先洗还是我先洗？"身后响起叶慎安的声音。

林粤一回身，就看见半倚着门框的叶慎安。酒庄的走廊是开放式的，他周身浸没在月的光晕中，像希腊神话中风流不羁的神祇。她眼中缓缓凝起一层薄冰："你先吧。"

"那我就不客气了。"

门关上，林粤走到自己的行李箱跟前，翻出化妆包，开始卸妆。

十分钟后，围着浴巾的叶慎安走了出来。她看了他一眼，错身进了浴室。

再出来时，叶慎安竟然还没睡，正独自坐在露台吹风。

"不是喝醉了吗？"

"不是要我表演太极拳吗？"

林粤愣了愣，失笑："看来是生气了？"

叶慎安没回答。

林粤抱着一双手，望向黑漆漆的远方，是嘉许的语气："不错啊，起码忍到了现在。"

叶慎安蓦地起身，朝她逼近。他眼中明明盛着一汪怒海，犹如狂风卷浪，然而扑到岸上，却只剩零星的水花，声音里竟还带笑："差不多得了呗。"

林粤挑起下巴，歪头笑看着他，一只手指肆无忌惮地滑过他裸露的胸口："这不是如你所愿，提前回来了吗？"

"林粤。"

"叶慎安。"

"睡不睡觉？"

"睡啊。"

林粤伸了个懒腰，信步走向属于自己的那一边。

忽然间，她感觉睡袍的腰带一松，一双手自身后将她的腰紧紧勒住。她缓缓吸了口气，没回头："我今天心情不怎么好，可能不会太配合。"

"刚好，我今天心情也不太好，可能不会太温柔。"

"是吗？"她转过身，双手环住他的腰，扬眉，嚣张地笑了，"那不如我们来试试——谁才是更不开心的那个。"

天刚蒙蒙亮，叶慎安便轻手轻脚地下了床，朝楼下宽阔的草坪走去。还不到酒庄的营业时间，四下空荡荡，只偶有几声鸟的啼叫。他随便找了一块背阴的地方躺下，闭目养神。

忽然，一个冷淡的声音蹿进他的耳朵："慎安。"

叶慎安慢条斯理地将眼皮掀开一条缝："少颐？真早。"

"你比我早。"

"哈，我这是一夜没睡。"

"你昨晚不是一副不省人事的样子？"

叶慎安顿了顿，朝他使了个眼色："关键时刻，男人得会演戏。"

程少颐的嘲讽之情溢于言表："有人信了？"

"起码，酒酒信了。"

叶慎安说着坐起身，自顾自地掸了掸身上的灰尘——终归是避免不了，和这个人谈及酒酒。

"还喜欢酒酒？"耳畔是程少颐尖锐的声音。

天底下大概没有比刺激程少颐更令人快乐的事，叶慎安故意耸耸肩："嗯。"

程少颐果然怒了："明明是结了婚的人。"

叶慎安抱起一双手，上上下下仔仔细细欣赏了一遍他的怒态，感觉颇满意："被你这么说，我可是一点也不会觉得惭愧。反正，你也高尚不到哪里去吧。"

是明目张胆的挑衅，但程少颐却突然沉默了。

过了一会儿，他竟然主动换了话题："什么时候走？你应该明白，酒酒不太想见到你。"

叶慎安不语，他明白，这才是他来找自己的真正目的。

"我当然知道。"

"到底什么时候？"

"那得看我老婆的意思。"

"叶慎安！"

"好了好了，不逗你了。昨晚我已经和她谈过了，我们一会儿就会离开。放心，世界上没有人能够令你最爱的酒酒不开心，哪怕是我也不行。"玩笑就到这里，叶慎安说罢扬扬手，转身欲走。

"慎安。"程少颐又叫住了他。

而他并未回头："什么？"

"当初你……为什么不争一争？"

叶慎安终于驻足，像在认真思考这个问题。

许久，风中飘来他淡淡的声音："我不知道……可能只是因为，我不够爱她吧。"

程少颐很快被叶慎安甩在身后。

太阳已完全升起来，耀眼的光线落到他眼中，叶慎安微眯起眼，望了一眼远处的葡萄园，像是被什么东西吸引，他忽然掉头，往那个方向走去。

马上就到丰收的季节了，和垂在枝头的果实看上去同样诱人的，还有架旁开得浓艳的玫瑰。说也奇怪，葡萄与玫瑰明明是两种完全无关的事物，但放在一起，却意外和谐，丝毫不显俗气。

他点了一支烟……酒酒过去，好像很喜欢玫瑰。

但叶慎安从没送过她玫瑰，不仅玫瑰，连一样像样的礼物都没有，光顾着带她四处闯祸了。

那时他"废柴"的形象已深入人心，他也甘于如旁人口中那样"堕落"，反正在世间，人人都有自己要扮演的角色——属于他的那个，应该便是作为优秀哥哥的陪衬，不学无术的小儿子了。

他本是这样想的，但哥哥却突然离家，还不惜断绝和叶家的关系。那个愁云惨淡的冬天，叶慎安刚度过了自己二十四岁的生日。作为家中唯一剩下的儿子，叶家二老在消沉了一段日子后，雷厉风行地进行起了"继承人"的迅速养成。大概深知他不成器的个性，明里暗里，家里人也开始为他寻找合适的对象。

无忧无虑的日子一夕间结束了，叶慎安身上担起了原本属于哥哥的那份责任，他所习惯扮演的角色变了，新的剧本已搁在了他手边，他无法视而不见。

酒酒在来年春天向他提出了分手。

就像他记忆中的那样，那真是一次和平的分手。分过手后，他还和周公子一道去喝了场酒。

周公子事后跟人提起这件事，总是语气浮夸："啧啧啧，叶二就那么毫无防备地被程家的小姑娘给甩啦！太惨了，你知道吗？小姑娘甩了他之后没多久，就潇洒地一拍屁股，跑去美国学摄影了。我们家叶二啊，也是个受过伤，有故事的男人呢！"

每当这个时候，叶慎安总免不了一番插科打诨，必要时还装出一副凄惨相，以配合大家对他的同情心。

但他心里清楚，是他放弃了酒酒。酒酒只是遵循他的心愿，率先为他做了抉择。

有时一段感情无以为继也可能跟喜不喜欢没有关系，只是因为彼此都清楚，无法再为对方付出更多了。酒酒深谙这个道理，才会选择在一切变得难看之前，先道了"再见"。

所以，现在他哪里还敢喜欢酒酒呢？喜欢一个人也要论资排辈的，而他叶慎安，刚好没有。

但，还是忍不住想气气程少颐。作为酒酒没有血缘的哥哥，过去那些年，他是以什么样的目光在看酒酒，他最清楚不过——因为，他也曾以同样的目光，看着她。

但他明白的，酒酒不会属于程少颐。他们的处境，是同一个道理。

所以，只能是别人。世上最爱她的那个人，愿意为她付出一切的人……一想到这里，叶慎安忍不住埋头深吸了一口烟，真不知该感到开心，还是难过。

林粤醒来的时候，已经快到中午了。

上一回她一觉睡到这么晚，还是没上小学的时候。妈妈亲自准备好了丰盛的早餐，让人送到她的房间，还认真为自己挑选好当天要穿的衣服。林粤清楚记得，是一件镶着蕾丝花边的翻领娃娃裙——她竟然还穿过那种东西。

翻身下床，林粤疾步走向浴室。花洒打开，温热的水淌出来，她低头检视自己的锁骨，神情一滞，很好，叶慎安果然言出必行，很不温柔。

洗漱收拾完毕，在多花了三分钟的时间用遮瑕膏仔细地遮住那道刺眼的吻痕后，林粤拨通了克里斯先生的电话："关于供货的细节，您现在是否有空跟我商谈？"

"好的，我在办公室等您。"

"十分钟后见。"

挂断电话，林粤走到行李箱前，若有所思地看了一眼旁边的平底鞋，最后是将高跟鞋拿出来换上了——和叶慎安的蜜月，到此结束。

"咚咚咚——"

极其礼貌的三声叩门后，办公室内传来老者的声音："请进。"

林粤拧开门把，走进去："您好。"

克里斯先生微微颔首，语气听上去颇有些意外："我以为您还要留在这里多休息几天，不必急着做决定。"

"真是抱歉，计划有变，我和先生今天下午便要离开了，所以才会唐突致电您，希望能尽快确定好关于供货的细节。"

"今天下午便要离开？"

"是的。"

"真是太可惜了，作为庄主，没能好好招待您和您先生，是我的不周……"

"不不不，您太客气了，您的心意我已经充分感受到，感谢您的款待。"林粤说着，视线稍稍朝窗外的葡萄园瞟了一眼——叶慎安，似乎已经在那里站了很久了……

顿了顿，她重新看向克里斯先生，微笑道："我们的酒店下个月即将开业，已储备好部分葡萄酒，但我还是希望'The darling'能尽快进驻我们的酒廊，作为明年初春平价系列的主推。关于价格和数量，稍后我会发邮件跟您确认，合同您可以先按照过去的标准拟定草案，我们再商榷具体细节。"

克里斯先生颔首："没有问题。"

"那么，希望我们合作愉快。"

"合作愉快。"

"对了——"说到这，林粤低头打开了随身的包，翻出一张提前准备好的名片，递过去，"能否帮我将这张名片转交给Lucile，告诉她，若是今后有空回国度假，欢迎她来我家做客。"

"好的。"克里斯眉目舒展，笑着点了点头。

回到房间，林粤开始收拾行李。

按照睡前她与叶慎安约定的那样，下午他们就要从酒庄离开了。

"你还想去哪里逛逛？罗马、威尼斯、马德里……我都可以陪你去，只要你开心。"叶慎安说这话时，窗外的胧月刚好被一片不知道从哪儿飘来的乌云遮住，天地昏暗，犹如他那张扯掉温柔假面的脸。

林粤哼笑一声："除了法国。"

"嗯，除了法国。"

短暂的沉默。

林粤情不自禁地又笑了一下："行吧，不过有个条件。"

"你说。"

"三个月太短，得在我那里住一年。"

"林粤，你有没有听过一句话，叫'不要得寸进尺'。"

"那你又有没有听过一句话？"

"嗯？"

"我偏要得尺进丈。"

叶慎安的瞳孔微微放大，又骤然收缩，是淡淡的语气："哎，怎么办，我心情似乎又不太好了。"

"刚好，我也是。"

那么……他们对视一眼，叶慎安伸手挑起她的下巴，再次俯身吻下去——不如就看看，谁先死在谁手里。

和酒庄的人道过别，工作人员帮他们将行李放进后备箱。

叶慎安一脚踏入驾驶座，不忘瞥一眼旁边的林粤："真不去旅行了？"

/ 所有瞬间都是你 /

"不了。"

"好吧，老婆说什么，就是什么。"

他朝她笑了一下，极尽甜蜜。炽烈的阳光照亮他的脸，他的眼中没有一丝暗影——一夜过去，他似乎又变回了那个什么都可以，什么都没关系的叶二。

但林粤清楚，他不是，从来都不是。

车子驶出酒庄，一路畅通无阻。道旁蓊郁的山川连绵起伏，空气中弥漫着花与草的腥香，林粤一路东看看西看看，神情轻快，仿佛丝毫未受昨天那件事的影响。

车过了一道弯，她找他要烟："给我一支。"

叶慎安颇震惊："你要抽烟？"

"偶尔。"

"……在收纳箱里，打火机也在。"

"好。"

果然在箱子里找到，林粤抽出一支，为自己点上。

她姿态娴熟到令叶慎安心神一晃："我以为你不抽烟。"

"哦？为什么这么想？"

"大概是见证了你的高中时代，觉得你和我不一样，不是一道人。"

"不是一道人？"她细味他的话，蓦地笑起来，"也是哦，任谁都不会想到的吧，'不是一道人'的我们，最后竟然会结了婚，现在甚至还坐在同一辆车上准备去机场，完全变成了名副其实的'一道人'。"

叶慎安愣了愣，附和地笑了："是呢。"

林粤放下半截车窗，午后燠热的风呼啦啦地灌进来，她似乎突然来了兴致："来，说说看……"

"嗯？"

"在你心中，我曾是个怎样的人？"

"……"

反正不是现在这样的。

见他沉默，林粤揶揄地看了他一眼："是不记得了吧？"

"不是……"

怎么可能不记得，她可是给他童年造成不可磨灭阴影的罪魁祸首。别说现在忘了，大概这辈子都没法忘掉！

叶慎安清晰地记得，那是他人生中参加的第一场葬礼。

春天刚刚到来，城市被一夜之间冒出来的新绿淹没，清晨才下过一场淅淅沥沥的雨，空气里难得充满了湿润的气息。

多么美好的周末啊！

刚过七点，叶慎安便被爸爸亲自从被窝里拎了出来，他甚至走进了衣帽间，从里头捡出一件过年做的黑色小西装来，放到他跟前："赶紧换衣服，我们要出门了。"

年方六岁的叶慎安被这庄严的架势吓坏了，瞌睡彻底醒了过来，不确定地问："我们要去哪里？"

叶父瞅了瞅小儿子，叹气："去参加葬礼。你别磨蹭了，赶紧起来收拾好。"

载着叶家四口的轿车一路往城市的另一头去，越来越大的雨水冲刷着挡风玻璃，叶慎安默默观察着窗外的雨景，不明白大家为什么看上去那么低沉。

虽然人去世是一件很难过的事，但他们之后会去更高更漂亮的地方呀，昨天家里的阿姨才跟他讲了睡前故事，说人死掉之后，都会变成天上的一颗星星。所以天上才会有那么多星星，一闪一闪的，像妈妈首饰匣子里的钻石项链。

车开了很久，最后在一栋建筑门前停了下来。有人出来迎接他们，为叶慎安撑起伞。

伞下的小叶慎安打量了一下眼前的这栋房子——感觉并不怎么特别嘛，这个传说中举办葬礼的地方。他乖乖跟在大人们的身后，往里头去。

刚进了大门，叶慎安就被眼前的画面狠狠吓了一跳。厅内摆满了白的黄的菊花，正对着大门的墙上，还悬挂着一幅巨大的黑白肖像。相中人和自己的妈妈差不多一般年纪，是个特别漂亮的阿姨。

空气弥漫着一股只在寺庙才会闻到的奇怪味道，叶慎安小心翼翼地环视一周，才发现这里人很多，大家低声交谈着，无人留意到小小的他。

这时，他听见了爸爸的声音："慎平、慎安，过来……跟林叔叔问好。"

哥哥先一步走了过去，他也不情不愿地跟了过去。一抬头才发现，这个林叔叔，他之前是见过的，不过只有匆匆一瞥。

和林叔叔问过好，又被爸爸按着上了三炷香，叶慎安被打发到了一边。

外头还在下雨，时不时有吊唁的人进来，经过他，径直往肖像的方向走去，点了香，三叩首，再走到一边。循环往复看了好多遍之后，叶慎安不禁打了个哈欠——葬礼实在是太没意思了。

趁哥哥和爸爸不留意，他在大门口摸了把不知是谁的雨伞，悄悄溜了出去。

殡仪馆后头是一片茂盛的草地，再远一些，则是墓园。

叶慎安自然没打算走那么远，决定只在草地这块儿随便逛逛，免得时间耽误太久，回去挨骂。

他往前走了没几步，就看见草地尽处依稀是蹲着个人，好奇心促使他飞快地跑了过去。

走近一看，原来是个和他一般大的小姑娘。小姑娘穿了条漆黑的裙子，长及肩膀的头发上别着一朵小白花，正"呜呜"地抽噎着，感觉到他的存在，也没有抬头。

她已经浑身湿透了。叶慎安觉得她实在可怜，把伞往她那边挪了挪。

感觉到头顶的雨停了，林粤终于舍得抬起头。

叶慎安定睛看了看她的脸，顿时觉得她更可怜了，这眼睛，完全哭成了两颗小核桃嘛！

他觉得作为男子汉，自己有必要说点什么："你别哭了，阿姨说了，人死之后，会变成天上的星星。每天晚上，只要我们一抬头，就能看到他们了！"

他觉得自己的这番说辞十分恳切，虽然不一定能让她止住眼泪，但起码，能让她感觉安慰一些。

然而双眼哭成核桃的林粤，却仅是冷冷地看了他一眼——能说出这种没头脑的话，一看就是个被爸爸妈妈宠坏了的小少爷。

妈妈……一想到妈妈，林粤的泪水再次涌出了眼眶，她忽然决定戳破他可笑的幻想："人死之后，只会被烧成灰——风一吹，就没了。"

"……"

从小被捧在手心里，接受爱的教育的叶慎安哪里受过这种打击，硬是张大嘴愣了半天，一句话都说不出来。

林粤的话伴随着呼呼的冷风不断回响在他耳畔，叶慎安不由开始幻想，自己的爸爸妈妈被烧成了林粤口中的那捧灰……真实的恐惧令他"哇"一声，哭了出来。

　　这便是他们的初遇了——以林粤离去的背影和叶慎安的哭声作结。它是叶慎安每回想一次，就忍不住瑟瑟发抖的存在。

　　想到这儿，叶慎安不禁偏头看了林粤一眼："我觉得，在某种意义上，你这个人一点儿都没变。"

　　"嗯？"

　　"没什么。"与其和她探讨这段羞耻的黑历史，不如说点轻松愉快的，"说起来，我们竟然已经认识这么多年了，第一次见面的时候，还是高中生呢……"

Chapter 4
第四章

旧日

叶慎安果然忘了。

意识到这点，林粤未免失落。外头的风变大了些，她熄灭烟，关上窗。

叶慎安已经将手机蓝牙连上音箱。

"Tender is the night lying by your side

Tender is the touch of someone that you love too much…"

"Blur？"

"你知道？"

林粤笑："没想到我们竟然会喜欢同一个乐队。"

叶慎安目视前方，不以为意："也许未来想不到的事，还有很多呢。"

她愣了愣，旋即释然。

他忘掉也是理所当然的吧，据说人从七岁开始，关于童年的记忆就会慢慢消失，留在脑海中的，只有极少、极深刻的部分。

那天对叶慎安来说必然只是普通的一天，而她之所以能记得那么清楚，是因为她在那天彻底失去了妈妈。一夕之间，她从一个天真未泯的小女孩，毕业了。她亲眼见着那个能说会笑的母亲变成了一捧装在匣子里的灰，"死亡"这个抽象的词在她生命中一瞬间变得具体起来。不是星星，不是一切会发光的东西——是真实而黯淡的尘埃。

叶慎安的安慰并不能让她好受，出于嫉妒，她决定打碎他的幻想，那些美妙的、温柔的，属于一个孩子的幻想——"人死之后，只会被烧成灰——风一吹，就没了。"

叶慎安果然被吓哭了。他哭起来的样子真的好好笑，腮帮鼓起来，像是在吹一只小号。刚才还为她撑着的雨伞被丢到了一边儿，雨水顺着他梳得整整齐齐的头发淌下来，沿着脸，灌进了他翕动的嘴里。叶慎安难受得张大了嘴，一时间哭得更大声了。

"你好烦！"

丢下这句，林粤擦干眼泪，站起身，扭头走了。哭泣的小男孩还站在原地，不知道为什么，她的心情竟然好一点儿了。

天边的乌云掀起了一个裙角，有光线隐隐透出来，明天或许是个晴天。

"Love's the greatest thing that we have

I'm waiting for that feeling, waiting for that feeling

Waiting for that feeling to come⋯"

音乐声还在继续，林粤偏头看了一眼身边人。既然他不再记得那天，那么他所说的第一次见面，应该便是高中开课的那天。

想起那段往事，她清清嗓子，脸上渐渐浮起了狡黠的笑容："老实说，那条超人内裤是你的吧？你现在还穿那种内裤吗？"

"⋯⋯"

他为什么要想不开跟她叙旧？

叶慎安镇定了一下心绪，微微挑眉，反问："超人内裤是什么东西？我怎么完全不记得了⋯⋯而且你昨天不才验过货吗，我的品味不是有目共睹的么？"

"呵。"林粤笑了一声，没搭话。

叶慎安因而更加确定，他们真没什么旧好叙的，同窗的那些日子，他每和林粤打一次交道，就感觉自己夭寿了三年。他这辈子，怕是很难活过八十了。

叶慎安还记得，再次遇见林粤那天，是高中开课的第一天，也是他高中生涯中最倒霉的一天。

为了逃避麻烦的新生报到、开学典礼，他硬是敬业地卧床装了两天病，教科书和新校服都是阿姨去帮他领回来的。

到了第三天，他终于躲不掉了，出差回来的叶母一进门就冲上楼给他下了最后通牒，如果他想继续躺着也是可以的，她还可以帮他一把，把他的腿打断，让他如愿睡到明年。

／所有瞬间都是你／

叶慎安吓得当即从床上跳了起来，头不晕了，肚子不痛了，一头扎进衣帽间，认认真真在里头转悠了一圈，最后选了一身自认为好看的衣服换上，还不忘臭美地往头上喷了一点儿造型喷雾。

等他做完这一切，美滋滋地下楼去，才发现大家都走光了，家里只剩下阿姨一个人。他愣了愣，这才想起，今天也是哥哥大学的入学典礼。

见他一脸失落，阿姨安慰他："其实大家都等了你很久呢，只是大少爷的大学离家远，只好先出发了。"

叶慎安听罢，低头沉默了很久。

再抬头时，脸上已挂着和平日一般灿烂的笑容："没什么，是我动作太慢了。阿姨，今天就让我一个人去学校吧，反正我都是高中生了。"

"可是，先生太太嘱咐过我，要押……不，是要把你送到校门口……"

"阿姨，你不相信我吗？"叶慎安朝阿姨投去一个可怜巴巴的眼神。

"这……"阿姨为难了。

"就让我一个人去吧，反正我迟早也要……"他顿了顿，才斩钉截铁慢慢道，"习惯的嘛。"习惯做哥哥的配角。

总算说动了阿姨，吃过早饭，叶慎安拎起书包出了门。家里的司机一早等候在外头，他一言不发地坐上去，眼睫垂下来，全无刚才在房间里选衣服时的兴奋。

他本以为，今天爸妈会陪他去的。前两天他们有事出差了，他便决定装病在家等着，好不容易今天他们回来了，他原本特别开心，本以为终于能如愿以偿。

但原来，他们只是为了参加哥哥的开学典礼，不是为了他。

叶慎安扯了扯毛衣的领口，感觉整个人都很郁卒。但还好，他不是一个耽于沮丧情绪的人，不开心归不开心，对新学期，还是充满期待的。

叶慎安所就读的这所国际学校是名副其实的贵族学校，小中高一条龙，大部分学生都会选择一路直升。虽说这让升学这件事少了不少新鲜感，但每年或多或少还是会有加入的新生，偶尔还有漂亮的女同学，这也是叶慎安最期待的部分。

他正遐想着，司机已经在校门口停车了。叶慎安赶紧抓起书包，跳下车。一路哼着小曲往高中部去，没想到刚走到新教学楼附近，叶慎安便被一个威严的声音镇住了。

"这位同学，你的校服呢？"

叶慎安循声回过头，眼里写满了困惑。

愣了几秒，他蓦地回过神来，糟糕，大意了！早上看见爸妈回来了太兴奋，他完全是抱着选美的心态在选衣服，哪里还记得学校规定上课要穿校服。

他心虚地瞅了自己一眼，抬起头，讪笑："……我忘了。"

这位高中部的老师似乎还算好说话，皱皱眉："那还不赶紧回寝室换了？"

叶慎安挠挠头："我不住校。"

"……"

正僵持着，叶慎安的手机响了。

老师的目光再次射向他，这回比刚才锐利多了："这位同学，你叫什么名字？"

学校向来规定教学区不准带手机，虽然不会严查，但正面撞上了，还是免不了被收缴通知家长的命运。

通知家长……叶慎安想想就瑟瑟发抖。早上才惹怒了亲妈，如果立刻就被告状，那跟死有什么分别？

算了，横竖都是死，不如做英雄。想到这儿，他视死如归地抬起了头："我的名字比较特别，叫……"

那老师显然没反应过来，下意识问了一句："什么？"

叶慎安一扬脖子，字正腔圆："英雄！"

说罢拔腿就跑。

他一股脑冲进教学楼，直奔十年级那层的……厕所。

手机还在裤兜里响个不停，他找了个空着的隔间钻进去，这才把手机拿出来："喂？"

"小少爷，你今早一出门我就觉得不对了，你穿错衣服了！"

"我知道……"叶慎安不爽地撇撇嘴，他岂止是穿错了衣服，他简直是撞了邪。

"所以我一发现就赶紧跟出来了，现在正在你们学校门口呢，保安不让我进去，你赶紧趁还没开始上课，出来拿了换上吧！"

"啊？"

／ 所有瞬间都是你 ／

由惊到喜太突然，叶慎安没有防备。挂了电话，他急匆匆地跑出去，生怕刚才的老师还在，猫着腰张望了半天，确定没人，才一溜烟儿地冲向校门。

远远就看见阿姨魂不守舍地张望着，那神情犹如犯了什么滔天大错。叶慎安很能理解她为什么会这样——因为他们惧怕着同一个女人。

阿姨见到他，总算安下心，赶紧把一袋子衣物塞到他怀里，不忘凑在他耳畔小声道："内裤也一起换了吧，被太太发现我会被骂的。"

叶慎安的脸唰一下红了："你怎么知道？"

阿姨叹气："太太上周让我全部扔掉的时候，我发现少了一条……是你藏起来了吧？"

说到这个，叶慎安就很气了，他的亲妈叶太太，完全是个不折不扣的暴君，从小到大什么都要管束，就连买个内裤，都得是她喜欢的花形。

叶慎安不由悲从中来："不是说有钱就可以为所欲为吗？！"怎么轮到他这里，就变成了既不准带手机，又不准穿便服，就连穿条喜欢的超人内裤，都要被嫌弃？

阿姨大惊失色："谁跟你说的？"

叶慎安理直气壮："网上看的！"

阿姨吓得连忙捂住胸口："小少爷……你以后没事还是多读书，少上网吧。"

怀着沉重的心情，叶慎安抱着阿姨送来的校服折回了刚才的厕所。把书包往挂钩上一挂，他开始脱衣服。哪知道刚套上裤子，连衬衫的扣子都没来得及扣，上课铃便响了。他有点儿慌，急忙一把拽下换下来的衣服塞进书包，连书包的拉链都顾不上拉，撒腿就往新教室的方向跑。

十年级（2）班的教室就在走廊的尽头处，他一路狂奔，总算压着最后一声预备铃，安全上垒。

第一节是新班主任的课，不过他人好像还没到。叶慎安松了口气，疾步走进教室，眼睛顺道瞄了一圈，很好，新班级统共三十余人，里头有一半都是熟面孔，老同桌许卫松也在。

许卫松自然也瞅见了他，咧嘴坏笑："你这是胃病好了？"

叶慎安佯装淡定地拉好书包拉链，随口应声："嗯。"

说话间，第二道上课铃响了。叶慎安连忙朝许卫松摆了摆手，意思是待会儿聊。

走到倒数第二排的空位坐下，他低下头，开始在书包里扒拉课本。换下来的衣服将书包塞得鼓鼓囊囊，叶慎安好不容易才找到压箱底的数学书，刚掏出来，一抬眼，就看见门口立着个人。

"谁的东西？"

叶慎安当场石化，因为那人手中用一杆笔挑着的不是别的，而是一条内裤——印着超人的内裤。他到底什么时候掉的啊？！

刚才还闹哄哄的教室一瞬间变得鸦雀无声，再几秒，全班突然爆发出哄堂大笑。

但那人竟然丝毫未受影响，一张冷漠的脸上毫无波澜。叶慎安这才注意到她穿着和自己一样的校服……

等等，她有点儿眼熟？

不等他想明白她是谁，林粤又镇定地重复了一遍："谁的东西？"

……

叶慎安感觉自己要暴毙了。

还好大家光顾着笑，没人往他这边看，叶慎安瑟瑟地偷瞄了林粤一眼，意外发现，她也在看着自己。

对视一眼，他迅速地把视线移开——她不会是发现了吧？

眼看场面快要不受控，门外又响起一阵笃笃的脚步声。这次真是班主任驾临了，众人赶紧屏住笑，佯装正经地开始翻课本。

林粤的手也垂了下来，回头看了一眼不远处的班主任，没再继续发问，快步走到教室的最后，将那条内裤丢进了垃圾桶，连同自己的笔一起。做完这一切，她气定神闲地回到了第三排自己的座位，仿佛刚才无事发生。

叶慎安感觉冷汗淌了一背，还好现在是二月，否则他一定会被当场揭穿。

新班主任走上讲台，微笑着跟大家打招呼："大家好，我是大家未来三年的班主任李洋，大家可以直接叫我Leslie。相信绝大多数同学已经互相认识过了，只有生病请假的叶慎安同学今天才来上课……叶慎安同学，能麻烦你举手跟大家示意一下吗？"

听见班主任叫自己的名字，叶慎安这才勉强回过神，颤巍巍地抬起头。然而映入眼帘的却是一张熟悉的脸。

"我的名字比较特别，叫……英雄！"

回想起不久前的那一幕，叶慎安眼前一黑。现在他是真的开始胃痛了。

第一节课下课，叶慎安被李洋叫进了办公室。

李洋也不跟他磨叽，直接说："手机拿出来吧。"

叶慎安这回不敢造次了，乖乖掏出手机，放在桌上。

李洋看上去并没有太生气："假期刚结束，收心需要一点时间，我可以理解。手机就先保管在我这里，周末来取，不过，下次不要让我看见你在教学楼玩手机了。再让我看见一次，我就通知家长。"

叶慎安怔了半晌，不敢相信自己的耳朵，呆呆地问："真的吗？"

李洋笑着颔首："嗯。"

"Leslie，你真是个好人！"

高压解除，叶慎安瞬间恢复本性，嘴里开始跑火车。

"不过，"李洋忽然话锋一转，"下学期的夏日嘉年华，你得参与话剧表演。"

"……为什么？"

"因为我觉得你很有幽默感——英雄。"

"……"

虽被强制安排参与活动，但好歹不用接受亲妈的雷霆制裁，叶慎安的心情格外轻快。从办公室出来的一路，都在哼歌。

许卫松正在教室门口等他，一见到人，立马殷勤道："没被骂吧？"

叶慎安一脸喜滋滋，尾巴就差翘上天："哪能，也不看看我是谁！"

"也是，我一早听说Leslie是出了名的开明。"

其实不仅Leslie，国际学校的老师大都挺好说话，学生就连"老师"都很少叫，一般都是直呼英文名，和师生相比，彼此关系更像朋友。

两人正兴致勃勃地瞎侃着，忽然一个清亮的女声钻进了叶慎安耳朵里。

"麻烦让一让。"

是林粤。她扬了扬眉，意思是他们挡着她的路了。

叶慎安一怔，这还是他第一次近距离与她对视。

十六岁的林粤已出落得亭亭玉立，是个标准的美人坯子。她细胳膊细腿，个头也比许多同龄女生高出一个头，白皙的皮肤在阳光下泛着莹润的光，鼻尖和下巴都小巧精致，除了那一双柳叶眼正挑高着眼角，不冷不热地盯着他们，让人感觉不适以外，其他简直赏心悦目。

叶慎安不禁抖了抖，可怕的小孩儿长大以后，果然还是可怕的少女，属性不会改变。

没错，他已经记起她是谁了——这个毁掉他小清新童年的罪魁祸首！

但他不想让她看出来。不仅如此，他更不想她看出来，那条超人内裤是自己的。

叶慎安没说话，识趣地往后退了两步。

林粤淡淡地说了一声"谢谢"，跻身过去，一双长腿脚下生风。

一旁的许卫松看着她的背影，"啧"地叹了一声："她的腿可真好看！"

叶慎安循声瞄了一眼，撇嘴："你怕是年纪轻轻就瞎了。"

许卫松觉得奇了怪了，叶慎安向来喜欢看漂亮女生，心情好的时候还要评头论足一番，怎么到林粤这里就不一样了？

"你很讨厌她？可咱们刚同班第一天啊！"

"哪能？"叶慎安无所谓地耸耸肩，眯起眼笑看着那个走远的背影，"我只是不喜欢她这一款的，感觉不是一道人。"

那之后没几天，最终调整过的座次表出来了。

数学课结束后，Leslie趁课间安排大家换座位。叶慎安的热情空前高涨，将家当搬到新座位，他满意地环视一周——左前方是迅速攀上班级话题榜第一名的元气混血美少女赵希茜，右前方是初中同学兼超级学霸简辰，而他的好基友兼老同桌许卫松则稳坐自己的大后方……

一切是如此完美，除了他正前面那一方煞风景的后脑勺——林粤为什么偏偏坐到了他前面？

许卫松见他一会儿高兴，一会儿丧气的，拿手肘撞了他一下："怎么了？"

"没什么……就是最近比较点背。"

"点背就买几条锦鲤回家养着转运呗！"

叶慎安没好气地睨了他一眼："看不出，你还挺迷信。"

迷信的许卫松没空搭理他，正托着腮，对着空气一脸痴汉笑。

叶慎安知道，他是在瞻仰自己的新晋女神——林粤竟然也能成他的女神，叶慎安觉得封建迷信真害人，生生毁了一个大好少年的正常心智。

刚好上课铃响了，叶慎安摇头，抽出下节课的英语书扣在自己头上，两眼一闭，决定不再想这糟心事。

之后的很长一段时间里，叶慎安都被迫和那颗安静的后脑勺朝夕相对着。不过无论课上课下，林粤从不主动搭理他，除非传作业分资料，其余时候，她一概不会转动自己高贵的脖子。而且哪怕转过来了，她也不会正眼看他。

叶慎安也就跟她对视过那么一眼，就走廊那次，但那一次已经让他觉得足够了——看一眼就可以折寿三年，他要是天天对着她的那张脸，还能指望活到毕业？

为了努力活到毕业，叶慎安每节课下课都要四处走动，这里唠唠游戏，那里说说八卦，很快十分钟就过去了。

就这样，叶慎安挨到了春天。

这意味着经历过一场考试，这学期就结束了。国际学校的学制和普通初中不一样，一年有四个学期，完全按照国外的模式进行，四月是第一学期的结束。考完之后，他们会有半个月左右的春假。

可以说，叶慎安日夜都在期盼着这一天的到来。因为不出意外，下学期他就可以告别林粤那颗惹眼的后脑勺了。

考试当天，叶慎安出奇振奋，一大早就起来收拾好了东西，全家上下为此都很震惊，以为这小儿子终于开窍了。叶太太甚至高兴地允诺，如果成绩不错，就带他去国外度假。

叶慎安心不在焉地"嗯"了一声，一点儿没有平时被重视后的那种兴奋。他现在全部的心思，都扑在如何远离那颗后脑勺上。

上午九点，第一门测验开始。

秉承着"诚信参考"的原则，学校并没有大费周章地交换教室，只常规地打乱座位，派遣了两名老师监考，前后各一个。

叶慎安走到贴着自己学号的座位坐下，从笔袋里抽出钢笔，刚在卷子上填好自己的名字，就感觉到一股熟悉的气压扑面而来。他一抬头，果然，就看见熟悉的后脑勺。

不要在意不要在意，叶慎安给自己洗脑，重新埋下了头。

考场极静，空气里只有唰唰的写字声。

叶慎安正咬着笔杆，费劲地琢磨着卷子上那道填空题，忽然间，他听到一声脆响。笔尖一滞，他下意识往地上瞅了一眼，果然是林粤的笔掉了。

圆滚滚的笔杆沿着地面咕噜噜地滚了几圈儿，非常不识趣地停在她椅子和他桌子的中间——距离两人同样的距离。

谁都可以捡，但谁捡动静都不小。

叶慎安怔了两秒，鬼使神差地躬身。没想到林粤也同时转过了身，两颗脑袋凑近，他的手指先一步触到笔杆，正准备拿起来，林粤的手也伸了过来，不偏不倚覆盖在他的手指上。

凉凉的触感，叶慎安一个哆嗦，来不及缩手，视线先对上了她的眼睛。

春日温暖的阳光落入她的瞳孔，不知是不是他的错觉，他总觉得，那两颗明亮剔透的眸子里，藏着意味不明的笑。

是很轻很轻的声音，只有他听得见。

"你很怕我？"

"……"

不等他开口反驳，监考老师已经在后头大喝："你们在干什么？"

因这句话，众人纷纷停笔，往这边张望，教室里响起一阵不小的骚动。叶慎安蓦地回神，赶紧直起身子，想要解释。

林粤却抢先一步扬了扬手中的笔："老师，他是帮我捡笔呢。"

叶慎安忙不迭点头。

监考老师认真打量他们，见两人并没有心虚，便决定不再深究，转而告诫所有人："都别看了，赶紧继续答题！"

教室很快恢复了最初的安静，林粤的后脑勺也重新转了回去。叶慎安这才注意到她今天扎的马尾上绑了一条粉色的缎带。他心里暗嗤了一声——这么温柔的颜色可真是跟她一点儿都不配。

他继续提笔写眼前的卷子，刚才的那种紧张感已经消失了，但他心中却莫名多出了一点儿说不清道不明的恰意。那感觉很淡很淡，像天边若有似无的浮云，捉不得，一捉就散了。

考试完，家里的司机准时来接他回家。

车子开进市区，他一路东张西望，欲言又止。司机没忍住，多嘴问了句："小少爷，你是在找东西？"

叶慎安顿了顿，这才不确定地答："你知道……哪里有锦鲤卖吗？"

一百条锦鲤丢进自家后院的池子，叶慎安抬头望了一眼远处的猩红色的落霞，长吁了一口气，他觉得自己要转运了。

果然，后一天的考试再无意外发生，交了最后一门的卷子，他收好文具，自我感觉发挥得还不错。

监考老师清场收卷，许卫松屁颠屁颠地冲过去勾住他的肩："昨天我女神跟你到底怎么回事啊？"昨天他就想问来着，结果叶慎安跑得太快了，没抓住人。

叶慎安莫名其妙地看了他一眼："我就帮她捡支笔而已。"

"切，没意思，我看你一脸好在意的表情，还以为发生了什么了不得的事情呢。"

"我在意她吗？"

"废话。"

"那……"他蹙了蹙眉，懒得深究何谓"在意"，随口便说，"可能是因为我讨厌她吧。"

"你为什么要讨厌我的女神？"许卫松不干了。

"也可能不是讨厌……"叶慎安其实也不知道如何形容自己的那份心情，只好旧论重提，"我不是说过吗？我只是觉得，我们不是一道人。"

不是一道人的林粤刚好也收完书包从教室里出来了，三人刚打了照面，叶慎安便飞快地错开了视线。

这不爽的感觉……说不定，他真是讨厌她没错。

那之后不久，考试成绩便出来了。

林粤年级排名第一，从小称王称霸过来的学霸简辰竟然屈居第二。看到这个结果，叶慎安小小地惊了一下，但也没太在意，反正他还保持着初中的一贯水平，稳居中游。

对此叶太太谈不上高兴，也没有特别失望，还说最近刚好有空，还是可以陪他去欧洲玩一圈的。他们买了第二天的机票，满满十天的行程，叶慎安很快兴奋得忘记了第一学期的不快。

反正他回来的时候，家中那一池子的锦鲤还活蹦乱跳着——他决定相信它们带来的神秘力量。

五月，高中生活的第二学期揭开了帷幕。

重新调整后的座次叶慎安特别满意，他终于如愿远离了林粤的后脑勺。感觉生活重新美好了起来，叶慎安趁热打铁，逼着司机陪自己再去买了一百条锦鲤。

结果提回家的路上，迎面撞上了正急着出门的叶太太。锦鲤被撞得泼了一地，叶太太看了一眼自己打湿的裙子，又看了一眼满地扑腾的鱼，气得一声怒喝："都拿去给我扔了！"

当天晚上，锦鲤便被阿姨倒进了小区的人工湖。叶慎安怅然站在湖边，扑面而来的是夏日的热风，他的后背渗出了密密麻麻的汗珠，望着逐渐没入湖中的鱼群，少年的心中第一次产生了人生艰难的想法——为所欲为的日子，尚离他很远。

不过，虽然锦鲤被扔了，但那个夏天总归是快乐的。班级里的氛围明显比上学期热络了许多，经过几个月的熟悉和适应，大家纷纷找到了自己的小团体。

属于叶慎安的这一拨，便是许卫松、简辰和班上唯一的混血妹赵希茜。其实简辰本人并没有对他们展现出过大的兴趣，但许卫松是个虚荣又热情的人，他觉得能把简辰这种学霸拉进自己的圈子里，那感觉真是倍有面儿。

经历过上个学期的接触，赵希茜已然成为了简辰的迷妹，又因为才换的座位离简辰近，基本上一下课就往他们这块儿凑。没事跟大家分享个笑话，问个作业题，就连需要四人组成小组做报告的时候，她也总会自告奋勇加入。

一下子，叶慎安的生活圈与林粤彻底拉开了距离。

和叶慎安稳定的四人小组不同，林粤从不固定在同一个组里，她总是随机更换小组，不过因为她成绩好，报告也做得好，总能拿高分，大家都很乐意她加入。

叶慎安觉得这样搞特立独行的她很没劲儿。他不能理解，在大家都喜欢呼朋引伴的年纪，林粤为什么总能和别人表现得不一样，并且这种不一样还能受到吹捧，而不是鄙夷。他觉得，一定是他们的眼睛出了问题。

开学的第二个月，班里头发生了一件轰动的小事。

但叶慎安觉得那根本不是事，只不过是有一天来上学，大家突然发现，林粤居然一声不响地戴上了眼镜，还是黑框的那种。

碍不住一群人叽里呱啦的议论，叶慎安难得多看了她一眼。林粤脸小，选的款式也非常小巧，长方形的镜框架在她挺拔的鼻梁上，侧边露出金色的小小logo，反而比过去多出来一份文气——由此可见，她平时的气势有多强。

许卫松依然托着一张脸痴痴地望着右前方的林粤："就连黑框眼镜这种颜值大杀器，也无法遮住我女神的盛世美颜啊！"

叶慎安听罢不屑地撇嘴："你这粉丝滤镜大概有十级。"

许卫松已然接受了叶慎安讨厌林粤的这种设定，压根不和他一般见识，仍然乐呵呵地看自己的女神。

见许卫松不理他，叶慎安反而觉得有点儿烦。他一条腿伸过去，踹了许卫松的椅子一脚："Leslie怎么还不来？"

原本Leslie早上便说了放学之后会过来讲一下夏日嘉年华的具体安排，没想到最后一节课都结束十分钟了，他人还没来。

"快了吧。"许卫松说着朝门口张望了一眼，发现他的女神刚好走出去了。

叶慎安听罢不说话了，从笔袋里抽出一杆笔，开始转着玩儿。

忽然间，后座的赵希茜神神秘秘地凑了过来，小声问他："听说你们男生最近搞了个匿名投票选班花，结果出来了吗？"

作为整个高中部都排得上号的美女，赵希茜本质上还是挺在意群众的眼光的。今天听大家议论了一天的林粤，她觉得挺不是滋味。明明她长得不比林粤差，只不过和林粤走的路线不同，她是学芭蕾的，从小拿各种比赛的奖拿到手软，舞蹈水平一流，又因天鹅颈加混血颜得天独厚，从小被大家捧在手心里。非说哪里不如林粤，大概是腿没她长。可她个子也没她高啊。

叶慎安听了赵希茜的问题不由一怔，这事他还真不清楚，当时许卫松丢给他一张纸要他写名字，他翻来覆去地思考了半天还是什么都没写，谁知道最后的结果是什么啊。

不过赵希茜都这么问了，他也不好意思说自己弃权了，只好把她推给许卫松："你问他去。"

赵希茜果然兴致勃勃地把头转向了另一边："松松啊，你们的班花选出来了吗？"

"啊，哦，你说那个啊？"许卫松连忙回过了头，"结果已经出来了，你和林粤平票，不过真奇怪哈，按理说我们班有十七个男生啊，怎么会平票？"

叶慎安在旁边跷着脚，没搭腔。

此时出去的林粤恰好回来了，人刚走到门口，手头还捏着一叠纸。

许卫松见着她，像突然受到了什么启发，得意扬扬地看向叶慎安，扯着嗓门道："不过我知道，你肯定投了我们茜茜妹！"

　　"……"

　　叶慎安本来坐得好好的，交叠的两条腿安逸地抖啊抖，忽然被许卫松这么一吓，差点没一屁股滑下去。他稳了稳重心，视线不经意地滑过门口那张戴着黑框眼镜的脸："没错，我觉得赵希茜最漂亮。"

　　声音虽不大，但足够林粤听见了。叶慎安期待着她的反应。

　　然而林粤只是轻轻推了推自己的眼镜，面无表情地扬了扬手中的那叠纸："Leslie刚去开会了，马上就到，这是我们班这次要演的话剧剧本——《麦克白》。"

所有瞬间都是你

第五章

暗涌

"Leslie来啦!"

不知谁先喊了一声,等得不耐烦的众人纷纷安静了下来,一齐往门口张望。

叶慎安不由愣住,视线还停留在林粤的脸上。少女饱满光洁的脸上没有流露出任何不悦的情绪,如往常般跟Leslie打了招呼,主动将剧本递过去。

Leslie接过剧本,朝她微笑着点了点头。

林粤转身走回自己的座位。叶慎安这才注意到,她今天又扎了马尾,缎带是艳丽的红色。高高的发尾随着轻快的步伐在她身后摇曳,每一下,都掀起一阵劲风。

没意思,叶慎安"嗤"了一声,百无聊赖地趴回课桌上。

Leslie笑盈盈地走上讲台:"大家知道'夏日嘉年华'吧?"

"知道——"所有人异口同声。

作为学校每年夏天都举办的例行活动,"夏日嘉年华"在学生中向来拥有很高的人气。每年嘉年华期间,不仅官方会设置节目投票通道,私下里大家的讨论热度也十分之高涨,每年都会涌现出几个一夜爆红的"明星学生"。

Leslie在英国念大学,受英国文学影响颇深,这次学校一公布活动时间,他便立刻敲定了《麦克白》作为这次表演的剧目。虽然《麦克白》已经是莎士比亚四大悲剧中篇幅最短的作品,但对刚入学的高中生来说,台词还是很有难度的,他个人也是抱着尝试的心态。

正式开始选角，大家陆续认领了一些戏份或轻或重的配角，而作为绝对主角的麦克白，却迟迟无人问津。Leslie看上去有些失望，鼓励大家："难道不正是因为有难度，才更有挑战性吗？"

没人搭腔，冷场得厉害。

叶慎安整个人懒散地伏在桌上，头搁在肘窝里，歪着脖子张望了一圈，轻快的神情犹如看戏，

反正他上学期已经被Leslie钦定参演了，叫他演什么都无所谓。但他也不至于蠢到主动请缨演麦克白，毕竟得过且过才是他的快乐哲学。

忽然，一道清亮而镇定的女声打破了整个教室的沉寂："Leslie，可以反串吗？"

是林粤。

Leslie蓦地一愣，偏头对上她的视线："你是说……你想反串麦克白？"

"是的，我觉得如果采用这个形式，可能更有戏剧效果。"

"也不是不行……"不过他之前完全没往这方面想，很显然，林粤的话给了他新的灵感。

斟酌片刻，Leslie爽快拍板："那么，就由你来反串麦克白吧！"

"不，不光是我，"林粤环视了教室一周，"如果只有我一个人反串的话，可能看起来有点儿奇怪，不如这次，我们全部角色都采用反串的形式吧！"

刚才还听得昏昏欲睡，对这种古典悲剧提不起兴趣的赵希茜一下子来了精神："欸，那就是男生都演女生，女生都演男生？"

"没错。"

"真的吗？听上去好像很有意思啊！"

"对嘛，纯悲剧实在太没劲了，这种的话，想想还挺搞笑的……"

大家七嘴八舌地议论着，气氛渐渐热闹起来。讲台上的Leslie朝林粤投去了一个嘉许的眼神。

所有人看上去都一副乐在其中的样子，纷纷重新认领自己想要反串的角色，叶慎安简直不敢相信自己的眼睛，这群平时看起来挺有男子气概的人，内心深处竟然都在渴望穿裙子！真是人心叵测啊！

他一个激灵，隐约感到了危机，正要反对，林粤已经先开口了："我觉得，叶慎安演麦克白夫人很合适。"

你四只眼睛里的哪一只看出我适合了？强忍住吐血的冲动，叶慎安祈求地看向Leslie："我反对！"

Leslie微笑："反对驳回！"

叶慎安感觉眼前倏地黑了一下——林粤确定、肯定以及一定，讨厌自己。

既然命运宣判了自己死刑，叶慎安懒得再关心后续的选角，恹恹地缩回了课桌上，努力回忆起《麦克白》的剧情。

说来要感谢叶太太的雷霆教育，过去他不得不在暑假里一边痛苦地揪头发，一边阅读各式叶太太指定的课外书籍，《麦克白》便是其中之一。这部悲剧难得采用了反派作为主角，苏格兰将军麦克白和班柯平叛归来，路上遇见三个女巫。女巫预言麦克白将晋爵称王，还预言班柯的子孙也会称王。回国后，国王果然授予了麦克白爵位，证实了女巫的第一个预言。但麦克白野心勃勃，不满足于此，终于在夫人的唆使下，谋害国王，坐上王位。恐惧女巫其他的预言实现，麦克白接连杀害了班柯等许多人。麦克白夫人也逐渐精神崩溃，发疯自杀。众叛亲离的麦克白最后被邓肯的儿子和英格兰援军剿灭，枭首示众。

叶慎安越想越觉得迷幻，林粤怎么就觉得自己很适合演一个挑唆丈夫造反，最后把自己折磨得疯掉还自杀了的女人？这已经不是一个哲学问题，而是一个恐怖问题。

就在他陷入沉思的时候，这次话剧的全部角色已经以光速确定了下来。赵希茜抢到了马尔康的角色——故事中的邓肯的儿子马尔康最终从林粤饰演的麦克白手中夺回了王位，这无疑让暗地里跟林粤较着劲儿的她充满了干劲。许卫松则选择饰演三女巫之一，台词虽不多，但胜在造型神秘拉风。而简辰则被Leslie强行安排做了旁白。

大家都得到了自己或喜爱或能接受的角色，唯独叶慎安一脸生无可恋。因为他得做林粤……哦，不，麦克白的夫人。

班会结束后，许卫松宽慰地拍了拍他的肩："我知道你讨厌我的女神，但能被我女神看上做她的夫人，是你的荣幸。"

叶慎安面无表情地看了他一眼："哦，那我把这份荣幸让给你吧。"

许卫松嬉皮笑脸："这哪行，女神看上的又不是我！"

"得！"叶慎安悻悻地从牙缝里挤出一个字。他知道，许卫松就是嫌台词多。

感觉到叶慎安是真不开心，许卫松赶紧识趣地换了话题："哎呀，不要这么生气嘛，要不一会儿去我们家打游戏吧？"

／所有瞬间都是你／

可叶慎安不领情，拿起桌上的剧本"啪啪"地拍了两声："不去，回家背台词！"

他已经决定了，一定要趁之后排练的机会找林粤问清楚——他究竟哪里得罪她了？

紧锣密鼓的排练第二天便拉开了帷幕。

大概是受反串新鲜感的召唤，整个话剧组的人跟打了鸡血似的，下午的课一结束，都不需要Leslie打招呼，直接拥向小礼堂。

叶慎安一个人掉在大队伍的最后头，手头捏着一瓶快喝完的可乐。

斜阳还没有落下，正是狼与狗的时间，热闹的校园笼罩在模糊却耀眼的光线中，什么都无法看清楚。

叶慎安的目光掠过前头那个高挑的背影，心头忽然涌起一阵焦躁，咕噜咕噜灌完最后一口，"哐当"一声，将空瓶掷进了垃圾桶。

小礼堂的门是开着的，Leslie先到了。

"大家动作快一点，先去放好自己的东西，然后我们就开始排练了。前期带剧本熟悉台词，下周开始尝试脱稿，大家明白了吗？"

"收到！"

众人作鸟兽散，叶慎安也慢悠悠地走向后台。

不过一会儿工夫，地上已堆了不少书包。叶慎安"啧"了一声，真是一个赛一个积极。他慢条斯理地蹲下身，再慢条斯理地打开书包，磨叽了老半天，总算把剧本翻了出来，视线掠过昨天用彩笔标注的台词。不演的话就算了，但如果要演，他也没打算敷衍。

将剧本夹在腋下，他站起身。身后忽然响起了一阵"噔噔噔"的脚步声，他下意识回过头，是林粤，想必她也是来放书包的。

四下除了他们难得没有别人，叶慎安觉得这是个质问她的好机会，但又怕突兀，遂决定寒暄一下再发问："好巧啊，你也来放书包？"

林粤没出声，但看他的表情无疑跟看傻子一样。叶慎安也意识到自己说了句蠢话，脸上青一阵白一阵的。

这下林粤总算出声了："你人不舒服？

不不不，跟你说话之前，我什么都好，跟你说话之后，我就哪儿哪儿都不好了。

叶慎安拧着眉，决心不搞迂回那一套了："其实，我有件事想问你。"

"嗯。"

"你很讨厌我？"

林粤看上去像被他问住了，许久才反问："你为什么会这么想？"

她的眼睛毫不避讳地直视着他，这还是他们第一次这么近的面对面讲话超过三句。

叶慎安似乎被她与生俱来的气场唬住了，情不自禁地后退了一步："……我的直觉。"

林粤的瞳孔微微放大了一些。片刻，她唇边漾起一抹英气的笑容："夫人，我觉得男生还是不要太相信自己的直觉，因为一般来说，那都是错觉。"说罢，林粤抛下书包，"噔噔噔"地走远了。

叶慎安的大脑空白了三秒，三秒后，他的牙齿开始打战——林粤刚是叫他"夫人"？？？他这是被她调戏了？！难道家里的锦鲤都死绝了吗！！！

被林粤调戏了的叶慎安感觉心态完全崩了，第一幕戏排下来，整个人完全不在状态，不仅昨天背了一半的台词没展现出来，反而还变得结结巴巴的。

中场休息时，Leslie把他叫到了一边："你真的很反感反串演出吗？我还以为用这样的方式演绎传统话剧，你们会觉得更有趣。"

Leslie看上去完全没有要责怪他的意思，反而是真的有些苦恼，他并不希望自己的学生感觉勉强。

叶慎安听罢愣了愣，半晌，有点儿别扭地挠了挠头："其实……也没有特别反感。"

他一直以来最大的优点就是适应性极好，对新鲜的事物也充满了好奇心，非说这次为什么会这么抵触……答案只能是林粤。对于她的一举一动，他无法不去在意，但越在意，却越摸不着头脑。这感觉实在太糟糕了！

此刻林粤正坐在舞台边沿喝水，一双被许卫松称赞有加的长腿悬在那儿晃啊晃，视线时不时扫过这边说着话的两个人——她……是不是欺负他太过了？

自从开学认出叶慎安就是那个有过一面之缘的小哭包后，林粤惊讶之余，那颗潜藏在内心深处的恶作剧种子也跟着一并复苏了。谁让他小时候哭的样子深深烙印在了她的脑海中，还渐渐成为了后来每次不开心时回想起来，就觉得开心的存在。

不过，不知道为什么，叶慎安虽然没有认出自己，却总是一副很避讳她，很厌她，偶尔还很烦她的样子……这惹得林粤超不爽，时不时就很想再

/ 所有瞬间都是你 /

欺负一下他——这是属于她的小小乐趣，但如果这种乐趣影响到其他人，就不太好了。想到这儿，林粤拧紧矿泉水的瓶盖，起身朝叶慎安走了过去。

"我没有讨厌你。"

"……"

叶慎安刚拧开了一瓶新的可乐，才喝了一口，就被她的话给呛住了，棕色的液体滴在校服的胸口，看上去要多狼狈有多狼狈。

他真的真的，一点儿也不想和她说话。

不过林粤似乎也不在意他开不开口。

"非要我说实话的话，我只是想欺负你一下。"

？？？什么鬼！他还是头一次见到霸凌，还霸凌得这么理直气壮的！

叶慎安气呆了，"啪"一声放下可乐。胸口那摊咖啡色的污渍已经蔓延开了，他低头用手指用力擦了几下，发现于事无补，遂放弃，安静等待着她接下来的说辞。

"如果你实在很不想和我对戏，我可以去跟Leslie申请更换角色，可我刚才在后台看你已经标注了很多麦克白夫人的台词，你其实，"她顿了顿，眼中似有狡黠的光彩在闪烁，"有很认真在准备吧？"

被拆穿的感觉真是超、不、爽。叶慎安下定决心不理她，抓起身旁的可乐瓶，起身："我去卫生间洗一下衣服。"

大步流星走出很远，他发现林粤识趣地没有跟上来。她脑袋里到底在想些什么啊？叶慎安越来越不懂了……唯一能确定的是，她不是讨厌他，她只是想欺负他。他摇摇头，想不到林粤年纪轻轻，就已经这么变态了。

短暂的休息后，排练继续。

不知是不是叶慎安的错觉，他感觉林粤对自己的态度一下子友善了许多。她认真对台词的模样虽然不至于可亲，但至少感觉不到可怕了。他渐渐找回了丧失的信心，昨天好不容易记下来的台词也纷纷回到了脑子里。

Leslie在台下观摩了一遍最新的进度，分外满意地拍拍手："今天就到这里。"

大家得令，开心地一哄而散。

许卫松拿了书包，急急忙忙跟上他，手指钩住他的书包带："老实交代，我女神刚在舞台边上跟你悄悄地聊什么了？"

叶慎安不胜其烦："你怎么次次都要问我？"

"这不是比较关心你吗？"

"你就是八卦！"

/ 所有瞬间都是你 /

"对对对，我就是八卦，那你就可怜我一下，告诉我嘛。"

"其实，也没说什么……"叶慎安蹙眉，努力回忆着林粤的话，"她说，她不讨厌我。"

说罢，叶慎安自己也觉得十分莫名。

"……哈？"许卫松果然更加丈二和尚摸不着头脑。在他的记忆里，这两人开学至今明明没什么交集，叶慎安的确不待见林粤，但女神怎么可能会跟他一般见识？许卫松觉得他这摆明是在敷衍自己，想追问，叶慎安家的车却来了。他只好眼睁睁地见他一头扎进去。

"明天见！"

"好吧，明天见！"

目送车子开走，许卫松意味深长地摸了摸自己的鼻子。看来，接下来他很有必要好好观察一下这两个人了。

叶家。

叶先生和叶太太今天不在，哥哥叶慎平平时都住校，没事自然也不会回来。

叶慎安独自吃了晚饭，早早回了卧室。打开灯，放下书包，他走到全身镜前，第一次认真端详起眼前的自己——他的头发看上去短短的，精神十足，一点儿都不娘炮，是上个月被叶太太特地押去剪的；都说男孩子发育比女孩子慢，但他个头一向蹿得快，目前基本与高个儿的林粤持平，完全不是棵娇弱的豆芽菜；至于皮肤，那更是遗传了叶太太的好基因，白嫩又光滑，完全没有青春期磕碜的坑坑洼洼……不管怎么看，他都算得上个符合广泛审美意义的阳光好少年。

叶慎安不由皱紧了眉头——所以说，他到底是哪里长得欠林粤欺负了？

六月底，《麦克白》的排练终于临近尾声，所有人已经能脱稿演绎自己的角色了。

最后一次排练，叶慎安排完自己的戏份，退到舞台侧边，和其他人一起等着谢幕。

舞台正中，明亮的灯光刚好打在林粤的脸上，她正声情并茂地演绎着那段属于麦克白的最经典的台词："她反正要死的，迟早总会有听到这个消息的一天。明天，明天，再一个明天，一天接着一天地蹑步前进，直到最后一秒钟的时间；我们所有的昨天，不过替傻子们照亮了到死亡的土壤中去的路。熄灭了吧，熄灭了吧，短促的烛光！人生不过是一个行走的影子，一个在舞台上指手画脚的拙劣的伶人，登场片刻，就在无声无息中悄然退下；它是一个愚人所讲的故事，充满着喧哗和骚动，却找不到一点意义。"

当她说完最后一个字，叶慎安明显感觉到，刚才还闹哄哄的一拨人，骤然安静了下来。

"好厉害，发音太标准了，上次听Leslie说，她入学雅思和托福都是大学水平……"有人在小声嘟囔。

接着是此起彼伏的赞叹——

"虽然我还是不太理解这句话啦，但就是觉得林粤把他演活了……"

"就好像真的是麦克白一样！"

"对啊，就是那种'陛下'的感觉……"

"如果我现在在台上，估计能直接给她跪下吧。"

"……有这么夸张？"叶慎安抱臂，瞄着舞台上的林粤，不冷不热地插了一句嘴。

"当然有了，林粤就是陛下本人！"

"你有没有认真看啊？"

大家如此同仇敌忾还是头一回，叶慎安撇撇嘴，不说话了。但他心里明白，这一次，他们是对的。因为他的视线，也根本无法从林粤身上挪开。她明明还穿着和大家一样的校服，但每一个神情，每一个动作，却犹如一个真正的王者，天生该接受众人的朝拜。

一切都很完美，甚至远超Leslie的期待，他对他们的正式演出充满了信心。

每个人都十足兴奋，而叶慎安虽然嘴上不说，心头对夏日嘉年华的到来亦是充满了期待。

当天晚上，除了叶慎平有实践课没回来，一家人难得凑到一起吃了顿晚饭。

整整一顿饭的时间，叶慎安都在暗自躁动，最后挨到要收餐了，他才故作不经意地看向叶太太："下周三你们有没有空啊？"

"下周三？"叶太太淡淡地瞄了他一眼。

"对。"

"学校要开家长会？"

"不是，我们高中部有夏日嘉年华活动，老师说可以请家长来观看。"

"是强制性的？"

"不是……"

"噢，那到时看情况吧。"叶太太的手机刚好响了，有短信进来，她低头去翻看内容，"你也别一门心思只想着玩，有时间就好好念书，不用高考不代表不用好好学，你哥成绩好，不想出国也就算了，我可真担心你以后想出去都出不去……"

根据以往的经验，叶慎安知道自己再继续纠缠只会讨骂，遂乖乖低头，不再多说什么了。

嘉年华当天，拖家带口的许卫松一大清早就和叶慎安在校门口撞上了。见他形单影只，他好奇道："你爸妈不来看你啊？"

"有事……"他含糊其辞。

"他们还真忙！"许卫松顺着他的话不以为意地叹了句，然后乐呵呵地回过头，跟身后的父母使劲挥挥手，"老爸老妈，你们先自己到处逛逛吧，我们俩先去礼堂准备了！"

叶慎安被许卫松一路上连拖带拽，反常得一句话都没有说。直到进了后台，他才感觉自己的心情稍微好转了一些——毕竟也没说来不是？

正值一年最热的时候，哪怕礼堂内冷气可劲儿地吹，也敌不过人多，大家背上渐渐都捂出了一层汗。

叶慎安换好了衣服，只等Leslie安排化妆。他拖了一把空椅子在旁边坐下，目光转向化妆师，发现她正在往林粤的脸上涂着花花绿绿的玩意。他下意识地摸了摸自己的脸，心头多少有点别扭……难道自己待会儿也要弄成这样？

正琢磨着，Leslie叫他了："快过来化妆。"

来不及多想，他起身小跑过去。

他们的话剧被安排压轴，这意味着所有人得在后台等上好久。时间太长太无聊，叶慎安无事可做，心不在焉地拿手往脸上扇风，心头仍然惦记着叶太太的那句"到时候看情况"。

忽然间，一瓶还冒着冷气的可乐递了过来："喝不喝？"

叶慎安愣了愣，这才接过来，不情愿地努了努嘴："谢谢。"

"嗯。"给可乐的人反应相当冷淡。

算了，难得她友好一回，不计较，不计较。

他默默低头喝可乐，突然，林粤又发话了："你紧张吗？"

叶慎安蓦地呆住，这是林粤会问出来的话？他狐疑地抬起头，打量了她

/ 所有瞬间都是你 /

几眼，许久，不确定地问："你是在问我？"

"嗯。"

"还好吧。"

"是吗？那你挺厉害。"

叶慎安一时吃不准她是在赞扬自己，还是在嘲讽自己，只好敷衍了事："嗯。"

本以为这算结束了这场尴尬的聊天，没想到重头戏还在后面。

"对了，你今天的裙子很漂亮。"

"……"

他就知道，狗屁友好，她只是想抓住一切机会精神霸凌他！但他这次不会上当了，他才不会再蠢得问她：你为什么总想欺负我？

好不容易熬过了前头的十几个节目，大家终于得到 Leslie 上场的指令。

叶慎安拎起裙摆，跟随众人大步往舞台方向走去。作为绝对的主角，林粤理所当然走在队伍的最前头。此刻的她身姿舒展，下巴微扬，面部表情放松却十分专注，每向前走一步，步履都飒爽得犹如秋日清晨的风……看着这样无懈可击的她，叶慎安心神忽地一凛，难道她刚跟自己没话找话，是因为紧张？

不会吧，那个林粤，怎么会……这种可笑的念头，只在他脑海中一闪便过去了。

舞台的幕布也已拉开，耀眼的镁光灯射下来，他深吸了一口气，站得笔挺，这还是他人生中头一次铆足劲儿，想做好一件事。

台下响起如潮的掌声，叶慎安悄悄朝乌泱泱的人群中看了一眼，每个前来观赏的家长脸上都洋溢着热情的笑容，其中不乏捧着鲜花、拉起横幅的……只是那些人里，并没有他期待见到的面孔……他默默别开脸，情绪一刹间跌到谷底。

就在此时，舞台的灯光突然全暗——电闪雷鸣的光效中，三女巫登场了。

"何时姊妹再相逢，雷电轰轰雨蒙蒙？"

"且等烽烟静四陲，败军高奏凯歌回。"

"……"

他们准备多时的《麦克白》，终于开场了。

"啊啊啊——大成功！"

谢幕完，赵希茜冲进后台的第一件事，便是飞扑到负责旁白的简辰跟前拼命邀功，"我厉害吧？我演得好吧？我是不是全场最佳？"

那神情，那语气，活脱脱的孔雀，但奇怪的是，简辰虽然日常不耐烦脸，却没泼她冷水，反而破天荒地、惜字如金地夸了她一句："不错。"

旁边的许卫松刚好目睹到这一幕，大跌眼镜，一把拉住正准备去换衣服的叶慎安："哥们！你刚看到了吗？！"

"什么？"叶慎安被迫停下脚步。

"我们希茜妹向来不是一头热吗？难道是我错过了什么重要的发展？我恨呐！"那哀怨的小眼神，就差一条小手绢配合着咬。

叶慎安刚被镁光灯照出了满身汗，一门心思只想换衣服，手臂照直了一挥，打掉许卫松的手："你八卦归八卦，差不多得了，多的是你不知道的事。"

许卫松乐了："王力宏我喜欢，你这是要给我唱歌呢？"

叶慎安的反馈却是前所未有的冷淡："懒得跟你贫。"说完头也不回地走向了更衣室。

"他这是怎么了？"赵希茜蹦蹦跳跳地跑过来，困惑地看着叶慎安的背影。

"不知道，真是稀奇了，我还是头一次看他脸这么黑呢。"许卫松莫名地挠了挠头，"不过早上遇见他的时候，似乎就不怎么高兴了。"

"呃……"

不等赵希茜接上他的话，后台另一边突然爆发出一阵花痴的叫声。

许卫松循声看过去，发现是换完衣服出来的林粤被台下追过来的"粉丝"给团团围住了。不过女神不愧为女神，哪怕面对一群人的围堵，也仍能保持淡定，面不改色。他美滋滋地瞻仰了林粤许久，这才想起什么似的，回过头，贱兮兮地朝赵希茜"啧"了一声："我代表我女神向你道歉，她今天又把你比下去了。"

赵希茜愣住，半天才反应过来，二话没说，结结实实给了他一脚，气得扭头走了。

更衣室外闹哄哄的，叶慎安隔着门都能听见有人在喊林粤的名字，隐约还有"陛下、陛下"的呼声。

话剧早结束了，这群人还有完没完了？他不耐烦地扯掉身上的裙子，从书包里拽出T恤套上，这才伸手去摸塞在隔层里的手机。

屏幕显示有一条新信息：临时有事，我们就不去了，订的花阿姨会代我们送到，预祝话剧表演成功。

叶慎安反反复复把那段话看了几遍，嘴角慢慢勾起一条嘲讽的弧线——搞得他们好像真的很重视似的。

不经意间，有汗水淌进了眼里。他后知后觉感觉到不适，使劲眨了眨眼，结果更疼了，可一时也找不到纸巾，只好用手瞎揉了几下。正要把手机放回去，突然响起了一阵敲门声。他愣了一下，这才想起来，自己好像把门给反锁了。

礼堂后台的更衣室总共只有四间，嘉年华期间，为了方便大家使用，学校特地在门上按性别贴了标识，男生女生分别进出，大家都不会特意锁门。但他刚才一时烦躁给忘了。

起身去开门，映入眼帘的是一张他现在格外不想应付的脸。

林粤瞄了一眼他红红的眼睛："你哭了？"

他蹙眉，反应了两秒，眼中逐渐显出平时从没有过的凌厉光芒："你瞎了？"

林粤微微一愣，这还是叶慎安第一次表现出攻击性。

安静了片刻，叶慎安抬手，面无表情地指了指门上贴着的标识，不紧不慢道："这里是男更衣室。"

"哦，是吗？"林粤居然真的顺着他的指示特别认真地看了一眼那块指示牌，旋即挑眉笑了，"可能最近我的近视加重了吧。"

叶慎安一下子更窝火了。明明是她在认尿，可这态度，这语气，怎么就这么刺耳？

他不说话，林粤也没说话，低下头，在口袋里翻着什么。叶慎安这才注意到，她已经换好衣服了，只是妆还没卸，如今整张脸被浮夸的妆容遮住，看起来格外戏谑。

"给你。"不一会儿，林粤掏出了一包纸巾，大大方方递到他跟前。

她表情极自然，叶慎安一时大意，竟然接了下来。四目相对，她笑得暧昧而同情。

叶慎安陡然回了魂，不！不是你想的那样！他真的没有哭啊！那只是汗水淌进眼睛里给揉的！

但林粤好像根本不在意他在想什么，转过身直接走了。

望着她越走越远的背影，叶慎安不禁傻了眼，感觉追也不是，不追也不是，最后是郁卒地看了一眼那包犹如烫手山芋的纸巾——等等，她既然不是来换衣服，那到底是来干吗的？

解释不清楚了……叶慎安后知后觉地意识到，他和林粤之间的"误会"，就像老房子后院长势喜人的野草，东边的还没来得及割掉，西边的已经冒了出来。如果可以，他真的不想再见到她。

可他们偏偏在一个班级，又偏偏，他走到哪里，都可以听见有人在议论她。

如今夏日嘉年华结束一周了，这个学期也临近尾声，但林粤的热度却犹如窗外蒸腾的暑气，一直未能如他所愿退去。

毫无疑问，她成了这一届的"校园明星"。《麦克白》的反串风潮席卷了整个高中部，而林粤更是因为个人惊艳的口语水平和表现，被更多人所熟知，甚至向来眼高于顶的学校话剧社社长都亲自杀来了班里，搓着手，热情地向她抛出橄榄枝。

林粤当时正好在整理课本，听罢社长的话，歪头考虑了片刻，最后是抬起脸，笑容满面却态度坚决地拒绝道："抱歉，我没有兴趣。"

那社长被她这骄傲迷人的笑容撩得心神一晃，嘴皮子都不利索了："好好好，你再考虑考虑，我们随时欢迎你！特别欢迎！"

之后，校园BBS上便出现了一张神秘的林粤粉丝帖。标题十分之中二，叫"'陛下'今天也是这么帅没错了！"。

叶慎安曾因好奇心手贱打开过一次，那偷拍照片的角度，那浮夸的记录林粤日常的笔触……他一看就知道，是出自许卫松之手。叶慎安深以为，他未来不做狗仔而是要继承家里的服装事业，实在是一种浪费。

七月。

期末考试后，便是新的假期。虽然这个假期不如普高的暑假那么长，但好歹也有三个星期，整整大半个月不必被林粤的阴影笼罩，叶慎安的日子过得别提有多安逸。

虽然天气燠热，但这丝毫妨碍不了他运动的热情，一周三次约许卫松打球雷打不动，直到后来许卫松说要陪家人去冲绳度假一周，他才被迫消停下来。

可安分在家的日子到底无聊，他又是那种特别坐不住的人，在家哈欠连天地连看了三天体育频道的转播后，他终于找到了新消遣。

第四天下午，他找到离家最近的一家击剑班交满了三个月的学费。

许卫松听说后，不禁为他的雷厉风行抚掌："你不愧是射手座的！"

叶慎安啼笑皆非："什么？你还看星座？你娘不娘啊？"

"你懂个屁！"许卫松没好气道，"学会星座，以后追女生不愁没共同话题！"

叶慎安第一反应是要问他"那你的女神怎么办"，但话到嘴边还是给咽了回去，他不太想跟人谈及林粤，哪怕对方是许卫松。

两人又嘻嘻哈哈地扯了半天，这才互道"晚安"。

临挂电话，许卫松像想起什么，突然神神秘秘道："对了，我昨天听我的眼线说，看到简辰和希茜去游乐园玩了……"

"没想到你人在海外，还这么心系祖国。"

"那可不！"

"行了行了，我得挂了。"

叶慎安打了哈欠，为阻止许卫松继续八卦，忙不迭挂了电话。

一夜好眠，睁开眼，是崭新的一天。

叶慎安事后想来，那天早上其实还是有过许多征兆的。比如，吃早饭时，他没留神咬破了自己的舌头；再比如，阿姨跑来跟他说，最近天热，池子里的锦鲤死了不少……但可能他的整个中枢神经都在放暑假，这一切，都没被他放在心上。

早饭过后，他依然神清气爽地按照原计划让司机载自己去那家击剑馆。

推开击剑馆的玻璃大门，叶慎安一眼便看见那个穿着白色击剑服的少女，正专注地端起黑色的护具，准备往头上戴。在她身后的落地窗外，是大片大片蓊郁的树荫，深绿浅绿汇聚成碧色的纽带，不动声色地交织舞动着。

起风了。

感觉到他的视线，林粤戴护具的动作停下了。她转过脸，看着他，似愣了一下，眉目渐渐舒展开，微笑："好巧。"

"好……巧……"

／所有瞬间都是你／

第六章

新愿

"你去上击剑课了？"

推开家中大门，叶慎安久违地见到了哥哥叶慎平。他正坐在沙发上，面前的宽屏电视开着，但没声音，叶慎安飞快地瞟了一眼屏幕，在放一档都市剧，想必他根本没看。

"嗯。"他把肩上的运动包卸下来，阿姨很快过来收走了。

桌上有沏好的红茶和糕点，叶慎安不爱喝茶，自己去冰箱拿了可乐。刚喝了一口，叶慎平的声音就轻飘飘地钻进了耳朵里："少喝碳酸饮料，不健康。"

他的嘴角不由下耷："你越来越像妈了。"

叶慎平但笑不语。叶慎安怏怏地走回客厅，在他旁边坐下。

叶慎平顺手端起了茶杯："怎么突然想到去学击剑？"

得，看来这个话题是躲不掉了。

"就那天无聊看了几场比赛……我和哥你不一样，做什么事都是心血来潮。"

叶慎平沉默片刻，再次把话题绕回了击剑："击剑课好玩吗？"

像想起什么不愉快的经历，叶慎安不自觉地撇了撇嘴："一般般吧。"

叶慎平笑了："那明天还去吗？"

"嗯。"

"不是一般般？"

"不能浪费钱。"

能是才怪。叶慎平慢悠悠看他一眼，懒得拆穿。

说话间，叶慎安的手机响了。他拿出来瞄了眼号码，是许卫松家的，看样子他是旅游回来了。他起身："哥，没事我就先回房间了。"

"去吧。"

叶慎平的注意力重新回到了屏幕上。电视里，两位主角正表情浮夸地掐架，但因为开着静音，闹哄哄的伦理剧活生生演成了一出默剧，诡异十足。

叶慎安费解地再看了一眼哥哥，这才快步走上楼。

和许卫松的这通电话打了足足半个钟头，他吃喝拉撒事无巨细地分享了一路的见闻，叶慎安的耳朵都快听起茧子了，他才终于大发慈悲，挂了电话。

又无聊地在床上躺着发了会儿呆，叶慎安依稀听见隔壁空置的房子里传出了吵嚷的电钻声。他不由伸长脖子往外看了一眼，原来是有装修工人在安窗帘，想必那里很快就会有人入住了。

他悻悻地缩回脖子，长臂一伸，捞过抱枕盖在脸上，再次苦恼起来——明天到底还要不要去击剑馆？

不去的话，就好像怕了她似的。

他怕她吗？当然不。他只是烦她。

刚才对哥哥的说法实在太含蓄了，他今天的体验哪里是一般般，简直是无时不刻不在被精神污染。作为一个击剑新手，叶慎安第一堂课的内容自然是学习基础知识，相较之下，林粤就完完全全是个击剑老手了。

一整个上午，他被迫亲眼见证她漂亮地赢过一个又一个对手，麻木地听着所有人对她倾尽全力的赞美……这样的氛围，跟平时在学校里简直别无二致。

有些人活着的意义，就是为了让大家觉得活着没意义。

不知在床上躺了多久，隔壁的电钻声渐渐止住了。夜幕垂下来，笼住头顶的一方天空。

徐徐的晚风将后院晚香玉的花香递进卧室半掩的窗扉，叶慎安一个激灵，猛地从床上坐了起来——他决定了！一定要真正打败林粤一次！且必须是让她心服口服，深感活着没意义的那种。

但这任务显然没有幻想中那么简单。

假期眼看所剩无几，叶慎安却才刚刚开始真正的训练。基础练习都是枯燥乏味的，叶慎安给自己做足了心理建设，但当他真正面对反复的跑步、扎马、跑步、扎马时，心态还是濒临崩溃。

难道，林粤也是这样一路挺过来的？

扎着马的叶慎安不禁远远地看了场馆那头的林粤一眼。此刻的她，正在和一位师兄练习实战。

不是比赛，两个人都显得相当放松。林粤出剑的动作可以说和她平时的眼神一般犀利，每次出手看上去似不经意，实则都经过深思熟虑。剑声如佩玉撞击，叮当清脆，举重若轻地落在对方身上的得分点上，一局打下来，她赢得利落干净。

叶慎安看呆了，许久，偏头问带自己的教练："他们练的是什么？"

"重剑。"

"那我什么时候能到那个水平？"

教练失笑："臭小子，才来几天就想逞威风了，那水平没一年不可能做到，小粤算天资好的，也用了差不多大半年吧。"

"那好，半年。"

"怎么？"

"半年，我要练成那样，你觉得有可能吗？"

"……"

真是有梦想谁都了不起！

教练抱着手臂，瞄见他绵软的双腿，直接一脚扫过去："得了，别想那些有的没的，先把马步扎好再说！像你这么偷懒，还想半年之内打实战？做白日梦呢你！"

教练是个大嗓门，这通数落在场所有人都听得清清楚楚，包括脱下护具正准备去洗澡的林粤。

除了第一天的照面，这都一个星期了，两人还没有机会说上话。但眼下情况不同了，林粤主动走了过来。矮身和扎马的他对视了片刻，她促狭的神情仿佛洞悉一切。

她弯起嘴角，稍稍凑近他："怎么，想赢我？"

"……"你知道得太多了！

那之后，叶慎安一改往日的懒散作风，毅力十足地坚持每天提前一小时赶到击剑馆练习扎马步，就这么咬牙撑过了一个星期，教练总算松口放话——可以开始学握剑了。

叶慎安长吁了一口气。

转眼便到了假期的最后一天，这一天，也刚好是隔壁那家人搬来的日子。

叶慎安从击剑馆回来，远远便看见一个小姑娘正守着工人往屋里搬东西。足足两大箱卡通玩具，叶慎安咂舌，这小姑娘活得还真是梦幻。

那小姑娘似听见了他的脚步声，忽地回过了头。认真打量他片刻后，她非但不怯，反倒乖巧地主动向他打了招呼："你好呀，我是酒酒，从今天开始，我们就是邻居了。"

那年程酒酒刚上初中，半高不高的个头，扎两条小辫儿，脸圆圆，眼也圆圆，一笑起来，颊边漾着两枚糯糯软软的酒窝。叶慎安低头看着这样甜甜软软的她，无端出了神，女孩子就该是她这样啊……而不是林粤那样。

"酒酒！"屋内的人在叫她了。

小姑娘听罢，飞快地朝叶慎安摇了摇手，蹦蹦跳跳地进去了。

空荡荡的路上一时间就只剩他和忙碌的工人。天气燠热无比，没有一丝风。叶慎安感觉又闷出了一身汗，转身快步折回了家中。

新学期伊始，班里的气氛尚且悠闲。许卫松带了一大堆日本零食四处分发，赵希茜不客气地拿了双份，许卫松坏笑着瞅了她一眼："还跳舞呢，小心胖成猪。"

"你嘴不贱会死么！"

她骂完，下意识看了简辰一眼，发现他好像在一本正经地憋笑，拿零食的手默默地厌了回去。

成功欺负了赵希茜，许卫松心满意足地咬了一口巧克力，看着叶慎安："对了，假期里你都在忙什么呢，怎么我回来之后，每回约你打球，你都没空？"

叶慎安的眸光不动声色地扫了一眼教室前方林粤的后脑勺："我在练击剑。"

"哈？你的爱好还真是一天一换。"许卫松不满地抱怨，照叶慎安现在这个新鲜劲儿，他怕是最近都得solo了。

"要不你也一起去？"叶慎安半真半假地劝他。

许卫松拒绝得飞快："不去！我和你这种朝三暮四的人可不一样，我很长情的，我只喜欢打篮球。"

天一天天凉下去，叶慎安没想到许卫松这次竟然真的很有原则，一次都没来击剑馆找过自己。

不知为何，他反倒感觉松了一口气。潜意识里，他并不希望许卫松知道林粤也在这里练击剑的事，他更不希望的是，校园BBS上那条长期被人工置顶的帖子里，被贴上新的、林粤穿着击剑服的照片。

秋去冬来，击剑馆定期举办的积分赛如期拉开了帷幕。

这还是叶慎安练习半年以来，第一次得到实战比赛的机会，为此他足足兴奋了一周。

然而周六对战分组信息一公布，他却跟霜打的茄子似的蔫了，林粤根本没有跟他分在同一个组里——这样他怎么能有机会打败她啊？！

那张刺眼的对战安排表被大刺刺地贴在击剑馆的广告墙上，林粤来时看了一眼，然后大步走了过去。场地另一边，叶慎安正悲催地被教练摁着练进攻步伐。

林粤换了衣服出来，破天荒地过来了他们的练习区。

"防守！听见了吗，给我防守！别总想着攻击！"

"压手腕，跟你说了多少次了，压不住就容易被击中！"

一局练下来，叶慎安感觉丢脸丢到外太空了。把佩剑往旁边一丢，他自暴自弃地坐在地上大口喘气。

"教练，我带他练一局吧。"是林粤的声音。

"行，你来陪他练一局，正好让他看看，什么是差距。别天天做梦逞能，基础都打不好，能练好才怪。"教练答得爽快。

一口郁气压在胸口迟迟无法散开，叶慎安眼中蓦地腾起了一股破罐子破摔的杀气——士可杀不可辱！他今天就算把命折在这里，也不能让林粤再看他的笑话。

"练就练！"他自地上猛地弹起来，挑衅地瞪着她。

林粤却一点儿都不急，一边慢条斯理地戴护具，一边从头到脚地扫视了他一遍："待会儿输了，可不准哭啊。"

你说谁哭呢！叶慎安气红了眼。林粤看着气急败坏的他，微微一愣，"扑哧"一声笑了。

叶慎安还是头一回见她这样笑，眼角眉梢都是鲜活的情绪，略略一看……竟然还有一点儿可爱。

可爱？

不过片刻分神，林粤的剑竟直勾勾地逼近他胸前。少女神色凛然，带着

／所有瞬间都是你／

几分挑衅："发什么呆呢！还想不想赢我了？"

叶慎安被她这一声喝带起了情绪，当即握紧手中的剑，抬手用力刺过去。铮亮的剑尖泛着寒光，眼看就要触及林粤胸前的得分位，叶慎安喜上眉梢，却见林粤突然一个闪躲，剑尖瞬间扑了个空。

反倒是林粤的剑尖如同疾风骤雨般，噼里啪啦朝他砸了过来。起初还能勉强抵挡几下，到后来，林粤的攻击越来越密集，他逐渐力不从心。

好不容易等到她退后防守一回，叶慎安以为自己抓住了机会，猛一个弓步向前，谁知却中了林粤的圈套——她忽地把剑一收，又一个箭步向前，不偏不倚刺中他的下腹。

这被花式吊打的感觉，真是比被教练吐槽还让人难受。

一局结束，林粤谦虚地做了个承让的手势，嘴上却远不如行动来得客气："我看，你想要赢我，起码还得再练个半年吧。"她说完放下剑，悠闲地舒展了一下四肢，起身要走。

叶慎安又气又急，被她的话激得脑子一热，腿不由自主地一伸。只听"扑通"一声，两个人接连倒在了地上。

没错，两个人。

叶慎安定睛看了看眼前这张欠扁的脸，这才确定，自己是真的把林粤压在了身下，严严实实的那种。

是他错了，他怎么就忘了，林粤这个人，你若不让她开心，她也绝对不会让你开心。所以就算她自己倒地了，也绝对不会忘记拽你一把，捎上你一起倒。

被压着的身体微微扭动了一下，唇边似噙着一抹嘲讽而无辜的笑："欸，你是男生吧，怎么就这么小心眼啊？"

你也不是什么心胸宽广的人！叶慎安深吸了口气，准备照直怼回去，刚张开嘴，就感觉到她胸前的那片起伏……他头皮一阵发麻，大脑倏地宕机了。

见他表情不太对，林粤纳闷地在他眼前挥了挥手："怎么了？"

他瞳孔蓦地收缩，用力推开她，迅速从地上爬了起来："我去洗澡了。"

林粤没防备，直接滚到了一边，好在有击剑服护体，倒也不疼。她趴在地垫上，仰头看他，眼中难得有一丝真诚的困惑——不刚还凶巴巴地要跟自己扯皮吗，怎么一下子又算了？这人可真善变……

没意思。她咬唇，一个鲤鱼打挺坐直，冷声道："我也去洗澡了。"

冬季的天黑得早，洗完澡换好衣服下楼，街边的路灯已经亮了。站在大楼门口，叶慎安远远看见对街的路边停着一辆红色的跑车，双闪开着，驾驶座窗户洞开，里头坐着个年轻漂亮的女人，约莫是在等人。她的手指在方向盘上不断敲击着，看神情，有些焦虑。

刚好自家的车到了，他悻悻收回视线，上了车。

司机见叶慎安久违地拉长了脸，特别上道地主动问他："小少爷今天不开心？"

"嗯？"

"要去买锦鲤吗？"

叶慎安噎住，半晌，压低声音，语气坚决："不！"

早知锦鲤神力绵薄，他平时就该多陪爸妈去寺里求神拜佛。

窗外夜色正浓，他坐在暖气充足的车里，无意识地瞥了一眼后视镜里。林粤正快步走向那辆车。

原来是在等她。他漫不经心地想着，脑海中忽然闪过刚才两人贴身的一幕，以及她身体微妙的触感……哦谢特，他得赶紧忘掉！

在击剑这件事上，他是不可能赢过林粤的。叶慎安只花了一晚上，就接受了这个现实。毕竟击剑和排话剧不一样，击剑讲究胜负，话剧却不用。

虽然想到之前那些豪情壮志、豪言壮语，难免会汗颜，但他也没跟别人提过不是？没说出口的抱负，就不算笑话，顶多是废话。

想明白了这点，他感觉福至心灵，立刻给许卫松打电话约周末打球。

电话那头，许卫松是一副"我就知道"的态度："我就说你爱好一会儿一个变吧，不过这回你歹还坚持了半年。对了，你知道吗……"

知道他后头少不了一通八卦，他直接把手机晾到了一边儿。

积分赛当天，叶慎安拎起墙角积灰已久的篮球出门了。

发现叶慎安缺席了比赛，教练本以为是那天的练习挫伤了他的自尊心，压根没放心上。然而时日久了，他才发现叶慎安是真不练了，热热闹闹的击剑馆里，从此再也没有那个一边挨骂，一边努力练习的身影……教练感觉委屈坏了，我不就是为你好多训了你几句吗？至于吗？怎么现在的小屁孩，心都跟玻璃似的脆弱？

转眼隆冬。

一月里，寒风料峭，十年级的最后一学期也即将画上休止符。这意味着只要跨过这个春节，大家都会升上十一年级。

距离期末考试还有两天，这天下课后，所有人都在等着Leslie来开班会。叶慎安无聊地转着笔，忽然间，感觉一道锐利的视线，朝他这边扫了过来。他愣了愣，望天，装没发现。

叶慎安缺课的第二个月，教练已然释怀，反倒是林粤沉不住气了。

一般来说，人不都该是越挫越勇的吗？怎么到他这里，就变成直接放弃了？狗屁的斗志昂扬，说穿了，不过假把式！这还是难得独孤求败的林粤，第一次跟自己生起了闷气。

门外响起了一阵脚步声，Leslie来了。

闹哄哄的教室瞬间安静下来，Leslie走上讲台，开始例行交代考前注意事项。

说得差不多了，他顿了顿，微笑着看了一眼自己的学生："大家应该知道，我们学校十一年级会进行一次分班，你们可以根据自己的爱好选择继续读商科或者理科。这事其实不急，但我还是希望大家能在这个假期里抽空想想关于未来的规划，如果有什么不明白的地方，欢迎你们随时联系我。那么，今天的班会就到这里结束了，预祝大家期末都能取得不错的成绩！"

考试结束当天，大家心情都很雀跃，一起做完教室的大扫除，简辰破天荒开了金口，邀请大家下周末去自己家里开生日派对。

"原来你是摩羯座啊！"许卫松一丢扫把，大声咋呼，"可咱们希茜妹不是白羊的吗？你们不……"

"配"字还没说出来，赵希茜已经结结实实踹了他一脚。这一下她可是用了全力，许卫松当即疼得龇牙咧嘴，抱着小腿，满地打转儿。

叶慎安幸灾乐祸："行了行了，别给你们双鱼座丢人了！"

许卫松气不过，反呛他："得了，你们射手也不是什么好东西！"

"两个娘炮！"赵希茜一脸嫌弃地躲到简辰身后，不忘朝他们伸出一只手指，"学习没见多好，就知道学女生研究星座，以后还要不要找女朋友啦！"

"不找。"许卫松答得特别爽快，"老子看女神就够了！"

"嘿，放心，你女神可不会看你一眼！"

"呸！瞧你那龌龊的小心思，成天就知道这些，真当我不知道你和简辰夏天去游乐园了是吧？我眼线可多着呢！"

"臭松松！"

"蠢茜茜！"

两人闹得不可开交，跟小学生似的，绕着教室你追我赶了起来。

叶慎安无奈地打了个哈欠："跟这么闹腾的人在一起是一种怎样的体验？"

简辰微微一笑："做条单身狗是怎样一种体验？"

"……"

行吧，爱找优越感尽管找。反正，他没有喜欢的人，更不想谈什么鬼恋爱。

假期第一天，赵希茜一大清早便打来电话，约他一起去给简辰买生日礼物。

叶慎安睡得迷迷糊糊："叫你小姐妹去啊。"

"不行，她们都没有经验，提不出建设性的意见。"

"哦。"

"哦什么哦！"

"可我也没有经验啊！所以，你要不去找松松？他虽然也没经验，但八卦掌握得多，勉强算见多识广。"

"拉倒吧，我俩还没和好呢。"

"还没和好？"叶慎安蹙眉，揉揉惺忪的睡眼，一不小心，瞟见墙上的壁钟……好家伙，这才早上八点，商场都没开门呢。

不过，被她这么一闹，他又的确睡不着了，想了想："好吧，我陪你去。刚好今天有新球鞋发售，我正好看看到货了没。"

好歹是陪女孩子逛街，叶慎安极其谨慎地没让家里司机送自己，而是专程走到外面，打了辆车。两人约在国贸会合，叶慎安一路哈欠连连，再次坚定了不谈恋爱的决心。

赵希茜这种女生，好看是好看，但天天缠着自己，总归还是烦。他以后真要恋爱，也一定得找个不怎么来事儿的，不能黏黏糊糊，也不能小肚鸡肠。

没事瞎琢磨了半天恋爱标准，司机在商场门口停车了。

赵希茜一早眼巴巴地候在那里。和平时在学校不一样，今天赵希茜穿了一件白色的青果领大衣，搭配粉色圆头鞋，清新又可爱。

叶慎安忍不住多看了她几眼，挠头道："咱们又不是约会……"

"美得你！"赵希茜立刻翻个白眼，"我不上学的时候，天天都这么穿！"

"噢……那你想好买什么了吗？"

"不是让你帮我参考吗！"

"那你也要给我一个范围啊……"

两人你一句，我一句，往刚开门的商场走去。

周末大清早来逛街的人寥寥无几，两人在一层逛了半圈，赵希茜已经否了叶慎安不少的选项。香水太娘，内衣不好意思，墨镜太浮夸……叶慎安眉头越攒越紧，这赵希茜，还不是一般的难伺候。

"手表怎么样？"经过一家手表专柜，叶慎安随口提议。

赵希茜这次破天荒没说"不"："好啊，去看看。"

柜员眼色一流，见小姑娘身上都是名牌，立刻热情地迎上来："随意看，有喜欢的尽管告诉我，是要送给这位男生吗？我们有最新推出的陶瓷系列，偏年轻运动的风格，应该适合他……"

"才不是呢！"赵希茜嫌弃地看了叶慎安一眼，急忙否认，"是要送给跟他同年纪的一个男生的，人比他帅，也比他稳重，反正什么都比他好就对了。"

"……"他真是脑子被驴踢了答应陪她来选礼物！

赵希茜兴致勃勃地选着手表，显然已经不需要他给任何意见。叶慎安很想找个地方坐一会儿，但偌大的店里根本没有座位，他一下子犯了难，就这么把赵希茜撇下好像也说不过去。她虽然不仁，但他有义啊！强忍着无聊，他耐着性子继续靠着柜台等她选好。

就在这时，店里又进来了两位女客人。叶慎安循声转过头，看见了林粤。

他不是第一次看林粤穿便服了，之前在击剑馆就见了好多次她穿运动装的样子，但很显然，今天的林粤不太一样。她穿了一件艳红色的羊绒大衣，露出里头的维多利亚风连衣裙，一双中跟鞋亮铮铮，上头还镶着那个品牌最出名的水钻。

她这一身堪称真正的淑女，就是表情……太臭了。虽然她向来不是什么清风霁月的人，但一颦一笑，哪怕是居高临下时，亦都是生动的。但现在的林粤却仿佛一潭死水，暮气沉沉。

店里总共就四位客人，赵希茜自然看见了她，笑盈盈地打了声招呼，又继续低下头对比自己的手表了。

叶慎安自觉不能继续装瞎，微微点头："早啊。"

林粤面无表情地看了他一眼，不吱声。她身边的年轻女人也跟着看叶慎安，脸上露出了一种抱歉又尴尬的神情，看模样是既想说林粤几句，又没有勇气。

叶慎安忽然觉得她有点儿眼熟，可想了很久，也没想起来是谁。

那边的赵希茜总算选好了手表，结了账，喜滋滋地让柜员包起来："要包好看一点儿哦，他可挑剔了。"

好人终于做完了，叶慎安松了口气，站直，遥遥招呼赵希茜："我去外面等你。"

"欸，好！"

没想到经过林粤身边时，这位高贵冷艳的维多利亚淑女竟然发话了，声音淡淡的："你今天真是既白又香……"

？？？叶慎安不爽地瞪了她一眼："几个意思？"

"像朵盛世莲。"

"……"

看来林粤是误会了，她以为叶慎安是朵颇有成人之美的小白莲，明明喜欢赵希茜，却甘愿做司机，来陪她给简辰买礼物。但事实上，叶慎安既对赵希茜没有恋爱方面的兴趣，也对朋友之间在感情上的礼让感到不齿。又不是孔融让梨，还得你推给我，我推给你。喜欢就争取，不喜欢就拉倒，这世上的感情，本没有那么复杂。

不过，林粤要是喜欢误会，就让她误会去吧，反正他俩的误会不少，不差这一个。这样想着，叶慎安头也不回地走出了商场，直接招了辆出租车坐上去。

回到家，叶慎安才意识到自己不仅撇下了赵希茜，也完全忘了要去三楼的门店看球鞋。感觉白跑了一趟，他郁郁地拉开院门，准备到庭院透透气。

大冬天的，社区里几乎见不到人走动，然而隔壁的院子里，竟然坐着两个人。

靠在桑葚树下的酒酒先看到他："欸，那天的哥哥！"

坐在小桌边上看书的人也跟着偏过了头。叶慎安跟他对视了一眼，被他冷淡的眼神冻到，本能地缩了缩脖子："你们好啊……这么冷的天，怎么在外面？"

酒酒困惑："你不也在外面吗？"

"是哦！"叶慎安感觉被小姑娘无心的话将了一军，讪笑道，"我就是出来透透气的，一会儿就进去了。"

"我们也是，对吧，哥哥？"酒酒转头看向椅子上翻书的男生，"家里的暖气太闷了，就出来坐一会儿。"

叶慎安再次将目光投向那叫做哥哥的男生，这一回，程少颐终于放下了手中的书："嗯，酒酒，我们进去吧。"

摆明不想多搭理他。叶慎安也没恼，只觉得这新邻居不怎么好相处。这么可爱的小姑娘竟然有这么不讨人喜欢的哥哥，想想还真可惜。

那之后叶慎安发现自己总是能时不时见到酒酒。偶尔是在一楼的庭院，小姑娘好像真的很喜欢院子里那棵树，再冷的天，也能乐呵呵地在树下坐好久。还有二楼的露台，酒酒的房间刚好和他挨着，他一走出去，就能看见隔壁的阳台上堆着一沙发的玩具，还有一堆花花绿绿的爱情小说，其中一本，他好像在赵希茜的桌上见过。

十来岁的女孩子，只要年纪差不太多，喜欢的不外乎都是那些东西：漂亮的衣服鞋子，甜蜜的爱情故事，萌萌的玩偶……当然，林粤除外，她只喜欢富有攻击性的事物，比如剑，又比如见缝插针地欺负他。

有天晚上，叶慎安和许卫松打完球回来，刚好撞上酒酒，她拎着一袋冰淇淋，一边往回走，一边一勺接一勺地将冰淇淋往嘴里送。

二月天呵气成霜，她冻得肩膀直发抖，却仍然鼓着腮帮，一脸甜蜜的满足。叶慎安看见这样的她，忍不住笑了。

程酒酒听见他笑，诧异地看了他一会儿，见叶慎安盯着自己手中的冰淇淋，愣了愣，立刻从袋子里掏出一盒递过去："你要不要吃？"

叶慎安没那么喜欢吃甜食，没想好接不接，就感觉路口转角出来了个人，正一瞬不瞬地盯着自己看。他微微一愣，笑嘻嘻地接过了酒酒的冰淇淋，舀了一大口："谢了啊。"

没多久便到了农历新年，叶家向来有烧头香的习惯，今年也不例外。往年这种活动叶慎安一贯是敬谢不敏的，但这次却有所不同，因为林粤闯入了他的生活。

锦鲤已不足以令他转运，他决定临时抱佛脚。

西郊潭柘寺香火年年鼎盛，每逢春节，更是挤满了从全国各地赶来参拜的人。为了避开拥堵，下午四点刚过，一家人便出发了。

到了寺里，差不多是晚餐时间，大家在寺里用过斋饭，叶慎安坐不住

所有瞬间都是你

了："反正夜里才烧香，我先到处去逛逛啊。"

别说，这还是他第一次认认真真逛寺庙，这地方远比他想象中大得多。因为是闲逛，也没什么顺序，一路上看见什么是什么。途中经过好几个大殿，他没进去，在门口探头张望了半天，愣是没分清几位菩萨分别是谁。殿前烧着塔香，香味浓烈，他一回头，发现祈福者脸上统统写满虔诚，那沉甸甸的气氛于他而言如此陌生，却格外震撼。

从高处沿路往回走，一抬头，天那边的一轮明日已完全落下去。黑夜涌上来，四处挤满了等着上头香的人。众生皆苦。

叶慎安循着记忆找回刚才吃饭的地方，伸手往裤袋里一摸，愣住，再仔细摸，不觉失笑——怎么佛祖眼皮子底下也有贼啊？！

手机被偷，他联系不上家人，再回头看一眼乌泱泱的人潮，立刻放弃了找人的念头。反正烧香而已，怎么都能烧。

不知等了多久，人群终于开始朝不同的大殿分散，叶慎安被挤在中间，一时间没了主意，他该去找哪位菩萨来着？

算了，心诚则灵。

最后是稀里糊涂来到了一座陌生的大殿前。来参拜的人太多，他被挤到几乎双脚离地，四面八方的人将他推来搡去，叶慎安感觉胸腔里最后的一丝空气也要被抽空了。

他突然有点儿后悔来了，但现在要走也来不及了，只能硬着头皮继续等。

十二点刚过，众人一阵骚动，齐齐拥向殿门。叶慎安没能跟上节奏，被后头挤上来的人连踩了七八脚，痛得直龇牙，一低头，发现有人被挤得摔到了地上。

这么多人，如果被踩伤……顾不上看清对方的脸，他急忙伸手去拉。

人站起来，他才松了口气，脱口道："人这么多，得小心一点儿啊。"

"嗯。"

"……"

是林粤。

那大概是这一年里，他唯一一次见她狼狈的模样。头发乱了，衣服脏了，唯有看他的眼神，一如往常般镇定。

你镇定个毛线啊？

"来许愿？"他蹙眉。

"没……"

"没什么没，来这的人不都是要许愿的吗？得了，我好人做到底，送佛送到西，带你进去，免得你又被撞摔了。"

说完这句，叶慎安才意识到，自己还拽着她的胳膊。她的手臂就跟她的腿一样细细长长……叶慎安悻悻地一撒手，不说话了。

安静了片刻。

"好啊。"少女忽然开口。

"……"

难道你没想过，我可能只是在跟你客气？

但说出去的话到底是泼出去的水，言而无信多没面子，别扭了一会儿，叶慎安还是重新抓住了林粤的手腕。不过这一次，他只虚握着，是保持距离的意思。

林粤瞄了一眼他的手，命令："抓紧一点。"

？？？

"不是说怕我又摔了吗？"

"……"

我刚刚怎么就把你拉起来了，早知道让你被踩死好了。

林粤那双琉璃般透亮的眼珠转了转，声音很轻，仿佛带着一点儿笑意："你现在是不是在心里骂我呢？"

叶慎安怔住，良久，扯了扯嘴角："怎么可能？！"——明明我天天都在心里骂你。

经过一番艰难的"冲杀"，叶慎安终于成功带着林粤突出重围，挤进了殿内。

人山人海的大殿，两人双双在蒲团上跪下，叶慎安双手合十，准备许愿。林粤却一直没有动静。

叶慎安莫名地看了她一眼："不许愿吗？"

"突然不想许了。"

你怎么不突然想去死呢？觉得在菩萨面前爆粗不好，叶慎安强忍着骂人的冲动，从牙缝里硬生生挤出两个字："随便。"

说罢恭恭敬敬地对着菩萨磕了三个头，默念了一遍心愿。"希望明年开学，能彻底跟旁边的这个人划清界限。"

从殿内出来，叶慎安发现，林粤一直是一副欲言又止的表情。

午夜已过，上过香的人陆续散去，下山的路通畅了许多。

叶慎安大步向前，忽然，林粤从身后叫住他："你知道你刚才拜的是哪位菩萨吗？"

"嗯？"

"送子观音。"

后山吹来一阵凛冽的风，万千烛火在风中摇曳，影影绰绰。昏黄的光影中，少女双手插兜，唇边是一抹狡黠的笑容。

无论如何，又是新的一年了。

Chapter 7
第七章

温柔

年初一，人人脸上喜气洋洋，唯有叶慎安愁肠百结，他不确定那天在寺里，自己到底算不算成功许愿了。送子观音除了管人生儿育女，不知道还搞不搞兼职，现在不挺流行一专多能吗？他看他行……乱七八糟想了不少，最后却什么也没想明白，照镜子倒是发现乱发丛生，掐指一算，该去剪头发了。

可据说正月里剪头不吉利。唉，愁！

叶慎安辗转反侧了一宿，第二天醒来时忽然灵光一闪，不能剪头，但可以染头啊。所谓从头开始——就算送子观音不显灵，他也充分为新年讨了个好彩头。

虽然学校规定学生不能染发烫发，但规矩是死的，人是活的，只要不是特别打眼的颜色，老师们都不会过分为难。

叶慎安信心满满踏进自家亲妈常去的造型工作室，大手一挥："给我染个头。"

Tony今天不在，接待他的是Danny，小伙子刚拿了日本的发型设计头奖，浑身散发着艺术家的傲娇气息："您想染个什么颜色？"

"没想好，你看我适合什么色？"

"那有什么特别的要求吗？"

叶慎安思索片刻："要吉利的颜色。"

"成。"

四小时后，叶慎安一脸发蒙地看着镜中陌生的杀马特粉毛。

哈喽？你谁啊？他好气又好笑，指着自己脑袋："这算什么？"

Danny振振有词："大红大紫最吉利，但不够时髦，所以我为您精心挑选了一款今年最流行的粉灰色，跟您气质很配，也是吉利的红色系。"

您可真幽默！叶慎安默了默，懒得跟他吵："还能染回去吗？"

Danny一脸不悦，斩钉截铁："不行，已经漂过了，漂了两次。"

"那好，你全给我剃了吧。"

反正这个年，是注定吉利不起来了。

一头茂密的短发出门，一片荒芜的板寸回家，不知道的还以为他去监狱里过了个年。

开学第一天，许卫松看见他的新发型，笑得满地打滚："你这是秃了吗？哈哈哈……"

叶慎安不胜其烦，正准备直接怼回去，林粤刚好从教室门外进来了。

"……"

她笑了！绝对笑了！她这一笑，让叶慎安好不容易黏好的自尊心，又哐当一声，碎了遍地。

中午下课，四人组照常去食堂吃午饭。叶慎安本来不想去，谁乐意让人瞻仰自己劳改完的模样？但许卫松是铁了心地要看他笑话，嚷嚷着不去也不给带饭。

丢脸是小，挨饿是大……大小事拎一拎，算了，认命。

食堂里密密麻麻地挤满了人，叶慎安低头，一路冲向餐具台。前头等打饭的人已经排了长长的一溜，他实在没心情继续等慢悠悠荡在后头的三个人，决定速战速决。

来到队伍的最末，他刚刚站定，就发现前面的这个背影好像有点儿眼熟……是谁来着？

就在这时，程少颐突然稍稍侧开了一点儿身，给准备穿过去的女生让出了一条路。

原来是这座大冰山啊！没想到冰山不仅和自己是邻居，还是校友……这世界还真是小。

程少颐自然也看见了他，礼貌地微微颔首，算打招呼。作为回应，叶慎安点了点头。气氛还算融洽，就是有点儿冷场，好在许卫松及时来了，一手勾着他的脖子，乐呵呵问："今天吃点儿啥？"

前头的人看了许卫松一眼，默默转过身去。叶慎安怔了怔，挠了挠自己快剪秃的头，觉得他问了个蠢问题："当然是吃肉啊。"

一旦意识到某个人的存在，你就很难再彻底忽略他。这个定律对别人来说准不准不知道，对叶慎安来说倒是奇准。

一顿饭的光景，他的视线总会不由自主越过隔壁桌，飘向隔隔壁桌——程少颐就坐在那里。

他见程少颐慢条斯理地吃完了一餐盘的菜加米饭，再用纸巾轻轻擦了擦嘴，最后从容地站了起来……

"你在看什么呢？"耳边突然传来赵希茜的声音。

叶慎安以为是在问自己，忙不迭转头："没什么。"

尴尬了片刻，他发现赵希茜竟然毫无反应，这才后知后觉地意识到，她是在问许卫松，不是在问他。

尽管学校有规定不许带手机，但其实大部分学生都会偷偷带来，许卫松也不例外。见他从刚才起就不专心吃饭，一直发信息，赵希茜这个好奇宝宝坐不住了，伸手就要夺他的手机："这么认真，在搞地下情啊？"

本是瞎起哄的话，但说者无心，听者有意。脸皮厚惯了的许卫松耳根子一下红了，支支吾吾了半天，凶神恶煞道："八婆。"

"谁八婆？你才八公呢！"

两人又你一句我一句地斗起嘴来，叶慎安司空见惯，兴趣缺缺，身体往后一缩，偏头看见个熟悉的身影。

刚吃完饭的林粤正端着餐盘，往收餐区走。被餐桌餐椅整齐划分出的走道在拐角处相交，她与程少颐撞了个正着。

林粤微微一笑："放盘子？"

大冰山"嗯"了一声。两人自然而然地并肩而去，场面没有丝毫不自然。

叶慎安看呆了，他俩竟然认识！

"叶二二。"赵希茜这回是在叫他了。

自从从许卫松那里无意中得知他有个大自己三岁的哥哥，赵希茜再也不肯好好叫他的名字，张口闭口都是"叶二二"，怎么听怎么像叶二逼。

叶慎安不悦地回过头："干吗？"

"我觉得，松松搞不好有喜欢的人了……"她笃定地指着食堂门口那个打电话的背影，"你不觉得他很奇怪吗？有什么电话不能当着我们的面接呀？"

说到一半，她不忘以撒娇的眼神示意旁边的简辰给予她肯定："你说呢，辰辰？"

辰辰……叶慎安恶寒，她怎么就这么喜欢叠字？

简辰向来对别人的家长里短提不起兴趣，随便"嗯"了一声，没想到赵希茜竟然像受到了莫大的鼓励，得意地翘起小尾巴："哼，我就说，我是不可能看错的！"

她话音刚落，许卫松就回来了。见大家都吃得差不多了，他提议回教室午休。

赵希茜不死心，决定换个迂回的方式套他的话："松松，学科的事，你考虑好了吗？那个女孩子，是要去商科还是理科呀？"

许卫松愣了愣，只答了前半句："我大概是去商科吧。"

说罢将目光投向叶慎安："你呢？"

"我？关我什么事？"叶慎安不满地努了努嘴，这摆明是转移焦点。

结果赵希茜还真笨到钻了他的套："哦对，叶二二，你打算读哪科？"

刚吃饱，血液都涌到了胃里，他不禁打了个哈欠："着什么急啊，又不是明天就要做决定，船到桥头自然直。"

"你心可真大！"赵希茜啧道。

叶慎安似笑非笑地瞄她一眼："没你脸大。"

"胡说，我可是巴掌脸！"

见两人单挑即将变成三人混战，简辰难得动了动眉毛："你们到底还回不回教室？"

春天在一片混沌中来得悄无声息。

关于未来，叶慎安的确没能想得那么远，天性令他总是更容易把注意力放在眼前的事情上，比如……许卫松可能真的有喜欢的人了。

神秘女生仿佛无影人，从没在他们身边现过身，别说赵希茜八卦，就连他，久而久之都被勾起了好奇心。但许卫松始终守口如瓶。

转眼四月，春季体育文化节即将拉开帷幕。

为了这次活动，高中部各个社团纷纷使出浑身解数，街舞社练舞、话剧社排剧，就连cosplay社都祭出了自己的杀手锏——动漫角色走秀。那段忙碌的日子里，总是最后一堂课刚结束，班里的人便跑掉了大半，都是去各个社团排练的。

这种时候，叶慎安每每是趴在桌上发呆。早春的枝头拢着一簇簇的新绿，一只小鸟停驻其间。小家伙头圆圆，嘴尖尖，扑棱的灰色翅膀上点缀着均匀的黑斑，看上去油光水滑。叶慎安叫不出它的名字，但由衷觉得它可爱。

正是校园广播的时间，教室的音响里隐约飘出周杰伦的歌声："窗外的麻雀在电线杆上多嘴/你说这一句很有夏天的感觉/手中的铅笔在纸上来来回回/我用几行字形容你是我的谁……"

叶慎安舒服地伸了个懒腰，靠回椅背上，有一句没一句地跟着唱起来。

林粤从学生会开会回来，撞上的刚好是这一幕。斜阳薄薄地铺了一地，被余辉笼罩的劳改头男生是半侧着身，慵懒地靠在椅子上。他的目光掠过满室嘈杂，轻盈地落在那只巴掌大的鸟身上，唇边挂着一抹温柔的笑容。

他在想什么呢？

她不知道。不过，他们还真是完全不一样的人呢。如果是她，也许根本就不会注意到那只鸟的存在。他的世界，似乎总比她慢一点，也更生动一点。真嫉妒他啊！

一首歌结束，树上的鸟扑棱着翅膀飞走了。

叶慎安心满意足地转过身，开始整理桌上乱七八糟的课本。一抬头，发现林粤在看自己。想起上次她窃笑的表情，叶慎安不禁蹙眉："有事？"

林粤被问得一怔，良久，微笑："嗯，Leslie说，我们班八百米还差一个人，我看你这么闲，要不要帮忙凑个数？"

"……我哪里看上去像个闲人了？"

林粤认真地打量了他一遍："哪里都像。"

就这样，闲人叶慎安被赶鸭子上架，喜提八百米项目的最后一个名额。

开幕式当天，运动场内人山人海，校长致辞后，各班级的代表依次列队走过运动场，林粤作为班里的门面担当，毫无疑问走在自家队伍的最前头。

这天天气格外好，暖阳高照，校园里的春花几乎开遍了，微风一吹，如花吹雪，纷纷扬扬落满人世间，那画面与青春电影里头的场景别无二致。

坐在班级区域的叶慎安无事可做，闲闲地拢起手，朝长龙般的队列望过去。只一眼，就看见林粤。穿一身红色校服的她高举着牌子，走在队伍的最前头，百褶裙的裙摆刚刚及膝，将将露出她两条肌理顺畅、肌肉紧实的小腿。

叶慎安看得一怔，从前许卫松夸她腿好看，他总是嗤之以鼻，现在往人堆里一瞅，才知道的确是没有对比就没有伤害。他悻悻地"哼"了一声，扭

所有瞬间都是你

头不看了。

一旁的许卫松好不容易张罗到人陪他打牌，见叶慎安闲得慌，问他要不要一起。

叶慎安纳罕地看了他一眼："今天怎么不看你的女神了？"

"哈？"许卫松正忙着切牌，听完愣了两秒，讪笑，"看啊，怎么不看……"说罢假模假样地把扑克牌塞进他手里："帮我先洗着，我来看看我女神！"

谁都看得出他心不在焉。有喜欢的人就是不一样……叶慎安出神地想，就连许卫松这种平时没什么正形的人，也一下子正经了不少。

刚好入场式结束了，大家依次退场，纷纷回去各自的班级。林粤当然也回来了，正和同班的几个女生边走边聊着天。

跑在最前头的赵希茜眼尖，看见叶慎安手里的扑克牌："哇！我也要玩！"

"嘘——"许卫松急得大叫，"你能不能小声点儿？待会儿Leslie看到了……"

"我看到怎么了？"

感觉一道人形阴影横在身前，叶慎安蓦地仰头，就看见穿着一身运动服的Leslie正居高临下地审视着自己。

大意了！

"都闲得慌是吧？那就一人写一篇广播稿。"

"我语文不好，而且我们还没开始打呢……"许卫松委屈巴巴。

Leslie的眼珠转了转，微笑："那你就写两篇吧，第一篇当练手。"

和Leslie讨价还价无果，许卫松幽怨地交出了扑克牌。

从书包里掏出纸和笔，他气运丹田，开始冥思。然而十分钟过去了，面前的纸上依然空无一字。许卫松烦躁地抓了抓头发，探过身，想看看叶慎安的进度找安慰，结果发现这人非但跟自己一样一个字没写，还左盯右看，仿佛在寻找什么。

"你在找什么呢？"

"没什么……"

不过和Leslie说会儿话的工夫，林粤又不见了踪影。意识到自己今天的反常举动，叶慎安不由烦闷起来，总觉得，那天那只飞走的小鸟是飞进了自己心里……现在，它正扑棱着翅膀，妄图飞往某个未知的地方。

这可不行。他吸了口气，试图稳住那只躁动的鸟："松松，你先写着，我去个厕所。"

"欸？哦，好吧……"许卫松咬着笔杆，无语望天，谁能来救救他啊！唉！

叶慎安没去厕所，在校园里瞎晃悠了一圈。不晃不知道，原来这回的体育节，不是一般的热闹。不仅学生会，各个社团都设置了不少展区，手工艺品义卖、Cosplay真人秀、街舞battle……除了开幕式上的正式表演，社团里的其他人也没闲着。

他隐隐约约觉得有些羡慕他们，似乎每个人，都轻而易举找到了自己的位置……那么，他的呢？

啊，想不明白。有淡淡的迷茫涌上他的心头，但还谈不上难过。路过学校的便利店，他拐进去买了一瓶可乐，咕噜咕噜灌了半瓶，胃里冰冰凉凉的感觉让他重新振作了起来——没错，刚才会有那些奇奇怪怪的想法，一定是因为他口渴了！

想清楚这点，叶慎安的步伐再度轻快起来，就连广播里播放着的运动员进行曲也没那么刺耳了。春日的清风轻抚着他的脸颊，少年的心如玻璃樽般空荡而明亮，只要一丢丢快乐，就能将瓶子填得满满当当。

他一路悠闲地往回走，走到体育场附近，耳畔的歌声戛然止住了。一道清亮却不失沉稳的声音自广播里传出来："请参加两百米的同学到检录处检录。"

他认得，那是林粤的声音。找到她了！叶慎安的嘴角勾起一个细微的弧度，有阳光从头顶的树桠中漏下来，落入他的眼中，漾起一圈圈金色的波纹。

主席台上，林粤正低头忙着筛选各个班级递来的广播稿，突然感觉自己的肩膀被人拍了一下，一瓶矿泉水递了过来："忙了一上午了，先喝口水吧。"

说这话的是现任学生会的主席，高林粤一届，即将毕业前往澳洲留学。

林粤接过她的水，朗声道了句"谢谢"，这才拧开瓶盖。

"对了，关于竞选学生会主席的事，你考虑得怎么样了？"

"嗯，考虑好了。"

"怎么决定的？"

"我参与竞选。"

/ 所有瞬间都是你 /

"我就知道你不会在意那些有的没的的流言。"主席嘉许地笑了，"学生会又没有哪项规定写着只有十二年级的学生才能竞选，谁够资格谁就上，我觉得你完全没有问题。"

她话音未落，两百米赛道那边响起了一声震耳欲聋的枪响——初赛开始了。

被这声音提醒，主席恍然："啊，不耽误你筛稿子了，我也该去忙了。"

林粤礼貌地点点头，目送她走出几步开外，像突然想起了什么，蓦地开口叫住她："主席！"

"怎么？"

"八百米的比赛什么时候开始？"

"下午三点吧。"

"那，到时候我可以跟其他人换一下吗？"

"怎么？"

"有想去加油的比赛。"

"行啊。"

"谢啦！"

少女轻轻扬起手臂，在空气中用力挥了挥，少见地露出了活泼的笑容，犹如一颗浸泡在露水中的梨子，青涩亦清甜。

下午，八百米预赛准时拉开帷幕。

叶慎安早换好了运动服，体育委员过来给所有参赛的人分发号码，叶慎安接过属于自己的那张，展开一看——2号。

赵希茜咬着冰棒瞅了一眼，嘻嘻道："跟你好配哦。"

"……"

广播里开始通知检录，不过这次不是林粤的声音，叶慎安微微一怔，来不及多想，一起参加八百米的同学已经在催促他，他急忙把手机从裤袋里掏出来，丢到许卫松怀里："一会儿到终点拿给我。"

"怎么这么急？等电话？"

"松鼠大冒险。"

"哈？"

"刚才差点就通关了，我得趁今天趁状态好，再刷一遍。"

就冲你这敷衍的竞技态度，怕不是要跑倒数第一。

不过许卫松这回倒是失算了，长久以来打篮球加上之前小半年的击剑训练让叶慎安的体能一直保持在一个相当不错的状态，他人还没走到终点，体委便欢欢喜喜地朝他冲了过来："A组预选赛，我们班的叶慎安跑了第一，比第二名快了一秒多呢！"

许卫松挠挠头："是吗？"看来他的松鼠大作战通关计划得延后了。

之后还有B组和C组的预赛，叶慎安懒得在跑道附近等，干脆叫了许卫松一起去买可乐。

回去操场的路上，叶慎安做了一件匪夷所思的事，他先指挥许卫松往前走了十米，又指挥他走了十米，最后闷声问他："秃吗？"

"什么？"许卫松一脸问号。

"我的头发。"

"啊？哦……"许卫松仔仔细细端详了他一遍，不确定地答，"在你问我之前，我没觉得秃，不过你一问我，就好像变得有点儿秃了。"

"……算了。"叶慎安脸一皱，烦躁地将手插进裤兜，"差不多要开始决赛了，我们回去吧。"

"喂喂，你到底怎么了啊？"许卫松好奇地凑近他，虽然这个发型很好笑，但看了这么久，他已经习惯了。

"没什么。"叶慎安撇撇嘴，继续头也不回地往前走。

回到操场，叶慎安发现林粤竟然还在终点线那边跟人聊天。她身旁的人是个生面孔，可能是她学生会的朋友。

叶慎安的脚一下一下地踹着草皮，早知道她要在这里看这么久热闹，就找人借顶帽子戴上了。

刚才跑到终点，他就发现她也在，还时不时地往自己这边瞟，唇边似乎还含着一抹微微的笑意……他一瞬间感觉到了头冷。

就非得这么咄咄逼人，赶着来嘲讽他吗？他觉得她真是有病。

当然，也可能是太在意发型的自己产生了幻觉。

广播里播放着八百米决赛的检录通知，叶慎安躬身系紧鞋带，在体委的召唤下快步跑了过去。再看一眼体委，他眼前蓦地一亮："哪里来的帽子？"

体委意识到他是问自己头上那顶，美滋滋道："刚在手工义卖那里买的，怎么样，好看吧？"

叶慎安摸了摸下巴，委婉道："不错。"

其实根本不好看，甚至还有点儿辣眼睛。设计这顶泼墨帽的人说不定患

/ 所有瞬间都是你 /

有早期帕金森症，才能在上色时手抖得厉害，让绿色的色块看上去比其他任何颜色都刺眼。

头秃和头绿——叶慎安陷入了两难的境地。

最后他痛下决心："能不能把帽子借我戴一下？"

"什么意思？"

"就跑步的时候用一下。"

"为什么啊？"

"你知道'鸿运当头'吗？"

"哈？"

叶慎安昧着良心指着帽子上的红色泼墨："你看，这块儿是红色的，我有预感，如果戴着这顶帽子参赛，我搞不好能得第一……"

"这……"体委心动了，如果叶慎安跑了第一，就算是班级的荣誉，班级的荣誉，也等于他的荣誉。

犹豫片刻，他郑重地摘下了帽子，递给叶慎安："那，希望我的帽子保佑你……加油吧！"

"哇！开始了！"

一声枪响，决赛选手全部如离弦之箭般冲出了起跑线，林粤仗着身高优势，视线轻轻松松越过人潮，落到了叶慎安的……头上。

短短两场预赛的工夫，他究竟从哪里搞到了这么一顶花花绿绿的蠢帽子？林粤强忍住想笑的冲动，克制地咳嗽了一声。

但其他观战的人可就远没有她这么含蓄了，好几个其他班的女生见到叶慎安这个浮夸到吊诡的造型，都捧腹大笑起来，笑罢，又情不自禁定睛多看了他几眼："欸，不过他脸好像长得挺帅的。"

"皮肤好白，这么丑的帽子都没有让他显得丑，就是太好笑了，哈哈哈！"

"不过，我们年级有这么一号人吗？我之前怎么没发现？"

"就是刚才A组的第一名，剃了一个超级短的板寸，我看他估计是觉得发型太丑，不好意思了吧。"

"欲盖弥彰吗？好可爱哦！"

"简直呆萌！哈哈哈，我一会儿就去打听一下他的名字。"

女孩子们凑在一起难免叽叽喳喳，听见她们交谈的内容，林粤原本舒展的眉头渐渐皱成了一团——很烦啊！他为什么偏偏要在大庭广众面前戴这么一顶帽子？那么蠢的样子，明明只给她一个人看到就好了。

不想再听那些恼人的议论声，林粤迅速收回视线，转身朝终点处走去。

此时场上的选手已经全部跑完了第一圈，暂时领先的第一集团一共包括四个人，叶慎安暂列第三。林粤来到拉起的终点彩带旁站定，抱着手臂，远远眺望着赛道的拐角——马上就到冲刺的时候了。

下午的阳光如火般炽烈，此起彼伏的加油声中，第一个人率先冲过了拐角，紧接着第二个……是叶慎安！

林粤感觉攥紧的手心缓缓渗出了细汗，一个声音在嗓子里蠢蠢欲动着。她的目光好不容易越过前面的人群和终点裁判找到他，在那瞬间，喉咙里的声音终于冲破了桎梏——"叶慎安加油！"

一波接一波的声浪，迅速将她的声音淹没。

三秒后，叶慎安第一个冲过了终点线。一直在旁边等着的许卫松稳稳地扶住了他，然后有越来越多的人拥上来，叶慎安很快被团团围住……

悬着的一颗心稳稳落地，林粤微笑地朝人群中看了一眼，转身离开了赛道。

他应该是不想见到她的吧，所以决赛之前看见她，才会露出那种厌烦的表情。不过既然拿了第一名，今天就勉为其难让他称心如意一下吧。

比赛结束后，叶慎安坐在跑道旁的草地上大口喘着气。

眼前的人越聚越多，体委甚至夸张地握住了他的手："还真是'鸿运当头'呢！"

叶慎安没力气搭腔，比画着要喝水，等许卫松把水递过来，他喝完，再拨开人群，才发现林粤已经不见了——明明他刚才看见她了啊！难道眼花了？

遍寻不着林粤的身影，倒是有个扎马尾的陌生女孩突然凑了过来："你好，你是（2）班的叶慎安对吗？"

叶慎安抬起头，困惑地看着她。

女孩清秀的脸庞在阳光下泛着淡淡的樱粉："嘿，你好，我是（4）班的班长……我叫孔诗雅。"

"啊？哦……"

一阵微妙的沉默，身旁的人暧昧地吹了几声口哨。

孔诗雅却意外镇定，不仅无视了口哨声，还俏皮地朝叶慎安眨了眨眼睛："恭喜你啊，跑了第一名！还有……你戴帽子的样子真可爱！"

说完她嫣然一笑，转身一溜烟儿跑开了。

叶慎安听罢，微微一怔，立刻将自己头上的帽子扯了下来，然后转过头，看许卫松："我手机呢？"

许卫松坏笑："怎么，要追过去找人家要手机号？"

叶慎安一脸莫名："什么鬼，我要打松鼠大作战！"

你还真是凭本事单身。

第二天的比赛日程只到上午，简单的闭幕式后，学校宣布下午放假半天。

震耳欲聋的欢呼声中，各班的学生们纷纷涌回了自己的教室。Leslie如常般交代完放假的注意事项，大手一挥："放学吧。"

除了留下来做值日的学生，其他人很快散光了。

叶慎安今天不用做卫生，但许卫松要。见他要走，许卫松死死抱住他的胳膊不松手："看在我昨天尽心尽力给你做后勤的份儿上，你就等我半个小时，不，二十分钟吧。"

叶慎安觉得他说的不无道理，只好不情愿地点了点头："那好，我在体育中心等你。"

"干吗不在教室等我？"

"灰尘大！一会儿你弄完给我打电话。"

"好吧。"

差不多正午，远处林立的教学楼沐浴在金灿灿的阳光里，仿佛被漆上了一层金色的清漆。因为是春天，一切都如此温柔。

叶慎安一双手虚虚地拢在眼前，视线滑过远处的实验楼、体育中心，最后落在篮球场边那棵高大的梧桐树下——怎么林粤还没走？明明刚才她是最早离开教室的那个，讲台上，Leslie话音刚落，她便急急抓起书包，冲出了教室。

他以为她有急事，没想到她是急着来树下乘凉……这人的爱好，还真不是一般独特。

叶慎安琢磨着得离她远一点，但一双脚却好像不太听使唤。人到了岔路口，方向一偏，直接朝篮球场的方向拐了过去。

算了，就当春游好了。

沿着宽广的道路一直往前走，叶慎安视野中的林粤逐渐放大，变得清晰起来。当他彻底看清她的脸时，心里猛地咯噔了一下。下意识揉揉眼，瞪大，再揉了揉眼，叶慎安惊恐地露出了白日见鬼的表情——卧槽，林粤在哭？

林粤竟然在哭？！他不禁愣在了原地。

几米开外的树下，林粤的一双瘦削的肩膀正在微微抖动着。看得出，她有努力克制情绪。但这种时候过分克制只会适得其反，反而显得她无比脆弱，一时间，她平日里嚣张的气焰统统遁了形，现在的她，就是一只纸糊的老虎。

叶慎安摸了摸下巴，感觉有点儿愁。

要不干脆装瞎，扭头走掉？或者主动上前逗个乐，问她一句："你是在为逝去的冬天悲鸣吗？"

这两种选择他都很擅长，但这两种，他今天都不想选。往日里林粤作威作福的样子如跑马灯似的在他脑子里过了一遍，渐渐的，他感觉恶向胆边生——这可是千载难逢的报仇机会啊！

意识到这点，叶慎安心里有了决断，立刻加快脚步，朝林粤走了过去。

有微风轻轻拂过树梢，发出清脆的"沙沙"声。林粤被这声音惊动，抬起头，这才发现，几步开外的地方有人正朝自己走来——是叶慎安。

可他今天不是不值日吗？怎么现在还没回家？眼泪似乎影响了她大脑的运作，她努力想了好一会儿，都没能想到一个合适的理由。

等她再回过神来，叶慎安已经站在了自己面前。她连忙擦干眼泪，与他对视。

眼前的人是一瞬不瞬地盯着自己，忽然间，唇角一勾："别说，你哭起来，还挺好看。"

林粤错愕地张开嘴，第一次感到词穷。

看她吃瘪的样子，叶慎安毫不遮掩地露出了得逞的笑容。

原来如此，叶慎安顿悟了。他终于知道林粤喜欢欺负自己的理由了——因为欺负人……真的很让人开心啊！

然而他精心设计的台词，却也只来得及编排到这里。感觉林粤看自己的神情越来越冷，他心头未免发虚，自己是不是太过分了？

好像是……但她也不是善茬不是吗？

可她却也从没在自己窘迫的时候落井下石……甚至还给自己递过纸巾，虽然那是个该死的误会……渐渐地，叶慎安开始后悔了。

可说出去的话如同泼出去的水，现在再装傻充愣，已经太迟了。面前的

所有瞬间都是你

林粤已恢复了往昔的神情，骄傲的，镇定的，也许，还有很多冷淡。

她平静地看着他，声音里还夹杂着些许鼻音："你是不是……真的很讨厌我？"

叶慎安感觉心头狠狠被人拧了一下，嘴唇翕动着，嗓子却发不出一丁点儿声音。

直到林粤扭头离开，他还站在那里，站得好像一棵冬天的树。

人生第一次失眠，就这样献给了林粤。

一整晚，叶慎安辗转反侧，一闭上眼，林粤那张平静到令人揪心的脸就会浮现在他眼前。

"你是不是……真的很讨厌我？"

不，不是，你听我解释……

很想这样说，却完全没有底气。归根结底，他不了解她，关于她的一切，他所窥见的不过是冰山一角，又有什么资本去争辩呢？而且就连他自己都搞不清楚，自己究竟是怎么想的。

第二天天还没亮，叶慎安便蹑蹑窣窣地爬了起来。下楼在冰箱里翻了半天，总算找出了上回打篮球受伤用剩下的冰袋。

就算有些事搞不清楚，但一句"对不起"的担当，他还是有的。

等不及司机来接自己，天一亮，叶慎安便一路小跑到小区外头打车了。

他已在心里编排了无数遍道歉的台词，但第一节课过去了，第二节课过去了……整个上午的课都结束了，林粤还是没有来。

他拉不下脸去问百事通许卫松林粤为什么还没有来，只好郁郁地趴在课桌上，时不时瞟一眼大门的方向。

饭点刚过，许多人三三两两地站在走廊聊天，不知谁喊了声"叶慎安有人找"，叶慎安偏过头，就看见一个有点儿印象的面孔正扒着门框，好奇地往教室里张望。

他不由愣住……这不是（4）班的那个孔什么吗？

"嗨！叶慎安。"门外的孔诗雅已经在冲他挥手了。

叶慎安犹豫着，半天没有动。手伸进桌肚，摸到了早晨带来的那只冰袋，现在它已经软趴趴，湿漉漉了。

许卫松也看见了孔诗雅，隔着走道朝叶慎安嚷嚷："人家在叫你呢，没听见吗？"

叶慎安烦躁地一挥手："行了行了，我知道了，就你话多！"

走廊上人来人往，叶慎安低头看了一眼面前的孔诗雅，不明白她为什么会出现在这里。毕竟，他连她叫什么都给忘了。

不过孔诗雅好像会读心术，指着自己的脸，笑眯眯道："我是孔诗雅，你是不是忘了呀？"

叶慎安诚恳地点了点头。

孔诗雅乐了："你这人真实诚。"

叶慎安蹙眉："还行吧……你找我有事？"

"嗯，我听说你们班篮球打得不错，有没有兴趣和我们班组织一场友谊赛啊？"

叶慎安蒙了："这种事，你该问我们体委啊，或者班长。"

不过，林粤今天不在就是了。

但孔诗雅却出乎意料是个直球妹，满不在乎地说："可我就是想找你啊。"

"哈？"

"反正这事就先这么说着了啊，你帮我跟你们体委说一声呗！"

"等一下……"叶慎安刚要拒绝，就看见楼梯口处上来了个人，是林粤！

情急之下，他顾不上孔诗雅，回头直接冲着林粤大喊："你等我一下！"

经过一晚的休整，现在林粤的脸上已找不到任何哭过的迹象，她无动于衷地瞥了一眼叶慎安，又看了看他旁边的孔诗雅，最后径自走向了教室。

什么态度！当他是空气？

叶慎安气坏了，连应酬孔诗雅的心情都没了，直接拉下脸道："你可能不知道，我是我们班的大闲人，打篮球纯粹图个高兴，对比赛什么的半毛钱兴趣都没有。你们班如果真想组织友谊赛，可以去问问隔壁（3）班，反正我不去。"

一口气说完，叶慎安扭头回了教室。

被撇下的孔诗雅苍白着一张脸，尴尬地杵在那儿，想发脾气，又不知道往哪里发。这人刚才不还好好的吗……怎么就？

回到教室，叶慎安发现林粤已经在座位上坐下了，正低头在书包里翻着书。

经过她身边，他实在气不过，踹了她的课桌一脚。然而林粤硬是眉毛都没有动一下。

　　叶慎安一言不发，拐回自己的座位，从桌肚里抽出那只已经完全化冰的冰袋，连同上午喝空的可乐瓶一起，"啪"一下，都丢进了教室后头的垃圾桶里。

　　他今天算是明白了——其实林粤根本就不在意。她只是为少了一个可以戏弄的玩具感到愤怒，而不是悲伤。

/ 所有瞬间都是你 /

第八章

歧路

　　初夏的第一场雨来得早又急，上午还是风和日丽的好天气，下午铺天盖地的雨水便如同蛛网般密密匝匝地笼了下来。

　　感觉到扑面而来的凉意，许卫松抬头看了眼天色："回教室不？不是说一会儿就公布分班情况了吗？"

　　叶慎安弯腰拾起地上的篮球，纵身而起，稳稳地将球投入篮筐："你先回去吧，我再去室内场地打会儿球。"

　　许卫松挠挠后脑勺："你打了两小时不累吗？"

　　"不累。"

　　"呃，那我先回去了啊。"

　　"嗯。"

　　送走许卫松，叶慎安抬手擦了把脸上的雨水，转身朝体育中心走去。

　　最后，他还是贪图不用记背大量的资料选择了商科。许卫松亦然。倒是赵希茜跌破眼镜，为简辰投奔理科。四人组就这样暂时分开了，说没有不舍是假的，但又不是什么生离死别。想见的话，就能见到。他一贯想得开。

　　可能受了天气影响，体育中心这边居然没什么人。叶慎安掸了掸衣服上的雨珠，环视四周，目光在大门口的剑道馆指示牌上停住了。

　　之前一直知道学校有这么个地方，但从没去过。在那家击剑馆被林粤虐得落花流水的事情明明没过去多久，但现在回想起来，总觉得已经是一件很遥远的事了。

　　有这种感觉，可能是因为最近林粤都不欺负他了。

不过，也不到完全说不上话的地步。好比上周，林粤就主动跟他说话了。那天学校把体育节的个人奖状分发下来了，作为班长，林粤负责把它们交给每个人。下午最后一节课结束，她从抽屉里拿出了那张属于叶慎安的奖状，第一次主动来到了他的座位前。

"这是你的。"她把那张轻飘飘的纸放在他的桌上。

叶慎安怔了片刻，才抬起头。晚春带着翠意的阳光从洞开的窗户照进来，落在林粤长长的睫毛上，她定定地和他对视，眼里已经没了那些狡黠而生动的情绪，完完全全一副公事公办的样子。不知怎么的，他大脑忽然空白了一下。

"谢了。"面对这样的林粤，叶慎安不由自主地弯起了嘴角，这个笑容过分若无其事了，反而显得有些轻佻。

看着这个陌生的叶慎安，林粤同样呆了呆，良久，才淡淡答："不客气啊。"

窗外的天气明明还和刚才一样，光如金，金如雨，但叶慎安就是觉得，整个教室里的气温变了。

是变得冷了吗? 不应该呀。明明夏天就要来了。

如叶慎安所料，剑道馆里也是空荡荡的。

他回头看了眼窗外，不过一会儿工夫，雨势大了不少，蜿蜒的水流不住地冲刷着玻璃窗，空气里隐约有浮尘飞扬。

把湿漉漉的篮球抛到一边，他在道场里席地躺下了。原本是想来满足一下好奇心的，结果这里好像也没什么特别……如此想着，叶慎安打了个长长的哈欠。

门外响起了一阵模糊的脚步声。那声音由远及近，越来越清晰，叶慎安本能地坐了起来。

门"吱呀"一声被推开了一条缝。门边先露出了一双白色的运动鞋，然后是一双修长的腿。叶慎安的视线慢慢上移，最后是在林粤的脸上定格。

"真巧。"这一次，他先打了招呼。

兴许没想到他会在这里，林粤的脸上明明白白摆着惊讶的情绪，许久，才闷声答："怎么，你不去看分班表吗?"

叶慎安笑了："你不也没去吗? "

"也是，我先去换衣服了。"

"等等。"他叫住她。

"嗯？"

"打一局吗？"

"……我不会让你的。"

地上的人微微挑起眉："我也不稀罕。"

"那好，里面有公用的装备，你凑合一下换上吧。"

"林粤。"

"还有问题？"

"没……"叶慎安悻悻地耸了耸肩，"你一直有来这里吗？"

"偶尔。"

"嗯。"

真是无聊至极的对话，叶慎安觉得没劲透了。想必林粤也是同样感受，所以才不再搭理他，快步走向了更衣室。

"给你十五分钟，过时不候。"

她离去的背影犹如一幅清风道骨的白描，一笔一画写满了疏离。

一局比试下来，叶慎安依然毫无还手之力。摘下护具，他坐在地上大口喘气。另一边的林粤收了剑，居高临下地看了他一会儿，语气不冷不热："你还真是毫无长进。"

叶慎安听罢又用力地吸了口气，笑得随意："一直是啊。"

"所以才不学理科？"

"嗯。"

"我没有看不起商科的意思……"

"我知道，两回事。"叶慎安说着摆了摆手，又舒舒服服地躺回了地上。

窗外的雨已经停了，一只不知道打哪儿来的蜗牛正沿着玻璃往上爬，留下一条弯弯曲曲的痕迹。乌云散去，天如水洗过的织锦，蓝得艳丽。

"我走了。"是林粤的声音。

叶慎安望着头顶的天花板，懒洋洋地说了声"拜拜"。

又过了一阵，剑道馆恢复到起初的安静。刚才的那只蜗牛爬到了玻璃窗的最顶端，却好像突然陷入了某种困局，不知道下一步往哪里去，因而一动不动。

叶慎安转了转眼珠，瞥见墙上的时间，一下子坐了起来——该回去了。

快走到高中部的时候，叶慎安远远看见了个熟人，他不禁一愣：

"酒酒？"

听见有人叫自己，酒酒忙回过头，发现是叶慎安，立刻露出了两个甜甜的酒窝："欸，小哥哥，好巧啊！"

叶慎安还是一头雾水："你怎么在这儿？"

他没记错的话，她应该是读女校啊。

"我转学来啦！"

"转学？"

"嗯，家里人讨论了一下，说我还是跟哥哥念一个学校比较方便接送，就转学过来这边的初中部了。"

"那你怎么跑到高中部来了？"

"嘿，今天只是办手续不用上课嘛，我就想着干脆溜过来偷看一下哥哥。不过到了这边才发现人太多了，有点儿……不好意思。"

叶慎安这才注意到，酒酒脸上浮着淡淡的红晕。小姑娘就是小姑娘。

他笑着指了指楼上："你哥的教室在三楼最左边那间。"

说罢想了想，又道："要不，我陪你上去吧？"

"真的？"

"嗯。"

"谢谢小哥哥！"

"酒酒，你以后还是别叫我小哥哥了……"他之前就觉得这个称呼怪怪的，程少颐和他同年，是"哥哥"，怎么到了他这里，就莫名其妙变成"小哥哥"了？"我也有个哥哥，在家里排老二，你以后就叫我'二哥'好了。"

酒酒格外上道："二哥。"

小姑娘不仅长得可爱，嘴也特别甜，叶慎安满意地颔首："走吧。"

雨后楼梯湿滑，叶慎安走在前头，不忘提醒身后的程酒酒："你走慢一点，别摔倒了。"

（2）班的教室在二楼，大门刚好斜对楼梯口，经过时，叶慎安往里张望了一眼，公告栏前挤满了人，分班结果已经出来了。叶慎安顿了顿，加快了脚步。

身后的酒酒忽然开口了："二哥，如果你还有事的话，我就自己上去吧。"

没想到她小小年纪就这么有眼力，叶慎安忙不迭摆手："不是正事，我先送你上去。"

"谢谢二哥。"

叶慎安被她逗乐了："你怎么这么讲礼貌啊？"

"欸？难道不该讲礼貌吗？"

"哈，也对。"叶慎安讪然，不知不觉走到了三楼。

左手第一间是年级办公室，大门正敞开着，叶慎安一眼看见伏案工作的Leslie。分科后他负责带理科班，这意味着他不再是他的班主任了。想起入学那天滑稽的相遇，叶慎安不禁"扑哧"一下笑出声，竟然有点儿怀念。

见他忽然笑了，酒酒好奇地问："二哥，你在笑什么呀？"

"没……"

话音未落，叶慎安的目光便撞上了迎面走来的那个人——刚从办公室后门出来的林粤手里正抱着一沓厚厚的资料，和叶慎安对视一眼后，她迅速地侧过身，主动给他让出了一条路。

这待遇叶慎安从没得到过，放过去，林粤大概只会跟一尊佛似的命令他："麻烦让开。"

她真的变了。

两人自然而然从对方身边擦过，叶慎安背后还跟着条小尾巴，谁都没开口说话。

来到（9）班门口，程酒酒总算找到了程少颐。这大冰山冷归冷，好歹知恩图报，诚恳地跟叶慎安道了声谢，才回头开始教育酒酒，说她任性。

叶慎安打量了几眼这对一点儿都不像的兄妹，自觉功德圆满，朝酒酒做了个"拜拜"的口型，转身朝楼下走去。

今天也是和林粤同班的最后一天了啊……他竟然直到刚才，才后知后觉地意识到。

走到楼梯间的拐角，他缓缓顿住脚步，望了一眼教室里那个分发资料的人。明天他们就要去往新班级了，那些没能解释清楚的误会，似乎也再没有了解释的机会。

不，其实根本不需要解释了。已经不重要了。他们都有了新的角色要去扮演，而那里面，并没有彼此的戏份。

眨眼六月。夏至，汹涌的热浪一夜席卷人间大地。

在球场上跑动了不过五分钟，叶慎安便感觉闷出了一身汗。

中场休息，许卫松抛给他一瓶冰可乐："听说今年嘉年华，我们希茜妹要代表他们班表演独舞。想想她还真可怜，为了简辰报了理科，竟然没能分到一个班。"

知道他话痨的老毛病又犯了，叶慎安直接捡起地上的球抛进他怀里："你到底渴不渴，话这么多，不喝水就上场！"

"就是场友谊赛嘛！"许卫松忍不住抱怨。

说也神奇，这次分科，孔诗雅竟然和他们分到了一个班，还做了他们的新班长。和林粤那种冷淡的"执政风格"相比，孔诗雅这人明显热情得多，每每学校有什么活动，都是响应得最积极的那个。就连这场篮球友谊赛，也是她主动张罗的。

叶慎安本来没有兴趣，但因为上回不留情面地拒绝了她，心里总怀着一份愧疚，所以这次孔诗雅一开口，他就答应了。当然，赢球的觉悟他是没有的，配合着打完全场就行。

短暂的休整结束，裁判吹响了继续比赛的哨音，叶慎安起身，再次走向球场。

今天他们对阵的是（9）班，也就是程少颐所在的那个班级，不仅如此，林粤如今也在那个班里。不过她现在已经不做班长了，而是改当学生会主席——建校以来第一个来自十一年级的主席。这名头听上去就风光，事实上也的确风光，她刚当选那会儿，这事一度轰动了整个高中部，就连从不关心这些的他也听人讲过不知多少遍。

"叶二！你发什么呆呢！"

听见许卫松在叫他的名字，叶慎安才意识到自己走神了。队友传过来的球稍有些偏，他没能准确接住，反倒被（9）班的人截了过去，只见对方一个漂亮的上篮，球进了，现场响起一阵热烈的呼声。

许卫松气喘吁吁地跑过来，用胳膊撞了他一下："你磨洋工也磨得有诚意一点儿啊，别让（9）班的妹子看了我们的笑话！"

叶慎安一愣，摊手笑："那就看啊。"

"你脸皮还真是越来越厚了。"

"还成吧。"

两人正说着话，球场边忽然响起了一阵骚动。

球场上的人多少因此分了神，纷纷转头去看热闹，叶慎安也不例外。

"哇哦，陛下来了！"

开口的这位是（9）班的主力，校篮球队队长，名字叶慎安不知道，身高倒是明明白白190还有找。

听见他的话，叶慎安的神情蓦地一凛，缓缓将脸转向他看着的那个方向。果然是林粤。

叶慎安莫名想笑，这群人是光长四肢没发育脑子吗？不过是林粤来看个球赛，值得跟过年似的兴奋？

"陛下可是从没来看过我们校队的比赛啊……"

看来（9）班的这个年还没过完。叶慎安满脸嘲讽，不紧不慢地向记分牌旁的裁判挥了挥手："喂，我说——这场比赛到底还打不打了？"

因为只是班级私下组织的友谊赛，两个裁判虽然分别是两个班的体育委员，但也是女孩子，面对场面上各个超过一米八的男生，多少缺乏底气，支吾了半天，硬是没好意思大声指挥。

场面一度僵持，意识到气氛不对，林粤果断拨开人群，站了出来："我说你们，比赛就好好比赛，还有没有竞技精神？"

林粤一开口，队长抖三抖，立刻命令自己的队友："好了好了，都别看了，专心比赛！"

叶慎安终于没忍住，大笑出声。这哪里是190的壮汉，这就是林粤加大号的脑残粉！

他的笑声引来对方队长的不悦："你笑什么？"

"没什么。"

"信不信我一会儿虐死你！"

"信啊。"

也许是没想到叶慎安无耻至斯，又也许是碍于林粤在场，队长虽然气得青筋暴起，却还是选择了偃旗息鼓，只朝叶慎安比了一个挑衅的手势："走着瞧！"

32比58！

比赛结束的哨声一吹响，叶慎安便如同泄了气的皮球般瘫在了地上。（9）班篮球队长果真言出必行，风风光光完虐（4）班。

刚才打到最后一节，叶慎安已经明显感觉体能跟不上对方了，一旁观战的孔诗雅倒是拼尽全力喊着"加油"，但没用，打篮球靠的是实力，而非士气。

等叶慎安终于缓过劲儿，再回头看场边，林粤已经不见了。剩下击掌庆祝的全是（9）班的观众，（4）班的人都差不多走光了。不怪他们走得快，这么大的比分差，叶慎安自己也觉得逊毙了。没想到被许卫松不幸言中，他们真的被（9）班的妹子看了笑话。

"不像你啊……"回去教室的路上，许卫松勾着他的肩，啧啧感叹。

"嗯？"

"我是说，挑衅（9）班那只熊老大，完全不像你会做出来的事。"

"是吗？"叶慎安微微眯起眼，像在咀嚼他的话，末了，微微扬起嘴角，"可能是因为，我觉得他太丑了吧。"

"哈哈哈哈！"许卫松放声大笑，那大熊脸上痘痘确实挺多，可能是激素旺盛。

两人又勾肩搭背走了一段，经过便利店，许卫松停了下来："渴吗？"

叶慎安皱皱眉："你上辈子渴死的吧。"话虽这么说，人还是陪着他进去了。

从便利店出来，许卫松拉着叶慎安在门口坐下了。他暂时还不想回教室，担心班里那群人会把"大熊暴走"的责任归咎于叶慎安。

但他知道，他的好朋友已经尽力了。很多事都要讲天分，他们俩对篮球不过爱好，没法跟大熊那样的相提并论。

"你别难过哈。"

"……我没难过。"

"行行行，缺心眼儿的人都不会难过。"

"滚蛋！"

"哈哈哈！"

晚上洗了澡出来，叶慎安擦着头发，瞥见隔壁的阳台正亮着灯。犹豫片刻，他推开了阳台的门。

酒酒果然坐在一堆玩具里，手中拿的是一本他没见过封面的爱情小说。

"好看吗？"他半倚着栏杆，招呼她。

酒酒自书中收回视线，笑吟吟地和他对望："不告诉你。"

"是吗？那就不告诉我好了。"

他故作失望地敛起笑容，酒酒却郑重地放下了手中的书："二哥，你是不是遇到不开心的事情了？"

叶慎安愣住了……上次他的感觉没错，眼前的这个小姑娘真的非常懂察言观色，任何细小的情绪，都逃不过她那双无辜的眼睛。

仗着酒酒比自己小，叶慎安反倒坦率了许多，点头："是啊。"

"什么事呀？"

叶慎安想了想："下午打篮球，被一个熊一样的家伙虐了。"

酒酒看上去有些困惑："就这样啊？"

叶慎安失笑："也不全是，可能只是觉得，自己从没做好过任何一件事吧……"

话一出口，他就后悔了，大晚上的，他娘炮兮兮地跟个小姑娘叽歪个什么劲儿啊！于是赶紧摆手："呸呸呸，我瞎说的，你别放心上！"

程酒酒听罢没立刻说话。半晌，才轻轻扬起脸，捂住自己的耳朵，摇头晃脑道："咦，你刚说什么？我没听见！"

叶慎安被她浮夸的表演逗得哈哈大笑。程酒酒微微一愣，也跟着笑了起来。

远处，黑夜将天空染成漂亮的绀青色，半轮满月躲在云层背后，犹如少女半遮的芙蓉面。

一场篮球赛打下来，两班的友谊没增进半分，梁子倒是就此结下了。

孔诗雅眼中燃烧着熊熊的小宇宙，立志要在今年的夏日嘉年华上打败（9）班，拿下最高人气奖。

"那是不可能的吧？听说他们班今年又要排莎士比亚的经典话剧《罗密欧与朱丽叶》，林粤还是主演……"拆台的是（4）班的学习委员。

孔诗雅气得瞪了他一眼："你有没有出息啊？长别人志气，灭自己威风！我们班的街舞哪里不好看了？而且莎士比亚那么老土……"话说到一半，孔诗雅蓦地想起旁边坐的是叶慎安。去年的《麦克白》她也看了，不过是最近才知道麦克白夫人是他演的。骂敌人归骂敌人，万万不能波及队友，孔诗雅连忙改口："不，应该说，《罗密欧与朱丽叶》比较老土。"

"啊？陛下今年要演罗密欧吗？Leslie还真喜欢莎士比亚大哥。"趴在桌子上打盹的许卫松才睁开眼，边打哈欠边插了句嘴。

孔诗雅刚要说话，叶慎安已抢先答道："不，她演朱丽叶。"

许卫松的瞌睡顿时醒了，难以置信："哈？朱丽叶？"以林粤那个神挡杀神佛挡杀佛的气场，真不知道（9）班得去哪儿给她捉个镇得住场的男人做罗密欧！

叶慎安仿佛开天眼似的："罗密欧是程少颐。"

许卫松眼珠转了转，露出了恍然大悟的表情，这搭配还算旗鼓相当……只不过，似乎有哪里不对。他想了想，豁然开朗："等等……不对，这事你是怎么知道的？我都不知道！"

／所有瞬间都是你／

叶慎安的反应很平淡："酒酒说的。"

"酒酒又是谁？"

"程少颐的妹妹，就住我家隔壁。"

"真的假的？！"许卫松惊讶地盯着他看了一会儿，见他一脸坦然，这才相信了他的说辞。

不过，叶慎安的确没说谎。这段时间程少颐长期留校排话剧，酒酒几乎都是顺他家的车回去，顺道分享给他各种各样的冰淇淋。路上两人免不了聊天，程少颐演罗密欧，林粤演朱丽叶的事，便是酒酒无意中说到的。

"听哥哥说，林粤姐姐的口语特别好，是么？好羡慕啊。"小姑娘看来是没见过林粤其人，脸上明晃晃都是敬仰。

叶慎安含糊地说了句"好像是"，这个话题才算就此结束了。

嘉年华当天，优哉游哉踱去礼堂做观众的叶慎安被孔诗雅半路截住了。她双手合十，讨好地对他笑笑："叶二叶二，你能帮我们去便利店搬一箱矿泉水吗？刚才到了后台，才发现忘了准备，拜托拜托！"

叶慎安愣了一下，爽快答应："行啊，反正我没事做。"

"你真是太好了！"孔诗雅感动极了。她真是一点儿都没看错他，这人平时虽然懒懒散散，但关键时刻别人有求于他，他都不会拒绝，是个善良又体谅人的人。她觉得，她好像更喜欢他了。

然而叶慎安对她的内心活动一无所知，只问："要冰的还是常温的？"

"常温就可以。"

"好。"

得到确切答复，叶慎安挥挥手，扭头走了。

一箱水三十瓶，对男生来说不算重，不过燠热的天气作祟，把东西搬到后台，叶慎安还是不可避免地闷出了一身汗。

这地方他熟得很，见时间还早，想着先去卫生间洗把脸，再找孔诗雅。不料人刚走到卫生间门口，便撞上了从女厕出来的林粤。这还是篮球场之后头一遭遇见，考虑到她今天有演出，就不是什么稀奇的事了。

叶慎安心情轻松，主动跟她打了声招呼："嗨，好久不见。怎么，你这次不反串了？"

打扮成朱丽叶的林粤低头看了眼自己身上的华丽裙子，片刻，抬头看他，语气淡然："新鲜感就一次，第二次就没有了。倒是你，怎么在这里？"

"帮我们班的人搬矿泉水。"

"我以前怎么没发现你这么热心？"

真是三句话暴露本性，叶慎安哂笑："闲的呗。"

"哦？"她的视线一寸寸掠过他汗湿的T恤和额头，蓦地想起了刚才在后台打过照面的孔诗雅，"看来你真是闲。"

场面看似陷入尴尬，叶慎安的心情却莫名雀跃了起来，像一面沉寂太久的湖泊，久违地被尖锐的石子划破了平静。

他斟酌着反击她的说辞，忽然间，一阵手机铃声打破了这份汹涌的静谧。他不得不拿出手机，竟然不是孔诗雅，而是酒酒。

"酒酒？"

"二哥！"

"怎么了？"

"我想来高中部看哥哥的表演，结果在这边迷路了……哥哥应该在忙，我不好意思打扰他，二哥你要是有空的话，能不能来接我一下呀？"

"你现在在哪儿？简单跟我形容一下。"

……

挂断电话，叶慎安再看林粤，她脸上已恢复了一派岑寂。

那颗石子转瞬间没入湖底，再无声息。

他悻悻地扬了扬手中的手机："有事，先走了。"

"嗯。"

酒酒果然如叶慎安交代的那样，乖乖站在原地等他。

正是一年里最好的天气，阳光温热却不炽烈，树木苍翠而无腥，夏花开得热闹，衬得花丛旁少女的脸活泼而艳丽。

叶慎安微笑着朝酒酒招招手："这边。"

酒酒蹦蹦跳跳地跑过去："二哥，给你添麻烦了。"

小姑娘礼貌惯了，叶慎安欣然接受了她的谢意，不忘打趣："不过，作为感谢，你得请我吃冰淇淋。"

说也奇怪，那种甜甜腻腻的玩意儿，多吃几次竟然还有点儿上瘾。

酒酒灿烂地笑了："没问题！"

把酒酒带到观众席安置好，叶慎安这才想起了孔诗雅，他刚才就这么跑

／所有瞬间都是你／

出来了，估计她等急了。想了想，他指着后台的方向："我突然想起来，还有点事儿……"

洒洒一贯懂事："那你快去吧！我在这等你！"

"好，一会儿见。"

结果孔诗雅已经把水分发好了。真是白操心了……叶慎安讪讪然，跟大家打了声招呼，准备折回观众席，孔诗雅却突然叫住了他："等等啊，我也给你拿瓶水！"

他只好停下来。孔诗雅慢条斯理地躬身，打开纸箱，口中还念念有词："真是气死了气死了……（9）班真是太狡猾了，竟然还排了吻戏！"

叶慎安一愣："吻戏？"

"对啊！我刚才听人说，罗密欧和朱丽叶竟然有吻戏！我倒要看看，他们要怎么在教务处眼皮底下造次！"

孔诗雅说着把水递给了叶慎安，见他脸色似乎有变，关切道："欸，你脸色不太好啊，是不是中暑了啊？我这里有……"

"没有。"叶慎安打断她。

孔诗雅有些尴尬，陡然意识到，林粤好歹和他同过班，又一起演过《麦克白》，说不定两人关系不错……她刚才说那些不是自讨没趣么？遂赶紧抱歉地笑笑，试图补救："我没有诋毁林粤的意思……而且学校怎么可能允许真的排吻戏。肯定是装装样子，借位都不可能……我只是——"她绞尽脑汁，总算想到一个冠冕堂皇的说法，"不太喜欢这种故意制造噱头的行为。"

这解释勉强及格，孔诗雅忐忑地等待着叶慎安的反应。

良久，叶慎安竟然笑了。那笑容里有淡淡的戏谑："什么啊，我看你好像误会了，我和林粤关系一点儿都不好，非要说的话，我还挺烦她的。"

回到观众席，嘉年华已经快开场了。

洒洒见着他，变戏法似的从书包里拿出了一大堆零食，开心地朝他扬了扬手。叶慎安回应般地对她笑了笑，在她旁边的空位坐下了。

和去年压轴不同，今年的《罗密欧与朱丽叶》被作为了开幕戏。大概是"吻戏"的噱头作祟，幕布一拉开，观众席上的学生们便兴奋地吹起了口哨。

洒洒看上去也挺激动，拿零食的手都停住了。叶慎安面无表情地抓了一把她的爆米花塞进嘴里，再看了一眼台上深情对望的林粤和程少颐，大脑中蓦地浮现了两个大字——无聊。

他使劲嚼着嘴里的爆米花，忽然，眉头一皱，妈的，竟然咬到舌头了！

和他的心猿意马相比，酒酒倒是看得分外认真。大概每个情窦初开的少女对这种充满宿命气息的爱情故事都无力抵抗吧，无论它最终是不是悲剧。看到朱丽叶在窗口与楼下的罗密欧互诉衷情，酒酒叹息着吸了吸鼻子："二哥，你知道吗？据说罗密欧和朱丽叶的爱情故事，只发生在四天里哦。"

他还真没注意。大部分人看这个故事，注意力都集中在罗密欧与朱丽叶的爱情上，很少有人去关注这段爱情持续的时间。但酒酒的感叹却仿佛一只无形的大手，推搡着他，去正视台上的那个人。

四天啊……有心的话，四天就足够经历一段爱情的发生、发酵、绽放，甚至死亡。可如果两年过去，什么事都还没有发生的话，那就代表，未来也不会有任何事发生。

叶慎安自嘲地摇摇头，太可怕了，之前有那么一瞬间，他竟然怀疑过，自己是不是喜欢林粤。

现在想来，肯定不是了。

怎么可能是！他顿觉神清气爽，甚至已然能端出欣赏的态度，去观看林粤和程少颐的表演。一切都变得顺眼了起来，他们一举一动，一颦一笑，甚至此刻那个借位都不算的亲吻……

台下响起了一波接一波的喝彩声，唯他双腿舒适地交叠着，悠闲地嚼着爆米花。从这一瞬间起，他决定不再抗拒她了——因为，他终将远离她。

而现在，他正大步走在那条路上。

夏去冬来，伴随着十一年级的结束，许卫松的生日也到了。

因为是十八岁的成年礼，许卫松格外兴奋，翘首期待了整整一个月，那个他喜欢的人，也终于第一次被推至了人前。酒店富丽堂皇的包房里，众人严阵以待，时不时交头接耳几句，都在暗暗期待这位女主角。

差不多六点过，包房的门开了，许卫松引着一个白白瘦瘦的姑娘进来了："这是莫茵，我女朋友。"

赵希茜的目光迅速黏在了她身上。

莫茵是典型的南方女孩长相，脸窄而小，五官也小小的，柳叶眉，新月眼，拆开了看有点儿平淡，凑在一起却显得柔和而清秀。不过她的眼神似乎不太友好，高傲谈不上，非要说的话，是有点儿疏离吧。

赵希茜偷偷在桌下扯了扯简辰的手："原来松松喜欢这个风格的？没想到啊。"

简辰自若地喝着饮料，没应声。叶慎安其实也小小地惊了一下，他以为按许卫松之前对林粤的吹捧，找个女朋友也该是同类型的，没想到是截然相反的类型。她们唯一的相似点大概是表情够淡定。

安排好自己的女朋友入座，许卫松转头招呼服务员上菜。趁许卫松没工夫照顾她，赵希茜赶紧凑过去："你哪个学校的啊？"

姑娘和她对视了一眼，声音细细的，一个多余的语气词都没有："四中。"

"啧，原来是学霸啊。"赵希茜骄纵惯了，哪怕这话里没有揶揄的意思，听上去也是傲气满满的。

许卫松听见了，皱皱眉，但没说话。

一顿饭吃得还算融洽，就是姑娘实在不爱讲话，除非问她问题，其余时间里，都在埋头挑自己碗里的菜。看她的吃相倒是斯文得体，但叶慎安总觉得，他们跟她大概玩不到一块去。相信许卫松也有这种感觉，所以过了这么久，才把她带来见他们这群人。

差不多八点，饭吃完了，赵希茜提议大家再去哪儿聚一聚。这一回，莫茵竟然主动开口了，问许卫松："不是说只来吃顿饭吗？"

许卫松有点儿尴尬："反正明天不上课嘛……"

"可你知道我还得回去上课的，"莫茵抬头看了一眼墙上的挂钟，"已经八点了，再不走，就要迟到了。"

"今天不去不行吗……"许卫松期期艾艾道。

"不行。"莫茵态度坚决。

"这可是松松十八岁的生日欸！一辈子只有一次的十八岁啊！你到底怎么想的啊？"一旁的赵希茜沉不住气了。

莫茵的视线倏地转向她："我想回去上课。"

赵希茜被她的冷漠气坏了，眼看要站起来了，许卫松连忙起身，拽住莫茵的手，脸上堆起笑："那我先送她下去吧，待会儿我们再看去哪里聚聚好了。"

"我……"赵希茜正要驳嘴，简辰已精准地塞了一块糕点到她嘴里："乖，吃东西。"

叶慎安也跟着站起来："我送你们下去啊。让这两人在这儿晒恩爱吧。"

莫茵起身，礼貌地朝所有人鞠了一躬："谢谢各位了。"

赵希茜嘴里还塞着吃的，说不了话，只好翻了个白眼，以示不满。

送走莫茵，许卫松没急着上楼，而是站在餐厅楼下吹冷风。二月天寒不是盖的，许卫松接连打了好几个喷嚏。

叶慎安从身后拍了他一下："发什么呆？思考人生呢？"

"你不懂，我心里苦。"

叶慎安没说话，他倒不是完全不懂。

"不过，你不送她打车吗？明明打车更快吧。"

"她拧巴得很，我不想吵架。"许卫松意兴阑珊地摆摆手，仰头望向一方青金石般冷硬的天空，"搞不好，我真是个抖M。"

冬日的冷风呜呜直吹，像夜的悲鸣。

"对了，她以后……不出国吧？"叶慎安知道这个问题不合时宜，但还是不小心问出了口。

许卫松默了一会儿，才说："嗯，不过她的目标可比我们远大多了——国内最高学府，那地方我可是想都不敢想。"

叶慎安静静陪许卫松站了很久。他总有一种模糊的感觉，在他们身上，都缓慢地发生了一些变化。无可避免的，无法预知的。

好在他们还很年轻，以后的事，可以以后再说。

那天四个人唱完歌出来，天已经快亮了。

叶先生和太太双双出差，哥哥也不在家，叶慎安因而很放松。

赵希茜似乎还沉浸在兴奋中，大声提议："要不我们走回去吧？"

"你疯了吧？！大冷天的！"许卫松打了个大大的哈欠，"从这里走到你家，怕是要走到中午了，人都冻成大冰棍了。"他说着在路边拦了一辆车钻进去，对所有人懒懒地挥了挥手："你们继续疯吧，我要先回去睡觉了。"

送走许卫松，叶慎安再回头看了看赵希茜和简辰，自觉不想再做灯泡发光发热："那个，你们继续浪漫啊，我也回去了。"

周六的清晨，蒙蒙亮的天泛着灰色的蓝调，有云朵在悠悠浮动。

从出租车里钻出来，叶慎安冻得打了个哆嗦。别墅区尚且静谧，他快速挪动脚步，往自家的方向去。

刚走到大门口，便听到一个清脆的声音："二哥！"

隔壁二楼的阳台上，酒酒像朵迎风舒展的小茉莉，正用力朝他挥着手。她脸上的笑容仿佛奶油蛋糕上的糖屑，轻脆而甜蜜，风一吹，便纷纷扬了起来。

叶慎安愣了愣，也缓缓抬起手，朝她挥了挥。那姿势，像在回应她。又像是，在跟什么告别一样。

下一个春天，就要来了。

秘密

　　和叶太太的争执，爆发在某次晚餐后。春夜尚裹挟着薄薄的凉意，洞开的落地窗不时送进一阵冷风，掀动叶太太手中那沓厚厚的学校资料。

　　"专业就选酒店管理吧。"不是商量的语气。

　　叶慎安怔了怔，来不及组织好语言，叶太太又发话了："格里菲斯怎么样？不过以你的平时成绩来看，还需要再努把力。"

　　这根本不是所谓的关于未来的商谈，而只是命令。叶慎安第一次表现出逆反："我不要！"

　　"你不要？"

　　"嗯。"

　　"呵……"叶太太笑了，"那你倒是说说看，想学什么？"

　　叶慎安撇撇嘴："反正……就是不想学这个！"

　　"别开玩笑了，"叶太太敛起了笑容，"你以为自己毕业后会做什么？！"

　　"不是……有哥哥吗？"叶慎安说着，缓缓将视线移向窗外。今夜天气不好，月亮固执地躲在云层背后，天与地都被包裹在黯淡光线中。

　　"是啊，"叶太太"啪"一声合上了资料，是不容置喙的语气，"要不是有慎平，我能放任你到现在？"

　　洗完澡出来，叶慎安擦干头发，推开了阳台的门。

　　今夜溚溚的房间熄着灯，大概是已经睡下了吧。他扫了一眼她堆在阳台上的那堆玩具和小说，多少觉得意兴阑珊，还以为能和她说说话呢。不过，也不知道说什么。他没法跟小姑娘抱怨叶太太的独裁，说到底，还是他自己不够干脆决断，关于未来，拿不出令人信服的规划。而扪心自问，与其说他讨厌学酒店管理，不如说，他不相信自己能学好。

毕竟过去的十八年里，他好像还没有做过任何一件令自己或令家人骄傲的事。一件都没有……

忽然间，一个清脆的女声钻进了他的耳朵里："二哥？"

叶慎安一惊，是酒酒。

"我看你灯都关了，不是睡了吗？"

"躺了好久睡不着，起来吹吹风，一会儿换个姿势重睡。"她说着朝他笑笑，"对了，二哥你还有一年就毕业了吧？"

"嗯。"

"要去哪里读大学？"

"格里菲斯。"

原本那么抵触的答案，现在竟脱口而出，叶慎安自己都觉得不可思议。然后，他感觉到了一阵莫名的空虚和失望——在这一夜，他终于成为了一个看不起自己的人。

后来的生活乏善可陈，为了准备澳洲高考，叶慎安连唯一坚持下来的兴趣打篮球也狠心搁置了，难得体验了一段天天泡在图书馆里的平静生活。要说波澜，大概只有林粤在国际欧几里得数学竞赛拿到荣誉证书的那次。

那天叶慎安如往常般在下课后去图书馆自习，找到座位坐好，他没急着翻书，先开了一瓶可乐。碳酸汽水的味道在舌尖蔓延开，他的视线缓缓滑向窗外。真是一个奇异的黄昏啊，天空好像着了火一般，每片云都在用力燃烧着，万物被灼得失去了原本的形状，统统融于一片苍茫的烈焰。

眼前的世界如此恢弘静谧，反倒衬得隔壁桌的蚊子声刺耳了起来。

"我跟你说，陛下的胸绝对有C cup！"

"呵，你见过么，这么肯定？"

"我见过陛下穿吊带啊！"

"什么时候？！"

"嘘——有次我去击剑馆找人的时候，从更衣室的门缝里不小心瞥见的。"

"你变态吧！"

"我又不是故意的……"

"对了，我们刚才是在说什么来着？"

"欧几里得数学竞赛……陛下拿了荣誉证书啊，据说对以后申请奖学金有帮助。"

"嗤，陛下家里也不差那点儿钱吧。"

"你懂个屁啊，不一样的……"

叶慎安终于厌烦了他们的声音，"啪"一下，将可乐瓶砸到了他们的桌上。

"你有病啊？！"男生们烦躁地回过头。

"我没病……"叶慎安揣着一双手，无动于衷地与他们对视，"倒是你们，可能病得不轻。"

那是叶慎安高中唯一打过的一场架，竟然是因为"在图书馆内大声喧哗"这种上不了台面的理由。

许卫松闻风赶到时，叶慎安已经被请去了教务室。校方的处理方案是双方都停学一周，鉴于叶慎安是占理的一方，又是应届考生，记过处分就免了，但家长还是要请的。

叶太太因此怒不可遏，直接把他摁去了备考补习班。密密麻麻的课程排下来，叶慎安再没有空闲时间，除了上课，私下里就连许卫松都难得见上面。他每天唯一的娱乐，渐渐变成了夜里在阳台上和酒酒聊天。

酒酒会滔滔不绝地跟他说起一天的见闻，班里发生的搞笑事，抑或是刚读了什么荡气回肠的爱情故事……酒酒好像从不会难过，她微笑的眉宇间似乎栖息着一只自由的鹤，来无影，去无踪。他有些羡慕她。那短短的十几分钟，变成了他一天里最快乐的时刻。

压抑的备考持续了整整半年，终于迎来考试这天。

十月金秋，校园内的桂花都开了，袅袅花香飘散十里，却依然难掩考场内外弥漫的紧张气氛。

今天再与林粤碰面，叶慎安发现自己已完全能摆出平常心："好久不见啊。"

看他笑着跟自己打招呼，林粤微微一怔，旋即报以了同样明朗的笑容："好久不见，今天考试加油啊。"

"你也是。"

清晨的阳光，安静地照耀着两张年轻的脸庞。叶慎安大步擦过林粤的身边，走向自己的考场，第一场考试马上就要开始了。

漫长的考期结束后，叶慎安在家里狠狠睡了一整天。

醒来时，窗外已是黄昏。班级群里正热热闹闹张罗着晚上的庆祝活动，他对着电脑屏幕看了一会儿他们的对话，感觉失真，他的高中真的就这么结束了吗？

回头瞥见扔得到处都是的课本，才陡然回过神来——是真的都结束了。

之前还计划着要撕掉全部资料课本，到头来，反而觉得费劲。他恹恹地起身进浴室洗澡，出来还擦着头发，床上的手机响了。

"出来嗨啊！"是许卫松。

叶慎安蹙眉："你喝酒了？"

"不喝酒那能叫嗨？"

"这么快就把地方定了吗？"

刚才去洗澡的时候，他们还在几个KTV之间犹豫。

"你废话可真多，地址发你了，赶紧来啊！"

叶慎安草草换了衣服，临出门，想了想，还是转头跟叶太太说："妈，我今晚可能会晚点回来。"

叶太太第一次抱着理解的神情，对自己的小儿子点了点头。

到了地方，叶慎安才发现班里的人差不多齐了，卡座坐满了人，他一时挤不进去，只好暂时站着。一低头，啤酒泡沫溅得满地都是。

许卫松瞅见他，兴奋地站了起来："你可算到了！我等得黄花菜都凉了！"

叶慎安好笑："我看你喝得挺开心啊？"

"谁说的，你不在，我都是苦中作乐。"

"就知道贫。"

"嘿……"许卫松笑，"不过好歹我们苦尽甘来了啊！"

叶慎安没应声，拿起桌上的空杯，斟满，一口气干了。

"对了，你要没事，陪我去串个场呗？"

"怎么？"

"我们的孔班长，正在隔壁跟（9）班那只大熊拼酒呢，刚发消息说快顶不住了，让我叫人去镇场子……"

叶慎安放下酒杯，神情一凛："那熊怎么在这儿？"

"你应该问，（9）班的人怎么在这儿。"

"为什么？"

"能是什么，孽缘呗。"

叶慎安和许卫松刚走到（9）班包房的门口，便迎面撞上了程少颐。

程少颐的语气淡淡的："你们班长大概要被灌醉了。"

"我去！欺负谁呢！"许卫松一撸袖子，冲进了包房。

叶慎安正要跟上，程少颐突然开口了："她还小。"

"啊？"

"你们在阳台聊天的事，我都知道。"

"……"

程少颐再次强调："酒酒还小。"

叶慎安失笑："你平时看着挺正经，怎么脑子不正经啊？"

程少颐的目光愈加冰冷："最好是。"

叶慎安多少被惹得不悦，良久，才说服自己摆出息事宁人的笑脸："真不是你想的那样。"

这一回，程少颐只瞄了他一眼，没再说话，径自朝大厅走了过去。

望着他离去的背影，叶慎安暗骂了一句，推开了包房的门。彩色的灯光照亮眼前的世界，叶慎安感觉一下子回到了现实里。

孔诗雅眼下已经喝趴了，（9）班女生人不错，正帮忙照顾着她。许卫松则跟大熊一对一拼着酒，旁边围满了看热闹的人。叶慎安的目光扫过点唱台，林粤正划拉着屏幕。蓝色的屏光为她的侧脸蒙上了一层若有似无的诡谲气息，看她那心不在焉的样子，似乎根本不想点歌。

叶慎安悻悻收回视线，拨开人群进去。

大熊见又来了个帮手，杯子一放，不干了："我说你们玩接力就算了，二打一就太不公平了吧？"

许卫松之前就喝了不少，现在酒劲上来了，语气不善："你把人家女孩子喝趴下的时候，怎么没想到不公平？"

大熊眉毛一拧，目露凶光："她自己赶着送人头的，关我屁事！而且你这态度，是想打架吗？"

"哎呀，你们搞什么啊，毕业就该开开心心的，有什么好吵的呀！"

"是啊是啊，不要较真嘛……"

周围的人纷纷劝道，大熊的气焰不得不收敛了几分。

叶慎安正要去拿酒杯，就听见一个倨傲的声音："既然一对二不公平，把女生喝趴了也不公平，那我们二对二，怎么样？"

许卫松抬头看见林粤，大脑瞬间卡壳，女神为啥想要蹚浑水？

所有瞬间都是你

林粤低头看了看三个人，表情云淡风轻："不就是一场篮球赛么，至于惦记到现在？今天过去，什么事都翻篇吧，反正大家以后也不一定能见上面了。"

现场有一刹的暗哑，那些被热闹冲走的离愁别绪，就这样浩浩荡荡卷土重来。有人率先举起酒杯，啤酒的泡沫在幽暗的灯光下摇晃着："就是，以后都不一定能见着了，还赌气拼什么酒啊！应该庆祝才对吧！"

"对啊，敬青春！"

"敬明天！"

"我们终于毕业啦！！！"

酒过三巡，叶慎安开始飘了，扶墙站起来，准备回自己班的包房休息。（9）班的人见他要走，指了指躺在卡座上睡死了的孔诗雅。叶慎安蹙眉，好险，差点儿忘了她还在这。

走过去，将人架到自己身上，叶慎安脚下一个趔趄，没想到孔诗雅平日看起来瘦瘦的，喝醉了竟然这么沉，他转头朝许卫松喊："过来搭把手啊。"

许卫松指着贴在耳边的手机，意思是没空。

只有自力更生了。他重新调整好姿势，搀着孔诗雅走到包间门口。门挺重，拉了两下才拉开，走廊明亮的光线一瞬间刺痛他的眼，他适应了一下，身旁的人也跟着动了动身体。

"叶二，你知不知道我其实喜欢你！"

"……"

妈的，竟然装睡！他很有撒手的冲动，但孔诗雅喝多了是真的，想了想，还是不忍心，只好虚扶着她。

"你倒是说句话呀。"孔诗雅睁开了眼，酒精为她漆黑的瞳孔蒙上了一层薄雾。

叶慎安怔了一下，点头承认："嗯，我知道。"

"所以呢，你对我有一点点好感吗？我是说，男女朋友的那种……"

叶慎安斟酌了片刻，摇头："没有。"

孔诗雅被他逗笑了："你这人啊，真是太实诚了。"

叶慎安没说话。孔诗雅轻轻推开他，自己站直了："我以为你好歹要犹豫一下，毕竟女孩子主动跟你示好，哪怕态度模糊一些，也不会吃亏的吧？"

叶慎安思考着她的话："好像的确是这么回事。"

"对吧对吧，是这样吧？"孔诗雅仍靠着墙，歪头笑看着他，"你这样，说不定今后会错过好多的机会呢。"

"是吧？"叶慎安也笑了。扪心自问，他并不讨厌孔诗雅这样的直球类型，不过，还是做朋友更适合一些。

"你准备去哪个学校？"

"墨大吧。我知道，你要去格里菲斯。"

"嗯。"

"不过，突然自由了，反而不知所措了……我啊，未来想谈一场恋爱，轰轰烈烈的那种，只是可惜，对象不会是你啦！"孔诗雅说罢爽朗地笑了起来，眼中满是期待的光芒。

叶慎安看得有些愣神，许久，笑道："别说，这是我第一次觉得你挺好看。"

"哎，你可真没眼光，现在才发现！"

两人相视一笑。

孔诗雅摇摇晃晃地朝他摆手："那，今晚拜拜啦。我太困了，得回家睡觉了。"

"我送你下楼打车吧。"叶慎安连忙站直。

孔诗雅却突然撅起嘴，神情也严肃起来："才不要！别忘了，你可是刚拒绝我了。我打算一个人哭着回家，你就不要看啦！"

"……"

趁叶慎安出神的间隙，孔诗雅跌跌撞撞走远了。她离去的背影逐渐变成了一个小小的点，叶慎安渐觉索然，折回身，蓦地发现身后竟站了个人。

"你怎么出来了？"他尴尬地笑笑，刚才的对话搞不好被这个人听到了。

林粤一双清澈的眼里无波无澜："不追上去看看吗？说不定她真的在哭哦！"

这人是魔鬼吗？不过好不容易为这三年画下句点，他不愿再打碎什么。偏头，唇边漾起一抹若有似无的笑："我就不去了，你要担心的话，倒可以去看看。"

丢下这句话，叶慎安推开了（4）班包房的门。

门缓缓阖上了，林粤没跟上来，叶慎安找了个角落的位置坐下了。脑袋沉甸甸的，叶慎安长吁口气，恹恹地仰靠在沙发上。头顶是一片耀眼的银色灯带，亮晶晶的，像星星一样耀眼。自由啊……他突然想起了孔诗雅刚才说的话，其实他和她想的完全不一样，他从没觉得无所适从，反而无比兴奋。

烦恼啊，未来啊，这些都该是以后的事，现在的他，只想抓住眼前这份轻盈的快乐。

以时间为界，所获取的自由，是世上最廉价的自由。但他那时还不懂得。他以为，自己得到了真正的自由。

林粤踏进（4）班包房的时候，刚才狂欢的人已差不多散光了。如今卡座里横七竖八地躺着几个人，看模样都睡得很沉。

封闭的房间密不透光，偌大的空间尚浸没在黑夜之中，林粤小心翼翼绕过地上狼藉的啤酒空瓶和瓜果纸屑，悄无声息地走到了叶慎安的身旁。借着包房内昏暗的灯光，她抱臂，居高临下地打量他。银色的光带为叶慎安脸上笼上了一层冰凌般透亮的光泽，和往日醒着时和煦的模样比较起来，他眼下睡着的样子，反倒显得冷峻了许多。

明明是她喜欢了三年的人呢……此时此刻，她却觉得陌生。是因为要告别了吧。这三年来，她从未怀疑过，叶慎安不喜欢自己。但她又的的确确不是那类"远远看着就很好"的类型，所以总是忍不住在他的身边晃悠，总觉得，哪怕不喜欢，能记住也很好。

但现在想来，这还真是荒谬的想法。不喜欢的话，当然是要长长久久地忘掉。所以，她很快就会被他忘记吧。

林粤哀哀地弯起嘴角，手指一寸寸抚过叶慎安的眉骨，俯身低下头去——不是麦克白也不是朱丽叶，是我林粤，想亲亲你，跟你说一声，"再见"。

她郑重地闭上眼，冰冷的唇瓣轻轻覆在他的嘴唇之上。

"一、二……"她心中默念。等数到"三"，她就离开。

推开包房的门，许卫松被眼前的画面惊呆了。

道理他都懂，但是……这是林粤和叶慎安欸！他是刚才吵架吵到幻视了吗？他究竟是看到了什么？？？

过度震惊令他暂时失去了声音，只有一双眼直勾勾地盯着林粤。眼睁睁见她站直、回身，大步擦过自己的身边，人都走老远了，许卫松才听到自己细如蚊蚋的声音："……陛下？"

走廊极静，林粤慢悠悠转身，面上没有丝毫羞赧的情绪。她微微一笑，伸出细白的手指，在唇边比了个"嘘"的手势："不要让他知道……还有，毕业快乐！"

许卫松发现自己又发不出声了。

叶慎安是被KTV清场的工作人员吵醒的，睁开眼，瞥见角落里的那个人影，被狠狠吓了一跳，许卫松正坐在角落一支接一支地抽着烟。

"你什么时候买的烟啊？"

"我决定了，我要异地恋！"

牛头不对马嘴的对话，叶慎安还是头一次见他这样。

他"唔"了一声，没接话，目光循着桌子检索了一遍，未果，只好问来清场的人："能拿两瓶水给我们吗？"

那人点头离去，包房里一时只剩下他们两个人。叶慎安调整了一下坐姿，甩了甩疑似睡得落枕的脖子，感觉脑子终于清明了些："你们昨晚就在吵这个？"

"嗯，她不愿意……"

叶慎安没答腔，看神情，像走神了。

许卫松咳嗽了一声："你怎么不说话？"

"我在想，我刚才做了个梦……"

"什么梦？"许卫松警觉地盯着他。

叶慎安忍俊不禁："不错啊，竟然还有心情八卦，连我做什么梦都操心，我看你还是操心好自己吧。异地恋可没那么简单，你们可是隔了一面海呢！"

许卫松被他说得脸色一变，果然不追问了。

正好服务生回来送水，这话题告一段落，叶慎安接过水，拧开，直接整瓶灌下去了。也不知道自己昨天喝了多少，竟然能渴成这样，还做了那种梦。

梦里，他去到了一个地方，那里的景致如此熟悉，甚至他闭上眼睛，都能描摹出每栋建筑的位置。很快，他意识过来，这里是他的高中校园。

头顶是一方碧蓝的天，没有一缕缕云霞，只有太阳安静高悬。身边的空气里浮动着青草的味道，不远处的梧桐树上，有金色的光线在流动。风轻轻

所有瞬间都是你

吹过，地上落满碎金。

他拢着手看了一会儿风景，忽然间，听到一阵女孩子的哭声。错愕地环顾四周，才发现那棵树下站了个人。那个身影似乎也有些熟悉，他忍不住靠近。走到跟前，才发现是林粤。

林粤的肩膀正微微颤抖着，发现他，怔怔抬起头："你为什么在这里？"

明亮的光线落进她蓄满泪水的瞳孔里，折射出蜜一般的琥珀色光泽，他伸出手，轻轻拨开她额前的碎发，低头吻下去。

"因为……我喜欢你呀。"

意识到这个声音属于自己，叶慎安吓得清醒了过来。

噩梦，不折不扣的噩梦！叶慎安拼命摇头，放下水瓶，顺过许卫松烟盒，学着他的样子，给自己点了一支烟。

算了，不论梦到什么都好，反正未来几年，他们大概都不会见面了。

那年深秋，赵希茜和简辰去了欧洲，说要痛快玩一圈，光明正大享受恋爱的感觉。许卫松对此满是艳羡，相较之下，莫茴排得密密麻麻的课程和打工对他而言就太残忍了。

等成绩的日子清闲至极，叶慎安一边收拾行李，一边研究日后假期的去处，闲归闲，胜在充实。刚好那段时间叶慎平也几乎每周回家，叶慎安起初稀奇了一阵子，后来逐渐习以为常。这天，叶慎平又回来了，还赖在他的房间不走，东瞧瞧，西看看，最后拿起墙角那颗积灰已久的篮球掂了掂："最近怎么没见你打球了？"

叶慎安正收拾着书柜里的CD漫画，头也没回："备考，哪有时间？！"

"击剑呢？"

"早不玩了。"

"那，陪我打场球怎么样？"

"哈？"

"就小区篮球场吧，咱们一对一，我去换衣服。"叶慎平笑笑，放下篮球，走了出去。

不一会儿，换了身篮球服折了回来。

"发什么呆，还不快去换衣服？"

这下叶慎安彻底傻眼了。在他印象里，哥哥气质斯文，举止也斯文，书念得没话说，球却一次都没见打过。

半晌，他别扭地撇嘴："待会儿我可不会让你啊。"

叶慎平仍笑着："不用。"

几番攻守下来，叶慎安再次感受到了挫败。本以为叶慎平平日不怎么运动，篮球这一项他总不会输他，但一次次对峙下来，他却感到震惊——原来哥哥打篮球也很厉害！真不知该怪造物主不公平，还是怪自己不争气。

叶慎安捡起滚落的篮球，忍不住偷看叶慎平。

其实有时候，他会觉得自己的哥哥跟林粤很像，活着的意义就是让别人觉得活着没意义。

但仔细想想，他们又不太一样。林粤是有情绪，会生气的，至少他就惹恼过她几次。但自打他有记忆以来，叶慎平却没有跟任何人发过脾气，甚至连大声说话都不曾有过。

叶慎安还记得，小时候叶慎平曾经从公园里捡过一只小奶猫。叶太太见到嫌脏，不准他把猫带进门。叶慎平当时什么都没说，只是坚持不肯进屋，硬是抱着那只猫在门口从傍晚坐到了深夜。

那是个冬天，窗外的风呼呼吹着，叶慎安眼睁睁看叶慎平冻红了一张脸，他心疼极了，脑子一转，开始在地上撒泼打滚，叶太太最后实在没办法，才勉强同意叶慎平将那只猫养在后院。

可惜那只猫实在太小太虚弱了，又早早没了妈妈，在院子里没熬过一周，便去了。

叶慎平最先发现它死了。那天早上，叶慎安揉着睡眼下楼，就看见叶慎平抱着那只猫的尸体，安静地坐在院子里。叶慎安本想逗猫，走过去摸到它冰冷而僵硬的肚皮，瞌睡瞬间被吓醒了。

他害怕得想哭，又觉得男孩子不应该哭，因而偷偷去看哥哥的表情。出乎他的意料，叶慎平表现得十分平静，一只手轻抚着小猫的肚皮，就像是安抚一个睡着的孩子。

最后，他们趁着清晨人少，偷偷将猫葬在了捡到它的那个公园。

毫无疑问，哥哥是一个优秀而温柔的人。但他的温柔，却偶尔让叶慎安感到困惑，甚至有点儿害怕，像戴着一张完美的假面。总觉得，这样的他应该活得很累吧。

十一月，气温刚刚转凉，天高云淡，疏疏的几道云影跌落在小区的人工湖中，绿水如蓝。

叶慎平收了球，气不带喘地朝叶慎安招手："我们再四处走走吧。"

叶慎安扶着膝盖站起身，黯然点头，看来哥哥今天真是很闲。

两人并肩走在林荫道上，有一搭没一搭地聊着天。

"成绩多久出来？"

"下月吧。"

"有信心吗？"

"还成。"

"那过完年得着手准备过去了吧，还得先看好公寓……到时你不在，爸妈该寂寞了。"

叶慎安抬头望着树叶罅隙里漏出的那一隅天，微眯起眼："不有哥在吗？"

叶慎平一怔，微笑："也是。不过，如果有一天，我不在了……"

"瞎说什么，哥怎么会不在呢？"

叶慎安回过头，认真打量着如今跟自己差不多身量，却远比自己厉害太多的哥哥，欣慰叹道："还好我们叶家有哥哥！"

"那你呢？"

"我？"叶慎安指着自己的脸，嬉笑，"我当然是负责吃喝玩乐、为所欲为的那个！"

"这话你说说得了，别当真啊。"

"欸，怎么敢！"

"那就好……"叶慎平顿了顿，"慎安……"

"嗯？"

"毕业快乐！还有去了澳洲别只想着玩儿，好好学东西。"

叶慎安终于不耐烦地蹙眉："你怎么又被妈附体了啊？"

叶慎平没说话。许久，他转过了身，清风明月的笑容中似透着些许犹豫："回家吧，我才想起……毕业礼物忘了给你。"

叶慎平送的毕业礼物是一支限量版的万宝龙钢笔，深蓝如星空般的笔杆，镀铂金的笔帽，笔夹还装饰着一颗金色的星星，别致又低调。

可叶慎安不练字，笔到手，打开盒子看了一眼，便塞进了抽屉里。

第二天一早，酒酒在隔壁的阳台叫他。叶慎安这才记起，今天是周日。

"二哥，我的相机镜头前几天被雨淋坏了，你今天有空陪我去买个新的吗？"

"行啊。"

"谢谢二哥！"

收拾妥当，叶慎安下楼等着开饭。走进餐厅，才发现桌前只有叶慎平一个人，正翻着今天的报纸。

见他来了，叶慎平顺手端起咖啡："早啊。"

叶慎安也道了声"早"，在他对面坐下了。

"今天有事吗？没事的话，陪我去打场网球吧。"

说话间，叶慎平的目光仍流连在纸页上，叶慎安觉得他现在这个样子实在像极了妈妈，默了默，才摇头："不行，我约了人。"

"约会？"叶慎平饶有兴致地抬头看了他一眼。

"不算吧……"叶慎安斟酌道，"她才念高中，还小呢。"

叶慎平笑笑，没追问了。早餐正好端上来，见时间不早了，叶慎安三两口解决掉，匆匆和哥哥告了别。

推开门，酒酒果然已经在外头等他了。

"二哥！"她笑吟吟地朝他招招手。

叶慎安眼前一亮。今天酒酒穿了身鹅黄色针织长裙，嘴唇上还涂了淡粉色的润唇膏。虽仍素面朝天，却也算出落得亭亭玉立了。

尽管他过去常见到她，但每次她穿的不是校服，就是运动服，抑或是松松垮垮的睡衣，这个样子，他还是头一回见到……好像，还真有点儿"约会"的气氛。一时间，他有点儿恍惚，杵着没动。

酒酒见他不动，跟只小兔子似的突突地跑了过来，一把吊住他的胳膊："二哥，我们该出发了，下午我还得回来上钢琴课呢。"

叶慎安猛地回神："那，我们走吧。"

低头看见酒酒攥着自己胳膊的手，不知为何，他蓦然想起了孔诗雅的话，"你这样，说不定今后会错过好多的机会呢……"

是这样吗？迟疑了片刻，他终究没有将她的手拨开。

大二夏天，许卫松特地从阿德莱德飞去悉尼看了一场赵希茜舞蹈公演。明明高中时两个人吵得最凶，来来回回翻了脸无数次，但毕业后反而联系得最频繁。据说前阵子赵希茜和简辰吵架，还曾跑去许卫松那里借住了一周，

所有瞬间都是你

最后是简辰亲自去到许卫松公寓门口，用一枚Tiffany戒指才成功把这位小公主哄回去……许卫松在电话里跟叶慎安滔滔不绝地说着这些八卦，字字句句颇具当年风范。

叶慎安不耐地听着，时不时打个哈欠，都快两点了，他竟然硬生生拉着自己叨叨了三个小时……

他终于敌不住困意："你女朋友呢？"

电话那头的人突然静默，许久，冷声道："分了。"

"哦，"叶慎安见怪不怪，"我要睡了，明天还有报告要做。你们什么时候和好，跟我说声就行。"

"切！谁说我们要和好了？"许卫松烦躁地抓抓头发，"相信我，这次绝对不会再和好了！"

"怎么？"

"太累了。"

"谈恋爱？"

"异地恋……不，不只是异地恋，一想到这见不到面还得不停吵架的日子得再过好几年，我就觉得没意思得慌。"

叶慎安又打了哈欠："你呢，人在气头上，脑子不清醒，还是等睡醒了再琢磨吧，我挂了。"

"等等！下周我们学校放假，我去你那边玩几天？"

"行啊。"

"还有就是……"许卫松迟疑了片刻，心虚地笑，"陛下和她朋友刚好也要到黄金海岸度假，我那天不是跟她聊天么，刚好喝了点酒，人有点儿飘，就随口说了句'那就一起呗'……所以，我们现在其实有三个人，你就看着一起招待了吧！"

短暂的沉默。

叶慎安掀起眼皮，看了眼墙上的钟，很好，两点了，他困劲过了。

调整了一下呼吸，他以尽量自然的语气重新开口道："怎么，你们有联系？"

"老同学嘛，多正常。"许卫松打哈哈。

"嗯。"叶慎安轻轻应了一声。

"那我就当你答应了？"

"……"

不等他发话，许卫松已经把电话挂了。

第二天课间，叶慎安收到了许卫松发过来的航班信息。他在心里暗暗盘算了一下日期，那天下午没课。但他又实在不是很想去接机。

就这么纠结了半天，他迟迟没有回复许卫松的信息，一拖便拖到了下课。

偌大的教室里人都散光了，他仍捏着手机，没想好拒绝的托词。而且，就算不去接机，总还是要见面的。许卫松说得没错，老同学了，有联系实属正常，并且平心而论，他们之间也没发生过值得避讳的事，他若还抗拒，反而莫名其妙。

思及此，他终于下定决心，编辑消息："那天我刚好没课，来接你们吧。"

叶慎安不知道的是，其实这一天，许卫松过得也很忐忑。自从毕业那天撞破林粤偷吻叶慎安的秘密，他便时时刻刻提着一颗心，生怕哪天这事儿被自己一不小心给说漏嘴了。要知道，高中三年里，叶慎安有多讨厌林粤，他可一直都看在眼里……将心比心，如果他知道自己被最讨厌的人亲了，哪怕是一辈子都过不去心里面的那道坎了！所以不用林粤特地交代，他也觉得这事绝对不能让叶慎安知道。

更何况，林粤如今已有了新恋情。照她那干净利落的个性，这一年多前陈芝麻烂谷子的事，怕早忘干净了，他现在旧事重提，才是不识大体。不过，哪怕给自己找了一万个理由，许卫松还是免不了心慌。

手机刚好响了，他拿起来。

"那天我刚好没课，来接你们吧。"

还好，还好。叶慎安那边一切正常。许卫松自心底长松了口气——看来高中的那些破事儿，总算是彻底过去了。

星期三，黄金海岸刚下过一场短促的暴雨。

雨将歇，海的那边架起了一道瑰丽的彩虹。再远处，天空一碧万顷，是难得的好天气。

叶慎安悠闲地转着手中的车钥匙，一路走到停车场，开车出发了。

飞机准点，机场亦不大，他停好车踱去到达口，远远就看见许卫松。半年不见，他居然烫了个卷毛，俨然轰炸后的灾难现场。叶慎安失笑，摘下墨镜，大步走过去。

"好久不见。"他亲昵地揽过许卫松的肩，朝站在他旁边，正背对着自己打电话的那个背影打了声招呼。

林粤挂断电话，缓缓回过了身。

两年不见，她一点儿没变，一身剪裁得体的休闲西装，看起来不像是来度假，倒像是来参加什么校际比赛的。

和叶慎安相视一眼，林粤的唇边扬起了一抹粲然的笑容："好久不见啊。"

"你朋友呢？"叶慎安四下张望了几眼，心中纳罕，没看见女孩子啊。

"去帮我们买饮料了。"林粤无比自然地指了指不远处的咖啡店。

叶慎安循声望去，仍是一头雾水，除了一个穿白衬衫的高挑男人，哪有什么女孩子的身影。

他正愣神，便听林粤继续道："我男朋友，陈伟廉。"

第十章

鲸落

"男朋友？"叶慎安喃喃，质询的目光扫过许卫松的脸。

许卫松下意识地缩了缩脖子，低声辩驳："男朋友也是朋友嘛。"

刚好陈伟廉端着四杯咖啡回来了，叶慎安懒得再和他磨叽，主动接过了对方递来的纸杯，低头扫了眼里头的内容："我不喝美式，苦死了。"

陈伟廉微微一愣，明明眼神倨傲，脸上却偏偏挂着恰到好处的礼貌笑容："那我去帮你重买一杯吧。"

"不用麻烦了，反正我不是很渴。"叶慎安悠悠然地打量了陈伟廉一遍，吊儿郎当地勾起嘴角。林粤就算了，反正她向来惹人讨厌，但没想到她的男朋友也让人没什么好感，明明来海边度假，还偏要穿一身衬衫西裤，以为是哪门子的精英莅临指导工作么？

叶慎安抽开搭在许卫松肩上的手，指着落地窗外突然暗下来的天空："我看我们还是赶紧走吧，搞不好待会儿又要下雨了。"

他说着打了个长长的哈欠，趿拉着拖鞋大步走远了。经过垃圾桶，顺手将那杯美式丢了进去。

跟在后头的陈伟廉的脸蓦地阴沉了几分。许卫松不禁倒吸了口气。

只有林粤气定神闲，两手吊着陈伟廉的胳膊，不忘淡笑着调侃："他这是内分泌失调了？"

"哈，听说最近作业有点儿多……"许卫松信口瞎掰。

"那还真是辛苦他了啊。"林粤笑眯眯。

许卫松尴尬附和："好说，好说。"

叶慎安估摸得没错，车开到一半，雨便又落了起来。豆大的雨点如海浪般冲击着车身，发出"砰砰"的闷响，车内没开音乐，一时间四个人的呼吸都清晰可闻。

许卫松心里那个纠结啊，难道是他过于乐观了？

可看林粤的表情就跟没事人一样，所以……问题还是出在叶慎安那里。唉，他觉得真愁，这家伙平日心那么大，脾气那么好，怎么偏偏在林粤的事情上就这么小肚鸡肠了呢？他觉得有必要趁今晚大家吃晚饭的时候，好好缓和一下气氛。还好他有先见之明，来之前让叶慎安预订了餐厅。

然而当林粤听到许卫松晚上一起吃饭的提议时，却婉拒了："不用，我和William已经预约了餐厅。"

"啊？"这下换许卫松蒙了，不是之前还说一起的吗？

林粤狡黠地笑笑："我是那天看你喝多了，跟你开玩笑呢，你竟然还当真了。我可不喜欢电灯泡！"她顿了顿，目光若有似无地扫过前面掌着方向盘的人："还是一下子两个。"

"陛下，你这也太不够意思了吧！"许卫松瞬间苦了一张脸，他岂止当真，他可是认认真真在小本本上安排了四个人的度假计划呢！

眼见电灯泡甲愁容满面，电灯泡乙突然发话了："你别把我想得跟松松一样，我可不喜欢发光发热。"

"那不正好？"林粤单手支腮，偏头望着窗外，外头的雨势似乎小了一些，依稀能看见远处漠漠的海雾。

许久，她懒声道："今天麻烦你来接我们了啊，老同学。"

听她这么说，旁边闭目养神的陈伟廉动了动眼皮，右手自然而然覆上她放在座椅上的手，姿态十足亲昵。林粤即刻反手握住了他的手。

这人……还真是一点儿没变，一丝丝主动权都舍不得让给别人。叶慎安自后视镜瞥见这一幕，面色一沉，良久，轻佻地笑了："是啊，都老同学了，还客气什么。"

将林粤和陈伟廉送至下榻的酒店，不等服务员过来帮忙，叶慎安先殷勤地替他们将行李箱搬下了车。

"那么，祝两位假期愉快。"叶慎安抬起头，戴上墨镜。

在他身后，艳丽的夕阳染红了海水，哪里还有一星半点疾风骤雨的痕迹。

许卫松心里颤巍巍地冒起三个问号，这人态度也转变得太快了吧！难道

/ 所有瞬间都是你 /

是刚才被打的那几道雷劈过了？

回去的一路，叶慎安轻快地摇头晃脑，半路还放起了摇滚乐。音乐声震得许卫松脑仁疼，他觉得叶慎安这忽冷忽热的态度实在令人摸不着头脑。不过算了……他的心愿是世界和平。

到了叶慎安的地盘，许卫松撒丫子冲进卧室收拾行李，叶慎安则去厨房拿了两瓶冰啤酒。

"晚上吃什么？"

"怎么，你忘了订餐厅？"

"没。"

"那就去啊，还是两个人就不准去了？"

"不是，是我突然不想去了。"两个大老爷们去那种有烛光海景的浪漫餐厅，他可不想被人误会自己取向有问题。

"哈？"

许卫松郁郁地瞅了眼他泰然自若的脸，暗地咂摸了片刻，总算悟了——这家伙，肯定是被雷劈过了。

最后两人就着啤酒合计了半天，决定改去一家口碑不错的海边家庭餐馆随便打发一顿。

到了地方，叶慎安去停车，许卫松则颠颠地跑去找地方买烟。见时间尚早，两人都不是很饿，干脆就在附近的一家露天咖啡馆坐了一会儿。

夜幕方才降临，半轮月亮浮在海上，随波涛颠簸，扬起薄薄的雾霭。

叶慎安望着那轮月亮，半晌，突然开口道："你是不是和好了？"

许卫松略略一愣，不好意思地挠头："……这就被看出来了啊？"

叶慎安晒笑："就你那点儿演技，什么都写脸上了。"

许卫松心道"放屁"，林粤那事他可是藏得滴水不漏，不过面上还是配合地堆起了痛心疾首的笑容："唉，下次我记得藏深一点！"

叶慎安淡淡"嗯"了一声。

两支烟抽完，两人才不慌不忙起身朝那家餐馆走去。不是旅游旺季，也不是周末，现下又过了饭点，这个时间，店里的食客稀稀落落。

这家店叶慎安之前和同学来过几次，驾轻就熟推开门，径直引着许卫松往靠窗处景色最好的位置去。两人刚落座，叶慎安准备招呼服务员点菜，眼皮一掀，便瞥见邻座那两个熟悉的"精英"。

这对情侣可真行……正装打扮成这样，就为了来这种破地方烛光晚餐。

他强忍住笑，单手撑着下巴，一脸无辜地招呼道："我说老同学，咱们还真是人生何处不相逢啊。"

二人晚餐莫名变成四人晚餐，许卫松窃以为，真是缘分……妙不可言。

叶慎安则觉得这两人大抵是吹多了海风，脑子也顺带抽起了风。

他的目光不紧不慢地在林粤身上的礼服上逡巡了三圈，这才轻咳一声，故作不经意道："我可不记得这种地方有什么着装要求啊。"

林粤低头看了眼自己的裙子，抬头对上他揶揄的视线，笑容滴水不漏："William预约的餐厅出了一点小纰漏，我们的信息没成功登记上，在海边散步的时候刚好经过这里，觉得氛围不错，就临时起意进来了。"说着她看了一眼身旁的陈伟廉，尾音微微上扬："是吧，William？"

陈伟廉的脸上是仍挂着白天那种傲然却彬彬有礼的表情："嗯。"

这两人，还真是天造地设的一对！叶慎安暗哂了一声。

误会解开，气氛再度冷却下来。

叶慎安心不在焉地等着汉堡，突然想起一部老电影中的老台词——"世上有那么多的城镇，城镇有那么多的酒馆，她却走进了我的……"

别人是因为命运，因为爱情，因为一切肉麻兮兮的理由……到他这里，却只有一个原因，那就是冤孽。搞不好他上辈子真欠了林粤不少，以至于这辈子来吃个薯条汉堡，都要被她和她的男朋友倒尽胃口。他现在没别的想法，只想赶快解决这顿饭，回去睡觉。

但林粤的这位男朋友显然不是这么想的。汉堡端上来，他略略咬了一口，嫌弃地皱起眉："面包发酵不到位。"

"是吗？"

林粤也拿起汉堡咬了一口，遗憾地摇头："可我吃不出来。"

陈伟廉竟还觉得不够，继续挑剔："牛肉也煎过了些。"

"这倒是，"林粤颔首，眼角眉梢都是脉脉的温柔，"还是你做的比较好吃。"

你吃的是汉堡，不是牛排！这里也不是什么米其林餐厅！叶慎安低头看了眼盘子里红澄澄的番茄酱，犹豫着要不要当场糊这对一脸。

许卫松见他面色不善，急忙在桌下摁住他蠢蠢欲动的手。这个龟毛男他固然不喜欢，但世界大战，他更不喜欢。

感受到许卫松手的力度，叶慎安说服自己稳住了情绪，缓缓抬头，一瞬不瞬地盯着陈伟廉："你是处女座吗？"

陈伟廉似有些惊讶，难得动了下眉毛："你怎么知道？"

十二星座里还有谁有你们星座更磨人吗？！叶慎安嘲讽地扯了扯嘴角，刚要说话，放在桌上的手机突然响了。他瞥了一眼名字，稍稍一愣，旋即换上了一副无辜的笑脸："没什么，我瞎猜的……你们慢慢吃，我出去接个电话。"

这个时间接到酒酒的电话还是头一遭，叶慎安快步走出餐厅，感觉刚才烦躁的心情多少被治愈了。

"酒酒？"

"二哥！"

"怎么突然给我打电话了？"

"我们放假啦！"

"欸？"叶慎安这才想起，如今澳洲的夏天是国内的冬天。

酒酒兴致勃勃继续道："我才报了一个私校寄宿夏令营，就在昆士兰！"

叶慎安吃了一惊："你是说，要过来？"

"嗯，不过我们好像不能私下自由活动，你要不要来我寄宿的地方找我呀？"

"好啊，行程确定了，你记得跟我说。"

"好！"是一声脆生生的答应。

叶慎安不禁展颜："那我等你。"

挂断电话，叶慎安感觉刚才的躁郁顷刻一扫而光，活动活动了脖子，又抻抻胳膊，心情愉快地折回了餐厅。

虽然跟下午以为的桥归桥路归路有出入，他还得再应酬这对烦人精一晚，但，也就这么一晚而已。没关系的。

"谁啊？"刚重新落座，许卫松便八卦地探过了头。

叶慎安支吾着，没吭声。

一旁的林粤竟也跟着附和，眼角眉梢都是戏谑："对啊，谁啊？难道是以前你们班的那个班长？"

叶慎安觉得自己又有糊她一脸的冲动了……端起桌上的冰水，他慢吞吞啜饮着，权当自我镇定："是酒酒。"

"程少颐的妹妹？"

"嗯。"

"不还在我们高中念书吗？"

"嗯。"

"怎么突然联系你了啊？"

"她要来这边，"叶慎安顿了顿，平静无波的视线扫过林粤的脸，"参加夏令营。"

"啧，我嗅到了八卦的气息！"

林粤一只手指转动着饮料杯里的吸管，意味深长地笑了："松松你说什么呢，程家那个妹妹我也见过，还是小姑娘呢。"

"也是。"许卫松讪笑。自打满了二十了，他的确看谁都嫌小。

"不就小三岁吗……"叶慎安自鼻腔里不以为然地挤出这句话，却迟迟没下文。

陈伟廉大概自觉插不进他们的话题，急需刷出存在感，居然兀自站了起来："你们先聊，我去买单。"

"等等！"叶慎安一把摁住他试图拿账单的手，"你们来这边度假，就算是我的客人，哪有让客人买单的道理？"

陈伟廉微微一怔，旋即谦和地笑了，主动将账单推至他跟前，目光沉沉："那么，就多谢了。"

叶慎安结完账回来，发现许卫松是苦着一张脸，在跟自己使眼色。

果然，俩烦人精又开始秀了。

陈伟廉指着自己盘里那只咬了一口的汉堡，对林粤轻声细语道："如果你喜欢吃汉堡，下次我带你试试干式熟成的牛肉堡。牛肉会在风干房进行熟成，温度和湿度都会严格控制，这样做出来的汉堡肉，香味更浓郁。"

叶慎安听得云里雾里，不禁脱口问了句："……厨子？"

陈伟廉眼皮稍抬，神情傲然："嗯，我学法式料理。"

呵，还真是个厨子。看不出林粤的品味如此接地气。

叶慎安兴致缺缺，只道："账我结过了，和松松先走一步，就不打扰你们二人世界了。"说着，昂首迈出了餐馆。

徐徐的晚风鼓起他花里胡哨的短裤，两条圆滚滚的裤腿看上去颇滑稽。林粤的视线在他身上一扫即过，转头朝陈伟廉嫣然一笑："我们待会儿去散步怎样？"

月光如纱如雾，笼住她皎洁的脸。

陈伟廉偏头，在她面颊落下轻轻一吻："好啊。"

送走林粤那对烦人精，叶慎安的生活一如既往，只是不再去那家餐馆。好像经陈伟廉那么一提点，他也渐渐觉得那里的汉堡口味不怎么样了。

一周后，许卫松也离开了黄金海岸。叶慎安去机场送他，他巴巴地拽着他的T恤不肯松手，想着待会儿还要赶去见酒酒，叶慎安嫌弃地把他推到了安检口："求求你，赶紧走吧！"

许卫松戏精上身，拉下一张脸："说，你是不是爱上了别人？"

叶慎安一巴掌呼在他脑门："抽什么风呢！"

许卫松忽然敛色："我可没疯，别怪我没提醒你，当初程少颐的警告我看是认真的，他搞不好真有恋妹情结，这种事最麻烦了，你别没事找事！"

叶慎安一愣："毕业那天，KTV门口的话你都听到了？"

"嗯。"

他哂了一声："看来那破地方隔音不行啊！"

"得了，反正我话是说到了，听不听你自己的事。"

"嗯。"叶慎安淡淡地应了一声，未置可否。

打发完许卫松，叶慎安直接从机场往袋鼠角出发了。

故事桥上无故事，袋鼠角里无袋鼠——袋鼠角只是昆士兰颇负盛名的一处观光点，在这里，能将布里斯班壮阔的地平线一览无遗。

酒酒这回来参加夏令营的百年私校，就坐落在这个地方。

按酒酒发来的地址找到她寄宿的家庭，来给叶慎安开门的是位年逾古稀的慈祥老太太。

"您好。"叶慎安礼貌地向她打了声招呼。

老太太像一早知道他会来似的，和蔼地笑笑，直道"欢迎"。

两人寒暄着进门，程酒酒便从楼上的房间飞奔了下来。

老太太去厨房给两人倒了饮料，回到客厅，热情地问叶慎安："你就是酒酒说的在这边留学的哥哥吧，跟酒酒长得真像！"

叶慎安汗颜，大概亚洲人在她心目中都长一个模样。不过，这话怎么听着觉得不大对劲呢？更何况，他觉得程少颐跟程酒酒也长得一点儿都不像！

叶慎安后知后觉，眉头一紧，一旁的酒酒连忙朝他使了个眼色。他瞬间心领神会，忙不迭点头："对，我是她哥嘛。"

一旁的酒酒努力屏住笑，三个人又聊了一会儿，老太太见差不多到饭点了，起身去准备晚饭，酒酒这才顺利领着叶慎安上楼参观。

"怎么要撒谎？"阖上门，叶慎安好笑又无奈地盯着酒酒。

酒酒转了转眼珠，坏笑："二哥也是哥哥嘛，不算撒谎吧。而且，如果不是亲哥哥的话，你今天怕是门都进不来喽！"

叶慎安失笑："一段时间不见，你学坏了啊。"

"什么呀，这叫随机应变！"酒酒不服气地朝他扮了个鬼脸，转身走向了露台。

窗外，楼宇与树木沐浴在斜阳的余辉中，仿若酣然睡去。真是个温和的黄昏。

酒酒慢慢侧过身，半张脸对着他，余下的半张脸，则浸润在夕阳中："二哥最近在忙些什么呢？"

叶慎安微微一愣，笑了："学做菜。"

"也是，这里的东西不好吃吧？"

"不至于，不过，吃多了总会腻。"

叶慎安说着起身，慢慢朝她踱近。

两人的距离愈发近，酒酒仰着脸，一双漆黑的眼瞳，一眨不眨地盯着他看。忽然，她退后一步，蹦蹦跳跳地折回了房间。

"怎么了？"叶慎安莫名。

"我才想起来，还给你带了礼物。"

"礼物？"

"嗯！"她蹲下身，在还没来得及整理好的行李箱里翻了半天，最后翻出一盒巧克力，开心地使劲晃了晃，"是酒心的哦。"

叶慎安哑然，她还是这么喜欢吃甜食。

最后一缕天光沉下去，黛青色的夜如同鲸口，无声将落日吞没。他走近她，接过她手里的巧克力，拆开包装，往嘴里塞了一颗。

"好吃吗？"

叶慎安笑而不答。酒酒不满地噘起嘴："到底好不好吃啊？我觉得挺好吃才带给你的。"

"酒酒，你喝过酒吗？"

"欸？酒心巧克力算酒吗……"

不等她想明白，叶慎安又问："那你现在，想不想喝酒？"

程酒酒一刹间瞪大了眼睛。

他仍笑着，俯身，扶住她的肩，轻轻吻住了她的唇。那一刻，有什么在他的脑海中缓缓下沉，如鲸落般，寂然无声。

这是他一生经历过，最温柔的死亡。

那年放假回家，叶慎安做的第一件事是找到程少颐，坦白和酒酒恋爱的事。程少颐亦不客气，直接一拳挥过来，当作了恭喜二人的贺礼。

叶慎安自然咽不下这口气，一双桃花眼笑得冷涔涔："我看你就是嫉妒了吧，你这个恋妹的变态！"

程少颐神情竟骤地一黯，一言不发。

叶慎安当场蒙了，沉默了许久，才不敢置信地问："……你认真的？"

"酒酒不是我亲妹妹。"眼前人顿了顿，声音像结了层冰。

"所以？"

"没有所以。"程少颐负手背过身去，一字一顿，"但是，哪怕我不可以，也不代表你们就适合。"

"你凭什么啊？"叶慎安怒极反笑。

"凭我的眼睛。"

"我看你是瞎了吧？！"

"叶慎安，"程少颐的眼神如冰刀般狠狠将他全身上下剜了一遍，"你没有你想的……那么喜欢她。"

"神经！"叶慎安气得当即拂袖而去。

当日，叶慎安只觉得程少颐是恋妹恋出了失心疯，存心找自己不痛快，然而当他和酒酒真正来到分开那天，他才后知后觉地意识到，原来程少颐从没有看错。看错的人，是他自己。

第十一章

———— 归途 ————

世悦筹备到中期阶段的时候，叶太太曾开门见山地找叶慎安谈过一次，恋爱没关系，但结婚的话，酒酒不适合。

"酒酒的身世你不说我也知道一些，爸妈去世得早，算是个可怜孩子。可程家人虽说收养了她，这些年却完全任由她胡闹，根本没有让她接班的打算，她更加不懂得经营。而你却是需要继承爸爸事业的，除开生活，事业上非常需要有个能搭得上话、彼此能帮衬的人。你就当我现实吧，酒酒不错，但她实在不适合做我们叶家的媳妇……我本以为有慎平在，随你折腾也未尝不可，但慎平……"叶太太话说到一半，说不下去了，声音里有了哽咽，"反正，我们叶家现在只剩你一个孩子了，你要真不愿意，非得跟她在一起，我也拦不住你！有需要的话，你干脆跟你哥一样，一走了之算了！我就当没生过你们！"

那一夜，叶慎安是站在阳台吹了一个通宵的冷风。

像哥哥那样洒脱到近乎残酷地离开，他扪心自问，做不到。叶家生养了他二十多年，哪怕对叶太太有过不满或者失望，但没有她的鞭笞和教养，他绝对无法成为今天的自己。

对于哥哥的选择，以他的立场是不该理解的，但他偶尔又觉得能够体谅他。也许他只是想活得轻松一些，想得到自由。

虽然每个人想得到的自由不尽相同，但选择向往道路的代价却是一样的。接受不理解，接受指责，甚至承认这是错的。这才是真正的自由。

但显然，他愿意为之付出的，远没有哥哥那么多。又或者，他们所追求的自由，是截然不同的。叶慎安无法也不愿以伤害父母为代价，去追求哥哥向往的那份自由。

大概真是应了程少颐当年的那句话吧——你没有那么喜欢酒酒，所以才无法抛弃一切，只选择她。

然而叶慎安没想到的是，酒酒会先他一步提出分手。

就像两个老朋友依依惜别一样，分手那天，他们还一起吃了顿晚餐。叶慎安送她到门口，酒酒走了几步，回过头，朝他郑重地挥手："再见了哦，二哥。"

"再见了。"

就像所有茉莉都会凋谢，所有露水都会蒸发，年轻的爱情也终于画上了休止符。

好些天后，叶慎安才得知酒酒第二天就去了美国。原来她已经蓄谋好久了。得知这个消息，叶慎安一时不知欣慰更多，还是难过更多。那天他正逛超市，刚拿起一盒牛奶，就看见手机上许卫松发来的消息，他说自己决定留在澳洲。不得不说，他们还真是一对难兄难弟，就连分手都挑了差不多的日子。

几天前，许卫松突然表示，自己分手了，据说他欢欢喜喜回国，结果撞上莫茵给自己戴绿帽。

说来高中那些情侣如今差不多都散干净了，唯一还在坚持的，大概只有简辰和赵希茜。不过按许卫松的说法，这几年两人因为赵希茜的演出工作需要满世界飞，总是聚少离多，也是分分合合，今后还指不定会怎样。想想真是惨淡。

叶慎安悻悻地将牛奶丢进篮子，准备去结账，经过生鲜区，依稀瞥见一张有些熟悉的侧脸——林粤？

他不确定。好几年没见，自从跟酒酒恋爱以来，他就彻底屏蔽了关于她的消息，也不知道她和那个龟毛厨子现在怎么样了。

叶慎安在原地停留了片刻，目送那个背影越走越远，终是淡淡一笑，转身走向了收银台。

以她的个性，要想过得不好，怕是比登天还难吧？

那之后，叶慎安的日子照常往下过。叶太太得知酒酒主动和他分了手，沉吟片刻："是个懂事的孩子。"

叶慎安对此不置可否，而叶太太嘴上不说，却对他很是宽容了一阵子。

直到世悦酒店竣工，开始装修，她才不急不徐地将联姻的想法推上台面："小粤我之前见过几次，人漂亮，能力又强，我和你爸都觉得不错。"

叶慎安眉梢微微一挑："难道不是因为你需要她帮你打造出一个合格的酒店经营者吗？"

叶太太面色唰地沉下去："如果你能轻松胜任，我用得着操这份闲心么！"

叶慎安默了默，像在思考，许久，笑了："是啊，都是我的问题，所以我会好好负起责任的。放心，既然两年前没有选择逃跑，那我现在也不会逃跑……时间地点约好告诉我吧，先见一面。"

叶太太大概没想到他会答应得这么爽快，反而不知该说什么了。

很快，相亲的事定了下来。叶慎安依约，提前十分钟赶到了餐厅。

傍晚将近，有橙红色的光从云中渗出来，缠绵铺开，与靛青色的天空交织成夜。

望着窗外影影绰绰的树影，不知为什么，他忽然想起了毕业那天在KTV做的梦。

"因为……我喜欢你呀。"

哪怕是现在去回想那个梦，他还是会觉得荒谬。

所以命运重新把他们放在同一个沙盘中，是有什么特别的用意吗？还是说，这只是一次关乎两家人利益的最佳选择……

这个问题他没能思考下去，因为林粤到了。晚上七点，一分不早，一分不迟。

叶慎安收回视线，抬首看她。二十六岁的林粤不再是美人坯子，而是真正意义上的美人。纤细的四肢和高挑的身段令她在人群中一下子脱颖而出，哪怕餐厅的灯光昏暗，她白皙的皮肤也仍然好像在发光。

现在，她的那双柳叶眼正挑高着眼角审视自己，脸上挂着意味不明的笑。

真是同样的配方，同样的味道。但他已经不是十八岁了。

拽回自己的思绪，叶慎安端出一副恰到好处的热情脸孔，起身替她布好座椅。

林粤入座，脸上的笑似乎更盛了。叶慎安缓缓弯起嘴角："在笑什么？"

林粤没有立刻回答，而是招来了服务生。慢条斯理点过单，她才将手肘搁在桌上，一手托住腮边："因为开心呀。总觉得，我们会是很好的婚姻合作伙伴。"

叶慎安端水杯的手一顿，慵懒的声线微微上扬："哦，怎么说？"

"你这都愿意来见我，得多有觉悟啊。"

叶慎安眸色一凛，面上仍笑着："好说好说，彼此彼此。"

林粤抿唇："那么，以后就请多指教了。"

既然时间没有给他过去的答案，那么接下来，就让他试着寻找关于未来的答案吧。

从机场出来，叶慎安还没来得及踏进林粤那了不起的家，叶太太的电话便追过来了。

"前些天我跟人喝茶，在店里遇上小粤的堂妹了，听她说小粤自个儿出差去了。昨天我本想上你们新家坐坐，结果又听保安说，家里灯一直暗着，根本没人回去过。所以，你这是又跑哪儿去了？"叶太太语气虽不重，却分明是质问的态度。

叶慎安默了默，驾轻就熟地赔笑："哎，你别听林栩胡说，我能去哪儿，当然是陪着自家老婆出差了。"

"真的？"

"比真金还真，不信，我让小粤解释给你听。"

"行啊。"

叶慎安连忙朝林粤使了个眼色，把手机递过去。

林粤瞥了眼名字，眉心一拢："妈？"

"欸，小粤呀。"叶太太和颜悦色道。

林粤轻扯起唇角："妈，我和慎安刚从机场出来，正准备回家休息呢，您的电话就来了。"

"哎呀，那我不是打扰到你们二人世界了？"

"怎么会，我还说明天和慎安一道去看您和爸呢。这次去巴黎，顺道给您俩捎了个小礼物。"

"你们可真有心了！"叶太太笑逐颜开，话锋却忽地一转，"不过，我突然想起来，明儿我和慎安他爸还约了人谈事，今晚刚好阿姨煮了冰糖燕窝，要不你们直接过来吧，今晚就不折腾，在我这儿住下好了。"

林粤愣了愣："成，那我跟司机说一声。"

"欸，那我让阿姨再切点水果，等着你们。"

"麻烦妈了。"

所有瞬间都是你

"都是一家人了，客套什么呢。"

"那我们这就来。"

"好。"

电话挂断，叶慎安立刻追问："怎么说？"

林粤的目光徐徐扫过他的脸："我总觉得，她不太信我们啊。"

叶慎安面色一沉。

林粤笑了："放心，就算真能听到点儿别的什么，也不会这么快，我们可是'嗖'一下，就灰溜溜地飞回来了呢。"

叶慎安的脸色果真更难看了。林粤心满意足地收声："不过，我们现在得去你家一趟。"

"你确定？"

"做戏做全套嘛。"

"可你刚才说的礼物？"

"别担心，后备箱囤着一大堆呢，尽管按你妈的品味选。"

"老婆……"叶慎安神色变了变，唇角缓缓勾起一抹揶揄的笑，"你可真是细致入微。"

林粤却视若无睹："好说。"

叶慎安暗自磨了磨牙："那我是不是……该投桃报李？"

林粤偏过头，眼光有恃无恐地将他全身上下描摹了个遍，不以为意道："那也成啊。"

进了叶家门，林粤的目光稍往客厅的茶几上一扫，燕窝水果都备好了，看架势是只等两人登门。她当即挽住叶慎安的手，热情迎上去："爸、妈！"

叶慎安亦上道，殷勤地将礼物递至二老手中。

叶太太低头瞥了眼怀中包装精致的礼盒，高高兴兴道了声谢，便顺手将东西放在一边，拉着两人在客厅坐下了。

果真醉翁之意不在酒，林粤和叶慎安相视一笑。

不过叶太太却未急着开口，一双眼轻飘飘地在两人脸上打了个转，这才悠然端起桌上的燕窝："看把你们累得，脸色都憔悴了，早知道，就不喊你们来了。"

"不累不累。"叶慎安摆手。

林粤也附和："是啊，不累。"

叶太太满意地颔首："那赶紧吃点燕窝补补吧。"

林粤听话地接过了碗。叶慎安头一回见她如此乖觉的模样，忍不住想笑，又不敢明目张胆，只好低头默默舀燕窝。

一顿宵夜快吃完，叶太太的心中快意了许多。看样子两人相处得还算不错，不至于像林栩当日跟朋友绘声绘色讲的那样——妻子无情，丈夫无义，大家各玩各。

不过，想起昨日保安的说法，叶太太还是觉得有必要好好确认一次："明天就要搬到新家住了吧？有什么缺的跟我说一声，我让人准备好送过去，你们好好筹备酒店开业的事，这些小事就交给我们做长辈的来吧。"

林粤笑吟吟地自碗间抬头："不呀，明天我们回我那儿住。"

叶太太神情一冻："怎么？"

叶慎安忙不迭抢白："是我的意思。那个装修不是我说，真是辣眼睛，退休老干部都瞧不上。当初装修我就说，不要什么大理石墙面，老气横秋，设计师非不肯听……"

叶太太面上渐渐凝起了一层霜，那都是她亲自安排的。

一旁的叶先生见势不对，赶紧插嘴："年轻人审美和我们不一样，正常得很嘛。不喜欢就拆了重装，主要是要小两口住得开心。"

叶慎安连连点头："我就是这么想的。明天就联系人把墙打了。"

"等等——"叶太太不悦地瞪了丈夫一眼，转而质问叶慎安，"你怎么早不说不喜欢？我当时可是问过你有没有意见，你说没有。"

被将了一军，叶慎安微微一愣，仍好脾气地笑着："妈你知道的，我这个人一向喜新厌旧，今天觉得还可以，明天就受不了了……"

"看你在小粤面前瞎说什么呢！"叶太太怒目圆睁。

叶先生向来知道自己太太的脾气，一边哄太太，一边朝叶慎安使了个眼色："还不快上楼睡觉！"

"好好好，我这就走。"叶慎安识趣地捏了捏林粤的手。

林粤立刻配合地起身，朝二老恭恭敬敬地道了声"晚安"，和叶慎安上了楼。

大厅里一下子变得寂静。

叶太太气头过去，叹了口气："老公，你看就慎安现在这个德性，一年以后，真能胜任吗？"

叶先生哑然，说真的，他也拿捏不准。

所有瞬间都是你

不过，老婆如此忧心，的确事出有因。叶林两家一开始便讲好了，林粤在世悦的总经理任期只有一年。这一年里，叶慎安需要跟着林粤学做事，一年后，林粤则会回自己的万汇酒庄坐镇，而世悦的职位则改由叶慎安继任。

夫妻俩缄默了好一阵，叶太太脸上的愁云似淡去了些，却也没散干净："说真的，小粤这人，我什么都满意，就是个性太强，我怕慎安久了吃不消。你别看她现在在我面前是一副贴心可人的乖巧模样……但大家都是女人，我心里清楚得很，性格这个东西，是改不了的。"

叶先生听罢沉吟片刻，失笑："你放心，这个嘛，我倒不太担心。"

叶太太疑惑地看了他一眼："怎么？"

叶先生一脸坦然："他对着你二十来年，不早习惯了吗？"

"叶恒！！！"

"好了好了……"叶先生一把揽住老婆的肩膀，"我们做长辈的，也不用那么心急，就先观望吧，真有什么变数，日后再说。"

"那，"叶太太犹犹豫豫，"墙到底还打不打了？我就觉得那大理石挺好看的，低调奢华有质感……"

"你说呢？"叶先生哼笑。

"哼！"叶太太的脸蓦地拉得老长，"谁觉得不好看！谁自己去找人打！"

楼上。

推开久不住人的卧室，一股熟悉的旧日气息扑面而来。叶慎安有一刹的恍惚，自从叶慎平离家，他便很少回家住了，平日大都是住在市中心的高层公寓。

"你先去拿衣服洗澡吧，行李阿姨刚才已经搬上来了。"

叶慎安说着推开了阳台的门。窗外月光疏朗，一切陈设都保持着从前的模样，除了隔壁酒酒的阳台上再寻不到毛绒玩具的踪迹。他这才记起，她也不住这儿好几年了。

夜风微微凉，叶慎安缩缩脖子，回身，发现林粤还站在那里。

"怎么，你不洗澡吗？"

"洗啊，不过，也不急这一时半刻吧。"

说话的人似乎对他的房间极感兴趣，从这头气定神闲地踱到那头，最后立于书柜前，开始饶有兴致地研究里头的书目。

"怎么你《新华词典》还要包书皮啊？很有闲情逸致嘛。"林粤说着伸

所有瞬间都是你

手去拿。

"等等！"叶慎安耳根一红，即刻飞扑过来夺书。

见他如此紧张，林粤不由恶作剧地一松手，那本《新华词典》"啪嗒"一声落在了地上，书页将将摊开。

林粤低头瞄了一眼，不错，画上那女的，身材是真赞。

叶慎安脸青一阵白一阵，恨恨道："你到底……还洗不洗了？"

林粤愣了两秒，暧昧着凑近他的耳畔："你果然……很有闲情逸致。"话说完，人随手拽了件睡衣，进了浴室。

哗啦啦的水声自浴室里传来，叶慎安一时感觉松了口气。失神地盯着地上的《新华词典》发了会儿呆，他渐渐感觉索然，其实根本没必要这样，他又不是十来岁的小孩子了。可能是突然回到青春期的卧房，才会变得如少年般敏感吧。

他躬身，拾起地上的书，随手丢在桌上，人顺势在桌前坐下了。想必除了这本书，这个房间里应该还有许许多多没来得及清理干净的"漏网之鱼"吧……

这样想着，他拉开抽屉，果不其然，里头塞了一堆乱七八糟的手办、卡贴、钥匙扣……还有，一个黑色的纸盒——是哥哥送给他的毕业礼物，他一早忘光了。

叶慎安怔了片刻，放下盒子，点了支烟，然后慢条斯理地拆起了纸盒。

里头的钢笔仍崭新，但岁月却旧了。他自嘲地勾起嘴角，对光端详那支笔——谁能料到，这个当时觉得无用的玩意儿，如今竟会派上用场。

他默默将笔塞进上衣口袋，拾起盒子，打算扔掉。忽然，一张拇指大的卡片从包装盒底座的下层掉了出来。他认得，那是哥哥的字迹。

——对不起。

"咳——"叶慎安被烟呛得咳嗽了两声，"混蛋！"居然是一早计划好的！他本来还奇怪，为什么当初哥哥会选择留在国内读大学，又为什么他一回来，他便刚好将一切打点妥当，利落地全身而退。原来，他早就想好了。他不在的时间里，他会在；而他在的时候，他就离开。

可他为什么又偏偏要留下这张纸条？那时他明明才刚刚高中毕业啊，距离叶慎平离家，也还有好几年的时间。

是希望他及时发现，从而阻止他吗？还是说，他已经早早算计好，自己根本不会对这份礼物感兴趣，也就一时发现不了里面隐藏的秘密？

留下谜题的人已经离开了，他无法再得到一个满意的答案。

越想越愤懑，叶慎安一双眼烧得血红，狼狈地转过身，才发现林粤竟洗完澡出来了。

他无措地望着她，她亦望着他。

忽然间，她开了口："过来。"

是命令的语气。他真讨厌她这个高高在上的态度，却还是鬼使神差地走了过去。

林粤张开双臂，用力箍紧了他的身体。是有力到无法抗拒，也暂时不想抗拒的怀抱。

他的牙齿在打战："他真自私……"

"嗯……"

"我也曾经想过，要做个和他一样自私的人。"

抱住自己的手臂似有刹那的松动，但很快再次抱紧："不，你做不到。"

"你凭什么知道？！"

"我就是知道！"林粤仰面，双手揪住他的衣领，定定地与他对视，语气不容置喙，"我比谁都知道！"

知道你是一个温柔的，善良的，细致的，总能体恤他人心情的人。

所以，我才会爱上你，才会在利益把你再一次推向我的时候，选择抓住唯一的机会，拿婚姻押注，来一场豪赌——赌你有朝一日，也会爱我。

就这么静静抱了好久，理智归位，叶慎安渐渐感觉到别扭。刚才有好几次，他都很想开口，和她谈谈前一天关于酒酒的事。但话到嘴边，又不由咽了回去。

她会在意吗？还是说，他一旦开口，反倒成了她眼中的笑话？他们的婚姻是因为责任，因为利益，却唯独不是因为爱情。

不需要解释的吧……像林粤这种女人。叶慎安终究悻悻地松开了手："这么抱着，你不累吗？"

林粤深深看了他一眼："不累啊。"

"……"他竟然忘了，这女人是喝红牛长大的。

"我要去洗澡了。"他迅速拿开她的手，疾步走向浴室。

身后传来了林粤的声音："你是在害羞吗？"

"……"

"别忘了带换洗内裤哦。"

"……"

你是魔鬼吧!

洗完澡出来,林粤已规规整整坐在了床上,手中还拿着本书,看得津津有味。他定睛一看,正是刚才掉地上的那本《新华词典》。

看见他,林粤扬了扬手上的书,脸上挂着戏谑的笑容:"原来你喜欢这个类型啊?"

"……"

真是人善被人欺!叶慎安把毛巾往旁边一撂,直接走过去,堵住了她的嘴。

"唔——等一下!"林粤挣扎着,一只手抵住他的胸膛,字字铿锵,"今、天、不、做。"

叶慎安蓦地停住动作,眼中似有困惑:"不是要投桃报李么?"

一码归一码,今天她帮自己在叶太太面前解围,他理应言而有信。而且履行夫妻义务这事吧……他其实并不反感。

然而林粤却从鼻腔里挤出一声淡淡的冷哼:"已经报过了哦。"

"哈?"他可不记得进门到现在自己有对她做过什么。

"欸,反正我说报过就是报过了。"今天他能在叶太太面前主动维护自己,可是比桃啊李啊,更珍贵的礼物。

但叶慎安显然未能意会,脸上仍挂满问号。林粤微笑着打量了他一会儿,手一挥,直接关上灯:"晚安。"

"……"叶慎安无语,悻然翻身,扯过被子盖上了。算了,她不想就拉倒,别搞得他很想似的!

然而有些事,却不是说算就算的。

一个钟头过去,叶慎安仍然毫无睡意,只好破罐破摔,爬起来洗澡。再出来,黑暗中坐着个人。

"过来。"

"嗯?"

"来投桃报李。"

"……"

你可真是个善变的魔鬼。

第十二章

承诺

机场到达口。

电子屏显示载着陈伟廉的那趟航班已顺利抵港半个钟头，然而放眼望去，闸门处依然不见他的身影。

随林粤一同来接人的司机东张西望着，忍不住小声念叨："该不会是迷路了吧？"

林粤看了眼手表，淡淡道："最多五分钟。"

三分钟后，陈伟廉拖着行李箱走出了闸口。林粤与司机快步迎上去。

经过十几个小时的飞行，陈伟廉的衬衫西裤依然保持着笔挺，面容亦清逸爽利。Tom Ford的乌木气息隐隐环绕着他，林粤嗅到香味，微微一怔，仰面冲他微笑："今天这衣服换得有点儿慢啊？"

"抱歉，更衣室的人比我想象的多。"

"没关系，我们走吧。"

"对了，你的香水还没换？"

"味道不错，为什么要换？"

"……也是。"

交代完司机行车路线，林粤主动替他拉开车门："我先送你去新公寓休息吧。"

陈伟廉终于掀起眼皮，视线由她的脸孔缓缓滑向手臂，最后停在了她右手的无名指上——那里有一枚铂金钻戒。

他目光似一滞，片刻才道："好。"

"这个放这里……那个花瓶还要挪一下位置……等等，这幅画好像歪了一点点，你们再调整一下……对了，那些衣服也记得要熨好挂起来啊……"叶慎安哈欠连天地指挥着工人。

平心而论，对林粤大清早支使他来监工这件事，他是很有意见的。可现在他的职务是她的助理……姑且只能保留意见。

安置好新主厨的全部家当，叶慎安绕着偌大的公寓检视了一圈。清心寡欲的黑白色调，密不透光的厚实窗帘，距离吸血鬼的巢穴大概只差一副棺椁的距离。

他"啧"了一声，走进卧室，拉开衣柜门。好家伙，竟然也是一片黑白灰。不仅黑白灰，还再三交代工人要按颜色深浅排列。

叶慎安低头嗅了嗅那些熨烫得一丝不苟的衣服，每件都散发着淡淡的清香。这个即将入住的主厨，其实是只金纺精吧？

吸血鬼加金纺精，叶慎安实在脑补不出这位主厨的尊容。有一刹，脑中突然闯入了陈伟廉那张扑克脸，叶慎安抖了抖，哈，怎么可能？林粤应该干不出这么丧心病狂的事吧？

不敢再多想，他默默拉上衣柜门，快步走出了公寓。

好久没去周公子的地盘，叶慎安今天心情不错，路上特地打了个电话问他有没有什么馋的，周公子向来不把自己当外人，二话不说便指使他去买蟹粉小笼。

时隔数日再见面，叶慎安热情地把打包盒递过去，本以为可以听几句感谢的话，却见周公子把东西往旁边一撂，一双眼直勾勾地盯着自己："嗯，看来业务很熟练了啊！"

叶慎安一时没明白他什么意思，困惑地与之对视。

周公子不紧不慢地送了支烟到嘴边，一本正经地憋笑："昨天我喝酒遇见林栩了，听她说，你之后在世悦的职位是总经理助理，是么？"

"……"

一阵微妙的沉默。

叶慎安吊起一双眼睨他："有问题吗？"

"没，当然没，就是哥们我觉得得送你份就职礼物。"

听他这么说，叶慎安心头稍舒坦了些："好说，随便意思一下得了。"

"那可不能随便，咱俩谁跟谁啊……"周公子说着殷勤地递过手机，屏幕上赫然一溜儿OL套装，"快看看，你家老婆最心水哪套？甭客气，尽管选！尽管挑！哥哥我统统买给你！"

叶慎安忍无可忍，一把夺过手机，磕在他脑门上："我看你真是闲得慌！"

周公子痛得"嗷"了一声，抱头窜出老远，叶慎安被他浮夸的模样气笑了，笑罢，又多少感觉郁卒，想必在周世嘉心中，自己不仅险些当了绿帽侠，眼下还是个娇俏小秘书。

怎么想，怎么像个笑话。

笑话叶慎安心情不痛快，赖在周公子家死活不肯走，周公子只能推了邀约留下来陪他。

院中，叶慎安端着杯热腾腾的茶，默默望着一溜儿青翠的竹蔓发呆。

周公子平日里虽长了张贫嘴，眼睛倒雪亮："看你，这是在巴黎遇上事儿了？不是说外遇那事是场乌龙吗？"

叶慎安的舌头当即被烫得缩成了一团，许久才答："不是那事。"

周公子的眉头瞬间打了个结："猜谜去庙会，我这儿不欢迎！"

叶慎安被他逗笑了："其实仔细想想，也不算个事。"

"这不还是新婚就出了岔子么？"

"都说不是了！行了，不说这个，我们酒店开幕庆典的邀请函你收到了吗？"

"昨天刚收到，别说，你家这次阵仗搞得挺大啊。我看业界领导啊，明星啊，艺术家什么的，统统没落下。"

叶慎安放下杯子，淡然一笑："好歹是从我大学毕业就开始筹备了。"

"你最近没怎么露面就是在忙这个？"

"差不多，中间还给我们酒店的神秘主厨收拾了一次家。"

"看来你老婆是真把你当小秘书使了！"周公子哈哈大笑。

叶慎安没好气地睨了他一眼："就你话多！到时记得早点来。"

诚如周公子所言，世悦这次的开幕庆典的确费了不少心思，林粤甚至亲自担任负责人，光室外主会场设计就推翻重来了好几次，室内也安排了好些个活动区，五花八门的消遣挺丰富，叶慎安自己也多少觉得期待。

看时间不早了，他放下杯子，起身："今天先回去了，明早还要去现场看看。"

"啧，真是敬业的小秘书！"

懒得搭理周公子，叶慎安抬腿就走。

忽然，周公子从身后叫住了他："叶二，那天打麻将的时候，你说你们不是协议婚姻，是认真的吗？"

"……怎么？"

周公子愣了愣，摇头："倒也没什么，只是有点儿意外。"

叶慎安沉吟着："如果双方承诺都不会出轨的话……应该就算真正的婚姻吧。"背对着周公子挥了挥手，他拉开门，走了出去。

回到家，打开门，偌大的房子空空荡荡，叶慎安这才想起，林粤的阿姨还没销假，而她则亲自去接那吸血鬼金纺精了。

说起来，这应该是世悦开业前的最后一段悠闲日子了，他抻抻胳膊，觉得该做点有意义的事，比如，把之前司机送来的家当拿出来整理一番。

将自己的衣物一件件挂进衣帽间，叶慎安环视房间，第一次产生了一种进入林粤生活的真实感。

这里是她的家，她的生活，也是他未来的家，未来的生活。

叶慎安走到窗边，顺手拿起梳妆台上的相框端详了几眼。里头裱着的那张照片很久了，看模样，应该是童年的林粤和她已故的母亲。那场葬礼距今已过去多年，当日叶慎安对林母并没有太深的印象，现在再看，才发觉她是位气质端庄、眉目温柔的美人。只可惜长大后林粤只遗传到她的皮相，未保留住那份神韵。

午后斑驳的阳光落在泛黄的照片上，叶慎安的手指摩挲着照片中穿着翻领娃娃裙的小林粤，唇边浮起一抹无奈的笑容——我说小姑娘呀，你究竟是如何长成现在这个样子的呢？

世悦酒店开业庆典当天，各路宾客纷至沓来，叶慎安甚至见到了前些日子险些给自己戴绿帽的温行远。不过，今天他的"混劈"对象没来，身旁跟的是个干练的女助理。

"叶先生，你好。"温行远信步朝他走来，微微颔首以致意。

叶慎安与他对视一眼，脑中飞快闪过在巴黎的经历，心底虽暗"嗤"了一声，面上还是维系着妥帖的笑容，主动伸出手："幸会幸会，温先生。"

温行远亦礼貌地回握住他的手："怎么不见林总？"

叶慎安闻言才意识到林粤不在，明明刚才还在附近陪酒店设计师聊天的。

"没关系，可能是去忙了吧。反正典礼开始就能见到了。"温行远善解人意道。

"嗯……"叶慎安淡淡应了声，心中多少不太爽利，林粤这女人也太不够意思了，好歹跟自己打声招呼再走啊。

"对了，Faye Tong小姐有礼物要我带给她。"

"Faye Tong？"

"上次画廊拍卖会的嘉宾，也是林总私下很欣赏的一位画家。"温行远说着示意助理将怀中包装好的画幅递出去，"Faye tong小姐说，祝林小姐新婚快乐。"

叶慎安听得一头雾水，最后也没能弄明白温行远口中的这位Faye Tong到底是何方神圣。不过林粤自有社交圈，也表态不会事无巨细都跟他交代……叶慎安自嘲地笑笑，还是主动接过了对方手中的画："那我就先替她说声'谢谢'了。"

典礼将近，嘉宾们在合影区拍过照后，陆续来到嘉宾席就坐。

叶慎安一眼就看见了走在人群中的林粤。刚被撇下的不悦尚存，他三两步走上去，挽起她的手臂，佯装不在意道："你刚才去哪儿了？"

林粤偏头莫名地看了他一眼，这人什么时候改行查户口了？想了想，还是解释："主厨邀我去餐厅试了试今晚活动的餐点，回来路上刚好碰见爸妈和几个长辈在一起，就顺道陪着聊了一会儿。"

叶慎安听罢一愣，怎么又是金纺精！他发誓，这是自己头一次对这只金纺精生出了好奇心——到底是怎样三头六臂的人物，还非得让林粤亲自试菜？

叶慎安撇撇嘴，正要继续追问，庆典却开始了。

音乐声奏响，主会场一时间变成了流光溢彩的灯海。主持人登台暖场，短暂的开幕表演后，董事长叶父上台致辞，向众人一一介绍酒店产品和服务特色。提及未来发展方向，他幽深的目光不经意掠过台下的叶慎安与林粤："希望今后，世悦酒店能在小一辈的带领下，开创新的辉煌！"

掌声如潮水般涌动，叶慎安心头一阵焦麻，这未免太看得起自己了。哪怕叶父刚才的眼神不过蜻蜓点水，叶慎安还是不可控地局促了起来，连带一双视线都开始飘了。

林粤见状，不禁轻笑出声。不怪她忍不住啊，实在是叶慎安心虚的样子太厸太乖了。

她清了清嗓子，掌心轻轻覆在叶慎安的手背上，以只有他能听见的声音从容道："放心吧，有我在。"

"……"

话是好话，就是这种话从女人嘴里讲出来，怎么听怎么不是滋味。最可怕的是，他还无力反驳。太窝囊了。

嘴角缓缓扯起一个嘲讽的弧度，他反握住林粤的手，捏了捏："那以后，还真是要辛苦老婆你了。"

叶父致完辞后，世悦的总设计师又上台分享了关于酒店的设计理念，然后便到了万众瞩目的剪彩环节，叶、林两家人这回齐齐上台走了一遭。

下台时，叶太太经过叶慎安身边，突然小声地、没好气地抛下一句："打完了。"

一句话没头没尾的，叶慎安半晌才反应过来，她说的是婚房的大理石墙面。他连忙追上去，对着叶太太的背影道了声谢。

叶太太脚步似一滞，却没回头，大步回到座位坐下了。

身后的舞台上，乐队开始了最后的谢幕表演。叶太太目不转睛地望着台上的女歌手，只吝啬地留给叶慎安一个冷冰冰的侧脸。

看着这样的叶太太，叶慎安不禁苦笑，悻悻地松了松胸前的领带，算了，看样子人还在气头上，还是等下次回家的时候再找机会哄哄吧。

主会场这边的典礼结束后，嘉宾们纷纷在酒店工作人员的引导下前往内场活动区，自行选择接下来的娱乐方式——品鉴餐点、红酒、雪茄，抑或体验一对一的美妆服务。

叶慎安前脚起身，周公子后脚颠颠地追了上来："欸，叶二，等等我！"

叶慎安顿住脚步，回头纳罕地打量他："你这是迟到了？"

周公子哼笑一声："哪能呀，早到了。"

"那怎么现在才现身？"

"我不忙着找人么……"

"找人？"

"嗯，找人，不过没找着就是了。"周公子一手搭在他的肩上，"先不说这个了，当务之急是久违地去感受一下William Chan的厨艺。"

听到William的名字，叶慎安眸光倏地一凛："你说谁？"

"William Chan啊！别说，你老婆这回可真厉害了，这都能给请回来做主厨！想当初我可是整整提前了三个月，才约上他主厨的那家餐厅啊。"

叶慎安感觉胸腔深处涌起了一股浊气，半晌，答非所问："你是说，陈伟廉？"

周公子嫌弃得一皱眉："麻烦你尊重一下别人的英文名好吗？"

"……"

俗话说得好，人有多大胆，地有多大产。叶慎安以为，林粤心头的那片地，怕是没有千亩，也有百坪。难怪她对那只金纺精如此与众不同，原来是老情人相见，情意分外浓。

说不上是生气更多，还是好笑更多，他突然挺想会会那只金纺精的。时隔多年，他是不是还跟过去一样做作得令人倒尽胃口？

电梯内，周公子喇叭似的不停念叨着William Chan登峰造极的厨艺，叶慎安一忍再忍，忍无可忍："行了行了，留着力气吃你的William好了！"

周公子极少见他这么不耐烦，稀奇地瞄他一眼，嘻嘻哈哈道："怎么，吃火药啦？"

话音刚落，电梯门"嘀"一声开了，门口站着个人。两人俱是抬头，叶慎安微微一怔，忽地笑了——呵，当是谁呢，这不是地主婆林粤么？

真真冤家路窄！

他调整了一下呼吸，掸掉周公子挂在自己身上的手，昂首阔步走出电梯。经过林粤身边时，他低头，凑近她耳畔，淡淡声："晚点活动结束，我有事问你。"

一进餐厅，他俩便开始四处转悠，然而始终遍寻不见William Chan的身影。

最后，叶慎安的目光落到餐台上的酒上。他心里郁闷得慌，干脆拉着周公子你一杯我一杯地喝了起来。很快，两瓶红酒见了底，其中三分之二都是叶慎安的功劳。

他猛一下站起来："我要去个厕所！"

周公子被他这个样子吓了一跳，急忙跟上："等等，我陪你！"

卫生间就设在餐厅的斜对面，叶慎安走到半路，依稀看到个熟悉的身影推门进了女士洗手间。

他急匆匆想要跟进去，周公子赶紧把他拽住了："哥，你是喝多了，不是瞎了，听话，别乱窜！"说罢连拖带拽地将他弄进了男士隔间，自己则进了另一间。

听到隔壁周公子锁门的声音，叶慎安眯了眯眼，拉开隔间的门。

"不是等活动结束吗？"林粤将口红放回手包，又掏出粉饼细致地往脸上扑着，眼角的余光扫过镜中刚进来的不速之客，缓缓挑眉，"就这一会儿工夫，你到底喝了多少啊？"

"没多少。"

"哈……"林粤笑了。

"笑什么笑！"叶慎安眉心紧皱，伸手按了按太阳穴，林粤不笑还好，一笑，他便觉得心头的那把怒火被点燃了。

"好，我不笑。"林粤"哒"一声合上粉饼盒，敛色道，"但这是女士洗手间，你没看见门口的标志吗？"

"看见了，所以进来了。"

林粤的脸色愈发难看："虽然酒店明天才开始营业，但现在毕竟还有客人，你不觉得自己这么进来，不太适合么？"

"闭嘴！"

"……"

林粤转过身，眼中渐渐笼上了一层霜冻："叶慎安，耍酒疯可以，但记得挑时间场合，我现在没空陪你闹！"

"哦，是吗？"叶慎安瞳中闪过一抹讥讽，"你这么会挑，这么爱挑，怎么厨子不仔细挑一挑？"

林粤一怔，瞬间了然："行了，叶慎安，我知道你的意思了，不过具体的等你酒醒了我们再谈吧，客人们还在等我。"说完抓起洗手台上的手包，转身要走。

将将走到门口，门还没拉开，林粤便感觉自己的腰身一紧。一低头，发现是被叶慎安用手箍住了。酒后的叶慎安一身蛮力，她挣了两下，没挣脱。叶慎安顺势一抬脚，直接把门给踹上了。趁她愣神的工夫，他又腾出手，把门从里面锁死了。

现在，两个人是以面对面、身贴身的姿态，抵死在洗手间的大门上——这还是他们结婚以来，林粤头一回陷入被动。

一时间谁都没说话，只静静听着对方的呼吸声。

还是林粤先叫了他一声："叶慎安？"

"嗯？"不知道是不是酒劲过了，叶慎安现在反而偃旗息鼓了，一双眼盯着她的脸，发现那对明亮的瞳孔中好像映着一张气急败坏的脸。这脸越看越熟悉，嗯……好像是自己的脸。

／所有瞬间都是你／

"你要真想现在谈，我们就谈。"

"啊？"

林粤简直被气笑了："你把我压在这里，不是要跟我谈吗？那就快谈啊！"

叶慎安怔了怔，缓缓松开了扣住她腰肢的手，眼睫低垂："林粤，还记得你在巴黎的承诺吗？"

"嗯？"

"不会出轨，还有，彼此认为重要的事，要及时向对方说明……"和她不一样，他遵守了自己的承诺，哪怕在周公子看来，这似乎很不可思议。

林粤张张嘴，渐渐地，神情柔软了下去："其实我完全没有想瞒你的意思。我只是以为，你不会在意。"

"你凭什么觉得我不在意？"

凭，你不爱我。

林粤沉默。片刻，她笑着摇头："算了，我想了一下，这件事的确是我的问题，我向你道歉，也跟你承诺，以后绝对不会再发生类似的事了。"她顿了顿，重新看向他的眼睛，斩钉截铁："但我选择他，是因为他是William Chan，而不是因为他是陈伟廉，这一点，我希望你相信我。"

叶慎安不知在想什么，好久没答话。又过了一会儿，他歪头打量着林粤眼中的那个陌生的自己，半晌，涩声叫她的名字："林粤……"

"嗯？"

"我现在，是不是很像一个小孩儿？"

林粤仰面，定定端详他的眉眼，伸出的手指缓缓划过他被酒醺得绯红的脸颊，是调侃的语气："世上可没有像你力气这么大的小孩呢。"

这好端端的，人呢？

周公子上完厕所出来，就发现隔壁的叶慎安不见了。

上个厕所都不能老实点儿吗？喝醉了真是了不起啊！周公子担心他跑哪儿睡死过去了，只好沿着走廊一路往前找，然而叶慎安的人影没瞧见，倒是刚才找了一晚上没找到的人迎面走了过来。

"好久不见啊，筱姑娘。"

夏筱筱刚挂上电话，抬头瞅了周公子一眼，脸上堆起甜丝丝的笑："好久不见啊，周先生。"

"什么周先生啊，太见外了，好歹咱们都见过两次了，叫我周世嘉

/ 所有瞬间都是你 /

就行。"

夏筱筱仍翘着嘴角，轻轻点了点头："欸，周世嘉。"

真听话。周公子不着痕迹地打量着眼前人，心中啧啧感叹，言情小说诚不欺人，傻白甜别的不论，甜管够。

"你这是要去哪呀？"周公子半扶着墙，刚好挡住夏筱筱的去路。

夏筱筱抿唇，一双水汪汪的眼睛无辜地望着他："找小粤。"

"知道她人在哪儿吗？"

"刚打了电话，不过没接。"

"那要不，我带你去吧？"周公子风流地朝她眨了眨眼。

夏筱筱一愣……这骚包，和林粤家里那个二货倒是绝配，难怪能成朋友。

她努力屏住笑，一脸感激地点点头："那麻烦你了。"

周公子不慌不忙地领着夏筱筱往餐厅走，心里的草稿早打好了——一会儿进去餐厅，夏筱筱发现林粤不在，他就推说不知道人是什么时候走的。若她表示要走，就以待在这里等林粤为由，留她喝杯酒，反正她这个人脸皮薄，一定不会当面回绝。

周公子越想越觉得自己的计划天衣无缝，哪知途中经过女士洗手间，半路杀出叶慎安这么个程咬金。

两人面面相觑，周公子的视线扫过洗手间的标志牌，恍然大悟："原来你还是不死心，非得进去参观一下啊！"

这会儿叶慎安的酒劲差不多过去了，发现周公子旁边站着夏筱筱，愣了片刻，才记起要打招呼。

夏筱筱担心地看了他老半天，白白嫩嫩的脸逐渐皱成了一团："你……还好吧？"

叶慎安一扬手，意思是没事，转头再看周公子那一脸荡漾的神情，瞬间呼吸一紧，酒彻底醒了，乖乖……这家伙整晚在找的不会就是林粤的这位好闺密吧？

叶慎安轻咳一声，扯扯周公子的衣角："你可悠着点！"

周公子摇头晃脑，揣着聪明装糊涂，一本正经点着头："放心吧，我心里有数着呢。"

有数才怪！想他周公子纵横情场多年，还没做过让煮熟的鸭子飞了的蠢事。不过前几年他好虐恋情深那一口，谈的姑娘全都脾气大性子冲的，没事就喜欢跟他对着干，他那会儿还年轻，精力旺盛，也乐意跟人瞎折腾。这两

167

年愈发感觉折腾不动了，遂起了换口味的心思。

夏筱筱算他转性后的第一个目标。

本来婚礼那天他就觉得这姑娘模样不错，对他胃口，但碍于当天是别人的主场，他不好意思造次。既然对方是林粤的闺密，之后总不愁没机会见。可没想到叶慎安说去捉奸就去捉奸，一转眼飞去了巴黎，他的如意算盘暂时落了空，心里想想就愁得慌。

好在苍天有眼，那天出门遛弯，竟然在半路遇到了林栩，两人聊了几句，得知她要去找夏筱筱拿林粤家的钥匙，周公子就差没乐到嘴角扯到耳根，二话不说提出要送她去。林栩是个缺心眼的人，想都没想就同意了。

就这样，他总算见了夏筱筱第二面。虽然话没跟人讲上几句，但周公子心中却彻底悟了——这夏筱筱，举手投足完全就是个傻白甜啊！

周公子感觉福至心灵——他划时代的春天，总算是来了。

回去的路上，林栩吧唧吧唧跟他讨论晚上吃什么。周公子心不在焉地应承着，突然问了句："你爱看小说吗？"

林栩怪异地瞅了他一眼："怎么，你有兴趣？"

周公子不无骄傲地答："老子今年充值了几万，就为了小甜文。"

林栩一口气差点没顺上来："……看不出，你生活还挺苦的。"

呵，你懂个屁，我这是为了积累丰富的理论经验！

送走叶慎安上楼休息，周公子一路紧跟在夏筱筱身后，心头的算盘打得啪啪响，唯恐路上再遇见个谁，生出新的变数。

他决定改变计划，换个套路："筱姑娘，说起来，那天我陪林栩去找你拿钥匙，其实是不小心落了一样东西在你公司。"

夏筱筱莫名地回过头："什么呀？"

"一颗心。"

"……"

夏筱筱愕然地望着他，这骚包土味情话倒是说得溜，也不嫌硌硬得慌？

然而她这副受了惊的神态在周公子眼里却无异于一只我见犹怜的小白兔。周公子感觉受到鼓舞，决定趁热打铁，再逼近几分："你有没有看到啊？"

夏筱筱脸倏地一红，视线有点儿飘，像在思考什么。片刻，她低头拉开了随身的挎包，在里头翻了起来。不一会儿，掏出了一颗红澄澄、毛茸茸的爱心挂饰。

她诚恳地望着他，剪水的双瞳不忘眨了眨："你说的是不是这个呀？刚好那天我在单位大堂捡到了。"

"……"逗他玩呢？周世嘉脸上笑嘻嘻，心里却骂了句娘。正要开口，一个熟悉的声音忽然打断了他。

"筱筱，你怎么才到？"不远处，林粤正抱着双臂看向这边，一双炯炯有神的眼，盯得周公子心里发毛。

这对夫妻，还真不是一家人不进一家门！他咬牙，想了想，还是昧着良心把夏筱筱手里的爱心挂饰接了过来，嘴角扯起一弯恰到好处的笑："没错，就是这个。谢了啊，筱姑娘，改天我请你吃饭。"

"怎么，周世嘉这是缠上你了？"送走周公子，林粤凑近夏筱筱，似笑非笑地打量她。

夏筱筱笑吟吟地伸出手，替她整好稍稍歪掉的衣领，不答反问："那你呢，衣服都起褶子了，这是刚跟人打架了？"

"嗤，鬼机灵！"

夏筱筱哼笑一声："瞎说，我笨着呢，没见我才被坑了么？刚买的钥匙扣就这么被明目张胆地顺走了，我可心疼着呢！"

"那要不我买个补偿你？"

"喷，看来林总这架打得心情不错。不过，冤有头，债有主，谁薅的羊毛谁来补，就不劳你破费了。"

"看样子，你还真打算去他的鸿门宴啊？"

"为什么不去？那钥匙扣要小一千呢，不把它吃回来，我怎么咽得下这口气。"

"哈哈。"林粤笑出了声。

夏筱筱狐疑地瞅了她一眼："怎么，你就不担心我羊入虎口？"

林粤拍了拍夏筱筱的肩，意味深长道："说真的，我比较担心他……"毕竟大眼睛白生生的可不光只有兔子，还有可能是只小狐狸。

夏筱筱听完不乐意了："你怎么明里暗里讽刺人，亏我加完班就急着赶过来找你。对了，上次你让我帮忙联系的那位，有消息了。"

"哦？"林粤蓦地正色。

夏筱筱却遗憾地摊手："不过，不是什么好消息就是了。我试着联系了好几次，都联系不上人，觉得还是先跟你说一声比较好。我估摸着是又去哪里度假了。"

"她的账号呢？"

"好些天没更了。"

"不怕掉粉？"

"人家又不收钱，体验也全凭兴趣，怕才有鬼了呢！"

"也是……"林粤沉吟着，最后微微一笑，"那先这样吧。"

停车场。

林栩从活动现场出来，东张西望了老半天，愣是没找着自己的车。她挠挠头，继续沿着车道往前找，突然间，一道黑影从一辆车旁边蹿了出来。

林栩一声尖叫，不等把人看清，转身拔腿就跑。她这么一跑，那道黑影就像受了什么刺激似的，竟也佝偻着身体，蹒跚着朝她追了过去。

林栩吓得脸煞白，跌跌撞撞跑出几米，突然感觉脚踝锥心般地痛了一下，高跟鞋紧跟着跑掉了。她心慌意乱，还没弄明白怎么回事，人已经扑在了地上。

眼泪瞬间涌出来……老天爷啊，她可是个刚走出悲剧婚姻的可怜人啊，眼看重获自由还没在天上飞几天呢，这就要变折翼的天使了么？

不，不行……她不能认命！林栩一个哆嗦，挣扎着从地上爬了起来，正准备接着跑，裙角却猛地被那道黑影给拽住了，她害怕得"嗷呜"一声，腿彻底软了，又"扑通"一下坐回了地上。

这次林栩是真绝望了，一双唇嗫嚅着，断断续续道："钱……钱我都给你……求求你，别要我的命……"

她话音刚落，身后的黑影不知是良心发现了，还是被她唬住了，拽着她裙摆的手抖啊抖的，最后竟然给松开了。

林栩感觉到一线生机，努力着想要再次爬起来，却听见那道黑影呻吟着开口了："对不起，我……我手机没电。能不能麻烦帮我叫一下120……我，我好像阑尾炎发作了……"

"……"

对不起，是她电视剧看太多了。

陈伟廉下到停车场，看到的正是这一言难尽的一幕。

几步开外的车道上，蹲着个披头散发的女人。停车场光线黯淡，他看不清她的脸，只观察到她不仅没穿鞋，裙子似乎也蹭脏了，人正双手合十，俯身对蜷缩在地上的男人小声嘀咕着什么，一脸抱歉的样子。

陈伟廉上下打量了二人一番，眉头渐渐拧紧……真邋遢。

不过邋遢归邋遢，他还不至于视而不见。快步走过去，隔着半米左右的距离，他沉声开口："你好，请问有什么可以帮到你们的吗？"

林栩被他的声音吓了一跳，差点儿喊出声，定了定神，才讷讷答道："我没事，但是，他好像有事。"

"你们不认识？"陈伟廉有些惊诧。

林栩连连摇头，她要认识这位，也不会把自己搞成现在这副鬼样子了。

陈伟廉没说话，人又靠近些，蹲下身，将男人仔细检视了一遍，见他面色发白，额头冷汗涔涔，转头问林栩："像是突发急症，你叫过救护车了吗？"

林栩战战兢兢地点头。

陈伟廉"嗯"了一声："那我在这里陪你们等救护车吧。"

林栩不由吃了一惊，这人明明刚才还一脸淡漠，没想到内里却是个热心肠。她不好意思地捋了捋混乱中弄乱的头发："那……就麻烦你了。"

终于等来救护车，眼见医护人员把人抬上去了，新的问题又来了。患者手机关机，无法联系其亲属，林栩作为叫车的当事人，被要求随行。

林栩一听人立刻炸了，竭力推脱："我真的不认识他啊！要不然我现在打电话找人帮忙查查看这人究竟是谁，再帮着联系他的亲属吧！"说着就要打电话给林粤。

一旁的陈伟廉看了看表，快十二点了，再在这里浪费时间就是耽误治疗，他当机立断，制止了林栩："这样吧，我陪你一起去医院，到地方等他手机充上电，自然能联系到他的亲属。"

"啊？"

"嗯。"

不等林栩再说，陈伟廉率先跳上了救护车。

林栩见他这么仗义，脑子一热，一甩裙摆，跟着就要往车上爬。然而她身上的这条裙子既紧绷又娇贵，还没敢用力呢，就听见"嗞啦"一声，裙摆已然撕开了一道长长的口子。

几个医护人员尴尬地转开脸去，林栩饶是迟钝，也窘得低下了头。

唯有陈伟廉眉头一动不动，甚至主动向她伸出一只手："上来。"

面对他如此强大镇定的气场，林栩的一颗心开始怦怦乱跳。犹豫半天，才颤巍巍抓住。

171

人拽上去了，陈伟廉又脱下外套："你先遮一下吧。"

"呃，好。"

林栩默默接过他的外套，这回囧得连对视都不敢了。

救护车载着众人扬长而去，车窗外，是摇晃的树影与夜色。

林栩小心翼翼地攥紧盖在腿上的外套，心中忽然生出几许万物复苏的喜悦。虽然夏天就要到了，但至少这一刻，这个春天还没有过去。

叶慎安醒来时，林粤已经不在了。严格说，昨晚林粤究竟什么时候回来的，他也不知道。

身旁的一侧被拾掇得整整齐齐，完全找不着睡过人的痕迹。叶慎安揉着太阳穴，渐渐记起昨夜发生的一切，心中哀鸿一片——他怎么就那么幼稚啊？居然头脑发热，跑去女士洗手间跟林粤正面掐架，现在冷静下来想想，不就是一只金纺精吗，能有多大事？他实在太冲动了。

酒精害人，真真血泪。

一朝想通，叶慎安跟泄了气的皮球似的瘫在床上，老半天没动静。床头柜上的手机忽然震了起来，他凑过去瞄了一眼，眼皮顿时狂跳，这么快就来兴师问罪了？

迟疑了半天，他才把电话接起来。

林粤的语气跟平时一样气定神闲："怎么，还没睡够？别怪我没提醒你啊，还有一个小时就到上班时间了，迟到的话，工资该扣多少是多少，一分钱都别想跑。迟到三次以上，你就不用来上班了，直接回你家给你爸遛狗吧！"

"……"

乖乖，魔鬼的心思果然不是他这凡人能揣摩的。

叶慎安被林粤的一席话吓得彻底精神了，挂上电话，立刻连滚带爬地从床上坐起来，冲进卫生间。三两下洗漱完，随便套了身衣服，他急匆匆冲下了楼。

为期一年的总助生涯，从今天开始正式拉开帷幕。

火急火燎冲进林粤的办公室，叶慎安瞥了一眼墙上的挂钟，很好，还差三分钟到八点，安全上垒。他喘着粗气，一屁股坐在沙发上。

林粤自桌上的文件中抬头，视线悠悠滑过他身上，声音淡淡的："你的领带呢？"

叶慎安低头看一眼空荡荡的胸前，愣住，糟糕，走太急忘了。

"衣架那边有备用，自己拿。"

"……哦。"他闷闷应声，走过去，把领带扯下来，端详了几眼，眉头不觉皱紧，这死气沉沉的颜色根本不是他的品味，倒是跟那只金纺精做作的气质比较配。想起陈伟廉，叶慎安喉咙发紧，捏着那根领带的手紧握，一时半会儿没动作。

桌前的林粤又发话了："过来。"

叶慎安不语，一脸不悦地朝她走过去。

林粤起身迎上，自然而然顺过他手中的领带，是调侃的语气："哟，昨晚的气势呢？怎么现在改臭脸了？"

叶慎安神情一黯，呵呵，那不是借酒撒泼么？现在酒都醒了，气势当然拿去喂狗了。

林粤翘着嘴角，一双手一丝不苟地将领带展平，扬起下巴："再过来一点。"

"嗯？"

不及叶慎安反应，她已娴熟地用领带圈住他的脖子，交叠、系紧。

叶慎安眼中蓦地闪过一丝讶色，怎么这么熟练……转瞬间，他恍然大悟，怕不是以前经常帮金纺精打领带吧？

他舌尖顶住后槽牙，垂在身侧的双手缓缓捏紧，正欲开口，林粤却先一步用手指挑起了他的下巴："叶慎安，我会记得，我对你的承诺。"

她说罢顿了顿，眸色渐深："所以，你也要好好遵守你的承诺。"

须臾死寂。两人一瞬不瞬地注视着对方。

良久，叶慎安垂下头，捏紧了胸前的领带："不过，这玩意下次能不能换个颜色？"

"嗯？"

"我不喜欢这种上山下乡的老土风格！"

"哦？那你喜欢什么样的？红的，绿的，还是红绿相间的？"

"林粤！"

"好了，我会记住的。"林粤笑了一下，舒展的眉间有点点温柔的涟漪漾开去。

叶慎安愣了愣，微微弯起嘴角："那我们，就这么说定了啊。"

第十三章

旋涡

早上是例行的巡视检查时间，今天是酒店开业的第一天，系好领带后，叶慎安立刻跟着林粤下了楼。两人一前一后走出电梯，林粤的手机忽然响了。

叶慎安一个晃神，正要跟上，腿却被不知什么时候撞歪了的垃圾桶绊了一下。不是什么大动静，腿也不疼，他停下来，仔细将面前垃圾桶扶正。

再抬头，林粤已拿着手机走远了。他连忙小跑过去。

一小时后，是酒店开业以来的第一次晨会。

九点将近，叶慎安替林粤推开会议室的门，扫一眼会议室，其他部门领导都到了，除了安保部经理的位置还空着。

林粤自然看见了那个空位，但脸色无甚变化，径直走进，在自己的座位坐定："我们开始吧。"

各部门依次进行汇报，中途，会议室的大门缓缓开了条缝。一群人纷纷投去目光。

来人被这么多双眼睛盯着，竟丝毫不窘，嘴上念叨着"抱歉抱歉，睡过头了"，面上却全无愧色。

林粤亦转头看了他一眼，然后很快收回视线，继续发布工作指令。

那人慢悠悠地踱到空位前，一屁股坐下了。

汇总上来的事宜一件件指示完毕，剩下是各部门跟进。

眼见会议差不多告一段落，林粤却不急着宣布散会，冷飕飕的眼风落在了大堂副理身上："对了，早上去大堂的时候，我发现垃圾桶是歪的。"

一旁做会议记录的叶慎安听罢心里"咯噔"一声，刚才他还以为林粤顾着接电话，没注意到呢。

　　大堂副理立刻起身致歉："是我的疏忽，愿意按照酒店规章接受处罚，今后绝不会再发生同样的情况了。"

　　林粤打量了她一眼，点头。

　　这事原本到此为止，偏偏一个不冷不热的声音冷不丁插道："年轻人经验不足多正常，要我说，人事部当初招人的时候，就该好好把关……"

　　在场所有人顿时鸦雀无声。谁不知道，重要部门的中高层都是林粤亲自定夺的，这不是摆明不给总经理面子吗？

　　叶慎安脸色亦不好看，这阴阳怪气的老家伙迟到就算了，意见还这么多——到底从哪儿空降的？叶家那边，可从没见过这号人啊。

　　他悄悄看了林粤一眼，没想到她不怒反笑，慢悠悠回道："是啊，我们年纪轻的经验不足，那年长的总该经验丰富了吧？怎么简简单单的守时都做不到？"

　　"小粤，你这是什么意思？"

　　"陈经理，酒店里，我合规合矩叫您陈经理，私底下，我当然是乐意喊您一声'陈叔'。但公私得分明，作为年长的老前辈，这一点，您应该比我这个晚辈更清楚吧？"

　　陈叔脸色明显挂不住了。

　　林粤自知见好就收，不再恋战，直接宣布散会。陈叔听罢，立刻起身，拂袖而去。

　　回到办公室，林粤绷着的脸色好转了一些。待会儿还要约见部门主管，她实在抽不出闲工夫继续为这事置气。况且眼下这个情况，其实她早有预料。

　　当初林父要求安排陈叔过来，她本就极力反对，说自己讨厌老一辈那一套经营理念，既然要做全新的品牌，就要按她的规矩来。但林父却也有自己为难的地方——一起打过江山的人，哪怕染了一身倚老卖老的坏习气，情分总归还是在的。

　　既然他豪情壮志地主动提出要去世悦帮黄毛丫头的林粤一把，他也不好意思驳了他的面子。

　　"反正这事就这么定了，人就放安保部门吧。"

　　林粤气坏了："爸，你不会不知道安保对酒店的重要性吧？"

所有瞬间都是你

"但你不可能接受把他安置在前厅或财务吧？总而言之，你多担待一点儿，等他打心眼认可你，自然就服气了。而且这事，叶家也是同意了的。"

话说到这份上，林粤只好认了。只是她没想到陈叔这股子不服的劲头会这么大，上班第一天，就恨不得在所有人面前给自己一个下马威。看来她得赶紧挑个合心意的副手，以防陈叔捅出什么娄子。

叶慎安见她一脸思考状，忍不住问："刚才那谁啊？"

林粤无奈地瞥他一眼："瞧你这个眼神，咱们婚礼他可是来观礼了呢。"不过据叶父说，后来没少埋汰自己的眼光就是了。

叶慎安努嘴："切——，当时人那么多，谁能都记住啊？"

林粤逐渐正色："那我劝你赶紧记住，不仅是陈叔，今天在场每一个人，你都要记住。你知道的，我现在这个位子，最后还是要你来坐。"

叶慎安神色骤黯，不说话了。

林粤在心中叹了口气，是不是她太心急了？这才第一天……可是，这才是叶慎安选择她的意义啊！而她，也正是妄图以这份意义，去赌到她想要的感情。

所以，不可以输。她不想输。

之后些天，营销部陆续提交上来不少营销方案，林粤依次审完，看得出，除了传统营销，网络营销这块儿，他们也颇花了些心思。

其中一部分方案倒是和她的想法不谋而合，如今消费者对网络资讯的依赖与日俱增，一旦决定去哪儿玩，吃什么住什么都必须上网搜索相关信息进行参考比对。有口碑有人气的自媒体在引流和消费转换上，产生的效果偶尔是事半功倍。之前她专程找夏筱筱联系那个生活方式公号主，就是这么个意图。

不过和这次营销部提交的合作人选不同的是，那位号主是野生的。所谓野生，就是没签任何公司，做什么选题内容全凭兴趣，也根本不收取佣金或回报。

夏筱筱工作的旅游周刊之前有邀请她参加过几次活动，联系方式是留下了，但合作却一次都没谈成过，对方拒绝的理由也很直接——她没有兴趣。

所以很多网友都说，这位竹子姐姐简直是贵圈的清流，看她写的酒店餐厅评测是最安心，也最想体验的，因为她绝不会给甲方背书。

虽然这位清流暂时是请不动了，但后续的网络营销还是要跟上的。斟酌后，林粤叫来了营销部经理："再对比一下他们之前合作的数据和口碑，最后筛出五位酒店体验师，然后制订具体的体验计划吧。"

营销部经理应声离去。叶慎安刚好抱着人事部筛好的安保主管应聘简历进来。

见林粤少见的一手撑在桌上，闭目养神，他走过去，将简历放在一边："大姨妈？"

"……"在这种事上，你还真是过分敏锐。

林粤按按眉心："没事，休息一会儿就好了。"

叶慎安打量了几眼她苍白的脸："要不要捂捂啊？"

"……啊？"

还真是敬业的"助理"。

林粤有些别扭地看叶慎安给客房部打电话要热水袋，再将热水灌进去，递给她，就连空调，都善解人意地调高了两度。

她没问他为什么这么上道，不都说前人栽树，后人乘凉么——不过这树下的风，似乎比她想象中大了些。想了想，她指着桌上的简历："你先凭自己的判断，筛三份出来吧。"

"……你确定？"

"我确定。"

首先，从挑人的眼光开始训练。

五位酒店体验师莅临那天，林粤偕同众高层亲自去大堂迎接。

这一行所有人都按照VIP标准接待，房务部已提前准备好鲜花、果篮和酒水，送去了客房。简单的介绍和寒暄后，VIP接待经理亲自送各位去客房入住。傍晚酒店还安排了餐宴，林粤和叶慎安届时也会出席。

这次的五位体验师是营销部开会讨论后最终确定的，其中除了圈内知名的试睡师、旅游达人，也包括一位最近急速蹿红的时尚生活方式博主Miki。

有别于其他人或靠文字或靠干货吸引粉丝，Miki主要靠高质量的照片带来流量，这一次她也不忘带上了自己的专属摄影师，一身光鲜的蕾丝度假长裙，阵仗搞得挺大，引得其他住客频频回头。

等电梯时，林粤听见身旁的年轻情侣住客交头接耳："刚才那个应该是网红吧，鼻子好漂亮哦，不晓得哪里做的，我看还有摄影师跟着，来拍照的吗？"

男生对此则嗤之以鼻："网红来打卡的酒店估计都华而不实，我看我们下次还是别来了。"

林粤微微蹙眉，凡事有利必有弊，这点儿心理准备她还是有的。

傍晚，她换好衣服准备到楼下餐厅宴客，房务主管忽然打来电话，语气颇为难："Miki小姐说，那瓶干红不是她喜欢的味道，要求我们给她更换成香槟……"

林粤有些纳闷："那为什么不直接更换？"

"可她指名要的那瓶，价位甚至超出了VA的标准！"

VIP接待也分等级，从A到D，这回体验师的都是按照VC标准接待。

林粤顿了顿："其他体验师有提出类似的要求吗？"

"没有。"

"那就照章办事，你和VIP接待经理一起登门解释，另外再按VC标准，补送一瓶香槟过去。"

房务主管应声，挂上电话。

之后电话再没有响过。然而晚宴时，Miki却没有现身。

她的专属摄影师倒是来了，一脸抱歉地望着在场所有人："她说睡了一觉发现人不舒服，胃疼得厉害，就不下来跟大家一起吃饭了，真是不好意思……"

林粤笑笑，转身吩咐工作人员："先给Miki小姐送些胃药上去，再让餐厅准备一套清淡的晚餐。"

摄影师听罢，神情一怔，似有些讪然。林粤暗叹，这人演技真差。

一顿饭宾主尽欢，送走客人，林粤和叶慎安收拾好东西，下楼开车回家。

一路上，林粤几乎无话，像在思索什么。叶慎安不习惯这种安静，绞尽脑汁找了个话题："我看那个Miki下午精神挺好啊，怎么突然就病了？"

下午电话进来的时候，他刚好被林粤支去处理其他事务，对那段插曲并不知情。

林粤偏头看他一眼，语气不咸不淡："怎么，要折回去关心一下吗？"

叶慎安心道不好，林粤今晚真是奇怪，她哪是那种会吃飞醋的女人？她只会淡定浇你一脸醋！

见话题没找对，叶慎安赶紧亡羊补牢，乖乖闭嘴了。

林粤合着眼："到家叫我。"也不知道是真累了，还是懒得再搭理他。

家中亮着灯，今天是阿姨返工的日子。

初次见面，叶慎安堆起一脸和煦的笑："以后多关照了。"

阿姨则一脸礼貌和克制，轻轻颔首："先生客气了。"

活脱脱林粤的风范。叶慎安怅然，再一回头，林粤已经上楼了。

不知为何，这一晚她总觉得心有惴惴，Miki晚上装病拒绝参宴的事总让她隐约不安，为此回来之前，她已提前知会值班经理，若有突发情况，不用顾忌，直接联系她。

一觉睡得并不安稳。凌晨两点刚过，床头柜上的手机陡然亮了，伴着刺耳的音乐声。

叶慎安打着哈欠，睁开眼，嘟哝："谁啊……这么晚？"

另一边的林粤已接起了电话。

"林总，刚才房务部联系我们，说Miki小姐在浴室里摔倒了！"

"怎么回事？"林粤立即翻身下床，疾步走向衣帽间，一边取衣服，一边吩咐迷迷糊糊的叶慎安，"起来了，酒店那边出事了！"

见林粤神色凝重，叶慎安的瞌睡顿时醒了，赶忙爬起来穿衣服。

两人当即驱车赶往酒店。

走进Miki所下榻的房间，里头已挤了不少人，服务生、值班经理……该来的都来了，甚至当天几位一起入住的体验师也在场。人人脸色各异，欲言又止。

Miki的声音从里头传出来："你们卫生间的地板材质有问题！怎么可以沾了一点点水就那么滑，就不怕摔死客人吗？！"

林粤拨开人群走进去，先鞠了一躬："抱歉，让您在我们酒店遇见这种意外，方便的话，请让我们的人先送您去医院检查，再跟您了解具体的情况，您看可以吗？"

"呵，医院？不必了！我现在就要回家！"Miki涨红着脸，一边揉着肿起的脚踝，一边气呼呼地指挥摄影师帮忙收拾行李。

林粤站在那里，一时没吭声。

空气里弥漫着浓浓的酒气，她的视线扫过卫生间只有半缸水的浴缸，湿漉漉的地板，还有地上摔得七零八落的红酒瓶……刚才究竟发生了什么，想必在场的人都心中有数。

但偏偏服务业，不能凡事都讲道理。

林粤转身吩咐叶慎安和值班经理："你们先送各位回房休息吧。"

又抬头对所有人微笑："今晚的事让各位受惊了，也影响了大家休息，我在这里谨代表酒店向各位致歉。之后各位有任何需要，请尽管联系客房服

179

务，一定会得到妥善满足。"

听林粤这么一说，大家你看看我，我看看你，纷纷移步离开客房，就连摄影师，也因为尴尬，默默地跟着众人走了出去。房间里只剩下林粤和Miki。

"于小姐，还是由我先陪您去一趟医院吧。"这一次，林粤叫了她的真名。

"说了不去！"她现在这个狼狈的样子，还是素颜，怎么见人啊？

一眼看穿她的心思，林粤不急不徐："那么，我先让人送冰袋来，替你冷敷。等你化好妆，换好衣服，我们再去医院检查吧。"

Miki面上一红，兴许觉得被看穿面子过不去，硬是梗着脖子："都说了不去！我现在就要退房离开，你还是给我备车吧！"

林粤的声音亦严肃起来："抱歉，于小姐，酒店有酒店立场，如果是我们的问题，我们一定会负责到底，但在那之前，也请您为自身的健康考虑，积极配合我们，去医院做更详尽的检查。"

在医院折腾了一晚，检查报告终于出来了，除了脚踝处的扭伤，Miki并没有其他的内伤和外伤。拿到报告结果后，林粤总算松了口气。

酒后泡澡危险，一边泡澡一边喝酒更是充满安全隐患，一不小心，就会弄成Miki这样。刚才她悄悄查看过，下午送去的两瓶酒都空了，晚上送去的饭菜却没有动——想必她刚才那么激愤，也有一部分是因为醉意。

叶慎安那边在处理完酒店的后续事宜，急急赶来医院与她会合。等他们将Miki送回她租住的公寓后，天已经快亮了。不用回家了，反正办公室有备用的干净衣物。叶慎安停车去路边的通宵便利店里买了两杯咖啡，拿回来递给林粤一杯，意思是提神。

林粤低头嗅了嗅，恹恹地摆手："喝不下。"

"那……水呢？"

"也不想喝。"

她长吁口气，伸出手，拽住他衬衫的一角："过来，借我靠一下。"

叶慎安端着咖啡的手微微一颤，挪步靠近。林粤将脸轻轻贴在他的腰上。

一定很累吧……他默默盯着她的发顶出神，今天只是配合她处理这些事，他已经觉得很麻烦很累了，而她做的，远比他多得多。

他突然很想安慰她，哪怕是摸摸她的头，虽然搞不好会被她揍，但眼下他的手却被两杯咖啡霸占着，想了想，只好说："至少眼下这件事是告一段落了，后续按规交给其他人跟进就好。"

林粤闭着的眼缓缓掀开了一条缝，似望着远处将亮未亮的天色："没有你想的那么简单，相信我，这件事才刚刚开始……"

林粤的话很快得到了印证。

三天后，Miki在自己的微博发布了一张脚踝淤青的照片，配文也很微妙——"怀着雀跃和期待去，载着失望和伤痛归。"再搭配一个欲哭无泪的表情。

这条微博的前几条，赫然是她兴奋宣布要去世悦住几天，拍新图的预告。

几天过去了，没有新图，只有受伤的博文，评论里都是清一色的关怀和好奇：你到底怎么了呀，K大？

Miki则一条都没有回复。微博更是自那之后停更，公众号也发了休假的声明。

一时之间，八卦甚嚣尘上，大家都在评论里讨论，K大到底在世悦发生了什么，连续几天，前台都接到了Miki粉丝询问的电话。

林粤不禁自省，觉得自己还是低估了她。本以为她会把所有底牌亮出，直接开撕，其实这样对酒店来说反而更好，实事求是地澄清，积极妥善地处理问题，负面热度才能更快消退。然而她只这样暗戳戳地抛些蛛丝马迹，让看客自行猜度，事情只会持续发酵。

作为酒店方，他们当然不会主动公布客人的隐私，而且房间内没有监控，他们也只能根据现场情况，进行合理推断，如果Miki抵死否认，也不是人人都会相信酒店方的说辞。

一场罗生门，本就是各信各的。

虽然林粤事前留了一手，让人拍摄留存了现场照片以备不时之需，但现在看来，这些照片不仅暂时还用不上，且永远都不会用。他们只有以不变应万变。

这件事之后，营销部一直保持着乌云盖顶的状态，其他体验师的分享也暂时不敢发布了，怕引来Miki粉丝发难。

林粤安排与Miki商谈协议后续的人则表示，Miki一直不接电话。这意味着，她在酝酿更大的反扑。

果然，一周后，Miki在公众号发布了一篇精心炮制的博文。欲抑先扬，先客观褒奖了酒店的设计、外观，然后才话锋一转，万般委屈地讲述了那一晚的经历，最后好心提醒大家，去世悦，要小心卫生间地板打滑。

丝毫未提换酒未遂的不快经历。

这篇博文一经发布，先引起了Miki粉丝群体的关注，然后被其他几个Miki相熟的同类型博主转发。一夜之间，世悦的订单取消率上浮了20%。

第二天一早，林粤召开了紧急会议。

自然先发表声明，公示酒店的装修绝对符合安全标准，以及为这次意外公开向Miki致歉。

公关部的人则继续联系Miki本人，争取协商。

营销部为此熬了个通宵，有人不禁忿忿，表示自己已连夜挖出这位博主的黑料，说变"网红"之前就已经是浴缸酒咖，有一次喝多还在浴缸睡着了，被当时的酒店送去了医院。但那家酒店如今重装开业，当时的从业人员已经无从联系了……

林粤摇头，她并不想曝光Miki的黑料，她只想尽快解决问题。

"我们的诉求不是通过揭人短处博取同情，而是得到客人发自内心的信任。最近入住的客人，如果有叫送酒服务，服务生可以根据实际情况，适当提醒酒醉入浴的危险。"

声明一经发出，大部分明事理的人渐渐偃旗息鼓，少部分看热闹不嫌事儿大的，仍时不时叫嚣垃圾酒店。

总的来说，入住率有所回升，但余震尚未完全消退。

这天，一位着白衬衫、牛仔裤的年轻女性拖着精巧的工具箱和行李箱，悄无声息地来到前台办理入住手续。

林粤如今偶尔会安排叶慎安单独下楼巡视，刚才经过大堂时，他忍不住回头看了那站在前台的女人一眼——美人分许多种，像Miki那样的，第一眼抓人眼球，但多少缺了点儿余味；还有林粤那样的，站那儿就气势夺人，一般人都不好意思盯着多看；而眼前这个嘛，两者都不是，清清淡淡，有一种雨后竹林的气韵，像水墨画中走出来的神仙。

叶慎安那会儿还不知道，人家真叫刘竹。

巡完一圈，叶慎安老实上楼跟林粤汇报工作，这匆匆一瞥，转瞬被他抛在了脑后。

夜深。

林粤最近加班频繁，叶慎安也没闲着，许多事林粤会一边处理，一边跟他就具体问题讨论交流。学历、知识他都有，欠的是经验和信心，林粤不急，叶慎安顶多是顽石，不是朽木，凿凿刻刻，她信自己总能得偿所愿。

短暂得空，两人在沙发上小憩，一阵"咕噜咕噜"声突然打破眼前的静谧。

"饿了？"叶慎安这才想起来，他们都忘了吃晚饭。不过他中午吃得多，不觉得饿，倒是林粤，压根没吃两口……这女人养的都是什么坏毛病，今后他非得让她改掉！不过眼下，还是填饱肚子要紧。

"我去餐厅看看，有什么能吃的。"

"不用麻烦了，我过了晚上八点不吃东西。"

叶慎安气得吹眉："那八点之前没吃该怎么算？"

林粤微微一愣："那这样吧……你再下楼巡视一圈，我呢，就留在这里给阿姨打电话，让她给我们做点儿宵夜。"

"一言为定。"叶慎安爽快起身。

林粤失笑，这人在吃上倒是积极。其实她旨在多锻炼他，但叶慎安却似乎会错了意。不过无所谓，权当殊途同归吧。

有过之前的经验，叶慎安轻车熟路。自上而下仔细巡查过客房区后，他大步前往酒店的泳池区。之前几次巡视的观察加上Miki事件的启发，叶慎安私下以为，不仅客房需要适当提醒住客注意安全，泳池亦是意外易发的高危险区域，最好能适当提高服务员清理打扫的频率和针对具体客人的服务，以防积水打滑。

不过他向来对自己在正经事上的判断没什么信心，因而这件事也一直没决定好要不要主动和林粤提及。

临近泳池打烊时间，大部分来游泳的住客已回房休息，余下不多的客人，也是在旁边的休息区聊天。

粼粼水光中，只有一个白色身影正在畅游。叶慎安觉得那身影有点儿眼熟，但一时半会儿又想不起来是谁。

倒是池边扶手旁那一小片水渍比较刺眼。他转身叫来服务员，低声吩咐："把池边再清理打扫一遍。"想了想，又道："那位小姐的拖鞋底，也记得擦干。"

服务员应声去办，叶慎安转身欲走，忽听水花四溅，池中人骤然浮出了水面。

叶慎安回头，陡然愣住……这不是白天那个仙女么，真巧。他连忙礼貌

所有瞬间都是你

问候："预祝您在我们酒店，有一段美好的体验。"

刘竹微笑着，一边擦头发，一边慢悠悠地打量他，目光似扫过他的胸牌："客气了。"

说罢翩翩然踩进服务生刚擦干的拖鞋，径自往淋浴室去了。

三天后，贵圈清流竹子姐姐的公号竟然久违地更新了。

和其他同类博主不同，她每次的选题角度都很特别，不只是单纯的吃喝玩乐分享。比如这次，她更新的内容就是讲自己带着一箱测量工具，去一家最近卷入安全隐患丑闻的酒店做地板防滑测试了——结论是这家酒店地板符合安全标准，大家可以放心入住。

不仅如此，文中详尽的配图和专业的数据还令她的粉丝大呼长知识，说女神不做技术专业可惜了。

刘竹则在评论里悠悠回了句："我本科就是物理系的呀。"

下面是清一色的赞叹："哇哦，我更爱您了！"

这年头，理工科仙女总是自带buff。

不出一天，林粤也看到了这条内容。虽未言明是哪家酒店，但明眼人都知道，最近本地卷入公共安全隐患丑闻还闹得人尽皆知的，只世悦一家。

夏筱筱更是惊讶得直接打了个电话过来："你联系上竹子了？"

林粤摇头："怎么可能！"

"没想到她竟然自己去了……不过仔细想想，也合情合理，你们酒店那件事不闹得圈内皆知吗？听说她这人好奇心特别旺盛，与其说是'酒店体验家'，不如说是'酒店侦察家'。之前被她的评测害得影响业绩，求她删文的酒店也不是没有。"不过这次她个人的好奇之举，竟在无形中帮了世悦一把，是谁都没想到的事。

林粤斟酌片刻，问："你能帮我和她约见一面吗？"

夏筱筱笑："你觉得呢？"

"也是。"

"算了吧，我之前问过她，那些奇奇怪怪的评测出发点是什么，你知道她怎么回答我的吗？"

"嗯？"

"好玩。"

"哈！"也只有不为利益出发，才能做到这样的纯粹与公正吧。她有些钦佩她。

"对了，你是不是还没有看完文章？"

"怎么？"

"你家老公在末尾被点名表扬啦！"

"啊？"

"她说去游泳的时候，有位叶助理交代服务生替她清理了拖鞋底的水渍，虽然只是件小事，但能看出，这家酒店在服务上的用心和品质。她说以后还会再去的。"

这件事的连锁效应是，Miki之前的黑料陆陆续续被网友翻了出来——不只是酒店内部员工了解的"浴室酒咖"，更包括向酒店索要贵重酒水、礼物，甚至收钱为名不副实的餐厅背书。

爆料越来越多，大抵应了墙倒众人推的老话。一时间，Miki被推至风口浪尖，不得不发表致歉声明，说今后会严格要求自己，不被利益所惑，不失公正分享的本心。

但信任已死，评论里买账者寥寥。

林粤看到后，吩咐人删除了那天留证以备不时之需的照片，并召开紧急会议，要求酒店员工明确立场，任何人不允许参与这次网络爆料，违者辞退。在她看来，一件事就该停在它结束的时候。无关的后续，不必要参与纠缠。

当晚，林粤终于得空和叶慎安好好吃顿晚饭。

"对了，你之前见过竹子？"等上餐的间隙，林粤犹豫再三才开口。

叶慎安一脸茫然："什么竹子？"

"算了……"果真不记得了，倒是很符合他的性格。林粤略一思考，徐徐再道："对了，游泳池那边，明天开会时，我会交代让保洁提高打扫频率，避免地面积水，也会安排服务生适时提供清洁鞋底的服务。"

"呃……"这事她怎么会知道？作为唯一没看竹子评测的当事人，叶慎安表示内心很怕怕。难道林粤已经敬业到如此变态，就连他巡视都要检查视频监控的吗？不过，自己的想法无形中得到了认同，到底还是高兴更多。

"我……"刚想表达一下内心的喜悦，叶慎安骤然发现，林粤的目光已经飘远了。

似乎飘到了自己身后那桌。叶慎安转头看过去——那桌坐着的是一群打扮时髦的年轻女孩，正一边吃饭，一边为菜品拍照。中途她们还招来了服务生，提议想跟传说中超帅的主厨合影，不过陈伟廉却迟迟没有现身，只有服务生端出一碟点心，说是主厨的歉意。

好家伙，叶慎安愤然，在他天天加班，晚饭都没空吃的时候，这个金纺精俨然成了酒店里人气高涨的"网红"！

林粤注意到他脸色的变化，淡然收回了视线。

然而他刚才那点儿想表达的欲望，却已经完全消失殆尽了。

一顿饭吃得意兴阑珊。

饭毕，两人先后起身，林粤突然宣布："你自己先回去吧，我还有事处理。"

八成和那只"网红"金纺精有关！叶慎安不悦地撇撇嘴："到底什么事，还得特地把我支开啊？"

林粤气定神闲看了他一眼："私事。"

呸！竟然还一脸很有理的样子！看来前段时间两人之间的承诺，又被她丢去了爪哇国。他心里憋得慌，又觉得没道理发作，忍了忍，非常有骨气地甩下句"那我先走了"，当即扭头走了。

目送叶慎安离开后，林粤才朝着刚才叶慎安背对的那个角落走过去。

林栩吓得当即举起包包挡脸。

"栩栩。"

"姐……"林栩戾得只把包包往下挪了一寸，露出两只惊怕的眼睛。

"我听餐厅经理说，开业到现在，你几乎每天都来。"原本她还将信将疑，没想到今天竟然撞见了。

行了，想必后面的传言也不用求证了，眼下林栩的神情已说明一切。林粤的眼风缓缓扫过她稍变圆润的脸颊："说吧，胖了几斤？"

"五、五斤……不过，我每天都有跑步两小时。"可惜摄入的热量还是比跑掉的多。

为了爱情，她真的牺牲很大了！

"栩栩，我们换个地方聊吧。"林粤低头看了看表，就要到陈伟廉的下班时间了。再杵在这里，待会儿三人碰上了，难保不会尴尬。

"嗯？"林栩有点儿糊涂。

林粤索性开门见山："关于William，有些事，我必须提前告诉你。"

回到家，叶慎安破天荒地没跟阿姨打招呼，径自上了楼。

懒得开灯，他把衬衫的扣子松开两颗，整个人栽倒在床上。床垫很软，像一方棉花，叶慎安仰视着天花板，空寂的房间里只剩下自己的呼吸声。

夜阑珊，白窗帘映出窗外蓊郁的树影，人工湖那边偶有几声蛙鸣飘来。叶慎安感觉心头的郁结跟那湖底的淤泥似的，一时半会儿难以清理干净。

静谧中，他的手机忽然响了起来。名字都没看，他顺手开了扬声器："哪位？"

手机里先传来的是刺耳的音乐声和笑声，然后才是周公子声嘶力竭的"咆哮"："叶二，你在干什么呢？出来一起嗨啊？"

叶慎安嫌弃地把手机推远了一些："不去。"

"怎么？不下午还说倒霉事告一段落了吗？我还琢磨着做东给你扫扫晦气呢。"

"说了不去！"

"噫！"周公子被他的态度逗乐了，"你这婚结得划算啊，不仅忠诚度爆表，就连人都转性了！"

"少给我乱盖帽子，我本来就不爱你那套！"

"行行行，就你空谷幽兰，我是市井小人……"周公子见他态度坚决，识趣地准备挂电话，叶慎安却突然叫住了他："等等，我还有事问你……"

"洗耳恭听。"

"你最近在追我老婆的那个闺密？"

"呵，我还当你那天真醉了，结果记性挺好。不过，你说得不对，我这不叫追，而是佛系撩妹，成不成，看天意。"

"别贫了啊，反正你记住，凡事悠着点！"

周公子听罢，眯眯眼："怎么你今天是吃错药了？一下变得这么正经。还是说结婚自带降头功能，神奇得让我也想结个婚试试了……"

"周世嘉！"

"好了好了，我不傻，你都耳提面命两次了，我还敢乱来吗？"周公子说着偏头应了旁人几句，转头继续道，"先挂了啊，都催我呢，改天有空我家里聚，你总没意见了吧？不是我说，你这人就是见色忘义，没良心！"

哈喽？谁见色忘义？说他吗？搞笑吧！

林粤回来时，被周公子盖章"见色忘义、婚后转性"的叶慎安正郁郁地站在阳台上抽烟。

忽然，卧室的房门被人推开了条缝。林粤进来，"啪"一下摁亮了卧室的顶灯。

刺眼的光线照来,叶慎安猛一回头,对上她波澜不兴的眼。

"怎么,这边不开灯节能,那边抽烟增排?你这环保搞得不行啊。"

叶慎安掐灭烟,定定看着她,没说话。

林粤早摸清了他的脾性,自顾自放下包,拿出换洗的衣物:"有什么要说的等我洗了澡出来再说吧,现在我脏兮兮的没心情。"

叶慎安沉默着,良久,从鼻腔里挤出一声冷哼,不知道别的毛病金纺精有没有传染给你,这洁癖倒是感染得很彻底。

见叶慎安迟迟没反应,林粤不禁纳罕地多看了他一眼,才转身走进浴室。

一分钟后,浴室的门被人推开了。林粤正揉着头发上的泡沫,看见叶慎安,难得露出吃惊的表情:"你干吗呢?"

"搞环保。"

"啊?"

"你不提倡节能减排吗?我看别浪费水了。"

"……"

叶慎安动作飞快,三两下便把衣服除了个精光,暖色的灯光下,腹肌若隐若现。林粤揉泡沫的手骤然停住了,耳根隐约泛起了淡淡的粉红色。还好淋浴间弥漫着大雾般的水汽,否则一定会被他发现。

这是她第一次"节能减排",一时间她不知道视线该往哪里放才好,只好假装淡定地,无所谓地,直直仰望着花洒,静待耳垂上的那一抹绯色散去。

叶慎安拉开玻璃门,莫名地打量了她一遍:"你脖子抽筋了?"

"……"很好,她觉得自己似乎冷静了一些。

水声清脆,林粤垂首打算冲掉头上的泡沫,突然,温热的手指轻轻滑过她的后颈,她不由浑身战栗。

正欲开口,身后的人竟然先发话了:"欸,别动,后面有泡沫没冲干净。"

看来这人真是进来洗澡的。紧绷的神经一下子松开了,林粤回头,扬起脸,灼灼的眼神望着他:"你今天怎么又不高兴了?"

"我没有不高兴啊。"

得了,还嘴硬。林粤恶作剧似的挤了一泵洗发液,揉在他头上,瞬间起了一头泡沫:"乖,说实话。"

叶慎安惊讶得张了张嘴……妈的,真把自己当小孩了。良久,声音闷闷的：“你后来去哪了？”

“约栩栩喝了个茶。”

“大晚上喝茶？”

“那如果我说喝酒呢？”

“……”

“不信我？”

叶慎安摇头，其实没有不信，但她故意把自己支开，竟然只为约林栩喝个茶，想想还是很不合情理。林粤失笑：“因为我听说她最近好像在追William，就想单独跟她聊一下我和William之前的事。你知道的，这种场合如果你在，她一定会更尴尬。”

“怎么又是陈伟廉？”叶慎安的神情骤然冷淡下来，林家人的糟糕品味原来会传染吗？

林粤端详着他的表情，忽地轻笑一声：“你这个样子，我会以为你在吃醋……”

叶慎安瞬间正色：“我为什么要吃醋？”

“是啊……”林粤微笑着背过身去，将身上余下的泡沫冲洗干净，淡淡道，“我也实在想不出，你有什么理由要吃醋……”

一阵静默。

一双手静静攀住了她光滑的肩：“林粤？”

“嗯？”

“当初，你为什么会分手？”

“那你呢，你为什么会分手？”

第十四章

坏人

水声戛然而止。

林粤的思绪不由飘至几个小时前——想不到一天之内，同一件事，她得翻来覆去谈论两遍。这不符合她的个性，但这种事又不能拖泥带水。

方才林栩得知她与陈伟廉的前任关系，震惊之余，惨淡亦溢于言表，一只手搅动着杯里的果汁，迟迟没喝。

林粤不语，安静地等她消化。

半晌，林栩才抬头，目光闪烁："如果我说，哪怕这样，我还是想靠近他试试，会不会显得很可怜……很没有节操？"

林粤微微一愣，断然摇头："不，感情的事情，除了当事人，别人都无权置喙。我提前告诉你这件事，只是希望避免今后可能产生的误会。我和William已分手多时，他今后与谁交往，那人是不是你，我都不会介怀。不过，我也的确没办法给你行任何便利，毕竟我有需要避嫌的立场……"

"姐……"林栩轻声开口，"还记得你结婚时，我说的话吗？"

"嗯？"

"我说你们没什么感情基础……不过现在，我觉得自己该收回这句草率的话了。你是真的，很喜欢姐夫吧？"

只有真心喜欢一个人，才会妥帖规避任何可能产生的误会。人与人的关系，无论哪一种，都需要悉心维护。她也是离婚后才明白这个道理。

林粤笑笑，不置可否。

没得到答案，林栩讪然，默了默，才再问："对了，能告诉我，你和

William，为什么会分手吗？"

林粤端起面前的红茶，低头轻啜了一口，莞尔："因为他说，他只是我正确的选择，而非想要的选择。我后来仔细想了想，觉得他没有错。"

"换好衣服，出来再说吧。"

林粤关上水阀，推开浴室的门，撇下这句话扬长而去。

水汽溢满了整个浴室，镜中隐约映出女人浴后模糊而光洁的脸，他的目光掠过她的背影——她身上那种什么都尽在掌握的气场又回来了，哪怕看不清她的脸，他都能清楚感受到。

叶慎安悻悻地拽下一条浴巾，裹住自己。空调温度似乎调得过低，他踏出浴室门，便打了个寒噤。

林粤倒是闲情逸致，竟然开了瓶威士忌："喝不喝？"

怎么你问我答环节都带前戏的？

叶慎安披上浴袍，挪步过去，在她面前坐下了。

林粤举杯："Cheers！"

叶慎安亦配合端起酒杯。两只精巧的玻璃杯相撞，响声清脆，如玉石相击。

随之是林粤干脆的声音："既然你先问，那我就先答吧。"

"嗯。"

"我和William是在大学时的一次校际活动上认识的，那年去澳洲时，我们刚刚交往满三个月。那之后直到毕业前，我们都在一起。毕业时我们讨论了关于未来的规划，之后我决定回国，他留在了当地一家五星级酒店工作，我们就这么分手了。"

极简单的陈述，叶慎安从未怀疑林粤会对自己撒谎。只要她开口，就不是谎言，偶尔他也觉得自己的这种信任匪夷所思。但是……还是感觉哪里不对。明明没有走到非分手不可的那一步啊……还是说，在这段感情里，仍有林粤不愿说出的隐情？又或者，她嫁给自己，是情非得已？毕竟在成年人的世界里，隐瞒不等于撒谎。

似有一根针隐隐挑动着他的神经，他试探着开口："其实他可以回国……"

"我不想他为我放弃自己的规划。"

"或者你可以考虑留下？"

仿佛洞穿了他的心思，林粤笑了："都不是，只是因为我们不愿意为彼此改变自己的人生规划，所以他提了分手。"

可是，明明提分手的是对方，但不想再为这段关系努力的人却是自己。

叶慎安听罢缓缓垂下了眼睫，那你到底为什么选择了我呢？是出于己愿，还是仅仅因为利益……他不敢问她。

林粤终于放下了手中酒杯："那么，你呢，为什么会分手？"

叶慎安愣住，良久，才开口："其实，是酒酒跟我提的分手。不过我想即便她不说，晚一些我也会开口的。至于理由，我们不都很清楚吗？我想，她大概是害怕我下不了狠心，不擅长做一个坏人吧……但坏人，终归是坏人呢。"

虽做足了心理建设，但在听到答案的这一刻，林粤的心脏还是狠狠紧了一下。她勾起嘴角，讽刺地笑了："哦，看来我们是同类啊。"

同样自私，同样卑鄙。

可是，同为坏人的你，会因为这样的选择感到遗憾吗？她没有勇气问他。

各怀心事的两个人，就这样静默对视着。

忽然间，叶慎安被她的眼神撞得心神一晃。她瞳孔中一闪而过的情绪，是难过吗？他不由定睛，端详她的脸。

灯光下，林粤粉黛未施，皮肤却莹白细腻，犹如山间抖落的飒飒细雪。她随意绾起的发髻固定在脑后，耳郭边，有几缕乱发垂落。身上那件松松垮垮的浴袍完美勾勒出她流畅的肩线，瘦归瘦，却丝毫不显柴相。原来他的老婆，还真是个不折不扣的大美人。

不知道为什么，仿佛从这一刻起，他再看她，每一眼，都变得比往昔清晰了几许，亦生动了几许。

静坐须臾，叶慎安似记起什么，蓦然起身。

林粤连忙敛起情绪："怎么了？"

"你回来之前，阿姨敲门，说简单做了些宵夜，你饿吗？"

晚上那顿饭，他们各自揣着心事，谁都没吃多少，他不提还好，一提还真觉得饿了。

林粤跟着站起来："那一起下去吧。"

大厅里漆黑一片，阿姨一早回房休息了。叶慎安摁亮餐厅的灯，踱去厨房，打开冰箱看了一圈，还真是简单的宵夜——糙米蔬菜粥搭配蒸好的紫薯，当他是胃出血在家休养的病人？起码给点儿油水啊！

林粤跟进来，瞅了冰箱一眼："怎么不动了？"

叶慎安磨牙："你先等等，我再去煎俩蛋。"

"我不吃，太油。"

敢情这没牙老太般的口味原来是她授意的。叶慎安充耳不闻，把粥塞进微波炉，又拿了俩鸡蛋往碗沿上磕："没关系，长点儿肉更好看。"

林粤眼光一亮，刚才的阴霾顿时一扫而空："哦，你的意思是觉得我好看？"

这人怎么完全抓不住重点？重点是他要吃煎蛋！叶慎安一边打火，一边应声："嗯。"

身后的人突然不说话了。

蓝色的火苗舔舐着锅底，叶慎安熟练把油倒进去，才听见林粤似乎有些别扭的声音："吃就吃吧，不过只此一次啊。"

顿了顿，她又问："原来你会做饭啊？"

叶慎安不无得意地答应："怎么，难道你没看出来？"

"嗯，完全看不出来。"

他词穷，想想又很不甘心，脖子一梗："我不只是会煎蛋，牛排也煎得很好，我还会做汉堡呢！"

活脱脱小孩子炫耀的语气，林粤忍俊不禁。

蛋煎好，叶慎安拿出盘子盛好，转过身去。林粤刚好迎上来，低头认认真真打量着盘中那两颗蛋。黄而不焦，熟而不老。真不赖！

她扬起脸，歪着脖子由衷夸赞："厉害厉害，你真是上得厅堂，下得厨房！"

叶慎安气结，这女人到底会不会夸人？每次夸他，都像在骂他。

两双眼睛对视一会儿，突然，叶慎安把盘子往料理台上一搁。

"又怎么了？"

他没回答，俯身吻住她的唇。

结婚的好处就是，不用凡事都琢磨出个所以然。他想吻她就去吻她，犯不着思考出一二三条理由。非要说的话，可能是从刚才摊牌起，他突然发现了她的美。和盘里那两颗蛋比起来，现在的她比较诱人。

林粤的身体明显颤抖了一下，好久才记得闭上眼。这是叶慎安第一次没有征兆地、主动地亲吻自己，林粤被杀个措手不及。前前后后他们不是没有亲密接触过，但每一次，她都是筹谋好的，抑或是准备好的。

唯一一次不得章法的接吻，还得靠对手指挥。

"张嘴。"

"换气……"

她双手攥紧他浴袍的衣领，心中忿忿，什么时候轮到他在这里指点江山了？！不过，这回就算了……谁让她喜欢他呢？

前段时间夏筱筱出差兼加班，周公子那顿"鸿门宴"不免被她一搁再搁。说来周公子也是个人才，电话回回不落，频率却拿捏得刚好，不会天天拨，差不多三五天打一回，先聊点儿有的没的，末了才轻描淡写地问她一句："明儿有空么？"

夏筱筱是真忙得没空，只好实话实说。

周公子在自己这里连碰了三次壁后，夏筱筱以为他差不多恼了，要偃旗息鼓了，没想到第三天，电话又照常打来，仍还是之前那个殷勤的调调："筱姑娘，明儿有空么？"

夏筱筱觉得自己多少小觑了他，这人骚归骚，耐性和修养是真不错。于是这周杂志出完片，她调休一天，破天荒主动打了个电话过去。

电话里，她怯生生、犹犹豫豫地表示："那个，今天我刚好有空，你看今天行吗？"不等周公子开口，她又为难道："我也觉得这样不太好，太仓促了，要不，改天吧……"

话这么说，嘴边却扬起一抹狡黠的笑——要占强，先示弱。

周公子一听她这么说，当然急急道："没关系！我今晚刚好有空！"当机立断，决定水掉今晚的牌局。毕竟他等这傻白甜，等得都快立地成佛了。

再三跟夏筱筱确认好时间、地点，周公子这才屁颠颠挂了电话。

望着手机上的那个名字，夏筱筱莞尔，很好，她要的就是这个效果。

哪能让你万事俱备，只欠东风？这东风到底吹不吹，说穿了全凭她的心情。

回家洗完澡，换了一身衣服，夏筱筱慢悠悠化了个淡妆。周公子本就是山珍海味吃多了突然想换个口味，逢场作戏，她很乐意陪他做全套。反正她也好久没遇到骚得这么有风骨、蠢得这么有底气的男人了，还挺有意思。

人到小区门口，夏筱筱刚坐进车，手机突然响了，是个没存的号码。

她只看了一眼，立刻接起来："赵姨，是我妈出事了吗？"

赵姨也不啰嗦："刚才还好端端在阳台上晒太阳，突然不知道受了什么刺激，一下就狂躁起来了……还踹了个花盆下去，还好没砸到人，吓坏我了，你快来看看吧！"

所有瞬间都是你

"我知道了，我这就过去！"

车在路口掉了个头，往周公子约好的那家餐厅反方向去。

夜色徐徐没过城市的天灵盖，夏筱筱抬头看了眼窗外的天色，看来今晚这风，怕是吹不起来了。

房间内很静，躁动之后的夏母已经吃了安眠药，睡着了。夏筱筱进门直奔卧室，确认母亲无碍后才关门走出来。

赵姨端了水过来，递给她，她接了，却没喝。刚才担心过头了，现在反而什么都喝不下。

"未来半年的工资，我刚才已经打您户头了，多出来的一点儿，是我的心意。上回您不是说，老家的孙子要念大学了吗？"

"谢谢，谢谢……"赵姨连声道谢。

夏筱筱疲惫地摆摆手："是我要谢谢您才对，您知道的，我妈这样的情况，愿意接手的人不多。"

"你言重了，拿钱做事，我分内的。"这一点，赵姨拎得很清。

夏筱筱淡淡一笑，没多说了。

两人走到沙发前坐下，夏筱筱这才低头啜起手中的那杯水："今天，到底是怎么回事啊？"

"楼下刚好有对热恋的小情侣经过……嬉戏打闹的声音大了点……"

夏筱筱沉默着，心里大概有谱了。

果然，赵姨接着说："你妈妈就忽然发脾气了，还往下踹了个花盆。那对情侣被吓坏了，破口大骂，低楼层的人被惊动了不少，都探出头看热闹，我赶紧把她拽进去了……"

"我明白了，"夏筱筱放下水杯，"麻烦您了。"

"你真不考虑……换个方式照顾她？"赵姨问得委婉。

夏筱筱失笑："当然考虑过，但我了解她，送去医院，只会激起更大的反应。现在这样，至少大部分时候，她是平静的。"只要不看见成双成对的爱人。

赵姨见她脸色不太好，识趣地噤声了。

夏筱筱又坐了一会儿，直到手机响了才站起来："我突然记起晚点儿还有事，我妈就拜托您了。"

"去吧。"赵姨理解地颔首。

夏筱筱恭恭敬敬朝她鞠了一躬，这才离开。

另一边厢，周公子在餐厅足足坐够了两个钟头，脸色直接从早上八九点的太阳花，等成了傍晚蔫了吧唧的喇叭花。

真个傻白甜！自作聪明考验人耐性也不带这么考验的吧？他转着手中的刀叉，熊熊的斗志被怒火点燃——老子今天就在这里发毒誓了，等我回头撩到你，绝对要把今天受的委屈一样一样，丁点不落地讨回来！

周公子恨恨地磨着后槽牙，忽然间，餐厅门口探出一颗小脑袋。他心头"咯噔"一声，光天化日，平安中国，这姑娘怎么会搞成这副模样？他吓得赶紧跑过去。

夏筱筱的头发乱了，裙子脏了，眼眶里还含着汪汪的泪水，水灵灵的眼睛垂着，语气委屈巴巴："路上太堵，我看差不多近了，想要下车步行过来，结果被摩托车擦了一下……"

周公子："……"

见他神情松动，夏筱筱略松了口气，很好，差不多过关了。只不过……她心中多少唏嘘，没想到有朝一日，自己会戏精到这个地步。

算了，反正眼前这位也是戏精。

转天下午，夏筱筱打电话约林粤晚上吃饭。

林大小姐向来直接，上来就说自己没空，要约只能在自家酒店餐厅见。

刚付过赵姨工资，夏筱筱琢磨着卡里撑死不剩两千块，去餐厅一顿就得消灭大半，索性实话实说："我最近才付了阿姨工钱，现在穷得响叮当，去也可以，不过可能只请得起一盘前菜，毕竟我工资下月才发。"

林粤一愣："你这是预付了多少？"

"半年。"

"我记得，你不是一向是月付么？"

"突然出了点情况，我就干脆一咬牙，一次性多付了点儿。"夏筱筱面上没说，心里还是忧心过，害怕赵姨转头不愿意做了，不如提前把钱打过去，这样就算半年后她真要辞职，她也能有段缓冲时间。

"行，那其他见面再说吧。看你最近这么惨，今晚就你请客我买单吧。"

夏筱筱笑了："那就提前谢谢林大小姐了啊。"

赶到世悦的餐厅，林粤已经点完单了，末了还不忘叫了瓶酒。

夏筱筱入座，托着下巴打量她："怎么感觉其实是你有事想跟我聊啊？"

林粤合上餐单，但笑不语。

菜一道道呈上来，林粤拿起刀叉，这才慢条斯理问她："对了，你和周公子的'鸿门宴'怎么样了？"

"我就说，世上没有免费的晚餐，原来是冲八卦来的！"夏筱筱佯装不悦地撇撇嘴，"不过……这事怕不是你觉得好奇，而是你家那位好奇吧？"

"周世嘉是他朋友，你是我朋友，他也是害怕以后你们闹得不愉快，大家见面会尴尬。"

"啧，我还什么都没说呢，你就开始护短了。"

"所以，你到底是想说呢，还是不想说呢？"

"没什么不能说的，其实我们昨天才约上那顿饭。不过他运气不好，碰上我妈突然出状况，我迟到了很久……我又实在懒得花工夫给他解释，也觉得没必要，所以干脆在楼下找了辆车蹭了蹭，再把头发拽乱了一点……"

"啊？"林粤听得一头雾水。

夏筱筱坏笑："就假装出了个'小车祸'呗！"

"……噗！亏你想得出来！"

"急中生智嘛，而且周世嘉这个人吧……"夏筱筱顿了顿，像在组织语言，末了，嘴角微微上扬，"自以为潇潇洒洒，其实是骚骚傻傻，挺好骗的。我这么一演，他立马不气了，吃完饭非要送我上医院检查，我再三拒绝，他才改道送我回去，一路上规规矩矩的，连根指头都没碰一下。"

想了想他的身世，林粤颔首："这倒是，他看人眼色一贯一流。"所以尽管人风流了些，但从不惹人嫌。

"怎么？他这个性难道还有历史原因？"夏筱筱敏锐地捕捉到了林粤的话外音。

林粤不答反问："你这是红鸾星动了？"

"不至于，不过脸的确对胃口，人逗着也乐呵。"

"真有兴趣就自己慢慢了解，我可不替人的过去背书。"

"高贵冷艳啊你！"

"戏精这么说我，我可一点儿都不在意。"

夏筱筱睨了她一眼，不搭理她了。

林粤切了块牛排，送进嘴里："对了，今儿不是你找我吗？没什么想说的吗？"

夏筱筱还气着呢，没好气："我明天又得忙了，还想着今天有空，专程来关心你一下，没想到有些人竟然没良心，还骂我戏精。"

"戏精是一种褒奖，演技精湛的精。"林粤面不改色。

夏筱筱扑哧一笑："得了吧，假惺惺。只有我真心实意，来关怀围城里的你过得好不好。"

林粤笑："挺好，最近还给我煎蛋了呢。"

"嗤——瞧瞧，一颗破鸡蛋就把你收买了，我们林大小姐的心原来就这么好骗的吗？"

"只知道揶揄我，那你呢，还是坚定不婚？"

夏筱筱懒散地摆摆手："去去去，专心砌你的墙吧。"

一顿饭吃得差不多，两人你一杯我一杯喝余下的红酒。

夏筱筱晃晃酒杯，望向窗外，暮色叠着翠绿，汇成盛夏的夜。她不禁打了个哈欠，昨天心里有事，只浅浅睡了五个小时，一会儿还是尽早回去补觉吧。回首看着眼前人，夏筱筱像想起什么："对了，叶慎安知道吗？"

"什么？"

"你喜欢他的事啊！"

这对夫妻可真奇怪，你说他们没有感情基础吧，相处倒是和谐。但你说和谐吧，他们好像又对彼此的内心一无所知。

林粤笑笑："还不知道吧，满脑子都觉得我是在觊觎他的肉体。"

不过最近，他好像也觊觎上了自己的肉体。

"好蠢啊……如今这个世道，难道蠢货都是扎堆的吗？"

这回林粤竟然没恼："嗯，是挺蠢的，之前竹子的事，他压根不记得自己做过什么。对他而言，那只是举手之劳的小事吧。但我的判断没错，他适合这个行业，尽管他现在完全没能意识到这一点……我可不会喜欢一个真正意义上的蠢货。"

"那，你有打算告诉他你的感情吗？"

"暂时不了。"

那样沉甸甸的一份感情，以他的个性，难保不会震惊得当场跑路。

和成为他父母心中那个理想的儿子相比，她更希望他是快乐的、自在的。他愿为这段婚姻付出多少，她就展示给他恰如其分的对等情分。

回到家，叶慎安兜头迎上来："怎么一顿饭吃了这么久啊？"说着还凑到她身边嗅了嗅："喝酒了？"

林粤把他的脑袋扒开一点儿："没多少，也就一人半瓶。"

"这叫没多少？"语气竟不是生气，反倒有点儿哀怨。

可不哀怨么！结婚后他可谓修身养性，狐朋狗友的邀约能推都推了，推不掉的，也都乖乖提前跟林粤报备。不过林粤好像对他这种二十四孝的行为并不感冒，有天忙着，他正要开口，林粤直接挥手打断："行了，我又不是你妈，你自己安排好时间，不耽误明天上班就行。"

呸，他妈都没这个待遇呢！他气得再没跟她打过报告，但每天还是十二点前准时回家。

两人一起往楼上走，叶慎安忍不住嘟囔："你们女人到底有什么了不起的悄悄话，必须背着男人说？"

"怎么，你想和我们一起？"

"也不是……"

"那不结了，你看周公子约你打麻将，我哪回去搅和了？"

有理，叶慎安不说话了。顿了顿，他抬手拽住她衬衫的衣角，谨慎道："那个，这周末，我们要不要去约个会啊？"

他觉得，既然大家结婚了，又不是形婚，那普通夫妻之间的日常，还是要跟上的。前段时间因为那个Miki作妖，两人忙得焦头烂额，回家往往倒头就睡，现在眼看那件事的影响彻底过去了，也到了放松的时候。劳逸结合嘛。

林粤背对着他，身体没动，唇角缓缓上扬，语气仍是淡淡的、欠欠的："哦，那看你今天表现吧。"

叶慎安龇牙，这女人，果然就只是看上了他的肉体！

"努力表现"后，叶慎安终于得到林粤首肯，答应抽空和自己约会。不过时间待定，具体得看她心情。叶慎安以为，以她善变的心性，这约到底有没有着落，还真说不好……算了，一切都看天意吧。

林粤去洗澡，他躺在床上玩手机，微信忽然弹出一条消息。

周公子："修身养性叶老二，知道我今天见到谁了吗？"

叶慎安最见不得他一脸嘚瑟卖关子，直接回："不知道。"

周公子叹："唉，好冷漠啊！难道是林大小姐最近对你不好？"

叶慎安拒绝接茬："说人话。"

周公子只好搓搓手，激动打字，想来这是他表达得最有文学造诣的一次了："我今天好像见到你的白月光了！"

/ 所有瞬间都是你 /

浴室的水声停了，林粤刚好走出来，叶慎安下意识删掉编辑了一半的话，顺手把手机反扣在床头柜上。

"洗完了？"是句废话。

林粤看他一眼，又看了桌上的手机一眼："你去洗吧。"

"哦。"他悻悻起身。

手机就这么搁那了。

人再出来，林粤已经关灯了，看样子先睡了。他想了想，摸黑走到自己那边，没动手机，而是拉开抽屉，翻出一盒烟，走去阳台点了一支。

热风自洞开的落地窗涌进来，黑暗中，躺着的人缓缓睁开了眼睛："老公。"

这是她从巴黎回来后，第一次这么称呼自己。

"……原来你没睡？"

"嗯。"

"要不也抽一支？"

"不了。"

他"唔"了声，没再多说。

床上的人手指攥紧了床单，明明是平时最熟悉的话语，现在却艰难到需要一个字一个字编排，才能若无其事地吐出来："我就是提醒你一下，明早八点上班，别睡太晚了。"

叶慎安怔了怔，总觉得，林粤今晚不太对劲……他抬头望了眼天边的那弯月，大概，是他的幻觉吧。

转天一早，林粤起床先走了。叶慎安急急赶到办公室，发现她正从容地翻着一天的工作安排。他脚步一滞，讪讪走过去："你今天……怎么没有叫我起床啊？"

明明这些日子以来，他们都是一起上下班的。

林粤抬头，没有正面回答，而是将三份简历推至他面前："面试时间定在下午三点，我跟人力资源经理谈过了，现场你去把关吧。"

叶慎安定睛看了看那些简历，心中不由一惊，竟然真是他之前选的那三个人！

"挑一个你觉得最合适的人选吧。"

"我……"我心里没谱啊！

"怎么？不相信自己？"

"……"

"没关系，我相信你。"

林粤朝他微微一笑，站起身，好像不想再继续这个话题。等叶慎安回过神来，她已经走到了门边。

"等等，你要去哪里？"明明还不到会议时间啊。

林粤的手握着门把："我去见陈经理。"

特聘人员的任令虽然最终只需要经总经理批示，但陈叔作为安保部门的经理，理应参与面试环节。她只是不喜欢他眼下的行事作风，并不想为谁破坏规则。

门缓缓阖上了。高跟鞋落在柔软的地毯上，落地无声。林粤目视前方，不觉轻叹了声，待会儿跟陈叔一番斡旋想必是免不了了，只希望场面不至于太难看……

接到人力经理的面试安排通知后，陈洪至今已看了好几次表。

按理说，人该来了啊……他的手指轻叩着桌面，眉头不觉紧蹙，还是说，林粤这个总经理已经嚣张到根本不把他放在眼里了？

正暗暗置气，门外忽然响起了一阵敲门声。他顿时回神："请进。"

门当即被推开，林粤快步走了进来："早上好，陈经理。"

"原来是林总经理啊，什么风把您吹我这儿来了？"见到来人，陈洪非但没有起身相迎，反倒是舒舒服服地往椅子上一靠，双手交叠，放在胸前。

林粤的眼风轻轻扫过他的脸，微笑："陈经理客气了，我来找你，自然是有事跟你讨论，不过我待会儿要去拜访客户，不如我们就开门见山吧。"

"到底是什么大事，还需要林总经理亲自上门啊？"

知道他向来爱讨嘴上便宜，林粤亦不恼："也不是多大的事，就像我说的那样，待会儿我要去拜访客户，面试恐怕无法亲自参与，所以特地安排了叶助理替我把关，希望到时候你多担待，给予支持。"

陈洪听罢，意味深长地笑了："总经理日理万机，所以我才说，副总经理的位置空着不是长久之计……"

林粤面上仍端着四平八稳的笑容："是啊，所以明年叶总经理就会正式上任了，到时候，副总经理的人选自然会尽快定下来。"

陈洪的脸色骤然黑了几分。林粤视若无睹："看来陈经理对面试的事情没什么意见，那我就先回去工作了，下午面试辛苦了。"

"……"

这人就是故意的！故意诱导他将视线从面试的事情上转移开，让他完全错过了发难的机会。

桌下，陈洪缓缓握紧拳头，却不得不眼睁睁看着林粤关上了房门。

下午三点，面试准时开始。

在座面试官统共三人，除开叶慎安，一位是人力资源经理，另一位则是不知道林粤怎么请来的安保部经理陈叔。

那三位应聘者的简历叶慎安来之前已背得滚瓜烂熟，一轮面下来，他最属意年纪最轻的一位，那人是安全保卫专业出身，但可惜工作经验只有三年，跟其他两位拥有十年酒店工作经验的应聘者完全不能同日而语。

叶慎安刚才偷偷观察了一下人力经理的表情，感觉她似乎也比较看好这一位，但陈洪明显很不满意。

果然，讨论的时候，陈洪直截了当表示："年轻人光学历好看有什么用，经验就这么点儿，真摊上大事，马上就不知道该怎么处理了。"

叶慎安忍不住反驳："经验也是需要积累的，如果不给年轻人机会，那以后哪会有经验丰富的中年人？"

陈洪眉目森然："是么？那你如何保证，他能不在积累经验的过程中出任何岔子呢？酒店的安保可不是过家家，一旦出了问题，可没有办法跟搭积木一样推翻重来！"

人力经理尴尬地咳嗽了一声，为难地看着两个人。叶慎安一刹间僵住了，是啊……他都没办法保证自己能成为一个合格的经营者，凭什么去担保别人？

"那好……就按你说的来吧。"叶慎安沉默了。

陈洪满意地轻哼了一声，总算是找到机会，给这位衔着金汤匙的二世祖好好上了一课，扫了扫上午林粤给他找的晦气。

面试完出来，叶慎安的惶惶情绪一直持续到回办公室。林粤听过他一五一十的陈述，没说对，也没说错，只说："陈叔说得不无道理，但在我看来，迷信经验也不算一件好事，经验只能参考，不能照搬。最重要的是责任心和随机应变的能力。"

她说完又觉得自己也许过于苛刻，和缓道："既然最后你也同意了，我当然没有意见，但以后你要花更多的心思观察评估你的选择。试用期过，再做最后的决定也不迟。"

叶慎安默默点头。林粤微微一笑："那收拾收拾，今天准时下班去约会吧？"

"嗯？"

"怎么，不是你说要约会的吗？"林粤故意朝他挤了挤眼，"我对你昨天的'表现'，还挺满意。"

"……"果真是个善变的女人！

难得天没黑就可以下班，叶慎安摩拳擦掌，在心里细细编排了一遍待会儿的娱乐项目，末了，又觉得没劲——普天之下，难道找不到除吃饭看电影逛街外更有意思的消遣？他觉得有必要琢磨出点儿更刺激、更特别的安排。

然而他绞尽脑汁都没想出更满意的方案——刺激和特别倒是主动找上了门。

下班前十分钟，叶慎安整理好桌面，看了看表，觉得差不多可以提前下楼了。正要进办公室叫林粤，里头的人突然风风火火冲了出来。他眼皮跳了跳，有不好的预感："怎么了？"

林粤目光冷峻："去餐厅。"

电梯下行，林粤眉头紧锁，一言不发，叶慎安虽不明所以，但也可以预见，今晚的约会铁定是泡汤了。

电梯门一打开，餐厅经理便迎了上来："林总。"

林粤言简意赅："先说情况。"

事情是这样的——陈伟廉上任以来，世悦的法餐厅一直人气高涨，不少非酒店住客也慕名而来，近来更是需要提前一周才能订上位子。

今天原本一切如常，餐厅虽然客满，但服务质量并没有打折，直到一位客人忽然厉声唤来服务员，说自己点的菜一直没有上。服务员当然是赶紧调出点单记录进行核对，发现那位客人并没有点这道菜。餐厅规定，客人第一次下单后服务员会对每道菜逐一核对确认，确认无误后，才会正式下单到后厨，所以极大可能是，这位客人漏点却记错了。

服务员当然不会指出客人的问题，只是好声道歉，试图安抚对方的情绪，然而没想到这位客人脾气相当大，完全不听人说话，一直呼呼喝喝的，还一把将服务员推开了。

"小姑娘柔柔弱弱的，对方虽然无意，却还是被撂倒了，不小心撞翻了旁边的桌子……"

餐厅因此陷入了一片混乱，主厨陈伟廉亦被惊动了出来。

"我当时忙着指挥人收拾残局，又急着安抚这位客人，一时无法兼顾

／所有瞬间都是你／

她。主厨出来看见了，就想拉小姑娘起来，结果那位客人竟然扒开我冲过去，指着鼻子骂服务员做错事还装无辜，戏多……主厨大概是怕他一怒之下伤害到小姑娘，下意识拦在了前面，结果那位客人直接撞到他身上，把自己给撞翻了，胳膊被碎掉的盘子划了道小口子……"

现场确实一片狼藉，大部分客人已经匆匆买单离开了。

林粤环视一圈，立刻跟所剩无几的客人鞠躬致歉："给大家带来了不好的用餐体验，我谨代表酒店跟诸位表示诚挚的歉意。今天各位的菜品全部免单，稍后餐厅经理会给大家发送一条信息，下次再来我们酒店消费，任何项目都可以享受九折优惠。请相信我们酒店为大家竭诚服务的诚意，希望这次的事情，没有影响到各位愉悦的心情。"说完又转身吩咐餐厅经理："已经离开的客人，按预约记录依次联系，退还今天的餐费，提供相同的优惠。"

客人们听罢脸色大都渐渐回缓，其中不乏有人表示理解。林粤感激地笑笑，逐一亲自送出餐厅，等安排好清场打烊，才急忙赶去会客室，与刚才安排过去安抚那位受伤客人的叶慎安会合。

会客室很静，林粤推门进去，就看见一张冰冻的中年脸孔。

叶慎安连忙朝她使了个眼色，意思是这人难缠。林粤轻轻颔首，快步走过去，朝对方伸出了一只手。

那人冷哼一声，视而不见，林粤笑笑，不动声色收回了手，在他对面坐下了。

"我不管！是你们服务员业务水平不行，失误在先，而且我又不是故意推她的，谁知道她碰一下就倒了！我看啊，她就是害怕受罚，故意装可怜博同情，而且话说回来，现在受伤的人可是我，不是她！"

林粤沉默着，视线扫过他的伤口，贴着OK绷，看来叶慎安已叫人来处理过——不错，应对及格。

她清清嗓子，望着对方的眼睛，语气恳切："刚才我已经大致了解了现场的情况，服务员方面，我们后续一定会加紧进行培训，力争不会再有类似的情况发生。另一方面，服务员也的确因此受了伤，餐厅经理刚才查看过，说她的胳膊有大片淤青……在我看来，这次的事应该是一次不幸的意外，作为酒店方，我们深感抱歉。您看，今天的晚餐费全免，后续医疗费用全数报销，这个解决方案能接受吗？"

"意外？"对方眸光一沉，不依不饶道，"那小姑娘就算了，我也不是不讲道理的人……但你们那个主厨，我看是有意冲撞我，伺机报复。"

林粤翕动了几下嘴唇，自知不能说是你自己冲上去的，只好道："那关于主厨，您有什么想法可以直接告诉我，我看是否能满足您。"

　　"道歉！"那人嚣张地扬起脸，手指一下下抚弄着手臂上的那块OK绷，"我要他当面给我鞠躬道歉！不然这件事，我绝不会这么算了的！我不仅要去消协投诉，还要把你们酒店挂到网上，之前不已经上过一次吗？这次怕不会这么快就过去了吧……"

　　林粤沉吟了片刻，郑重点头："好，我明白了，请您给我一点儿时间。明天下午，我会正式给您一个满意的交代。"

　　与陈伟廉认识这么多年，林粤深知其个性，他那么高傲一个人，是绝对不会轻易为这种莫须有的罪名低头的。

　　但站在酒店的立场，她又的的确确需要他的道歉。事实上，处在这个行业，哪有真正的对错之分呢？在不涉及人身安全的前提下，顾客就是上帝，顾客要一句"对不起"，她就只能给对方一句"对不起"。无关乎尊严或正义，只是职业需要罢了。

　　"你在这里等我吧。"林粤停车，转身对旁边的叶慎安低声道。

　　叶慎安没看她，只是抬头眺望着窗外的公寓。陈伟廉所住的那间，正灯火通明。还记得不久之前，他还曾在这里帮他守着装饰打扫呢。

　　叶慎安缓缓收回视线，再看她，神情难辨："就不能一起吗？"

　　"不能。"

　　他们静静对视着，凉凉的月光笼住林粤的脸。这一刻，他忽然觉得她有点儿陌生，像回到了很多年前，黄金海岸的那夜。海风喧嚣，他坐在那家餐厅里，无意间，远远看见她。烟笼寒水月笼沙，她周身浸没在朦胧的月色中，熟悉的一颦一笑，却对着另一个他完全不熟悉的人。

　　那一瞬，他仿佛被再次点醒——他们其实真的真的，一点儿都不熟。

　　"你去吧。"叶慎安默然转开脸。

　　林粤似怔了一下，半晌，轻声答道："等我回来。"

　　"William。"

　　门拉开，映入林粤眼帘的是陈伟廉的一张扑克脸。他刚洗完澡，换了一身衣服，头发还没来得及吹干，淅沥沥的水珠时不时顺着脖颈淌下来，靛青色的睡衣肩头蔓延开一小片黑色的湿润。

　　"进来吧。"

林粤应声，低头却发现空荡荡的玄关连一双多余的拖鞋都没有。

"今天之前，没想过你会来。等我想到的时候，你已经来了。"沉甸甸的声音从里头飘出来，林粤恍然，旋即笑着摇头："没事，我光脚好了。"

赤足走进去，陈伟廉已经回浴室吹头发了。时断时续的"嗡嗡"声被静谧放大，林粤揉着太阳穴，几乎预见了这场谈话的艰辛。

不该太了解一个人的，太了解对方的话，就会不自觉产生预判。他会做什么，又为什么会那么做——一切都被合理化了，试图撬动反而棘手。

正当她思考的时候，吹风机的声音戛然止住了。陈伟廉脚步渐近："我知道，你急着来找我是为什么。"

哦，对，这其实也在她的预判之中。一个聪明人是不需要你总结前情提要的。

"嗯。"她淡淡应声。

"所以，林粤，你现在是以什么样的身份拜托我？"

林粤抬头，镇定微笑着，对上他灼灼的视线："总经理的身份。"

一刹的寂静。

陈伟廉忽然极少见地笑了。其实不是他不想往前走，是再也没有遇到这样的人了啊。几乎契合他心中的完美。唯一的不完美地方，大概是自己并非她最想要的选择。

见他笑了，林粤反而心生茫然，是他变了吗？如此轻松就说服对方，她有些措手不及。

"林粤，你变了。"

"嗯？"

"你变得爱笑了，当然，不是从前你不笑，只是笑起来不太一样……你变得柔和了。是他改变你的吗？我有时在想，当初是不是不该那么轻易放弃的……明明正确的选择，也很好。"

世上又哪有真正十全十美的爱情呢？

他顿了顿，低头再端详她，眼中是往日没有过的怅然："我有时觉得，是不是那时我不那么固执，再努力一下，结果就不同了呢？"

似雪落后万鸟归寂，林粤缓缓抬起头："不，William，那个不想再努力的人，其实是我啊。"

第十五章

当下

陈伟廉竟然去道歉了，不仅如此，还亲自为其再做了一顿晚餐，以表歉意。对方大概没想过会受到如此隆重的待遇，立刻转了态度，连声说着"辛苦了"。人终归是不坏的，就是脾气暴躁了些，"上帝光环"强烈了些。

餐厅恢复了正常营业，令林粤惊讶的是，因为这次突发事件，酒店竟额外收获了一大单生意。

原来当晚来就餐的客人中有一位是某家公司的高层，林粤处理问题的态度打动了他，没过几天，他的秘书联系到酒店，说希望将公司下个月召开的高层会议放在世悦举行。

祸兮福所倚，说的大抵就是这么回事了。

同样，陈伟廉当天对待服务员的绅士风度亦在女性顾客群体中怒刷好感度，最近来餐厅的年轻女性明显增多了。就连餐厅经理都忍不住打趣，也许过不了多久，William就会成为全城最受欢迎的钻石主厨。

这天，金飒飒的阳光洒在林家院子里，微风掸落一地光影，叶慎安正蔫巴巴望着窗外一片大好的初秋光景出神。门铃忽然响了，他整了整睡袍，打着哈欠去开门。

难得林粤见他换季感冒，给他放假一天，阿姨也外出买菜了，这好端端的工作日，会是谁啊？

门一打开，映入眼帘的是一张哀怨的脸。

周公子虚虚扶着门框，做疏离状："嗨，早上好，我的邻居！"

叶慎安哭笑不得："你这是跟我演哪一出呢？"

周公子悲情望天："唉，大概是演始乱终弃那一出吧！"

可不是吗，自从那天他跟叶慎安说自己好像遇上他的白月光之后，叶慎安就再没回过他任何消息。他起先没放心上，后头约他打牌，他也不理，这才意识到问题的严重性。

可是，至于吗？不就是个前女友，还变成系统自动屏蔽的敏感词汇不成？！他觉得很有必要跟他兴师问罪。

听罢周公子不带停顿的哭诉，叶慎安无奈地按了按太阳穴："你还是先进来吧。"

外头风大，就算周公子乐意吹，他一个病人也不乐意吹。

把人安顿好，他去厨房洗水果，斟酌再三，才解释："那天我本来是打算回消息的，不过字打了一半，林粤刚好洗澡出来了，我不想她误会，就放下了。第二天一早，我起来发现她人不在，又急着去酒店上班，一时没来得及回复……后来嘛，酒店餐厅突然出了些乱七八糟的情况，我忙起来就彻底不记得要回消息这事了。"

周公子听罢哼唧了几声："你忙你有理！"反正这群狐朋狗友里，就他自己不上班，每天都闲到发霉。

叶慎安失笑："我说的可都是实话。"

"哦——"周公子故意拉长语调，"那你说说看，当时是想跟我说什么来着？"

叶慎安一时没吭声。

半晌，水果切好，叶慎安才端着盘子回到客厅，在他旁边坐下。

"我想说，我爱过酒酒——对爱过又没能爱到最后的人能做的最好的事，就是不好奇，也不打扰她的现在。我认真劝你一句，以前的事情就不要瞎掺合了，否则……"他顿了顿，面上仍笑着，但那笑容却冷森森的，"我可真生气了。"

秋风乍起，转眼来到商务会议当天。

这是世悦开业以来第一次承办商务会议，为了给今后的接待工作开个好头，上上下下都打起了十二万分的精神应对。从现场布置到服务流程，林粤全都亲自参与把关。

截至目前，一切都进行顺利。

傍晚，会议圆满结束。

会后，与会人员气氛融洽地一同前往法餐厅用餐。接待工作到这里差不

208

多到了尾声，一线部门的员工纷纷松了口气。

但为了应对可能的突发状况，林粤还是坚持等到餐会结束后才离开酒店。

所有人，包括林粤，都以为这次会务接待就此画上了句号，然而第二天上午，事情却急转直下。

九点刚过，林粤便接到前厅汇报，说有一位昨天参会的客人，半夜突然开始出现胃痛腹泻的情况，客人本以为不是大事，没有立即联系酒店，不想早上症状竟然加剧了……现在，他们已为其准备好车，马上可以送去医院。

林粤问清客人姓名和房号后，挂断电话，直奔楼上客房。

房门没锁，只虚掩着，她深吸了口气，轻声叩门。

不一会儿，门开了。来人正是这次授意在世悦举办会议的那位高层——傅先生。

眼下他虽面色不佳，风度却犹在："你好，林经理。"

林粤恭恭敬敬朝其鞠了一躬："您好，傅先生。刚才前厅联系我，说郑先生发生了胃痛腹泻的情况。请放心，车我们已经准备好了，可以立刻安排送郑先生就医。"

傅先生听罢，面色稍有和缓，刚要开口，里间忽然传来断断续续的话音："你们的食物……绝对……有问题……"

两人俱是往里看去。林粤立即道："请问，方便我进去查看一下郑先生的状况吗？"

傅先生微微颔首。林粤感激地道过谢，这才走进房间。

房内，郑先生正蜷缩在床上，只留给林粤一个虚弱的侧影。

林粤连忙走过去，蹲下身，诚恳地与他对视："郑先生，请尽管放心，我们一定会查清问题所在，给您一个满意的交代。但现在最重要的是您的健康，请放心信赖我们，眼下我们先尽快帮您恢复健康，您看可以吗？"

大概是腹泻到几近虚脱，郑先生已然没了力气，惨白的嘴唇翕动了几下，像在思考，许久，才有气无力道："好吧……"

中午，医院的诊断报告出来了。

无法百分百确定是食物中毒，但不排除食物引起了肠道的剧烈反应。可由于腹泻多次，郑先生已无法提供粪便检验，结果只能参考食品留样的检验报告做出判断。

按照规定，高风险餐饮服务提供者和为特定重要活动提供餐饮服务的，

所有瞬间都是你

应对每餐次食品成品进行留样。达到世悦规模的酒店自然会按规设置专门的留样制度，可现在问题在于，一般一次会议达到十桌甚至几十桌以上才会进行留样，而傅先生公司的会议，并没有达到相应的留样规格。

但也不是完全束手无策——当天酒店还承办了一场订婚宴，宴会餐谱中，与傅先生会议餐宴重合的菜品高达百分之八十，且有进行相关留样。

事关酒店的声誉和客人的信任，林粤当机立断，要求调出订婚宴的留样进行检验比对。如果能在这重合的百分之八十中找到答案，最好不过。

但结果却不知该说是令人欣喜还是失望——重合菜品的留样检测结果全部符合食品安全标准，也就是说，问题极大可能出现在剩下的百分之二十中。

拿到检验报告后，林粤先去医院安抚了郑先生的情绪，这才赶回酒店继续着手调查。

打开电脑，她再次调出这次会议的餐标和餐谱记录。

根据会议方的要求，这次的餐谱采用了传统法式大餐的搭配，一共十三道菜，从冻开胃头盘，到咸点、甜点，一应俱全。考虑到客人也许有个性化需求，餐单上的所有内容都会提前交予会议方确认，确认无误后，酒店方才会按照餐谱进行烹调加工。而现在的疑惑在于，当晚就餐的客人之中只有郑先生出现了疑似食物中毒的反应，如果的确是菜品本身的问题，应该波及的不止一个人……

那如果是因为这位客人原本就不能食用某些食物呢？

可这个想法她刚才已经跟郑先生确认过了，他的确有乳糖不耐的问题，但他肯定，当晚的餐谱中并没有乳制品。她相信郑先生不会说谎。

既然已排除了百分之八十的疑点，毫无疑问，剩下的三道菜极有可能就是盲点所在。

逐一检索过三道菜的食材和调料，林粤一时没发现问题。不过也可能是因为她没学过做菜，光这么看，很难找出门道。难得丧气一回，她单手支头，长叹了口气。

门外忽然响起一阵极有节奏的敲门声。她愣了愣，才想起叶慎安今天不在。最近换季，他莫名染上了病毒性感冒，反反复复发烧，昨晚又发烧了，为了让他尽快好彻底，她今早硬是把他按在了家里，也不知道人现在怎么样了。

"请进。"林粤打起精神，朝门外的人应道。

门"吱呀"一声开了。林粤抬头，有些惊讶："William……"

她还没来得及找他，他已经自己找上来了。

不过正常，刚才她已经联系过餐厅经理，要求餐厅暂停营业，直到查清楚客人腹泻的原因之前，她都不敢冒险再接待其他客人。至于其他部门，她也已经交代，如无需要，不必惊动。有Miki之事在前，她很担心这事被有心人拿去做文章。

"林总经理。"陈伟廉是第一次这么叫她。

也好，公私分明。林粤起身，指着旁边的沙发："坐吧。"

这种事，一句两句根本说不清，但潜意识里，她是信任陈伟廉的。她了解他，在他还是帮厨的时候，对食物的虔诚与偏执已可见一斑，食材都要最新鲜的，创作出来的菜式，也尽量保留原汁原味。这样热爱厨房的人，是不可能做出亵渎厨房的事的。但整间厨房不是他一个人在做事，若是其他环节出了纰漏，导致卫生出了问题，也不是不可能。

简单表达了自己的看法后，陈伟廉却坚定地摇头："不，人都是我亲自选的，我的厨房，不可能犯这样的低级错误。"

林粤张了张嘴，无奈地笑了："我知道了。"

所以，问题究竟出在哪里，她还得从头再捋一遍。

这一夜，林粤直到十二点都没有下班。关于那三道菜的资料她一看再看，眼见屏幕上的那些字都要活过来，扑到自己脸上了。

突然间，办公室的门被人推开了。

"你怎么来了？"

"你怎么不回家睡觉？电话也不接，我以为你出事了！"

"什么？你打电话了吗……"林粤恍然，这才低头检查手机，屏幕上赫然显示十来个未接电话，"抱歉，我开了勿扰模式。"

"是酒店发生什么事了吧？"叶慎安眸光一凛。

林粤一怔："你怎么……"

"知道？"叶慎安好气又好笑，"要是没事，你犯得着电话不接，家也不回吗？我还不至于蠢得这都判断不出来！"

林粤被说得一脸讪然，忙不迭起身："好了好了，我们回家的路上再细说吧。"

折腾了一天，她的确累了。

洗完澡出来，林粤发现叶慎安正对着屏幕上的餐谱发呆。

她擦着头发走过去："看出什么名堂了吗？"

叶慎安不语。

林粤宽慰地拍拍他的肩："没关系，我们明天起来再研究吧。"

"你先睡，我去阳台抽支烟。"

"呃……"

"快去睡吧。"他起身，将她推到床边，摁着坐下，不忘威胁，"你要觉得不困，就陪我做点有意义的事，怎么样？"

林粤没好气地白了他一眼，到底有没有眼色啊，现在谁有那闲工夫！带着恨铁不成钢的心情，她乖乖钻进了被窝。

叶慎安满意地关上灯，走到阳台。"哒"一声，火机亮了。

不一会儿，屋内亦传来变重的呼吸声。真是沾枕头就睡……他笑，掸掉烟灰，熄灭烟蒂，重新走回电脑前。

每个人的思维方式都可能出现盲点。但若换个角度思考，结果可能出人意料。

如果说，并非林粤找不出问题，而是那三道菜的确没有问题。那么倒回去想，就可能是看似没有问题的地方出现了问题。答案或许就在那已经确认过没有问题的十道菜里。

为了求证自己的猜想，叶慎安将十道菜的菜名依次复制出来，检索每一道菜的原材料和调料，终于找到了问题所在——其中一道菜，用到了少量的牛奶作为调味品。

郑先生有乳糖不耐的问题，对自己的过敏原亦十分注意，所以日常生活，一定会避免食用任何乳制品。但如果他跟自己一样，不了解制作菜品的原材料和调料，那就很可能会因为菜名产生误判，导致误食。

每个人乳糖不耐的程度不尽相同，对极少数人来说，少量的牛奶已经完全足够引起腹泻胃疼的症状。在这种当事人都不知道自己误食了乳制品的特殊情况下，极有可能会因为呈现出来的症状，以为自己吃坏了肚子，食物中毒了。

抻抻胳膊，叶慎安回头望了眼窗外的天。

秋日深远的夜空犹如一张黛色的薄毯，将万千星辉牢牢拥入怀中。

这么好眠的天气，床上的人却睡得极不安生。好几次，他听见她翻身的响动，都以为，她随时要醒过来了。

叶慎安蹑手蹑脚地起身，拽起衣服下楼，一直在楼下坐到天亮，才驱车赶往医院。

九点刚过，叶慎安便来到了郑先生的病房门口。轻轻敲门，里头是一个差不多恢复了精神的男声："请进。"

　　叶慎安推开门。

　　"你是？"郑先生正吃着早餐，见来人是个陌生人，由不得一愣。

　　叶慎安礼貌地颔首："您好，我姓叶，是林总经理的助理。"

　　对方显然没明白他出现在这里的意图，仍然一脸错愕。

　　叶慎安慢慢走近："郑先生，我能否冒昧再跟您确认一个问题？"

　　郑先生迟疑片刻，答："你问吧。"

　　"请问，您是否一向有乳糖不耐的症状？"

　　"怎么？"

　　"我怀疑这次腹泻，是由乳糖不耐引起的。"

　　"不可能！"郑先生脸上顿时有了怒色，"我昨天已经说过了，我从小就乳糖不耐，且反应格外严重，因此我一向小心，绝对不可能会食用任何乳制品。你不要试图从我身上找问题，敷衍我！"

　　"郑先生，请不要着急，我并没有觉得您在撒谎，只是情况比较特殊，请容我慢慢解释给您听。这次会议的餐谱的检验报告相信您已经过目了，包括林总在内，所有人都把目光放在了无法检验的三道菜上，但事实刚好相反，问题出在那'没有问题'的十道菜。我昨天依次检查过了里头每一样菜的食材和调料，确定其中一道菜是用牛奶烹调——但菜名却不涉及任何关于'奶'的字样。会议期间，所有餐谱都会提前交予会议方确认，可能在这个环节中，我们酒店方和贵公司的责任人都没有意识到，这道菜可能会给您的身体造成负担，因而最终造成您腹泻的结果……作为林总经理的助理，我在发现了可能的问题后第一时间赶过来跟您确认——很抱歉，给您造成了困扰。但请放心，刚才我已经联系过林总，现在她正在赶来的路上，相信稍后她一定能做出一个令您满意的答复。在这里，我先为我们酒店的失误，向您诚挚道歉。"

　　林粤赶到医院时，叶慎安将将走出住院部大门。看见他红红的眼睛，她脚步一滞："你昨天……不会是一夜没睡吧？"

　　叶慎安迟疑着，最后才点头。

　　林粤怔住了，嘴唇微微翕动，许久，才涩声挤出一句："你先去车上睡会儿吧。"

"你呢？"

"当然是去做我该做的事。"她说着从包里翻出一根皮筋，绑在脑后，用力扎紧，扬眉对他自信一笑，"这一次，你真的做得很好……剩下的，就放心交给我吧！"

叶慎安望着她眼底淡淡的红血丝，一股疼惜的情绪自心底油然升起——哪怕睡了一夜，不也还是没睡踏实么？

困扰自己的谜题已经解开了，剩下的问题也交给了绝对信任的人去处理，叶慎安闭上眼，不一会儿，便陷入了梦乡。

不知过了多久，迷迷糊糊间，他感觉有一双手在轻轻抚摸着自己的脸颊。努力撑开眼皮，林粤的手果真捧着自己的脸。

"回来了？"

"嗯。"

"怎么说？"

"同意和解了。"

终于安下心，叶慎安欣慰地牵起嘴角："那现在我们……回家吧？"

"还不行。"

"怎么？"

林粤没回答，垂下头，凝视着他的眼睛。她的发梢扫过他的皮肤，麻麻痒痒的，像他现在心中的感觉，他周身一凛。

林粤伸出手，指尖顺着他的下巴缓缓上滑，沿耳郭浅浅勾勒着："我得立刻回酒店开会，后续还有好多事需要安排处理。你不还没好利索吗？回去休息吧。"

"可是……"我也有，想为你分担的时候。

读懂他眼中的情绪，林粤笑了："怎么，觉得心疼我？"

"嗯。"

她抬手，摸摸他柔软的发，俯身在他额头印下一吻："那，这个就当作回礼吧。"

"……"这也行？

林粤回来的时候，外头的天已然黑透了。

叶慎安一觉睡得酣畅，徐徐睁眼，突然感觉后颈被人轻轻捏了一下。愕然回头，微张的嘴刚好迎上林粤的唇。

"欸，你很主动嘛。"

叶慎安的耳根蓦地红了，恶狠狠磨牙——白天真是白心疼她了。这喝红牛长大的女人就是跟别人不一样，不过半天工夫，现在不仅活蹦乱跳，还学会调戏人了！

不行，这么天天任她鱼肉怎么说得过去！偶尔他也得振振夫纲！这么想着，叶慎安迅速起身，扳住林粤的双肩，将她整个人摁在了自己身下。

成功反客为主，他得意扬眉："这才叫主动！学着点儿。"

林粤愣了两秒，扑哧一声笑了。

"洗过澡了？"他低头，隐约嗅到她身上沐浴露的香气。

"嗯。"

"我居然睡得挺沉的……"竟然一点儿响动都没有听到。

林粤"唔"了声，双手主动抱住他的脖子，将他搂紧了些。叶慎安以为这是某种暗号，正要进行下一步动作，手却忽然被林粤按住了："安分点。"

"哈？"撩完就跑的意思吗？

林粤脸上还挂着清浅的笑意，在他脸颊落下露水般的一吻："今天累啦。"

"……哦。"

想想这才符合常理。

喝红牛长大的人，也是人嘛。他理解地松手，翻身睡回了自己那侧。

没想到身后的人再次缠了上来，一双臂膀虚虚环住他的腰，暗哑道："我要抱着睡觉。"

"啊？"

"你没有抱着我睡过啊……"语气竟然有点儿委屈。

叶慎安无奈地笑了："你也没有要求过啊。"

他说罢回身搂住了她。这么一抱，才发现林粤的身形虽然高挑，骨架却不大，往怀里一塞，不过小小一只。她柔软的发间散发出若有似无的洗发水香气，叶慎安情不自禁地抚摸着她的长发，忽然想起搬来那天，在照片上看到的那个她。穿翻领娃娃裙的小林粤，他一度以为已经消失了，但现在他却突然意识到，原来那个可爱到爆的小姑娘并没有消失，她只是住进了她的心里。

也好像，住进了他的心里。

午夜刚过，林粤的手机突然响了。两个人都形成了条件反射，立即坐

所有瞬间都是你

起身。

叶慎安开了灯，林粤拿过手机，眉间微蹙。

叶慎安揉着眼，小声问："谁啊……"

林粤淡淡答："栩栩。"

事出突然必有妖，林栩平时可没有深更半夜扰她清梦的胆量。

电话一接通，那边传来了刺耳的音乐声，然后是陌生的男声："你好，请问是林小姐吗？"

林粤一愣："……你好。"

"呃，事情是这样的，这位客人在我们店里喝醉了……我看她应该没法自己回去了，就让她解锁了手机，您是她联系人星标的第一位，请问能过来接她一下吗？我们酒吧还有一个小时就打烊了。我这就把我们酒店的地址给您发过去……"

挂断电话，林粤即刻从床上爬起来，一边穿衣服，一边指挥叶慎安："赶紧起来，陪我去接栩栩了！"

叶慎安一听头变两个大，工作日晚上，林粤这个堂妹，就不能环保一些，早点关灯睡觉，为节能减排做贡献吗？想归这么想，人还是麻利地拾掇好，下楼发动了车子。

赶到地方，其他客人已散得差不多了，服务生正忙着打扫，店里零零星星横着三两桌客人，看上去都和林栩一个情况，喝大了。

音乐声还在继续，正播着一首有气无力的苦情歌，林栩听着听着，泪水又开始在眼眶里打转了，她的人生，真是好惨啊！先被前夫甩了，再是被亲爹嫌弃，为了争口气，她虽然租了房子，主动搬出去住，但却一直没找到合心意的工作。没办法，一毕业就结婚回家做全职太太，现在再出来，就算学历不错，经历也差同龄人好大一截。她自己知道问题所在，但既拉不下脸回家求助，又没有破釜沉舟从零开始的勇气，只好浑浑噩噩混日子。

好不容易遇见陈伟廉，终于找回了一点对生活的心动与热情，每天屁颠屁颠跑去世悦吃饭，莫名其妙胖了五斤不说，最惨是话还没搭上，人家的好人卡就发出来了——"抱歉，林小姐，如果是我之前的举动给你造成了什么误会，我想我有必要澄清，那只是出于我的本能，帮助有需要的陌生人，换作别人，我也同样会这么做。而且我建议你，尽量控制甜品的摄入量，每天来吃这么多，不利于健康。"

听陈伟廉这么讲，林栩真是想跳楼的心都有了。她这废柴的人生啊，是不是彻底完蛋了？

见林栩在抽泣，林粤给叶慎安使了个眼色，让他回避，然后才坐去她的身边。

　　"栩栩。"

　　"姐……"

　　"William拒绝你了？"

　　"你怎么知道？"

　　林粤无语，这难道不是她自己写在脸上的吗？

　　"我……"林栩哽咽着，打了个酒嗝，"其实也不光是因为他拒绝了我，我本来就没觉得他会看上我，毕竟他曾经喜欢的可是你这个类型……我觉得我吧，就是需要有点儿幻想，填补空虚，每天去看看他，就不用去想那些糟心的事情。可今天他跟我说的那些让我感觉到，我已经给他造成困扰了……这并不是我的本意，我想，以后我都不会再去了。"

　　林粤听罢没吭声，怜惜地摸了摸林栩的头发："跟我说说吧，你的烦心事。"

　　"我不说，你根本不可能理解我的。"林栩吸了吸鼻子，苦笑。

　　"你不说，怎么知道我不理解？"

　　"姐……"林栩低声喃喃，"你觉得，我们之间有任何共同点吗？你从小开挂似的长到大，长辈都说，你和伯父简直是一个模子刻出来的，找不出缺点！反观我，就没人说过我像爸爸，都说我遗传了我妈的花瓶样子。可我妈幸运啊，能遇到我爸，悉心供着她这樽花瓶，让她开喜欢的花。但我就没有那么走运了……"

　　林粤抽了一张纸巾，递到她跟前："栩栩，告诉我，你为什么会离婚？"

　　"我……"

　　"我知道这件事的时候，你已经办完了离婚手续，还瞒着家里人。二叔应该是觉得，这么大的事，你竟然不和家人商量，才会生气，并不是因为你离婚了，他觉得丢人。你现在其实不是在跟长辈怄气，是在跟自己怄气吧？"

　　猝不及防被戳穿心事，林栩嘴唇颤抖着，发不出声音。

　　良久，她低头："我发现他出轨了……"

　　"然后？"

　　"我当时心情很乱，根本沉不住气，当场就揭穿了他，嚷嚷着要离婚。本以为他至少会道歉求饶的，但你知道他跟我说什么吗？他跟我说：'冷静一点儿，还不至于离婚。'我就傻眼了，这个人其实根本没有尊重过我吧。明明是他的错，却搞得像是我小题大做，无理取闹。我知道啊，很多人的婚姻都是睁只眼闭只眼，眨眼半辈子就过去了。我也犹豫过……但每次一想到他说'还不至于'时的轻慢态度，我就知道，我算不了，也过不去。我怕家里人反对我离婚，于是偷偷办好手续才回家，没想到，还是劈头盖脸挨了一顿骂。我真的做错了吗？是因为我不够优秀，才会被背叛的吗？"

"栩栩……"

"姐……"

"你做得没错，这种男人，就应该趁早让他滚蛋！不过，你可是真笨啊，你觉得老实跟二叔交底，他真会怪你？我们林家的家训，从来就没有息事宁人这一条！也许爱情会背叛你，但亲人不会。你啊，关键时刻怎么总是有勇无谋，还一身轴劲儿？既然你觉得我厉害，那就听我一句劝，今晚回家吧。"

世上属于你的爱情也许还在远方，但幸运的是，只要回头，家永远在原地等你。

林栩终于妥协，同意回家。把人送到地方，简单跟林父交代过几句，林粤才挽着叶慎安离开。

"她今晚是怎么了？之前离婚的事给闹的？"叶慎安以为，林粤既然把自己支开，一定是因为事关林栩的隐私。

林粤沉吟片刻，笑了："不全是。"

人生走到分岔口，谁还没有个迷茫的时候？她这个妹妹，虽然无谋，但至少有勇，人只要有一份勇，就不怕闯不过去。这点儿信心，她还是有的。

见林粤不愿多说，叶慎安识趣地没再追问。反正女人的事，他也没多大兴趣。倒是三更半夜，瞌睡虫都被赶跑了，馋虫却被勾引了出来，他悻悻地揉着肚皮："回去我要吃宵夜，你吃不吃？"

"不吃。"

"就吃一点嘛，行不？"他讨好地朝她眨了眨眼睛，刚才抱着她睡觉的时候，总觉得她最近累瘦了。

林粤愣住，他这是在哄她？

"真的！我觉得你再长一点肉更好看。"叶慎安趁热打铁。

林粤的脸微微红了，目光闪烁："你这是……在哄我呢？"

叶慎安倏地凑到她跟前，一双好看的桃花眼正对上她闪烁的视线，那迫近的距离，好像随时会吻她似的："所以，你到底接不接受我的哄呢？"

"那，吃一点？"被他这么盯着看，不好都变成好了吧。

"太好了！"叶慎安开心地一把搂住了她的腰，"走，回家吃宵夜了！"

林粤无奈地笑了，偷偷看了他一眼。现在的他，有没有喜欢上自己一点儿呢？

她不知道。她也不知道，他们的这段婚姻会走向哪里。但和那些不确定的未来相比，她更想要好好活在当下。

周五，周公子如平常般一觉睡到下午，爬起来随便吃了点东西，很快发现找不到事做，只好对着一庭院的竹子发呆。

忽然间，灵感的火花迸溅，他一拍大腿，有了，可以去接夏筱筱下班！

说做就做，他飞奔上楼拾掇，愣是糊了一头发胶，才心满意足地出门，心中美滋滋的——夏筱筱看到他，一定会很惊喜吧！

人赶到地方，距离下班还有整整半小时，他慢条斯理地整好衣衫，步履从容地走到前台："您好，麻烦找夏筱筱小姐。"

前台是个可爱的软妹，抬头看清他英俊的脸，小脸蓦地一红："好的，麻烦稍等。"

迅速将内线电话拨出去。

不一会儿，那边响起了一个陌生的女声："筱筱已经提前下班了呀，说今天有约会呢。"

软妹是个聪明人，一五一十将听到的话跟周公子复述了一遍，末了，不忘为他抱不平："哎呀，怎么能约了您还去见别人呢……"说罢望着他，就差没主动说：没关系，我有空。

周公子眉心一拢，面上仍保持着笑容："没事，不怪她，其实我们没约。"

"呵呵……"软妹的脸色不太好看了。

气氛有些尴尬，周公子赶紧扯了个理由溜了。

回到车上，他立刻给夏筱筱打电话。

那边竟然秒接："欸，你怎么打电话给我了？"

哪里突然了！这段日子他们不平均一周得见上一面吗？周公子说服自己按捺住脾气："你在哪儿呢，我刚到你公司，前台说你提前下班了。"后半句"有约会"，他忍了忍没提。

所有瞬间都是你

夏筱筱倒是承认得爽快："哦，对，我今天的确约了人。"

"谁？"他闷声问。

"相亲对象呀。"电话中的女声轻轻柔柔的，听上去颇可怜，"姨妈介绍的，非要我来见一面……"最好周世嘉这个骚包能听懂她的话外音，过来搅一搅局，她可不想跟什么青年才俊相亲，更不想结婚。

周公子顿时怒了："地方告诉我！我这就过来！"

场面一度十分震撼。

夏筱筱亲眼看着周公子威风凛凛地走进餐厅，又威风凛凛地坐到她和相亲对象的旁边，深情款款地拉起自己的手，一双眼温柔得要掐出水来："宝贝，对不起，我昨天不该跟你吵架。气得你跑来跟——"说到这，他故意顿了一下，转头认真打量起那人，看来看去，还是觉得很不怎么样，遂幽幽道："这个路人甲相亲。"

夏筱筱被握住的手微微一抖，心头瞬间凉飕飕的——你个骚包，做事不带脑子的，这到底是她姨妈攒的局，好歹给人家个台阶下啊！

但显然周公子今晚的剧本里没有台阶这种东西。相亲男很快黑着脸拂袖而去，夏筱筱压制住想骂人的心情，迅速换上了张委屈巴巴的面孔："你这样，我待会儿怎么跟我姨妈交代啊……"

周公子费解："交代什么？你就跟她说你有男朋友不就成了吗？"

"可我明明没有男朋友啊……"

等一下，她刚说什么？

周公子不可置信地瞪着眼前人，半晌，咬牙切齿道："我以为……我们正在交往。"他这辈子都没想过，自己会说出如此不知羞耻的台词！

但夏筱筱实在迟钝得过分了，傻白甜的"傻"还真是不好消受，真不知道那些小说里的男主角是怎么忍受得了的。

他暗叹一声，耐心解释："你看，我们明明最近都有见面，吃饭看电影什么的一样没落下……"

"噢……"夏筱筱恍然大悟，"原来这就算谈恋爱啊。"

周公子："……"

呵呵，他感觉自己的世界观，再次被刷新了。

一朝酒醒，林栩仿佛被佛祖开了光，神采奕奕："我考虑过了，我决定暂时放弃追求陈伟廉。"

夏筱筱吓得连忙转头看林粤的表情："哈？你说你追过William……小粤之前那个男朋友？"不过一段时间没约出来喝下午茶，剧情怎么就发展成这样了？更可气的是，她连片头都没瞅着呢，就突然盖章大结局了！

林粤抿唇，不置可否，听林栩继续发表自己的长篇大论："离异、无业，上一段婚姻还以被劈腿结束，活脱脱的loser——谁要瞎了才能看上我吧！所以，我彻底想通了，女人最重要的还是事业，事业搞好了，什么都有了，看看我姐，就是典范中的典范！"

夏筱筱差点一口咖啡喷出来，一双眼胶在她脸上，神情担忧："栩栩，你该不会是刚参加完什么女性成功学的讲座吧？"

林栩气得直翻白眼："我像是那么好骗的人吗？"

夏筱筱一脸无辜："呃，你要我说真话吗……"

林栩急了，一把捂住她的嘴："不准说！你不能仗着自己傻，就觉得我跟你一样傻，我们不一样！"

一旁的林粤适时点评："没错，人各有'智'。"

人家机灵得要死，你俩能一样吗？

林粤拽开林栩的手，转头跟夏筱筱说："你别替她担心了，我看她这次是认真的。"

林栩小鸡啄米似的点头。林粤复又看向她："说说你的计划吧。"

"我想……"林栩舔舔嘴唇，似在下决心，"把大学的专业捡起来。"

"舞台艺术设计？"

"嗯。"虽然一毕业就待业，但读书那几年她还是用了心的，因为喜欢这个专业。无奈她没有实习以外的工作经历，出去应聘，总是高不成低不就。得感谢她爸无条件支持，眼下她才能自己开间工作室，安心做事。林粤说得没错，做人不能太轴，上天既然给了你比别人丰厚的筹码，你要做的不该是诚惶诚恐，觉得受之不公，而是要对得起你的筹码，用它去创造更大的价值。

"想做就做吧。"林粤"哒"一声放下杯子，这事算聊完了。

喝完茶出来，周公子那辆跟他一样骚包的跑车将将停到门口。

林栩正要上前打声招呼，周公子已然颠颠下了车，殷勤地替夏筱筱拉开车门："我餐厅已经订好啦。"

……什么情况？

林栩一脸蒙，周公子什么时候跟夏筱筱这个傻妞看对眼的？

她回味了一下，后知后觉地跺脚——哎呀，就觉得周公子当时送自己去

221

找夏筱筱拿钥匙的时候神情不对劲！回来的路上也心不在焉的……原来醉翁之意不在酒！

夏筱筱走后，她巴巴地拽了拽林粤的衣角："筱筱会被吃掉的啦……"

"谁？"

"筱筱啊。"

"哦……"林粤淡淡一笑，还是那句话，指不定谁被吃掉呢！

回去的路上，林粤的手机突然震个不停，真是八百年难得一见的奇景。停好车，她拿起手机，发现高中的微信群里赫然堆积了一百来条信息。

还有一条，是单独发给她的。那名字除了逢年过节时不时的几句问候，真是久违了。

许卫松言简意赅："陛下，我要回国了。"

林粤看发送时间距离现在只差十分钟，直接回了电话过去："航班时间？嗯，好……我和慎安到时候一起去接你。"

挂断电话，她才开始逐条翻看群信息。这群沉寂很久了，上次大规模刷屏还是因为她和叶慎安结婚，震撼堪比平地起惊雷。想来这次大概也没有意外，不是谁结婚，就是谁离婚。太阳底下无新事。

但当林粤看到那两个熟悉的名字时，心中还是略感怀了一下，是他们啊……赵希茜和简辰。

如果她没记错，高中时代的情侣，除了她和叶慎安这对半路夫妇，真正从头坚持到尾的，只剩他们。

年轻的感情太脆弱，生活又充满曲折，能走到这一天，实属不易。她由衷发了句"恭喜"，这才下车回屋。

叶慎安第一时间迎出来，激动地晃着手机："看到没！看到没！"

林粤好笑地瞪他一眼："又不是你结婚，这么激动做什么？"

"不是，不只是希茜妹要结婚，松松也要回来了啊——靠！他终于舍得回来了，我听他说，你联系过他了，说去接机？"

"嗯。"林粤淡声应。

说起高中生活，她和他情绪终究不太一样，那是他的四人小组，不是她的，她只是一个不远不近的观众。见林粤兴致不高，叶慎安心里陡然拉起警报，等等……他记得，赵希茜有段时间一直把林粤当假想敌来着，不过后来赵希茜顾着谈恋爱去了，他又分到了（4）班，这事就再没有关注过……但林粤不是那种会记仇的人啊？

他敛起情绪，双手讨好地搭上她的肩："你是不喜欢松松吗？"毕竟许卫松向来是个八公，搞不好什么时候得罪了林粤也不一定。

林粤摇头。

"那你是不喜欢简辰？"虽然简辰是个大冰块，但学霸之间万一有什么他们学渣不能理解的竞争呢？

林粤仍然摇头。

"那……难道是赵希茜？"可依林粤的个性，应该根本不会把赵希茜放在眼里啊，她就没对女生之间的明争暗斗产生过半毛钱的兴趣。

忽然间，叶慎安灵光一闪，哈哈，他知道答案了！

"你是不是……大姨妈了？"

"……"

终于，林粤沉不住气了，冷哼了一声："你还是觉得我们班里赵希茜最好看？"

"哈？"叶慎安一头雾水，他怎么对这事一点儿印象都没有？不过经她一提，他倒是记起来，自己曾经说过林粤好看。

那天林粤在树下抽泣，他怀着恶作剧般的心情走过去，对她说："别说，你哭起来，还挺好看。"

林粤当时是什么反应来着？叶慎安摸摸下巴，努力回忆……哦，她是拉着一张脸，冷漠地问他："你是不是……真的很讨厌我？"

他那时，好像的确挺烦她的。但他现在关心的重点已经不一样了。

"高中的时候，就有一次，我看你在树下哭，说你哭起来还挺好看的那次……你为什么会哭？"

林粤的神情倏地一凛，每个人都有自己不擅长的事，对林粤而言，那件事是倾诉。两道视线短暂交会，片刻，她不动声色地笑了："都什么时候的事了，我早不记得了……更何况，女孩子青春期为了小事哭一哭不挺正常的事吗，我怎么会记那么清楚？"

望着她嫣然的笑脸，叶慎安心神不由一晃："……是啊。"

可心里有个截然相反的声音，不，你不是！别的女孩可能会为了芝麻绿豆大的事掉眼泪，但你是林粤。林粤是不会随随便便哭的。

他忽然丧气，本以为这段日子相处下来，他们已能够向彼此敞开心扉，但这个人的心或许是一颗茧，看得见光泽，摸得见柔软，却包裹得天衣无缝，一丝缝隙都钻不进去。

他曾以为，做夫妻最重要是义，也就是所谓责任，所以向来别的夫妻怎么做，他都乐意跟着做。可从什么时候起，他竟然很想抽开那些丝丝缕缕，到她心里看看……

叶慎安低头思索着，良久，他抬起头，再次对上她的目光："对不起！"

"什么？"林粤惊诧。

他清清嗓子，话语很轻："虽然有些迟，又或许你已经完全不记得了，但那时我真挺差劲的，我想为曾经的自己，跟你说声'对不起'。"

一刹的静谧。

林粤抬起手臂，指尖抚过他的脸，嘴唇似动了动。叶慎安不确定她是否说了什么，下意识"嗯？"了一声。

林粤忽然展眉笑了。秋日温暖的阳光落入她的瞳孔，倒映出一泊剔透晶莹的湖泽。有一瞬间，叶慎安仿佛看见青春时的那个少女。

"我替曾经的自己，接受你的道歉。"她踮起脚，小心翼翼地吻住他的唇。

不擅长的事也许还是不擅长，但从这刻起，她想试着去学。在学会之前，她还是先做一点儿自己擅长的事好了。

第十六章

浪费

去接许卫松那天，林粤临出门拨了通电话："嗯，三个人……当然了，你要想加个座也是可以的……欸，话怎么说呢，谁过分啦……"

"没想到你跟松松这么熟……"去机场的路上，叶慎安感叹。这次许卫松回国，林粤不仅亲自接机，还早早安排了洗尘宴，如此重视，叶慎安不免觉得，这两人在自己看不见的地方，搞不好有什么不可告人的秘密……

林粤的回应倒是淡然："还好吧。"

行吧，但愿他想多了。

好久不见，许卫松如今成熟稳重了许多。从前最不屑的西装衬衫穿在身上，竟也有模有样。唯一不变的是他的发型，轰炸过的地方再怎么修剪，也顶多算得上"重建中"。

看出叶慎安嫌弃，许卫松不屑："你不懂，我这叫雅痞！"

叶慎安亦不客气："我看是雷劈！"

两人相视一笑，紧紧拥抱住对方。

等他们差不多抱够了，林粤才催促："好了，我们走吧。"

吃饭的地方在南锣鼓巷，传统的四合院布局，古色古香的装潢陈设，做的却是日式料理。

停好车，三人走到门口，许卫松抬头打量牌匾："我还以为要去你们酒店呢！"

"我们法餐厅的主厨是William，我怕你尴尬。"林粤答得脸不红心不跳。

许卫松笑嘻嘻地瞥了叶慎安一眼，谁尴尬他不知道，反正不是他。

"那以后再去吧，反正我这次回来就不走了。"

"真的？"

"嗯。"

"怎么，回来设计衣服啊？"

"那能轮得到我这个外行吗？先从市场部开始做。"

"看来你想通了啊……"

许卫松耸耸肩，不过是时间到了，他爸坐不住了。

林粤预订了包间，餐厅经理亲自过来接待。许卫松正兴致勃勃地东张西望着，忽然间，一个熟悉的声音钻进了他的耳朵，然后是血液，最后是心脏。他整个人顿时感觉凉透了。

莫茜微笑着，视线扫过一行三人，最后停在林粤身上："林总，好久不见，包房已经准备好了，请跟我来。"

好好一顿饭，许卫松硬是没动过几次筷子，酒倒是加了三次。林粤亦不劝他，自己该吃吃该喝喝，仿佛丝毫没有觉察到气氛的沉闷。

叶慎安沉不住气了："要不我们换个地方？"

许卫松一仰脖子，又一杯酒下肚："不用了。"

换什么换，人都遇上了，现在跑路，不摆明了是说我很在意吗？他凭什么要在意一个劈腿的女人啊？！

"我去趟洗手间。"许卫松第四次加酒后，林粤站了起来。

卫生间里。

林粤洗完手后并没有急着回去，约莫过了半分钟，一双黑色的高跟鞋踏了进来："原来你不是开玩笑啊。"

林粤眉梢一扬："我像是那么幽默的人吗？"

莫茜愣了愣："你不是不喜欢多管闲事么？"

"那要看是谁的闲事。"

"早知道我当初就不那么话多了。"

"不好意思，容我更正一下，不是话多，是喝多。"

几年前，莫茜还在上一家品酒会所工作，当时有位客人醉酒后与别的客人发生了冲突，是林粤及时从旁制止，替她化解了可能的危机。

莫茜不愿欠人情，坚决要请林粤吃饭。闲聊时，莫茜无意间得知林粤的母校，不自觉提了句前男友也是那里毕业的，但却没了下文。

之后林粤酒庄开业，邀请了莫茵去参加开业酒会。那天的宾客不乏林粤的高中校友，莫茵听见他们叙旧，许是触景生情，竟然喝醉了。也因此跟送她回去的林粤抖落出一个惊天大秘密，原来松松是被她"出轨"的！

因为不擅长与人交心，大学前林粤并没有什么真正意义上的朋友，只有许卫松是个异数。

不过这段友谊也建立在一个秘密之上——许卫松帮她守住了偷吻叶慎安的秘密。

这次许卫松回国，作为守秘密的回报，林粤想给他们创造一次机会。

"真算了？我怎么看，你们都像余情未了啊……"

"林总，你是不是误会了什么？"

"嗯？"

"当初是我造的局，我演的劈腿，我要想复合，那时就不会分手了。"

林粤没说话。

又过了一会儿，莫茵主动换了话题："其实我见过你先生，在松松十八岁的生日宴上，那时我很别扭，他是在座对我最友善的人……你们很般配。"

林粤"扑哧"笑了："我看你现在也挺别扭。而且我回去八成得听他跟我骂你，你却在这里夸他。"

"……"

林粤复看了她一眼："真没想问的吗？没有我可回去了啊……"

"……等等！"

"嗯？"

"他现在什么情况？我刚听服务生讲，已经加第四轮酒了……"

"心情不好吧。没事，酒醒了就好了。"

喝到第四瓶清酒时，许卫松终于下定决心，问对面眉头紧锁的叶慎安："你说，陛下是不是故意的？"

"什么？"

"故意带我来这个鬼地方！"

想想就很奇怪，刚回国吃家乡菜不好吗，非得来吃日本菜！

叶慎安认真思考了一下："我觉得她应该不知道吧……"

"你真这么想的？"这么多年过去了，叶慎安还是一如既往的天真。

听他这么说，叶慎安不由犹豫了起来："呃，也可能是故意的？欸，你知道，我本来就不够了解她。"

许卫松"嗤"一声笑了："不够了解也敢结婚？"

叶慎安蹙眉，这家伙还真喝醉了。

不能跟醉鬼计较，不能跟醉鬼计较……

他摆出笑脸，好脾气道："你不知道吗，把婚姻当事业来经营，才能健康长久！"

"哈哈哈！"许卫松笑得直拍桌子，"你都从哪得出的谬论？看看×站，成立十年，经历了六次高层动荡，被一卖再卖，如果是结婚的话，那不知换到第几任对象了，最后不也凉透了吗？还有，油通的'罗生门'知道吗？创始人和合伙人撕逼，说合伙人偷了公章，最后不也项目失败了吗？不止这些，我知道的例子还多着呢，怎么，要继续听吗？"

"……"叶慎安沉默。

"所以啊，我觉得你盲目乐观了……"

不在好脾气中灭亡，就在好脾气中爆发，叶慎安难得大了回嗓门："你真他妈喝大了！"

"我没喝大，我知道的事可多了！"

"哦，那你倒是说说看，你还知道什么啊？"

"……我起码知道陛下亲过你啊！"

"……你说什么？！"

"我说——我知道林粤亲过你！就在我们高中毕业聚会那天！！！"

"许卫松，你有种给我再说一遍！"

"说就说！你给我听清楚了！陛下喜欢你，偷偷亲过你！就你跟个傻子一样，什么都不知道，还跟我在这里大言不惭地鼓吹什么婚姻事业论！你真以为人家跟你结婚，是为了钱吗？！"

一阵寒风撞向包房的拉门，发出"哐哐"的闷响。

气氛沉闷得可怕，叶慎安的嘴唇翕动着，却发不出丁点儿声音。渐渐地，他僵成了一尊化石。

掐指一算，周公子已经有些天没见到夏筱筱了。

自从上次被刷新世界观之后，周公子感觉自己的三观一而再再而三地被冲击着。首先就是，傻白甜根本没有小说里写的那么黏——夏筱筱平时不是在采访的路上，就是在写稿的途中，眼看这些她都做完了，又要开始忙着出片了。

／所有瞬间都是你／

周公子品了品，觉得之所以理想和现实出现了偏差，主要是因为小说里的傻白甜家里都挺有钱的，但夏筱筱怎么看都只算个经济适用型。不过没关系，反正他不差钱。

然而不差钱的周公子，眼下又陷入了闲到发霉的境地。

别说他矫情，他发现自己最近愈发羡慕叶慎安了，虽说世悦的那个位置叶慎安未必有多喜欢，但好歹那是一个真真正正属于他的位置。不像他，天下之大，竟没有一个地方需要他……

周公子觉得不能再继续想下去了，再想就对不起自己风流快活的人生信条了。

他决定为自己找点儿事做。比如，先找个地方填饱肚子。

夏筱筱今天一整天都心神惶惶的，眼看下班时间逼近，她的心情也愈发烦躁起来。

六点刚到，广告部主管便走了过来："筱筱，收拾一下，我们准备出发了啊。"

夏筱筱笑着答了声"好"，低下头去慢吞吞地整理桌面。

推不掉的——又不是职场新人，道理她都明白。这种招商饭局，权当是渡劫吧。

众所周知，纸媒行业如今日落西山，尤其是他们这种旅游类周刊，主要收入都依靠广告。所以每到招商季，广告部的饭局会频繁许多。

偶尔为了撑门面，广告部也会拜托其他部门的漂亮员工一起去，所谓赏心悦目。这种事当然不是强迫性质，但若你不答应，难保以后不会被穿小鞋。人在职场，身不由己。

夏筱筱之前曾配合着来过几次，幸运的没遇到过什么难缠的人物，但作为女性，光坐在这种场合，就已经足够局促不安了。

眼看一顿饭吃到尾声，席间诸位都有了醉意，交谈声不觉大了起来。夏筱筱瞅了个空当，说要出去上厕所，顺便醒酒。

她今天其实喝得很少，这种场合自然轮不到她殷勤，配合着举举杯就行，但因为喝的是她平时不喝的白酒，胃里总隐约感觉火烧火燎的。

洗完手，再补好妆，她转身准备回包房，刚走到洗手间门口，就看见饭局上的一个男人，正幽幽伫杵在门口。

"夏小姐，真巧。"

"欸……是呢。"巧什么巧，刚才她出来，一桌子人不都看在眼里吗？

夏筱筱脸上挂着笑，碍于那人没进对间，自己也不好先离开。

要怎样？很烦啊。

见他迟迟不动，她终于不耐，正要开口说"我先回去了"，那人忽然抓住了她的手腕，刺鼻的酒气喷在她的脸上："夏小姐，方便留个号码吗？"

行吧，不仅夜路走多了得撞鬼，就连她这种饭局吃得不多的，都得被骚扰。

夏筱筱清清嗓子，柔声道："对不起，我有男朋友了。"

"没关系，我可以排队啊。"

还真是厚颜无耻。夏筱筱按住他的手，尽量拨开，还是温温软软的语调："抱歉，我没法答应你。我男朋友听到这种话，会不高兴的。"说罢看了一眼几步之遥，隔断后站着的周公子。

他其实已经在那里站了好一会儿了。刚才夏筱筱进去，他就觉得那个背影像她，心里犯起了嘀咕，不是忙么……于是他干脆站在那里，等人出来求证。结果完完整整目睹了这一幕。

只有愣头青才会在这种时候直接冲过去揍人，他虽然戏多，但关键时刻还是看得清，从夏筱筱的反应看来，她并不想生事，只希望息事宁人。他就干脆看戏似的站在那里看，看她能忍到什么程度，心里那个嘲讽的声音却越来越大——傻白甜就是傻啊！

这种时候生气有什么关系？用得着这么尿吗？一点儿魄力都没有！他既心疼她，又看不起她。

终于看不下去，周公子走过去，直接横在两人中间："我看差不多时间了，该来接我女朋友回家了。"

对方神情骤然一冷，打量他："你是？"

周公子笑笑："当然是她男朋友啊。"

不确定刚才的无耻言论有没有被周公子听到，但那人心里到底是虚了，支吾着"哦"了一声，扭头悻悻钻进了男士洗手间。

"走吧！"周公子回头看了夏筱筱一眼，没好气道。

夏筱筱的眼眶微微泛红："还不行……"

"怎么？你还要等人家出来，再上赶着把联系方式送过去吗！"周公子觉得这傻白甜真邪门，屡次刷新他的三观不说，现在还要试探他的底线。

"没有！"夏筱筱急急拽住他的衣袖，"我只是……得回去把这顿饭吃完。"

周公子这种不谙世事的少爷怕是一辈子都理解不了，如果现在她不忍气吞声，今天整个广告部的酒就算白喝了。

大家谁不难啊，既然委屈已经受了，那该拿的就必须得拿到。

周公子简直气到七窍生烟："好啊！你去吧！我走了！"

本来今天就是凑巧碰上了，他们又没约，她爱怎样怎样吧，蠢货！

周公子大步流星地拂袖而去，夏筱筱缓缓敛起泪意，冷冷看着他的背影，真羡慕你啊，活得跟个不食人间烟火的傻白甜似的。

夏筱筱硬是等到那人从洗手间出来。在此之前，她已经确认过自己的形象——眼泪泫然，妆亦花了，正贴墙站着，小声抽泣。

那男人明显被此情此景惊到了，神情骤然软了几分："这是吵架了？"

夏筱筱咬着嘴唇，轻轻点头。

他顿时讪然，其实也不是真心实意想追求夏筱筱，只不过男人多少都爱讨点儿口舌之利。刚才被撞了个正着他已经兴味索然，眼下闹成这样，他更是没有半分兴趣掺合人家的私事了，反而摇身一变，充当起和事佬："欸，好好解释就行了嘛……"

夏筱筱默默吸了吸鼻子。他像受到鼓舞，继续道："女孩子出来打拼不容易，男朋友应该多理解的……"说着拍拍夏筱筱的肩，"今天让你受委屈了，广告的事，我一定督促，尽快跟进……"

夏筱筱暗自咬牙，生生将他这份"好意"受了下来。

饭局散后，夏筱筱借着再去洗手间的理由，一个人拖到最后才离开。

妆是没心情补了，直接回去睡觉吧。

她下楼走到路边，准备打车，忽然，一辆停在路边的车朝她开了过来。定睛一看，是周公子的车。

"上车。"

夏筱筱矮身看了一眼他的神情，立刻乖觉地拉开车门，坐进去。周公子一脚油门。

"我们是要去哪儿？"看路不像是回家那条。

周公子不语，许久，冷冷问："你平时遇到这种事，也都这个态度？"

"什么事？"

"……"

周公子第一次产生了给她送点儿补脑口服液的冲动。

他不再说话，夏筱筱也不敢吭声。路上经过一片热闹的街区，夏筱筱像突然发现了什么，眼光一亮，巴巴转头看他："那个，我有个想去的地方，能停车吗？"

周公子不悦地瞥她一眼，嘴上不置可否，行动还是诚实，迅速找了个地方停车。

夏筱筱领着他一路穿街过巷，最后，走进了一家福利彩票站。

周公子顿时蒙了："你来这地方干什么？"

夏筱筱一脸莫名："能干什么……当然是买彩票啊！"

说买就买，夏筱筱轻车熟路地跟老板要了两包刮刮乐，付过钱之后，径自走到店里的小桌子前坐下。

"呃，你要不要一起刮？"

"不要。"

你是不是瞎，你面前的人才是你人生最大的彩票！

"我呀，是第一次遇上这种事，没有经验……但每次工作上受了委屈，我都会找家福利彩票站，买两包刮刮乐。"夏筱筱一边认真刮着彩票上的灰色涂层，一边细声解释道。

"为什么？"

"因为一想到如果中了几百万，就可以不用干了呀！"夏筱筱轻快地扬扬手，兴奋地跟他炫耀，"你看，中了二十了吧！"

周公子被她这副模样逗得哭笑不得，都什么跟什么啊！

正是夜晚最热闹的时候，夏筱筱刮彩票的工夫里，进进出出买彩票的客人络绎不绝。双色球、七乐彩、两步彩……各式各样的名头，周公子津津有味地观摩着这些从没出现在自己生活里的东西，忽然有些理解了，也许大家来买的并不是一个发财梦，而是在这日复一日生活中，苦中作乐的一丝甜头。

夏筱筱刮完最后一张卡片，认真数着自己中奖的数额："二十加五十加十加……"

周公子忽然捧过她的脸："筱筱。"

夏筱筱捏着厚厚一沓彩票，困惑地与他对视。

他蓦地笑了，眼中漾起密密的温柔："答应我，下次遇到委屈的事，一定不要再往肚子里咽，大不了就不干了，我养你。我周世嘉的女朋友，才不许受这些闲气！"

一刹间，夏筱筱的大脑空白一片。攥着彩票的那只手轻轻颤抖着，她第一次虔诚地希望，周世嘉不要发现。

要冷静。她努力平复好心情，甜沁沁地弯起嘴角："嗯！"

周公子似乎对这个笑容十分受用，心满意足地松了手，别扭地撇撇嘴："要不要……我帮你算啊？"

说着把她手中的那一沓彩票抢了过去。夏筱筱没有拦他，她乖乖趴在小桌子上，一手托着脸，安安静静看周公子把自己做过的那些加减法再做了一遍，唇边渐渐浮起一抹淡淡的笑容。

有些话不过听听，她明白不必当真。但那些话的意义不就在于听听么，能听到，就是莫大的幸运。

拉开包房的门，林粤是看见两个倒在榻榻米上的男人。

她不过在跟莫茴聊完之后出去接了通工作电话，怎么一回来，人就直接给喝趴了？她蹲下身，拿手戳了戳叶慎安的脸："起来！"

躺着的人没有丝毫反应。林粤皱了皱眉，眼角的余光扫过桌上的空酒瓶，很好，十个。这两人可真是感天动地的好兄弟，一个想喝醉，另一个就配合地拿酒当白开水。

林粤直起身，掏出手机："你前男友归你，我老公归我。"

莫茴："……"

叶慎安醒来时，已经是第二天下午。

窗帘没拉开，昏暗的房间中，他迷迷糊糊睁开眼，依稀看见床边站了个人，正抱着双手，一双柳叶眼高高挑着看他。

叶慎安一个哆嗦，瞌睡顿时醒了，立刻坐起来："没，没多少！"

林粤被他的反应气笑了："我这不什么都还没问呢？！"

"……"

短暂的沉默，叶慎安发现自己甚至心虚得不敢看林粤的眼睛。为了掩饰这种反常，他故意左顾右盼，假装找东西。

"想喝水？"

"……嗯。"

"那我去给你倒。"

林粤说着走了出去，门"哒"一声阖上了。

叶慎安望天，整个人绝望地倒回了床上。天哪！谁能告诉他，昨天他听到的那些到底是做梦，还是真的？！如果是真的……他努力回忆着高中时林粤对他说过的话，做过的事，实在没办法相信她的那些行为是因为喜欢他！既然不是喜欢，那逻辑就根本不成立啊——林粤为什么会亲自己？

单纯为了硌硬他吗？那牺牲太大了吧……林粤是个杀敌一千自损八百的

人吗？显然不是。

那，还真是因为喜欢自己？

不过稍稍这么一想，叶慎安就起了一身的鸡皮疙瘩——那她喜欢人的方式还真是特别呢，特别到他这个当事人到现在都难以置信。

不行，他得跟许卫松再确认一次！他急急翻出手机打过去，那头却提示通话中——谁这么不识趣，占了他的机位啊？！没看到他在处理人生大事吗？！

"松松。"

"嗯？"

"你人在哪儿呢？"

许卫松看了一眼酒店落地窗外的天色，又看了一眼旁边镇定穿着衣服的女人，从齿缝里挤出一声冷笑："陛下说笑了，不都是你安排好的么？"

林粤晃了晃手中的水杯："话不能这么说，我只安排了你的洗尘宴，别的可不关我的事。"

许卫松懒得跟她绕弯："叶二呢？"

"刚醒，说说吧，你们昨天到底喝了多少？"

"我四瓶，他六瓶。"

"那你酒量不行啊。"

许卫松"哼笑"了一声："那是比不上你老公，直接整壶往下灌。"

林粤心里咯噔了一下，果然跟她猜测的一样。那么短的时间能喝到不省人事，只能是牛饮了吧。

她清清嗓子："那你是跟他说了吧？"

"嗯。"

"不是答应保密的吗？"

许卫松拆了一支烟，衔在口中，迟迟没点："我只记得，当初你跟我说'不要让他知道'，我可从没说过'好'啊。"

林粤乐了："学坏了啊。"

许卫松斜斜挑眉："不是你逼出来的么？"

"我可是在还你人情。"

"就瞎扯吧！"许卫松烦躁地把烟丢进烟灰缸，"不过，既然这事我已经捅出去了，你难道还不打算跟他好好谈谈吗？他可是超单纯的，估计现在还以为你什么都不知道呢。"

林粤笑着摇了摇头："暂时不哦。所谓秘密，如果不是当事人自己想知道，主动说出来就没有任何意义了吧？"

如果你不打算发现我过去的爱，那么，能一起好好分享余下的人生也很好。

林粤看了看表："挂了，老公等我的水很久了。"

"真羡慕你啊，陛下……"许卫松看了一眼莫茵离去的背影，"十几岁喜欢的人，现在还能够陪在身边。"

"其实我偶尔也觉得，自己实在是超幸运呢。"

差不多十分钟后，叶慎安终于打通了许卫松的电话。

他简直抓狂："你刚在和谁打电话啊？"

"我妈。"

"……"算了，谁让他比不上妈。

"昨天的事……"叶慎安舔了舔酒后干涩的嘴唇，艰难地措辞，便听见许卫松轻快的声音："哦，你说昨天啊，我断片了。"

"哈？"

"我说，我昨天喝断片了，什么事都想不起来了。"

"……"你妈知不知道，你是个断片就会失忆的废物？

隐约听见林粤上楼的脚步声，叶慎安一愣，赶紧气急败坏地掐了电话。

算了，靠女人靠兄弟都不如靠自己，他还是自力更生，自己去找答案吧！

周一上班，林粤直接将一份确认过的婚宴餐标丢到了叶慎安面前，叶慎安一脸莫名，拿过来一看，瞬间气到吹胡子瞪眼，原来赵希茜和简辰已经回国了！不仅如此，他们的婚礼还打算在世悦办！

怎么都不事先跟他说一声啊，太不够意思了吧？

他当即打过去兴师问罪："简辰，你和赵希茜既然回来了，怎么不打声招呼，还讲不讲情义啊？"

电话那头的人一如以往的冷静到冷淡："我以为把婚礼放在你们酒店办，足以展现我们这么多年的情义。"

叶慎安心里舒坦了不少，但嘴上还是不满："我才不听你这种歪理，反正今晚，你、希茜、松松、我……"他顿了顿，意味深长地看了埋首工作的林粤一眼，"还有我老婆，必须出来聚一聚！"

他话音刚落，不及简辰回答，那边便冒出了赵希茜响亮的声音："辰辰，谁啊？"

叶慎安一个恶寒，这么多年过去了，她怎么还是那么喜欢叠字……他嫌弃地把手机拿远了一些，中气十足地补了一句："地方一会儿定好后发你，咱们不见不散啊！"

林粤抬头看他，似乎有些惊讶："我要去？"

叶慎安拼命点头："当然了！"

你不在，我们还怎么三人对峙啊？！他就不信了，到时候，这两人还能一起跟自己装蒜！

当晚，叶慎安和林粤最先赶到地方，点完菜，林粤去外头接电话，叶慎安闲闲地翻着手机，包房的门忽然开了一条缝——许卫松来了。

"坐啊。"叶慎安以眼光示意他。

许卫松一眼瞥见另一张椅子上的包："希茜到了？"

"嗯。"

"嘁，是陛下的吧。"许卫松哂笑一声，这人真有意思，还故意不跟他说林粤会来，以为自己聪明得要死，其实蠢到萌的只有他。

叶慎安显然不知道，被女人伤害过、设计过的男人，哪怕过去是只单纯善良的嘤嘤怪，最后都会变成魔鬼。

不过没关系，他很快就要知道了。

"你去问过陛下了吗？"许卫松啜了口茶，开门见山。

叶慎安瞬间呆住："你那天不是断片了吗？"

"这你都信？"

"那到底是怎么回事？！"叶慎安这下真被惹急了，一双眼赤红赤红的。

许卫松哈哈大笑："别急啊，先回答我几个问题，我就告诉你。"

这人还没喝酒就开始发疯了吗？可惜求人嘴软，他不得不说服自己按捺住骂人的冲动："那你快问！"

"如果联姻的对象换成希茜，这婚你还结吗？"

叶慎安虽然不明白他的意图，但还是强迫自己顺着他的思路理了一下，摇头："算了，矫情得要死，事儿还多，最重要的是我一想到她要叫我'安安'，就想找堵墙把自己撞死！"

"那我们之前的孔班长呢？"

/ 所有瞬间都是你 /

"她不是结婚了么？"

"你别管这个，回答我！"

"还是算了，性格太直，欣赏归欣赏，一起过日子指不定吵架得被气死。"

"呵……"许卫松玩味地看着叶慎安，"所以，你发现问题所在了吗？"

"什么问题？"叶慎安又气又蒙。

"你其实是因为对方是陛下，才答应结婚的吧？"许卫松紧绷的表情渐渐放松，"哈，你也不用露出这种表情，从前念书那会儿，我们都还年轻，我那时也觉得你是讨厌陛下的，包括我们一起去黄金海岸的时候，我依然这么想，觉得你面对她，简直莫名其妙的不讲道理，跟被雷劈过似的。但后来你们突然结婚了……我这次见到你们，联想到之前的那些事，忽然有了新思路，可能你当初不是讨厌陛下，相反，你喜欢她，不过却不得门道。别说希茜和孔班长，这世上的女人有几个难缠得过陛下？可我看你不过得挺惬意吗……"

叶慎安顿时呆若木鸡。

见他一脸狼狈与震惊，许卫松觉得大仇得报，心里痛快得不行，立刻招来服务员，先要了两瓶酒。

"你慢慢琢磨我的话啊，实在不行，先喝两杯压压惊？"

接完电话，林粤抬头便看见一个多年不见的面孔。

"好久不见。"她打了声招呼，主动侧身，为赵希茜让路。

赵希茜正低头在包里翻着什么，抬头看见她，不禁一愣，旋即展颜："嗨，好久不见……"

这些年她一直作为芭蕾舞演员在海外的舞团活跃，极少回国。年初叶慎安和林粤的婚礼举行得仓促，以至于曾经的四人组没有一个能抽出身参加。都是成年人了，大家自然可以理解，但多少还是遗憾。所以这次简辰说考虑在世悦举办婚礼时，她二话不说就同意了，就是想借此机会，再和过去的老友们聚聚。

高中毕业多年，林粤早不是她心中的假想敌，这么突然见面，与其说生疏，不如说亲切更多。

赵希茜停下翻找的动作，笑着看她："欸，我怎么觉得，你看上去比从前亲近多了？"

林粤失笑，或许赵希茜眼下的观感，便是陈伟廉口中的那份"柔软"吧。

不过这小公主还是一如既往想什么就说什么，丝毫不介怀听者会不会多想。得被简辰保护得多好，才能保留骨子里的这份率直啊。

林粤清清嗓子，亦微笑附和："看来我变了不少啊。不过，你还是和从前一样漂亮。"

赵希茜一向最喜欢被人夸奖，脸上立刻露出了更灿烂的笑容："其实你也是啊！"

两人相视一笑。

"对了，简辰呢？"

"先去包房了，我准备先去一趟卫生间。"

"可包房里就有卫生间啊。"

"我……"

本以为赵希茜是一时忘了，但她尴尬的表情显然不是这么回事。林粤识趣地打住："没关系，你觉得怎么方便就好。洗手间在走廊右转，我先回去等你。"

"嗯，好，谢谢。"

林粤抬脚要走。赵希茜忽然叫住了她："林粤。"

"嗯？"

"你为什么会答应和二二结婚啊？"外界的传言她当然听过了，但她和林粤算认识多年，她总觉得，她不是那种为了利益就要牺牲自己感情的俗气女人。

林粤蓦地停住脚步，沉默片刻，没有回头："大概是因为，我喜欢他很久了吧。"

赵希茜惊讶得捂住了自己的嘴。

林粤一回包房，就发现场面不对。简辰一脸淡然地以下巴示意她——看你老公。

叶慎安已然醉得趴在桌上开始说胡话："简辰，我看你就是眼光不行，选谁不好非得选赵希茜那个叠字精。我问你，你每天听她'辰辰、辰辰'地叫你，难道真不觉得肉麻得慌吗……"

林粤额角的青筋跳了跳，这饭还没开始吃呢……

转头去看许卫松，这罪魁祸首正一脸超然地喝着茶。

"跟我出来一下。"

许卫松今天来之前就做了万全的准备，饶是面对林粤的超强气场，也表现得铁骨铮铮。

"我可没逼他喝啊，都是他自己喝的。"

"谁问你这个了？"林粤凛冽的眼风扫过他的脸，"我要问的是，你为什么突然改变主意了，不说好装忘了吗？"

"我什么时候跟你说好啦？"许卫松两手一摊，嬉笑着耸了耸肩，"我只问你要不要自己跟他谈，你说不要，但我可没答应你不会跟他谈啊。"

"……"林粤的脸色顿时阴沉下去，然而过了一会儿，她居然笑了。

这下换许卫松心里发麻了："……你笑什么？"

"没什么。"

"……"

"既然如此，我也跟你说一个好笑的事情吧。"

"嗯？"

"其实莫茴没有出轨，你啊，是被她骗了。"

"……"

不知道是震惊更多，还是愤怒更多，许卫松竟然有点儿发抖，"你说什么？！"

"你不听清楚了么？"

"……"

林粤挥挥手："你自己慢慢感受吧，我先进去了。"

"等等！"许卫松咬牙切齿地叫住她，事情发展成这样，显然已经超出了他的预期，但哪怕极不情愿，他还记得今天过来要和她谈的正事，"我家老爷子今年新聘了一位伦艺毕业的设计师，打算做个年轻定位的新品牌，夏季新品发布会想定在你们酒店，你看后面抽个时间……我们具体聊聊？"

林粤回头看了眼他苍白的脸，微笑："好啊。"

今晚这么一闹，聚会不得不提前结束了。买过单，林粤揪着手舞足蹈的叶慎安下楼，好不容易把人塞进后座，她一手按住躁动的叶慎安，一手掏出手机联系司机。

到了家，联合阿姨一起，才总算把这尊醉佛请上了楼。

回头刚关上门，林粤就听见"啪"一声响。房间里的灯顷刻全熄灭了，叶慎安一屁股坐到了床上。在他脚下，是落地窗外隐隐透进来的一缕寒光。

"你干什么呢？"

除了沉重无序的呼吸声，并没有回答。

压抑了整晚的怒火瞬间卷土，林粤不觉提高了嗓门："叶慎安！"

喊完他的名字，林粤的胸口忽然开始一抽一抽地疼，连带身体也在发抖，与其说她生气，不如说她难过，她亲过他这件事就这么难以接受么，值得他把自己灌成这个鬼样子？！

沉默中，黑暗中坐着的人站了起来。林粤还没弄清他的意图，就感觉自己的手被紧紧攥住了。

电光石火间，她被他拉过去，欺身压在了身下。身体承受的重量令她的瞳孔渐渐放大，可没有光线，她根本看不清楚他的表情。

只有近乎挑衅的语气："叫我干什么？"

林粤倏地愣住。

半晌，她从牙缝中挤出一声冷哼："……你戏可真多。"

叶慎安竟然笑了："我戏多吗？明明你更会演。"

"叶……"

完整的声音还没发出来，她微微张开的嘴便被严严实实堵住了。酒精的气味自舌尖卷入，蔓延至喉咙深处，林粤逐渐瞪大了眼睛，第一次感受到了一种陌生的掠夺感。这时，叶慎安竟又加重了力道。

她一时无措，下意识想把他推开，却发现这人一身蛮力，根本就是徒劳。来来回回几番纠缠，自己的身体反而愈发瘫软，足尖亦涌起一阵战栗。

她忽然觉得无限委屈——你不就是仗着我喜欢你吗？要是我不喜欢你，怎么会为了配合你的步调，每天兢兢业业演得这么辛苦？你给多少，我就要配合地展示给你多少，你知不知道，这比全心全意投入一段感情来得难得多！

一想到这儿，她的眼角开始发涩。闭合多年的泪腺，在这一刻奇迹般地被撬开了。感觉到他的手指在胸前游移，她本能地瑟缩了一下。

下一秒，身上的人却蓦地停住了动作。他慢慢将唇挪开，转而让脸伏在她的肩窝，如自语般呢喃："林粤，你是不是……喜欢过我？"

林粤一双眼怔怔望着天花板，有银丝自眼角缓缓垂下。

过去了很久很久。

"是喜欢你。"

空气安静到吊诡。胸腔里的氧气都快被他的重量挤压干净了，林粤仍没

/ 所有瞬间都是你 /

能等到一句反馈。

　　不会是……她使尽全身力气，总算把身上的人推开了。被推开的男人顺势翻了个身，大剌剌地摊在床上，睡得像块儿香甜的饼。

　　真是个人才！

　　望着他酣甜的睡容，林粤无奈地扯了扯嘴角，拉过被子替他盖好，这才舒展着被压得麻木的筋骨，去浴室洗澡。

　　叶慎安醒来时，外头已天光大亮。枝头的浓翠被阵阵寒流卷去，如今只剩光秃秃的一片，万物凋敝的冬天就这样悄无声息地来了。抻了抻酸痛的脖子，他停摆的大脑缓慢恢复了运行。

　　等等……林粤昨天好像是跟他告白了？

　　来不及感叹这人清奇的感情表现手法，他急急转身，想要确认是否记忆出现了偏差，但身边的人却已经不见了。只有床单上没有温度的人形凹陷提醒着他，这件事，应该不是幻觉。

　　洗完澡，叶慎安恢复了一身清爽。时候尚早，他慢悠悠吃过早饭，才去车库开车。

　　路上曾试着联系过林粤一次，但电话没有人接，叶慎安不爽地撇嘴，这大清早的，也不知道这人一声不响跑哪儿去了……

　　人到了办公室，林粤竟然不在。叶慎安纳罕，这情况前所未有。他怔了怔，悻悻走到自己的办公桌前坐下。

　　做完一天的准备工作，眼看九点了，叶慎安终于按捺不住，又给林粤打了一通电话。

　　这一次，林粤接了。

　　他迟疑了片刻："你在哪呢？"

　　"电梯里，马上到。"

　　"不对啊，你不是早就出门了么，之前没来酒店？"他顿了顿，才小声抱怨，"电话也不接。"

　　林粤默了默，平静答："William开车路上被人碰瓷了，他刚回国，对这种事还不适应，就打电话叫我去帮忙处理了一下。那会儿我应该在和交警沟通，没听见吧。"

　　叶慎安的表情瞬间僵住了。

　　良久，他气呼呼地磨牙："你昨晚不是说……喜欢我吗？"

　　"什么？"她不明白他为什么忽然会提这茬。她还以为，他没听见呢。

　　一时间，气氛微妙。

叶慎安平复了一下心情，继续道："我说，你不是喜欢我吗？这么多年了，你表达喜欢的方式怎么还是这么特立独行啊！"

"……"

突然间，电梯内响起了一阵电流的声音，灯光亦跟着闪烁起来。林粤抬头，心中蓦地涌起了不安的预感。下一秒，电梯开始小幅度震动，头顶的灯光倏地熄灭了。手机信号似乎受到了影响，叶慎安的声音变得时断时续："林粤……我不……喜欢……你……陈伟廉……一起……"

电梯彻底停住了。

林粤的眼皮抖了抖，余光扫过身旁大肚的孕妇。她深呼吸，尽量镇定道："慎安，认真听我说，我在3号电梯里，电梯现在突然出现了故障，我身边有一位孕后期的孕妇。现在你立刻和安保部联系，确认我们被困的楼层，准备安排救援！动作要快！"

所有瞬间都是你

第十七章

告白

　　电话挂断，咔哒咔哒的晃动声也跟着停下了。林粤记得，电梯刚开始震动时，数字最后显示是在八楼，刚才她有下坠的感觉，那么现在她们所处的，应该是在八楼以下的楼层。

　　按下报警按钮，值班室那边立刻有了回应："林总，刚才叶助已经通知过我们了，现在我们的人正在查看监控，确认电梯停止的位置……"

　　"在八楼以下的地方，根据我的坠感，应该没有坠到最底层，还在半空。"

　　"是！我们这就加紧确认！"

　　"好，"林粤说着看了一眼缩在角落满眼惊恐的孕妇，"那救援的工作就交给你们了。"

　　她来到孕妇身边，安抚地握住她的手："您好，请问您的身体有感觉不适吗？放心，应急小组已经出动了，专业救援也会马上赶到，相信我们很快就能被救出去了。"

　　孕妇见她神态镇定，像被感染，脸色跟着好转了一些："你是？"

　　"这家酒店的总经理，抱歉，让您经历了这么不愉快的事情。"

　　孕妇轻轻摇头："我还好，身体没有不适，可我担心……"她犹豫着，低头看看自己的小腹，"我的宝宝。我的预产期就在后天，今天突然想吃这里的早茶，本打算吃完就去医院办理住院的……"

　　林粤微微一愣，将她的手握得更紧了一些："放心，你的宝宝不会有事的，我们很快就能出去了。待会儿一出去，我就让酒店派车送你去医院。"

正在这时，对讲器那边响起了新的声音："林总经理，位置确定了！工程人员已赶到相应楼层，两位请不要担心，再耐心等待一下！"

林粤听罢鼓励地望着孕妇："看，我说得没错吧，很快就可以出去了！"

不一会儿，林粤隐约听到了电梯顶上的响动，应该是机房那边断电后，救援人员准备开始盘梯了。

林粤仍握着孕妇的手："名字想好了吗？"

孕妇略吃了一惊，旋即露出幸福的笑容："还没有呢，我们想了好几十个，还不知道选哪个才好……那个，经理你也结婚了吗？"

"结了。"

"那有在考虑要宝宝吧……"

"还没，"林粤淡淡一笑，"不过以后总会有的。"

就在这时，电梯又开始轻微晃动起来，孕妇紧张地望向厢顶："怎么了？"

"没事，他们要把轿厢升到平层，我们才能顺利出去。"

"哦……"孕妇长吁了一口气，"经理，你可真勇敢啊！"

林粤摇头："不，我只是愿意相信，任何事都会有解决办法，剩下的，只是时间问题。"

十分钟后，孕妇和林粤相继被救出了电梯。

叶慎安最先冲上去，死死抓着她的手不放，神情焦灼："你没事吧？"

在场的其他人看见这一幕，面上不禁一红，纷纷识趣地把脸转开了。

林粤意识到不妥，连忙将他的手拨开："呃，我没事……我们先处理正事吧。"

叶慎安被她说得一愣，这才回过神，不好意思地松开了她的手："……好吧。"

调整好心情，林粤转身看向在场的前台值班经理、保安经理、值班工程师……最后目光是落在了陈洪身上。

见林粤盯着自己，陈叔面上虚虚浮起了一层尴尬的笑："抱歉，让你们受惊了。"

林粤挑眉看他一眼，没回答，只吩咐前台值班经理："立刻安排一辆车，送这位太太去医院，检查有没有受伤，后续费用我们全权负责。"说完她再看叶慎安："你陪着走一趟吧。"

叶慎安点头，又忍不住跟她确认："你是真没事吧？"他就怕她在逞强。

林粤蹙眉，不由提高了声调："我真没事，倒是你，还不赶紧陪这位太太下楼！"

叶慎安浑身一凛，急忙答"好"。

见阵仗这么大，孕妇有点儿蒙，忍不住想拒绝："没关系的，我没事，不用让人陪我，我自己坐车过去就好，刚才要多亏了你安慰我……"

林粤笑容和煦，语气却不容置喙："话不是这么说的，你在我们酒店遇见了这样的事，我们一定会调查清楚，给您一个合理的交代。等我安排好后续的调查工作，就去医院探望你，之前有什么需要，告诉这位叶助理就可以。"

坚持让叶慎安带走孕妇，林粤一回身，犀利的视线扫过在场所有人："去把开业至今的电梯维保记录调出来，我要看看，为什么刚投入使用的电梯，会发生这样的故障！"

傍晚，林粤如约出现在了孕妇的病房。她的家人都在。孕妇正坐在床上吃橘子，看到她，既惊讶又开心，笑着打招呼，她先生的脸色却不太好看。

林粤正要说话，孕妇的先生先一步打断她："您好，林经理，方便出去聊聊吗？"

林粤一愣，笑着颔首："当然。"

"我老婆人好，不跟你们计较，但这事我想起来就后怕，搞不好就是一尸两命。听她说，你们要进行事故调查，现在有结果了吗？"

林粤默了默，朝他鞠了一躬："是的，正在调查中，一有确切结果，我立刻联系您。"

孕妇的先生没想到她毫不推诿，神情顿时讪讪的："我不是逼着你马上拿出个说法……"

"我明白。"

"上午安排人送我老婆过来，谢谢了。"

"这是我们分内的事。对了……"林粤顺势举起手中的纸袋，"听您太太说，她喜欢我们酒店的早茶，今早因为电梯故障害她没吃上，我就让我们中餐厅的厨师加班做了一份带过来，希望她喜欢。"

入夜。

自医院回家，林粤一开门，就看见一张严阵以待的脸。

被叶慎安莫名的气场震慑住，她微微一愣，眼角的余光瞥过空荡荡的客厅："阿姨呢？"

"我给她放假了，"只见叶慎安双手环抱在胸前，答得理直气壮，"因为我说，酒店那边出了些状况，我们不回来吃晚饭了，而且晚些你还需要做检查，今天她可以休息。"

"啊？"

"怎么，你忘了吗？上午你可是被困在电梯里，既然客人已经检查过了确认没事，现在也该轮到你了！"

"哦……"她还当什么事呢，原来是这事。不过她白天不是说过自己没事了吗，怎么这人还揪着不放？

林粤无奈地瞪了他一眼："我真没事，不用去医院！"

没想到叶慎安丝毫不急："没事，我就知道你不肯去，所以我决定自己来！"

"哈？"

"眼见为实，我决定自己动手！"叶慎安说着就开始解林粤外套的纽扣，他已经想过了，万一电梯颠簸的时候，这人撞到哪里了不自知呢，不看一眼他不放心！

林粤被他突如其来的动作弄蒙了，好一会儿才回神，不由"扑哧"一声笑了："叶医生，别闹了啊！"

"闹什么闹，我认真着呢！"眼见外套扒下来了，叶慎安正要再接再厉解衬衫，林粤忽然将他的手按住了："既然你这么有闲，那我们来谈谈上午没来得及说完的话题吧？"

叶慎安解纽扣的动作蓦地停下了。气氛变得暧昧，叶慎安后知后觉地意识到，自己的手指刚好停在她胸口裸露出的皮肤上，光滑而温热的触感令他心底的波澜顿时壮阔开："啊？"

他本以为，她上午的沉默，是想要绕开这个话题的意思。

然而林粤回应他的眼神却柔软而坚定："嗯。"

两人来到沙发坐下，林粤一边扣着衬衫，一边跟他解释："当时电梯突然停了，信号不太稳定……"

"嗯。"叶慎安颔首，失落溢于言表，意思是她根本没听见自己说什么吧……

"不过，你说的那些话，我还是听清了的。"

"……"服了。叶慎安深吸了口气，转身对上她的眼神，语气是前所未有的严肃："所以，你高中的时候，到底是不是喜欢我？"

这是林粤第一次从他脸上看到魄力，还挺新鲜，她忍不住多看了他几眼，这才慢条斯理地答："是。"

不得不说，虽然做足了心理建设，但在清醒状态下听她承认对自己的感情，叶慎安心里还是跟地震似的哐当哐当直响。不行！喜欢他的人可是她，他尿什么尿！镇定了一下心绪："那现在呢？"

林粤仍爽快："也是。"

冷静冷静，保持冷静！

"那你跟我结婚，是选择了我，而不是选择了世悦？"

这回林粤的眼睛眯了眯，眉峰一挑："你问题怎么这么多啊？"

"先回答我！"

"是。"

林粤答完，闲闲地抱起一双手臂，再次打量起他。见困惑、震惊、无所适从的情绪在叶慎安脸上连轴转完一遍，她悠悠伸出一只手指："你都问了我三个问题了，那我也问你一个吧？三换一，公平？"

叶慎安一愣："行，你问。"

"你是不是，看到我和William在一起，吃醋了？"

四目相对，电光石火间，叶慎安听见了自己心跳的声音。血液顿时自四肢涌向大脑，面上那层薄薄的皮肤犹如刚滚过一遍热油，烫到不可思议。

他咬牙："是！"

不等他继续说下去，林粤的一双手稳稳拽住了他的领带，精准地吻上了他的唇。时隔数月，叶慎安再度领略到了林粤超强的战斗力。她的攻势虽猛烈，却不失章法，像一只精确瞄准猎物的兽。

叶慎安被吻得发蒙，等回过神来，才发现自己被她压倒在了沙发上。

怎么又这样！不行，他不服！唇齿纠缠间，他强迫自己拽回理智，将她推开："林粤！"

林粤眼中似笼着一层氤氲的雾气，唇角勾起一抹妩媚的笑："怎么，不是要检查吗？叶医生……"

叶慎安被说得面上一红，气得直接反身把她压在了身下："你给我搞清楚了，是我要给你检查！"

第二天上午。

低气压自林粤进门，便开始在会议室的上空盘旋，空气静谧得简直可以听清一室人此起彼伏的呼吸声。

沉默片刻，林粤的视线冷冷扫过全场："说吧，保安主管为什么不立刻报告？"

陈叔感觉后背倏地腾起了一阵凉意，嗓子眼堵得慌，组织了半天语言，却发不出一个完整的音节——这事他是真委屈！他这人虽高傲，对林粤更谈不上信服，偶尔还爱逞口舌，但真做起事来还是有分寸、知轻重的。按照相关规定，酒店应当至少每十五日按照国家安全技术规范的要求对电梯进行一次维护保养。自他入职以来，一直是严格照章办事，从不曾出过任何纰漏。这次的事，严格意义上他也算受害者。事故之后，他立刻按林粤的要求，调查了电梯的维修保养记录，记录显示没有任何问题——于是他只好逐一对下属进行问询。

直到问到前一天值班的保安，事情终于有了眉目，原来前一天深夜，他巡视乘坐电梯时，有感觉到轿厢在轻微晃动，这件事他当即上报了保安主管，但保安主管并未引起重视，没有第一时间把这件事上报给他本人。偏偏是在这件事发生的第二天清晨，电梯就出故障了。

进会议室之前，陈叔已经想得很清楚，责任他一力承担，只希望林粤不要就此借题发挥。

平复过心情，他抬起头："人我已经辞了，这次事故的相关记录也会存入他的个人档案。维保公司方面，我会立刻更换。下午我就去医院亲自向那位太太道歉。其他的，依照员工职责规定，我愿意接受所有处罚。"

林粤沉默片刻，目光滑过他的脸："当时人是你授意挑的……"

陈叔一怔，不明白她的用意，这是要撕破脸？

不料，林粤却话锋一转："但叶助理当时也在场，所以，他也有不可推卸的责任。"

陈叔更蒙了，这是内外一起清算？

叶慎安听得心头一凛，早知道，当初就不把决定权交出去了。怪他自己没信心，相信了所谓的经验。事实证明，过分仰仗经验是会害人的，这次的事，算是彻底给他上了一课。

会议室里沉寂着。

过去好一会儿，林粤的手指轻叩了一下桌面："所以这次照章接受处罚的人，不仅是你，还包括叶助理。今天的事，希望在座各位谨记，任何时候都不要过分迷信经验。我们作为酒店人，经验固然重要，但责任心、观察

/ 所有瞬间都是你 /

力、应变方式，同样值得重视。"

会议结束，参会人员陆续散去，陈叔亦怀着沉重的心情离开了。不知过去了多久，偌大的房间里只剩下叶慎安和林粤二人。

见叶慎安神色黯然，林粤不禁有些犹豫，是不是自己太不近人情了？但越是这种时候，越不能偏袒，要给所有人做好表率。面对问题，她一向有自己的原则。

正琢磨着如何跟他解释这个决定，叶慎安忽然站了起来："走吧，我们回办公室。"

"啊？"林粤愣住。

只见叶慎安偏头，对她展露出一个灿烂的笑容："难道你以为我是在丧气吗？我只是在思考，下次遇到这种情况的时候，怎么做比较好……"

良久，林粤亦笑了："那你想明白了吗？"

"还没有，不过，总会想明白的。"

"那好，今天的工作任务再加一项，把这件事仔细想明白，下班之前给我提交一个详细的应对方案。"

？？？魔鬼果然是没有人性可言的！

周公子生日这天，难得醒了个大早。抓了抓睡成鸟窝的头发，打了个长长的哈欠，好不容易大脑清明了些，才拿起搁在床头的手机。

不过一夜，未读短信竟累计了几十条，清一色广告，平时留过档的商家都催他趁着这个好日子去消费呢。周公子大致瞄了一眼，顺手点击全选，删除。

爬起来冲了个澡，又随便吃了顿早餐，周公子进入了日常的放空时间。

别看现在是冬天了，天气却是无与伦比的好。拉开后院的门，一派澄澈跳入视野，萧萧的风把浮在头顶的霾都给赶跑了，只剩下一望无垠的蓝。

屋里有暖气，外头没有，周公子站在风口，不一会儿，就感觉朝外的半面身子被冻住了。

真没劲。他打了个喷嚏，转身折回屋子，"嗒"一声把门锁死了。

人在沙发上坐着，手边明明摆满各种消遣的玩意，但他却统统提不起兴趣。每年的这一天，他都觉得无比丧气，生日这个日子仿佛是专门用来提醒他，你浑浑噩噩的人生，又过去了三百多天。所以他从来不过生日。

起初有朋友是不理解他这个习惯的，非撺掇着要一起庆祝，周公子也不会直接拒绝，还是配合到场。但在表现不高兴这一点上，他和叶慎安方式一模一样，那就是不笑。试想大家欢欢喜喜地为你唱《生日快乐》，你却冻着一张脸，谁见了乐意啊？久而久之，一到这天，大家都会识趣地躲着他，连消息都不会主动发一条。

这下周公子是彻底清静了，但也没觉得开心，仍旧冷着一张脸，只不过面对的是四周静悄悄的空气。

夏筱筱的电话打进来的时候，中午早过了，周公子没吃午饭，却不觉得饿，正窝在沙发上闭目养神。铃声响了，他昏昏沉沉地摸过手机，听出是夏筱筱的声音，张嘴便应承："你今天休息啊……嗯……有空……要不我去接你吧？"

电话讲完，那头都挂断好久了，他才后知后觉回过神。算了，再打过去回绝也没有特别合适的理由……周公子悒悒地拿过烟盒，从里头抽出一支，点上，整个人再次陷回沙发里。

二十八年来头一次和女朋友一起过生日，就当是一种新奇的体验吧。

照夏筱筱发来的定位找到那片住宅区，周公子把车开到她家楼下，放下车窗，抬头打量这栋楼，外观不新不旧，设施配套还算过得去，很符合他对她"经济适用"的定位。

他拿出手机，把电话拨过去："我到了，你下楼吧。"

"我看到你的车了，我们小区路边就有车位，你停好上来吧，我上午买了不少菜，今天就在家里吃了。"

周公子语塞，他刚才是漏听了什么吗？他怎么不记得夏筱筱说过要自己做饭？

换平时遇上这等好事，他估计乐开了花，多好的机会啊，孤男寡女，共处一室，小火苗噼里啪啦……但今天不一样，今天是他的生日，他没有心情。

硬是在车里磨了两根烟的工夫，他才上楼。

傍晚的阳光看上去暖洋洋，风刮在身上却是十足冰冷，他的脸被吹得有些僵，原本努力堆砌好的笑容一下子便碎了。

门铃刚响，夏筱筱便颤颤来开门了，胸前还挂着条围裙："请进。"

周公子愣了一下，点头，换鞋进屋。

很普通的两居室，屋里既没有少女风格的装潢，也没有过分时髦的摆设，气质模糊得完全看不出屋主的个性。周公子心里戏谑，可不是么，傻白甜哪会有什么个性。

夏筱筱引着他来到客厅，湿漉漉的指尖点了点沙发："你先自己坐一会儿啊，我菜还没切完呢。"

"嗯。"

周公子应了一声，靠在沙发上又不作声了。

夏筱筱偷看他一眼，迅速折回了厨房。她之前在电话里的感觉没错，今天的周公子，很不周公子。

房间里静得慌，过了一会儿，夏筱筱从厨房里端了一盘切好的水果出来，搁在茶几上。周公子瞅了水果一眼，没动，倒是转脸看她："你怎么突然做饭了？"

夏筱筱愣了愣，下意识地抿嘴，细声答："没有突然啊，就是刚好早上逛超市的时候菜买多了点儿……"

"哦，你过来一下。"她话没说完，周世嘉突然拍了拍沙发。

夏筱筱一时不知道该不该过去。这些日子以来，她擅长应付的是那个骚包缠人满嘴跑火车的周公子，不是眼前这个神色怏怏满脑子不知道在想什么的周世嘉。她怕自己拿捏不好分寸，泄了底。

见她迟迟不动，周世嘉竟自己主动凑近了一些，悠悠然抬起脸，一只手够过去，凉凉的指尖蹭过她的脸颊："沾到东西了。"

"欸？"

"骗你的。"他说着，忽然笑了，眼角微微上扬，连带眉梢斜飞，仿若入鬓的花枝，生生绽出清冷的桃花。

夏筱筱感觉自己的心脏狠颤了几下，舌尖不觉顶紧了后槽牙……她有点儿后悔打电话约他了。大好的调休日，老老实实睡懒觉不好吗？再不济，约了他在外头随便下顿馆子不方便吗？怎么就非得因为感动于他之前的话，脑子一热请他来家里吃饭？

夏筱筱暗地里狠狠吐槽了自己一遍，这才记起要端出一副受惊的表情，兔子似的头也不回地蹿回了厨房。

差不多六点，菜上桌了。

周世嘉接过夏筱筱递来的筷子，眼光极麻溜地将菜色扫了一遍：红烧排骨、西兰花虾仁、酸辣土豆丝，再加上一个番茄鸡蛋汤。家常到不能再家常的菜色，他竟然看出了神，想来好多年没有这么坐在家里的餐桌上吃过一顿饭了。

现如今餐厅遍地，丰俭由人，实在懒得出门，还有外卖这种神器，会做

所有瞬间都是你

饭的姑娘虽不少，但他谈过的恋爱，还从没有一段发展到对方肯为自己做饭的程度。他更是觉得不需要。

难道谈恋爱就是为了吃一顿家常便饭吗？那太可笑了吧。

一起玩的那拨人，总爱说他和叶二是上一世失散的兄弟，但周世嘉心里清楚，他们不一样，叶慎安表面看上去和和煦煦，内里也是温热的，但他不一样，他的心剥开后是冷的，所以他对任何人任何事，都无法真正意义上提起劲儿来。但这不妨碍他一时的新鲜，比如现在。

夏筱筱发现，周世嘉冷淡了一下午的脸上，似乎慢慢有了些温度。

"你什么时候学的做饭啊？"

"很早就会了，不过做得不好吃，真把水平练出来是出国交换那一年，外头吃饭太贵了，还是自己做便宜。"夏筱筱答得坦然。

"你就是那时候认识叶二老婆的？"

"嗯。"

不知道为什么，面对这样的周世嘉，她的戏瘾也减淡了不少。好在周世嘉的注意力都放在了面前的菜上，似乎并未意识到任何不妥。两人一边吃一边聊，很快三菜一汤就清空了。夏筱筱未免惊讶，本以为他今天心情不好，胃口也不会很好，没想到还挺能吃的。

"呃，你自己坐一会儿，我去洗碗。"

夏筱筱起身，正准备收拾桌子，周世嘉忽然按住了她的手："我洗吧。"

"你会？"

周世嘉被她下意识的反应逗笑了："这种事只有想不想，哪有会不会。"

真是奇幻的一天！周世嘉低头看向水槽里整齐码放的碗碟，一时间产生了"我是谁，我在哪里，我在做什么"的哲学迷思。可不是么，他周世嘉，竟然在生日这天，在一个刚刚开始恋爱关系的女人家里洗盘子，说出来要被人笑掉大牙吧。

这明明不是他擅长扮演的角色，但他却扮演得轻车熟路。哗啦啦的水声伴随着电视机的声音落进他的耳朵里，周世嘉完全没有意识到，自己微微勾起了唇角。

洗完碗出来，夏筱筱正乖乖坐在电视机前看节目。周世嘉看了一眼屏幕，神情有点儿惊讶："你喜欢看这个？"

夏筱筱"嗯"了一声。其实根本不喜欢，她只是觉得今天的周世嘉太安静了，就随便找了一档节目当背景音调节气氛。

周世嘉没答话，人顺势在她旁边坐下了。坐着坐着，夏筱筱一偏头，发现他竟然看得很认真。

她忽然大窘，真是为难他了，一个大老爷们，竟然在这里跟着自己一起看情感专家调解夫妻关系……

"我今天生日。"

"嗯？"

周世嘉突如其来的说法令夏筱筱大脑骤然一空，意识到他正目不转睛地注视着自己，她的嗓子眼渐渐干涩起来。

眼神不对。冰冷的，没有任何快乐的气息的神情，像黑色的旋涡，有着吸附人灵魂的强大磁场。不得不承认，退去了一身骚气的周公子，比她预想中的还要致命。

算了，她又不是十来岁的青涩女生……

她酝酿了片刻，拿捏出一个羞怯的表情，迅速凑到他跟前，嘴唇轻轻贴住他的，再飞快弹开："生日快乐！"

被亲吻的人，大概是没想到夏筱筱会做出这样的举动，有一秒钟的愣怔。

很快，他回过神来，再次吻住了她。

赵希茜和简辰婚礼当天，叶慎安一大清早就被林粤从床上揪了起来。他睡意未退，情不自禁抱怨："仪式不是下午场么……"

林粤没搭理他，自顾自对镜化妆。叶慎安见讨了个没趣，爬起来，一头扎进了衣帽间。他觉得自己似乎过分乐观了，哪怕林粤已经亲口承认了喜欢自己，结婚也是冲着自己来的，但他却并没有因此得到什么优待，相反，自从电梯事件之后，林粤在工作上对自己更严厉了。不仅如此，私下里，她好像也突然对自己的肉体失去了兴趣。叶慎安琢磨着，林粤搞不好就是那种传说中的渣男体质，人一旦到手，就不珍惜了。他一边穿衣服一边磨牙……真是好气啊！

换装完毕，再去卫生间整好发型出来，林粤这边已收拾妥当，正坐在沙发上划拉着手机，看见他身上休闲的装扮，愣了愣："就这件？"眼神里写满了怀疑。

叶慎安感觉自己的品味受到了质疑，斩钉截铁："新款，限量，不接受反驳。"

林粤微微一愣，笑了，起身："那我们走吧。"

两人下楼，发动车子前，叶慎安偷瞄了副驾驶座上的人一眼，果然，最近林粤有点儿奇怪。

他低头暗自打量了身上的衣服一遍，难道真是自己的审美下滑了？不该啊，蜜月的时候她还夸自己是专业的呢。

呸，果然女人才是真正的大猪蹄子！

今天赵希茜和简辰的婚宴全权交由下属负责，两人难得做了一回真正意义上的宾客。赶到酒店，婚庆方的现场督导也到了，大家一起坐电梯上楼，路上林粤不忘跟婚宴负责人再确认了一遍布置、备品和服务生是否分配到位。

督导见了忍不住感叹："新娘有你这样事必躬亲的好朋友，真是幸福啊！"

叶慎安听罢在旁边努力憋笑，天知道念高中那会儿，两人可是话都没讲过几句呢。

电梯门"叮"一声开了，三人一齐走了出去。

遵照赵希茜免去不必要的舟车劳顿的意愿，她和简辰已经提前一天入住了酒店。但因为西方有结婚前一天新郎不能和新娘见面，否则不吉利的说法，赵希茜作为混血，非常在意这一点，因而特地将两人的房间订在不同的楼层。婚礼结束后，他们才会一起住进顶楼的套间。

林粤循着门牌往1102走，还没走到门口，就看见走廊深处的一间房门前挤着好几个女生，都穿着伴娘服，应该是赵希茜的朋友。

眼下她们每个人看上去都眉目焦灼，正交头接耳着。她不禁停下脚步，右眼皮开始狂跳。

落在后头的叶慎安也看见了，连忙凑上来："怎么不走了？"

林粤回头和他对视一眼："那间就是1102。"

叶慎安奇怪："所以呢？"

林粤刚要开口，门外的人刚好看见了他们，不知是谁先喊了一句"新娘不见了！"，一时间，三个人都呆住了。

洞开的房间内一切正常，没有任何异状。床单上明显留有人睡过的痕迹，行李箱也没有合上，昨晚送来的婚纱好端端挂在衣柜里，仪式上要交换的婚戒则大剌剌地被丢在桌子上。

/ 所有瞬间都是你 /

林粤的视线逡巡了房间一圈，忽然想起一件差不多被自己遗忘的事，那天他们五个人吃饭，赵希茜特地去包房外打了一通电话……果然，那时赵希茜就已经不对劲了，是她大意了。

林粤折回门口，看向众人："谁先发现新娘不见的？"

一位眼眶红红的伴娘犹豫地举起了手："是我……"

作为首席伴娘，她今天一早就赶过来了，本想清点一下晚些布置房间的装饰品是否有遗漏，但敲了很久门都没人回应，她有点儿不安，想了想还是找前台说明情况，要来了万能房卡。

门一刷开，她当即傻眼了——赵希茜不见了！她急忙打赵希茜电话，结果提示关机。

一时间她也拿不准赵希茜是突然有事外出了，还是逃婚了，更不敢贸然惊动另一楼层的简辰，只好叫来这次的伴娘团一起想办法。

按理说，这是婚礼，天大的事都不会比结婚更大，所以极大可能是，赵希茜真的逃婚了……但这种事，谁能有勇气去告诉简辰啊，大家只好杵在门口，七嘴八舌地僵持着，直到林粤和叶慎安来了。

林粤听完按了按太阳穴，转头看了叶慎安一眼："我们去吧。"

相较于赵希茜那边的混乱，简辰这边简直有条不紊。他们才按过门铃，许卫松就来开门了，叶慎安朝里探头一看，简辰已经换好衣服了。

换平时叶慎安准得吐槽他，这么着急干什么啊，怕新娘跑了不成？但现在情况不一样了，因为，新娘好像真的跑了！

不等叶慎安编排好委婉的说辞，林粤先一步走过去，单刀直入："简辰，希茜不见了。"

叶慎安吓得当场倒吸了口冷气，有你这么直接的吗？

许卫松听罢脸色惊变，拿出手机就要拨赵希茜的号码。叶慎安急忙按住他，使了个眼色："别打了，能打通还会说不见了？"

许卫松的动作顿住，末了，尴尬地朝简辰的方向看过去，似乎在等他的反应。

不止许卫松，在场所有人都在等他的反应。

简辰嘴唇微微启开，脸上的肌肉似轻轻颤动了几下，伸手拿过桌上的戒指盒，他一下下抚摸着丝绒盒盖，安静得像陷入了思考。

良久，他抬头看林粤："说说你们了解到的情况吧。"

林粤简单将情况说了一遍。简辰听着，慢慢攥紧了手中的戒指盒。

林粤话音刚落，他便站了起来："我们走吧。"

"啊？"许卫松和叶慎安同时发出声音，两人对视一眼，发现彼此眼中是同样的懵逼。

"怎么，你知道她去哪里了？"许卫松急急问。

"大概吧。"简辰一边朝门外走，一边将戒指盒塞进裤袋。走到门边，他像突然想起什么，回过头，"林粤，能拜托你一件事吗？"

"怎么？"

"帮我去把茜茜的戒指拿过来吧。至于伴娘团，则要麻烦你请人安排休息室，让她们暂时休息一下了。"

"那婚礼呢？"叶慎安忍不住插嘴。

"一切照旧。不过在那之前得麻烦你们陪我去个地方……就当替我做个见证吧。"

十年过去，叶慎安没想到，自己竟然会以这样的方式重回曾经的校园。

"不是，道理我都懂，可真的非得这样吗？跟保安说明一下情况，应该不至于不放行吧？"

叶慎安抬头打量着面前的围墙，感到忧愁。谁能想到，简辰，堂堂优等生，竟然会邀请他们在光天化日之下，以翻墙的方式，重温校园生活。

对此，简辰答得简洁："太慢了。"

一旁的许卫松则与他截然相反，兴奋得要死，摩拳擦掌跃跃欲试："你说咱们现在是不是轻轻松松就过去了？"

林粤抱臂瞄了他一眼，似笑非笑："我看未必。"

他们你一言我一语的时候，简辰已经麻利地翻过去了。

林粤正要跟上，叶慎安一把拉住她："要不，我给你垫个脚？"

林粤歪着头打量他片刻："还是管好你自己吧。"

说罢一个跨步，踩住围墙边沿，很快爬到了围墙顶。叶慎安兀自惊叹她的身手，林粤已顺着围墙朝下，一个跳跃，稳稳地落在了那头的灌木丛中。叶慎安看得目瞪口呆，坚持健身的女人就是不一样。但是……他不由恨恨地想，就不能稍微给他一点面子吗？

正当他准备动手的时候，一旁的许卫松苦笑着开口了："叶二，帮忙搭把手呗……"

岁月真是一把杀猪刀，看来回去得好好健身了。

等四人都从树丛中钻出来，简辰拍了拍身上的灰，指了指不远处的体育场旁边的健身器材区："走吧。"

　　还好今天是周末，学校里除了没回家的住校生，几乎没什么人走动，这也令他们一行四人看起来没那么突兀。

　　体育场这边倒是热闹得多，有活力四射的高中生正在打篮球。叶慎安好多年没碰过篮球，今天遇到这样的场景，不禁朝场上多看了几眼。

　　正好一颗球飞过来，滚落在他脚边，球场上穿运动服的男生蹦蹦跳跳地朝这边挥了挥手："哈喽，那边的帅哥，能帮我们捡一下球吗？"

　　一句"帅哥"叫得叶慎安心头美滋滋的，他躬身捡起球，正要抛回去，林粤的声音从身后幽幽飘过来："你臂力还行吗？要不要走过去啊……"

　　真是回了学校，身上的那股魔鬼气息也跟着回魂了！叶慎安掂了掂手中的篮球，一个漂亮的弧线，将球稳稳当当抛回了男生手中。男生朝他竖起大拇指，叶慎安潇洒地摆了摆手，转头再看林粤："别说球了，你信不信我现在还能把你抱起来直接抛过去？"

　　正午的阳光明艳而温柔，飒飒的风吹拂着他们的衣摆，林粤愣了愣，忽然扬眉笑了起来。点金般的光线均匀地铺在她的脸上，没有一丝暗影。时空仿佛一下子挪回了年少。

　　叶慎安怔然，忽然间，感觉有人拽了拽自己的衣袖。他回神，发现许卫松正以难言的神色看着不远处，顺着他的视线看过去，他发现不远处的双杠上坐着个人。

　　根本不需要看脸，那双包裹在紧身牛仔裤中的流畅双腿已足够他分辨出她是谁——赵希茜。

　　三人站在那里，听着身后笑闹声，目送简辰一步步走向赵希茜。叶慎安在心里生生为他捏了把冷汗，要是赵希茜突然失控，跳下来跑了可怎么办？难道他们还得满学校地追着她跑吗……那画面想想就让人不寒而栗。

　　还好，他多虑了。

　　看见简辰，赵希茜只惊讶了一下下，马上便恢复了最初那种怅然却平静的神情。简辰走过去，稳稳抓住赵希茜的手："下来吗？"

　　赵希茜迟疑了两秒，像在思考，然后摇头："要不你上来吧。"

　　简辰二话不说，真爬上去跟她并排坐好了。叶慎安彻底服了，今天大家是来搞体能训练的吧？

　　冬天的太阳不比夏天的灼人，虽然圆滚滚、亮堂堂，但远远看着，却像

/ 所有瞬间都是你 /

是一颗刚翻沙的蛋黄，烘在身上香喷喷的。两人沉默了一会儿，简辰先开口了："茜茜，你不想嫁给我吗？"

赵希茜被他这么一问，明显僵住了，手抓紧身侧的单杠："……没有。"

简辰偏头看着她，似乎在等她说下去，但赵希茜却再次沉默了。

他看了她一会儿，伸手握住她攥着单杠的手："还是我先说吧。对不起，茜茜，我利用了你。"

赵希茜又是一惊，困惑地瞪着他。

简辰无奈地笑了："你之前排练受伤一直没有痊愈的事，其实我知道。我是掐准了时间跟你提结婚的。"

赵希茜顿时蒙了："你知道？！"

"我还知道，你的舞蹈生涯可能从此就要结束了。"

"……"赵希茜咬唇，默默垂下了头。这是她答应简辰求婚一直以来的心病。她总觉得，说不定是因为自己的伤势，才会顺势答应简辰的求婚。

真是的，人类为什么会不由自主地发生变化呢？明明十几岁的时候，她的世界里只有简辰，唯一的愿望就是简辰能够喜欢自己。然而当她真正得到他的垂青后，她却有了新的更多的愿望——想要跳舞，想要获得掌声赞美，除了成为简辰心中唯一的公主，她还想成为芭蕾界闪耀的女王。她的心，不可避免地随着年龄与阅历的增长，变大了。

如果这次没有受伤的话，也许不会这么快吧。她当然想要嫁给简辰，这么多年过去了，她想嫁的人仍然只有他一个。可是，也许不会是在今天。她还有好多未竟的心愿。如果结婚的话，就没办法自由地飞来飞去演出了吧，她无数次因此犹豫过。

然而没想到在她真正做出决定之前，医生竟先一步替她做出了判断，她的芭蕾舞演员生涯结束了。从和叶慎安吃饭那天得到初步的诊断结果，到今早听到最后的确切答复，有一瞬间，她觉得自己利用了简辰也不一定。眼下所拥有的这个位置即将不属于自己，所以她才会怀着私心，提前投入他为自己准备好的那个位置。

赵希茜的眼眶渐渐红了。

"茜茜。"简辰又在叫她了。

她一时慌乱，把头埋得更低了，不知该如何面对他。

距离十二年前简辰在单杠前对自己的告白已过去了小半生那么久，因为她的任性、她的欲望，他们中途分过手不止一次，但兜兜转转，还是回到了彼此的身边。因为她知道,世界上再也不会有十八岁那么纯粹的感情了。

感觉身边的人突然松开了自己的手,跳下了双杠,赵希茜紧张地抬起头,没想到刚好对上简辰的眼神——没有什么风浪的眼神,跟这个人答应自己谈个恋爱的时候一模一样。

明明很多事都变了,但眼前的人却像是奇迹似的,从没有变。

他再次握住了她的双手,温柔地笑了:"不论你是怎么想的,但我希望你明白一件事——我从来都不是你的退路,我是你的未来。"

目睹了简辰表白的全过程,许卫松自喉咙深处爆发出一声字正腔圆的"靠!"。人不可貌相,平时金口难开的性冷淡讲起情话,杀伤力不亚于核武器,就连他这个局外人都感动了,别说当事人赵希茜。

"松松!"许卫松正感叹,简辰忽然叫他了。

"怎么了?"

"把戒指给茜茜。"

"哦——"林粤外套口袋不够大,来时他见她塞得费劲,便顺手要过来揣自己兜里了。

"给你。"许卫松颠颠跑过去。

赵希茜接过盒子,手还在微微颤抖,打开盒盖,就看见那枚铂金戒指在阳光下闪耀着柔和的光芒。

"真不等仪式吗……"她迟疑地看着眼前人。

"等不及了。"简辰单膝跪地,为她戴上自己那一枚,难得开了次玩笑,"待会儿万一你又后悔了呢?打铁得趁热!"

不远处的叶、许二人听见这话,爆发出一阵浮夸的嘘声。篮球场那边的男生们见有人跪地,纷纷注目,不知谁带头,竟齐刷刷鼓起掌来。

赵希茜举起戴上戒指的手指端详片刻,泪水又涌出来:"辰辰,谢谢你。"

这是叶慎安第一次没被她的叠字恶心到,反而有些感动。一偏头,发现林粤正笑望着二人,眼中似有歆羡。想了想,他鼓起勇气道出了困扰自己半天的疑问:"我今天的衣服真的很难看?"

林粤被他没头没脑的问题问住了,半晌才答:"那倒没有……我只是觉得今天是赵希茜的婚礼,你高中好歹对她有过好感,不说盛装,起码应该正装出席。"

叶慎安听得一头雾水,女人的逻辑真奇怪,而且最重要的是:"谁说我对她有好感了？"

"但十年级选班花的时候，你明明说过，我们班她最好看啊……"

叶慎安蓦地一怔，被她气笑了："林粤，看不出你记性挺好啊？"

"嗯？"

叶慎安忽然正色："既然记性这么好，那要不要再仔细想想，上次我问你为什么会哭，现在的答案依然是'忘了'吗？"

空气骤然变得安静，正午过去，太阳缓缓朝西挪动，光线越过他们的身形，在地上留下两摊清浅的暗影。林粤盯着自己脚下的影子出神，一时没了声响。边上的许卫松踢踏着脚步，往大门的方向走去："人找到了，戒指也交换了，咱们该回去了啊，再不回去正式婚礼就赶不上了！"

叶慎安又看了一眼林粤，走过去，牵起她的手："好了，先走吧。"

极自然的动作，林粤被捉得一愣，完全忘了躲开。似乎也没有躲开的理由。一行五人就这样浩浩荡荡往刚才的围墙去，林粤忍不住回头再看了一眼曾经的校园，当年的那棵树，竟已无从分辨。倒是曾以为那么遥远的人，此刻正清晰地立于自己身边。

也许，是到了敞开心扉的时候吧。

新娘平安归来，所有人都卸下了心中大石。起初叶慎安还担心赵希茜的情绪受影响，直到她开始不胜其烦地叫他"叶二二"，叫到他耳朵起茧，随时想骂人，他才确信自己多虑了，叠字精现在的心情别提有多好了。

下午四点，户外仪式准时举行，司仪宣布请新郎上台时，天空意外飘起了霏霏细雨，叶慎安被兜头淋了一身，不禁蹙眉："中午天气不还好好的吗？"

林粤抚掌的空当，微笑着抬起头，看了一眼阴沉的天色，似有所感："在国外，婚礼下雨是好兆头——雨是纯净和新生的象征。"

叶慎安不以为意："我看麻烦还差不多。"

林粤淡淡瞄了他一眼，没说话了。叶慎安心叹，自己还真是娶了个跟这天气一样阴晴不定的女人。

晚宴后有after party，全部流程结束，是夜里十点过。今天两人都喝了酒，开车是不行了，叶慎安只好联系司机来接人。

哪知这边电话刚挂上，再一回头，林粤的脸色全变了。下午的晴转阴根本不算什么，现在她的神情才是八级台风过境。他心里咯噔一声，酒意当即散了，疾步奔过去："怎么了？"

"我的项链丢了！"

叶慎安瞬间愣住了，不是因为项链丢了，而是因为林粤哭了——林粤竟然哭了！

他活这么久，这是第三次见林粤哭。她哭起来跟高中那会儿一样，肩膀一抽一抽，脆弱得令人心疼。叶慎安这下彻底慌了神，手忙脚乱地替她拭泪："不要着急，你先跟我说，项链是什么样子的？如果东西是在酒店丢的，那肯定能找着，我这就安排人去问，有没有人拾到……"

然而等到十二点，酒店这边仍然一无所获。林粤已经不哭了，坐在办公室里沉默着。司机一直候在外面，压根没勇气问里头的人到底什么时候回家。

叶慎安轻叹一声，拉开窗帘，发现外头的雨越下越大。他回头看一眼林粤的背影，有了新的决断："我们走吧。"

像陷入了某种回忆，林粤没有反应。叶慎安无奈，走过去蹲下身，望着她红红的眼睛："我刚才又想了一下，项链这种东西不可能平白无故断了，最有可能是被挂断的，我们下午不是翻墙回学校了么？墙那边都是矮树丛，搞不好就是那时候弄丢的……"

林粤愣怔着，睫毛微微颤动。

忽然，她猛地站了起来："我们走吧！"

门被利落推开，司机见两人终于露面，如蒙大赦地迎上："是可以回家了吗？"

"不，送我们去学校！"

第十八章

答案

车一路在夜雨中疾驰，路上雨势似乎变缓了一些，绵密的水点砸在玻璃窗上，掀起薄薄的水雾。林粤半倚着车门，一双眼静静眺望着窗外，不知在看什么，明明外头什么都看不清。

叶慎安张了张嘴，嗓子却没能如愿发声。

车在学校后门边的围墙外停下了。叶慎安朝司机道了声"辛苦"，拉开门，准备去后备箱找伞。另一边，林粤却先一步下了车，径自踏入雨中。

"你等等！"

"等什么？"林粤回头，半张脸没在黑夜中，神情难辨，"等你去拿伞吗？不需要。"

她说罢拂掉脸上的水珠，几步走到围墙边，两手熟练地抓住栏杆，脚下一个用力，顺利蹬上了墙顶。

行吧，那就不要伞了吧。叶慎安赶紧阖上车门，疾步跟过去。

就在这时，头顶的林粤已轻巧地越过了围墙。果然，无论看多少次，他还是会忍不住为她的利落身手折服。跟这种女人结婚，心理上要是脆弱一点儿，怕是很快就会丧失活着的意义……还好，他脸皮够厚。

叹了口气，他急急爬上围墙。以一个不怎么好看的姿势落地，叶慎安抬眼便发现林粤坐在树下一动不动。

他心下一惊："怎么，是没找到吗？"

没有回应。

他顿时慌了，如果不是丢在这里的话，那就真的难找了！顾不上拍掉身上的泥，他忙不迭凑过去，双手掰过林粤的肩头，正要继续发问，一低头，却看见她摊开的手掌中，正闪耀着一抹红色的莹润光泽。

什么啊，原来已经找到了啊！叶慎安哭笑不得，胡乱擦了把挂在睫毛上的雨水："那你怎么不回答我啊？害我白担心一场……"

仍然没有回应。

见她还不说话，叶慎安一肚子莫名，脾气跟着蹿上来了："喂，林粤，我问你话呢，你听见倒是吱声啊！"

两人正胶着，叶慎安忽然瞥见不远处闪过一道白光——是手电筒的光线！

他一愣，身体的血液顷刻冻住了，妈呀，此情此景，要是被巡逻的保安撞见，怕是浑身长满嘴都说不清！

不行，必须立刻躲起来！

没时间继续跟她磨叽，叶慎安迅速把林粤往树丛深处推了推，自己则严严实实挡在了她的前面。不过，饶是如此，假如对方够细致，还是能很快发现他们的存在。现在他能做的，只剩祈祷这位保安够瞎了。

幸运的是，也许是因为天气，又也许是因为今天是休息日，这位保安似乎相当松懈，只大致扫了一眼头顶的围墙，见无异状，便大步从他们面前走过去了。

不知过去多久，脚步声和白光都逐渐消失了，叶慎安狼狈地打量一遍自己身上的泥泞，总算松了一口气。再回头看林粤，她竟然还保持着刚才的那个傻样。叶慎安蹙眉……他的老婆，果然还是精明的时候比较可爱。

抬头望了一眼黑黢黢的天色，叶慎安清嗓，沉声道："林粤，你再不说话，我可就要亲你了！"

本以为都威胁她了，是个人总该有反应了，但没想到这女人是真牛，竟然还是不讲话。

真是够了！他气哼哼地磨牙，报复似的在她嘴上啄了一口。原本是打算轻轻意思一下，但没想到寒意却放大了感官的刺激，他亲罢犹不过瘾，又试探地咬了她一下……很好，偶尔他也要感受一下作为刀姐的快乐！

渐渐地，林粤被亲得透不过气了，终于支吾着出声："慎安……我有话要说！"

"哦，你说……"叶慎安含糊地应着，一时之间食髓知味，舍不得松口。林粤无奈推了他一把，不料人没推动，反而亲得更起劲了。她想了想，

263

只好换了个策略，抬手掐住了他的脸颊。

叶慎安疼得直咧嘴，终于松开，不可置信地瞪着她，这女人是有剧毒吧？他揉了揉脸，面色不太好，但语气还算和善："你说吧。"

"我没忘。"

"嗯？"

"当时我哭的事，我没忘。"说到这儿，林粤微微闭上眼，突然停下了，像在积攒勇气。好一会儿，她重新怯怯地看向他，目光犹豫："那时我以为我爸要娶别的女人了，就是我们在商场偶遇那次陪我逛街的女人，她姓姚，曾经是我爸的下属，后来自己独立出去开公司了，就在我哭那天之后没多久……自那以后，我就再也没见过她了。"

叶慎安默默听着，一时没吱声，主要是他现在的心情比较复杂。其实这事吧，要放十年前，他绝对能理解，但眼下事情过去了十年，如今再听，就难免感觉有些荒诞了，不怪他情绪的齿轮一时没法准确合上。

但他又的确挺心疼她的。在适当的年纪没能适时排遣掉的情绪，一直积压到成年。成年后，再与旁人分享这些属于少年的微妙心事，自然显得格外不合时宜起来。林粤明白，所以只能打包塞到心底，可那些东西到底越塞越多，最后，就连一道小小的口子，都给严严实实堵上了。

他斟酌片刻，恍然："对了，我们学击剑的时候，我似乎见过有个挺漂亮的女人来接过你，就是她吗？"

"嗯。"

"她和你爸怎么结束的啊？"

"我不知道……我爸从来没跟我谈过关于她的事，我也没有主动问过。"

显然，林伟庭和林粤一样不擅长谈心，只擅长处理问题。林粤还记得，小学六年级时，她走在路上摔了一跤，当时地上刚好有一截生锈的铁钉，正正当当戳在她的皮肤里。她疼哭了，好不容易一瘸一拐走回家，林伟庭见状，既没有责备她，也没有展露出惊慌，而是非常冷静地让人为她清理好伤口，再送去医院打针。

她那时不过十二岁，免不了在受了委屈觉得痛的时候想找个人撒撒娇，哭一哭，讨一些安慰的话，但林伟庭显然不负责扮演这种角色。负责做这件事的人——她的妈妈，则早早去了。

久而久之，林粤便哭得少了，因为知道多余的情绪没用。有问题，就想办法解决问题，这是林伟庭无形中教会她的。

"其实那天我爸有提前交代我，要我放学后和他们一起去吃饭，说有重要的事想跟我说。我害怕他们要跟我提结婚，所以不仅没去吃饭，还忍不住哭了……"林粤说着顿了顿，抬头看着叶慎安的眼睛，似有怨责，"然后，你就出现了。"

叶慎安神情蓦地一滞。果然，林粤接着道："你嘲讽我，说我哭起来挺好看。"

叶慎安怔了怔，手指捋过她湿漉漉的头发："对不起啊，我要知道你为什么哭，肯定不会这么做。但是，这事也不能全怪我对吧？谁让你之前总欺负我啊，我就寻思着，得找机会报仇……"

"你心眼真小。"

"是你性格扭曲才对吧？"

两人对视一眼，林粤自鼻腔挤出一声长长的"哼"声。

叶慎安失笑："还生气呢？"

"不行啊？你可是骂我性格扭曲呢！"

"哈，可以可以！"叶慎安无奈地拍拍她的脑袋，"不过我总觉得，自己好像是在跟十七岁的林粤聊天，感觉好神奇……"

林粤不悦地回瞪了他一眼，佯装生气地打掉他的手："你骂谁幼稚呢？"

叶慎安锲而不舍地把手按了回去："听不出我是在夸你吗？能把这事说出来，说明你长大了，想开了，懂得跟人分享了。"

"叶慎安！"

"欸。"

"你想笑，就笑吧。"

"笑过了。"

"什么？"

"刚才在心里一直笑着呢……"叶慎安抬起手，轻轻揩掉她脸上的泥点，"你看，脸都脏了，衣服怕是也废了吧？所以下次下雨一定要记得带伞。还好今天项链找到了，我就不跟你计较了。"

说到项链，林粤低头，神情渐渐柔软下去："其实这条项链，是我爸送给我妈的第一份礼物……"

林伟庭与妻子自恋爱到天人永隔，恩爱十余载，虽然结局仓促了些，但对林粤来说，这条项链却无异于幸福婚姻的象征。她希望自己的后半生也能得到和妈妈一样的幸运。

她知道，身边那些亲朋嘴上不说，私下里都持着同一种看法，那就是她和叶慎安结婚，一定因为她得了失心疯。但那些人不是她啊，只有她自己知道，眼前这个人的珍贵，如同隐匿在夜空深处的星星一样，多得数都数不过来。

片刻的静默。

叶慎安捏住她的手，温热的掌心刚好熨住那条失而复得的项链："原来是妈妈的遗物啊……"现在他总算能理解，她今晚的失常了。

林粤被他这么一捏，身体骤然僵住，良久，她微微扬起脸，眉间栖着淡淡的笑容："嗯！谢谢你陪我找回它。"

叶慎安幽幽打量她一眼："这太便宜了吧？"

"啊？"

"一句话就算了？"

林粤的眼睛稍稍瞪大了些，眉间的笑意缓缓绽开，犹如寒夜怒放的花苞。她抬起下巴，在他唇上郑重印上一吻："那这样呢？"

叶慎安本是逗她，却被亲了个猝不及防，不禁呆住。他笑着摇头，忽地松开了握着她的手，改捧起她的脸："林粤，我也有话要对你说。"

"嗯？"

"你知道，我们的婚姻和别人开始得不太一样，老实说，我没有期待过什么，也没想过能给你什么，但你却给了我很多……尊重、信任、理解，还有爱。所以现在，我也想为你做些事。当然，我明白你不稀罕我的守护，你也强大到不需要别人的守护。但未来的每一天，我还是希望能和你并肩走下去，当你累的时候，想哭的时候，我希望我能成为那个可以让你安心靠一靠的存在……我爱你，林粤！"

叶慎安说完，立刻心虚地垂下了眼帘。倒不是对自己的感情没有把握，既然敢说，那他就担得起自己说出的每一个字。他只是拿不准，林粤会有什么反应。毕竟这女人关于情啊爱啊的脑回路，跟普通女人不太一样……

不知过去了多久，他一直没敢看她的脸，直到一个清脆的声音在耳畔响起，叶慎安才愕然地抬起头。

"知道了。"

哈？知道了？他咬牙，不知该生气还是好笑，果然，不能对她有所期待。不过，算了吧，理解一下，毕竟人家还是刚刚学会敞开心扉的小姑娘呢。

叶慎安掸了掸身上的泥，起身拉林粤的手："好了，走吧，我们回家。"

清清爽爽翻进去，一身狼狈爬出来。司机瞧见两人，表情跟活见鬼似的，舌头都捋不直了："没……没……没事吧？！"

叶慎安连连摆手："没事，送我们回家吧。"

司机拼命点头，急忙发动车子，生怕这对夫妻再变主意，又要他送去什么奇怪的地方。

到家开门，屋内黑漆漆一片，林粤这才想起，今天是阿姨休息的日子。打开灯，世界恢复一派明亮，连带人的五感也变得清晰起来，林粤低头，瞥见一身泥泞，眉心顿时拧紧："我先上楼洗澡……"

"等等！"叶慎安当即拽住她。

"怎么了？"

"有个事，我觉得还是得跟你问清楚。"

"你事儿可真多……问吧。"

得到林粤的允诺，叶慎安反而犹豫了，老半天，才左顾右盼地挤出一句话："你是不是……对我丧失兴趣了啊？"

"啊？"

很快，她意识到他话里的含义，不禁笑出了声："你为什么会这么想？"

叶慎安一脸"我就知道你是个渣男"的表情："你别管我为什么这么想，你就说是不是吧！"

林粤笑到就差捧腹，还好答得爽快："不是！"

"那是？"

"报复。你看，之前我都承认喜欢你了，你却一点表示都没有，我觉得很不爽，就不太想睡你了。"

叶慎安细味了三秒，吹胡子瞪眼："那现在呢？"

"嗯？"

不等林粤回答，叶慎安将她打横抱了起来。感觉身体突然悬空，林粤吓得攥紧了他的胳膊："你干什么？！"

"送你上楼洗澡！"他恨恨地磨着牙，"顺便讨点利息！"

水声喧哗，掩住林粤擂鼓般的心跳。感觉脑子里渐渐溢满了水蒸气，

267

林粤隐约意识到不妙——不行，不能再这么任由他亲下去了，她得夺回主动权！告诫自己镇定，林粤拼命抵住叶慎安的肩膀，勉强把人推开三寸："你不洗澡吗？"

叶慎安莫名地皱皱眉："这不在洗吗？"

"不是……"林粤第一次露出了羞赧的表情，慢慢别开了绯红的脸，"我是说，上次那种！"

"哦。"叶慎安听罢，像认真思忖了一会儿，然后漫不经心抽出一只手，挤了两泵洗发露，顺手抹在林粤头上，"你说这样？"

"……"当然不是。

见她露出吃瘪的表情，叶慎安满意地笑了："逗你玩呢，我知道你的意思。"

"那……"

叶慎安的神情顿时一凛："怎么，你难道真以为我有病啊？"

"啊？"

"谁他妈没事要洗澡谈心啊，有病吧？"

"但我看你上次病得挺真诚的。"

这事不说还好，一说他就来气："那是我要跟你说事，你非得洗澡！"

"所以你就病了？"

"你才……"叶慎安话到一半，突然意识到根本没必要跟她废话，手一撂，直接把人按回了墙上，"有病没病，你自己不会看吗？"

林粤觉得，叶慎安没病，病的可能是她，否则怎么会从刚才起就感觉浑身乏力，连从浴室出来，都得叶慎安帮忙抱着。

废物！真真废物！林粤恨恨地抓过被角，掩在脸上装死。

叶慎安颇稀奇地俯下身打量她："你不怕把自己闷死吗？"

"……"行吧，今天就姑且让你威风一下。林粤认命地掀开被子。

叶慎安笑了："过来啊。"

"干吗？"她双手紧紧抓住被沿，警觉地和他对视，这人不会还有什么想法吧？不，不行，现在她状态不好，她拒绝！

叶慎安的笑容更盛了："我是让你过来吹头发，还是你真想生病啊？"

去你的，怎么又是病！她条件反射般地坐起来："不想！"

吹风机嗡嗡的声音灌进耳朵里，林粤打了哈欠："手法不错啊，一次多少钱？"

叶慎安淡淡看她一眼，没应声。

林粤倒不觉得自己说错话了，爱一个人，当然包括接纳他已经成为过去的那个部分。这一点她一直想得很清楚，否则就不会跟他结婚。也许偶尔还是会有吃醋的情绪，但她更愿意把它当作一种情趣。比如现在。

"欸，Tony师傅，我看你业务水平这么好，包年报个价呗？"

"林粤。"

"嗯？"

"我不提供包年服务的。"

"哦——"

"只提供包几十年的服务。"

"好大的口气啊……"她笑眯眯回过头，一只手指挑起他的下巴，"不过没关系，我超会赚钱的！"

叶慎安终于被她逗笑了："不巧，不收钱。"

林粤愣了愣，眨眼："那人呢？"

"得看是谁了。"

林粤耸了耸肩，身上的浴袍将将滑到臂膀，露出莹白的肩头："那你看——我怎么样？"

答案被一个长长的吻代替。情到浓时，她叹息着睁开眼，正对上叶慎安的眼睛。灿若桃花的眼眸，长长的睫毛如羽织般垂下，唯有眼尾轻轻上扬，似风刃，生生在一池静谧中劈开一道裂纹。

她微微笑了，凑上去，轻吻住他的眼睛："我爱你。"

我爱你，从很久很久以前，到很久很久以后。

我爱你，希望未来的每个瞬间，都有你。

周公子最近心里不太舒坦，哪怕眼下正坐在最爱的牌桌前，面色也跟结了层霜似的楚楚冻人。事情起于三天前，那天他开车回家，路上经过某超市，脑子陡一抽筋，鬼使神差地拐进了车库。停好车，他上楼走到超市入口，顺势拎了个篮子。按生日那天夏筱筱的配菜逐样拣了一遍，最后他站在调味料的货架前犯起了难，牌子太多，眼花缭乱，他一时无从下手，想了想，还是给夏筱筱拨了电话。

那边接得很快，但语气似乎不太对。他起初没往心里去，直直道出疑问，本以为夏筱筱会就他的行为诧异，不想她压根没放心上，一一答完他的几个问题后，电话那头突然响起一声极尖锐的玻璃碎裂声，不等他开口询问，电话断掉了。

再打过去，提示关机。之后一连三天，他都联系不上夏筱筱。今天上午打完最近一通电话，他气得把电话摔在了沙发上，什么玩意，到底有没有把他这个男朋友放在眼里，还是当他一个可有可无的摆设？！

叶慎安今天难得到场，见他一副魂不守舍的样子，屈指在牌桌上磕了两下，半开玩笑道："怎么，不想玩啊？那早说，我回家陪老婆了。"

周公子回神，勉强扯起嘴角："说得好像你老婆稀罕似的！"

叶慎安春风得意，不屑与他计较，"哼"一声，乐呵呵岔开话题："说吧，愁什么呢，大家一起给你出出主意。"

"能愁什么？"周公子悻悻摸牌，"就女朋友突然玩失踪呗，不算什么大事。"

叶慎安眉一皱："夏筱筱啊？"

"嗯。"

不等他再接，周公子的对座先沉不住气了："不会是你做了亏心事，被人发现了吧？"

周公子懒懒瞄他一眼，语气冷硬："我是那种人吗？"

见他真生气了，那人连忙噤声。叶慎安赶紧做和事佬："就是，我们周少一向高风亮节，绝对做不出吃着碗里惦记着锅里的没品事！"

周公子没心情跟他贫，摆手："不说了，继续。"

大家识趣地低头看牌，空气安静了一会儿。半晌，周公子不知怎么想的，话题竟又转了回去："叶二，你跟筱筱熟吗？"

叶慎安惊了个呆："不熟。"那是他老婆的闺密，他有什么好熟的？

周公子听罢微微一愣，哂笑："行，我知道了。"

叶慎安虽和夏筱筱不熟，但林粤肯定熟，可她什么都不会说。靠天靠地不如靠自己，夏筱筱失联的第五天，周公子一大清早就出门了。

开着临时换的车，他一路前往夏筱筱的家。时候尚早，小区没什么人走动，周公子把车停在离夏筱筱所住单元稍远又刚好能看见楼道口动向的地方，低头看表，还没到夏筱筱的上班时间。他总觉得，她不是真的人间蒸发了，否则他作为她近期联系人列表里频繁出现的存在，不可能不被惊动。最大的可能是夏筱筱不想，抑或不能联系他了。

事实几乎符合他的猜想。

差不多八点，周公子看见楼道口走出了一个熟悉的身影。是夏筱筱。她穿着打扮一切正常，神情亦丝毫没有异样，一眼看上去，还是往日那个普普通通的上班族。

他目送她离开，直到人走过拐角消失了，才关上车窗，点了支烟。不知是放心多一点，还是好笑多一点，他咬着烟蒂，手指缓慢敲击着窗沿——这些年来，他不是没被人甩过，只是被甩得这么没头没脑，莫名其妙的，还是头一回。他一时没想好要不要面对面向她问清楚。

傍晚，周公子又开着这辆车去了一趟夏筱筱的单位。今天夏筱筱没有加班，准时打卡出了大楼。拥堵的晚高峰意外成了最好的掩护，他的车就跟在她几米开外的大路上，而她一直没有发现他的存在。出乎周公子意料的是，夏筱筱既没有去地铁站，也没有打车，而是沿街慢慢走着，仿佛根本没有目的地一说。他的车好几次超到她前面去了，不得不因此让后车先过，在半路等她跟上。

渐渐的，天色暗了下去，周公子不知不觉跟了夏筱筱一路，最后发现自己开到了一片老旧的居民区。这里仍是市中心，但他并不熟悉，而且进了街区不比大路，跟太紧了，夏筱筱很有可能会发现他的存在。想了想，他在路边找了个空位把车停了。

再追上去，没想到她人还在。不过，这并非她本意，而是刚好被人挡住了去路。

将将亮起的路灯照亮拦路者嚣张的脸，看他们的打扮，应该是两个吃饱了出来遛弯儿的社会青年。

"漂亮姐姐，咱们一起去唱K呗！"两人说罢，哈哈大笑起来，声音大得他隔老远都能听见。周公子眉头一拧，不好！他见识过夏筱筱面对骚扰的尿包德性，上回对方好歹是个衣冠禽兽，这次可是连衣冠都没了，只剩禽兽——顾不上被当作"跟踪狂"，周公子一撸袖子，就要上去解围。

他气势汹汹走到半路，一个冰冷的女声骤然撞进了他的耳膜："滚开！"

社会青年显然没听进去，仍嘻嘻笑着："唉哟，姐姐好凶啊，是不开心吗？没事，我们最会哄人开心了……"

夏筱筱上下打量他们，嘴角轻扯，皮笑肉不笑："我再说一遍，滚开！"

社会青年仍不以为意，笑声更放肆了，周公子感觉大脑倏地晕了一下，仿佛里头的某根弦骤然绷紧了……

下一秒，夏筱筱抬腿，直接朝两人的下体踹了过去："都说了，给我滚开，怎么就不肯听人话呢？"

271

随着她和平时判若两人的举动，周公子脑中的那根弦终于"嘣"一声断掉了——原来如此，这……才是真正的夏筱筱吧。

愤怒一时攫取了他的心。

眼见社会青年痛得当即跪倒在地，嘶嘶吸着凉气，夏筱筱后退两步，犹不解气，又要再踢，不料一双肩膀却被人牢牢桎住了。

周公子自上而下瞪着她，一双眼烧得赤红："筱筱，演戏好玩吗？！"

夏筱筱仰头，目不转睛地凝视他，像在端详他的表情，又像在思考他的问题。白森森的灯光下，她圆圆的杏眼仍然水灵，却没有一丝丝暖意。

不傻，不白，不甜——人设崩了。

"那你呢，跟踪了我一天，好玩吗？"

十二月，大大小小服装品牌的夏季新品发布会进入白热化阶段，许卫松虽刚刚回国，但身上的担子却不轻。许家自爷爷辈起家，最初只做针织羊毛衫，后来产业逐渐扩大，也开始涉猎时装。到他回国这年，公司旗下子品牌已有四个，但许父似乎并未就此满足，而是打起了年轻市场的主意。

自从赵希茜婚礼上一别，许卫松便开始着手新品发布会，压根抽不出时间露面，和林粤关于工作的沟通，也都依靠邮件或电话进行。

这天林粤一打开电脑，就看见一封新邮件的提示弹出来，是这次发布会的舞台设计方案。

按理说，方案只需跟宴会部对接，确定搭建的可操作性，无需给她过目。但看到设计团队中打头的那个名字，林粤顿时明白了许卫松的用意，很快将电话拨过去："原来舞台设计你是找林栩做的啊？"

"对，本来只是备选之一，但设计师本人看过之后，立刻拍板确定了这个方案。我挺意外的，就忍不住想拿给你看看。"

林粤欣慰地笑笑，拖动鼠标："确实不错，没想到她认真做起事来，还挺像模像样。"

许卫松听了，跟她打趣："毕竟你们都姓林嘛！设计师后来听说林栩是她的校友，更是非她不可了。"

"对了，发布会准备得如何了？"

"除了今天面试第一名的模特突然打电话来说要弃权，其他都差不多了。"

"只剩半个月，邀请函发完了吗？"

"怎么，你这是好心想帮我派发？"

"不，想多要一张。"

知道她意指莫茵，许卫松的声线倏地冷下去："我现在很忙，没别的事我挂了。"

林粤微笑："看来你还没有去跟她确认啊……"

"林粤！"许卫松鲜少这么叫她，"不是所有人都跟你一样，既有勇气，又有魄力，还特别想得开！"

听他气息声都变了，林粤犹豫着，正好办公室外响起一阵敲门声，她想了一下，转而道："我这边也有事了，剩下的，我们发布会当天见面聊吧。"

服装发布会当天。

一大清早，林粤刚到酒店，便看见林栩忙碌的背影。她才剪了一头短发，着一身利落的运动装，正巴巴地守着执行搭台子。

"欸，那个LED灯的位置偏了点，你重新挪一下，不然会影响光效的！"林栩是个急脾气，撸起袖子就要自己上，林粤赶紧从旁拉住她："别，交代清楚就行，你自己过去折腾，反而给人家添乱！"

"姐？"林栩回头，见是林粤，立刻粲然地笑了，语气骄傲得跟刚拿了"三好"的小学生似的，"妹妹我这次是不是终于给林家长了一回脸啊？"

林粤忍俊不禁："就知道炫耀，当我是你爸呢？"

"嗤，我才不屑跟他邀功呢……"

"怎么？"

"你知道他昨天跟我说什么吗？戒骄戒躁，继续努力，当我还在念书呢！"

林粤愣住，"扑哧"笑出声："那二叔今天来吗？"

"来不了，忙呢，不过说给我准备了礼物，晚点叫人送来。"

林粤轻轻拍了拍她的肩："做喜欢的事开心吧？"

"开心！"林栩意气风发地握紧拳头，"我算是彻底看开了，男人算个屁啊！事业，搞事业才会真的开心！"

林粤听得心神一凛，呃，她和叶慎安也挺开心的……

见林栩正忙，林粤不希望害她分神，简单道过别，决定去后台找许卫松。人和人处理感情的方式不尽相同，这次是她强人所难，她欠他一声"抱歉"。

后台早已归归整整划分好生活区和时装区，部分模特先到了，正在生活区休息，眼下喝水的喝水，抽烟的抽烟，大都素面朝天。服装区里，工作人员则正把刚运来的衣服按照主题分类整理。一切看上去井然有序。

林粤进去，视线逡巡一圈，没发现许卫松，倒看见了叶慎安。

"你怎么在这里？"

"松松叫来的呗！"

"怎么了？"

"他说有模特抱怨椅子坐着不舒服，让我安排给换别的。"

"他人呢？"

"没问，可能去检查现场布置的情况了吧。"

两人正聊着，演出督导突然掀开帘子，冲了进来。顾不上打招呼，她急急问在座的模特："你们谁有符思的私人联系方式？"

大家面面相觑，唯有今天的主秀模特率先扬起了脸，懒懒道："怎么了？"

"沈雨今早起来在浴室摔了一跤，刚打电话来说扭到脚踝，没法走了，我们现在得临时换人！"

不出三分钟，许卫松便赶了回来。

叶慎安则被林粤支去确认安保："模特这边出了问题，他们会联系解决。但现场如果出了问题，就是我们的责任了。之前的事你没忘吧？还不回去看着点！"

知道林粤又在变相磨砺自己了，叶慎安听话地走了。

林粤琢磨了一下，决定暂时留下，一来可以放叶慎安单干，二来还能看看有什么可以帮得上的。毕竟这是松松第一次负责的发布会，她不希望搞砸。

身旁是交头接耳的嗡嗡声，演出督导一直打符思的电话，但那边始终没有接。

刚才说话的模特蓦地站了起来，一双长手抱在胸前，优哉游哉地踱去督导身边，语气不咸不淡："没用的，只要我走这场，她就不会来。上次她面试完碰见我，不就立刻弃权了吗？怎么，您不知道？"

演出督导的确不知道这事，她只知道当时面试通过的模特原本就有符思，而且她是第一名。但因为她无故请辞，名额便顺延到了沈雨身上。结果沈雨竟然出了岔子。

她不由惊诧："为什么？"

那模特无谓地耸耸肩："大概是因为我抢过她的男人吧。"

"……"

没人接话。只有林粤开口了："所以你的意思是，今天有你没她？"

模特转过身，一双丹凤眼笑睨着她："才不是呢。我的意思是，虽然她不想见我，但也只有我能请得动她……"说罢，她气定神闲地折回自己的座位，抄起桌上的手机，轻轻晃了晃："等一下哦，我这就去打电话。"

她前脚刚离开，安静的生活区便立刻爆发出一阵议论声。

"原来她们结梁子的事是真的啊……"

"但符思也太没种了吧，错的人又不是她，凭什么她要让位？"

"所以做人真的不能太佛，会被骑在头上欺负的……"

模特们七嘴八舌地议论着，林粤听得意兴阑珊，刚好许卫松叫她："出去抽根烟？"

她颔首，立刻心领神会地起身。其实里头不禁烟，但许卫松实在不喜欢这种女人扎堆的场合，感觉就像在宫斗剧现场。

出门来到外头，林粤点了火，瞄他："不急啊？"

"急有用吗？不说她来联系么，就先等答复吧。而且我已经安排人去联系其他模特了，符思要真不肯来，替补总还是能找到的。"

林粤听罢微微一怔，忽然沉声："对了，之前的事抱歉啊。"

"什么？"

"莫茵……"

"哦，那件事啊，"许卫松眉头微微一皱，旋即松开，大剌剌地摆摆手，"我这么忙，才没空往心里去呢……"

"松松。"

"嗯？"

"其实那天你说的不对，虽然我的确拥有你说的那些，勇气、魄力，甚至豁达，但我能把握住现在，却不是因为这些……"她说着一顿，偏头朝他淡淡笑了，"而是因为，我爱他。"

不过半支烟的工夫，后台那边就来消息了，符思松口答应过来替补，但条件是作为主秀出场。

演出督导的说法是，梁语菁一挂电话，就开始骂人了。

林粤这才知道她的名字。

许卫松挂了电话，迅速掐灭烟蒂，转头朝她扬扬手机，眉头紧锁："走吧，估计后头还有得折腾呢。"

林粤笑得意味深长："我也觉得。"

回到后台，里头果真一片腥风血雨，演出督导面上愁云惨淡，不怪她生气，实在是这事太邪门了！按理说，梁语菁真不爽符思，在她要联系方式时，大可以装聋作哑，再不济他们可以找别人替沈雨，也许视觉效果会打折，但不至于造成眼下的混乱局面。可梁语菁这人不知怎么想的，偏要蹚浑水，蹚完，见别人提出附加条件，又顿时想不通了，开始发脾气——这不没事找事吗！

督导越想越后悔，刚才就不该信了她的鬼话。不想再磨叽，她直接下最后通牒："这样吧，人来后，你们自己谈，谈不拢，我就安排别人替沈雨。"

其余人听罢，个个两眼放光，嘴上不说，心里都在暗自期待着一出好戏。

差不多半个钟头后，符思终于到了。人一进门，便面无表情地冲梁语菁走过去："把我的位置还给我！"

不料梁语菁不怒反笑，神态揶揄："什么叫你的位置？自己赌气不要的，还不准人家上，讲不讲道理啊？"

符思被她噎住，好半天说不出话，良久，她才颤声开口："梁语菁，你别欺人太甚！"

"笑话，我敢叫你来，难道怕你不成？"

"梁语菁！"

见局面有失控的倾向，许卫松起身，打算立刻把两人分开。

林粤一把按住他："别急，再听听。而且你不觉得，梁语菁前后的表现很违和吗？"

"什么意思？"

"我觉得，她是想还给她的，不仅是今天的主秀——还有别的什么，她也想一并还她。不过轻轻松松还，那女生肯定不会接受。"

"所以？"许卫松听得头大，女人真是世上最莫名其妙的生物。

"所以，必须用特定的方式还。"

两个女人还在拉锯，演出督导看烦了，一挥手："好了好了！别吵了，一切维持之前的安排不变。符小姐，真抱歉让你白跑一趟，但既然之前你已经放弃了名额，这事你们也就不用再争了，我另外安排人顶上——现在人已经在路上了。"

哪知道梁语菁和符思同时转过了头，异口同声道："不行！"

"……"演出督导目瞪口呆。

符思无心再与梁语菁纠缠，转身走到督导身边："主秀的衣服是哪一件？带我去看看！放心，我的尺码刚好和某个不知羞耻的人一样，您不用担心展示效果。"

"……"真是活见鬼了！

再看梁语菁，仍坐在刚才的位子上，神情戏谑，嘴里似乎念叨着什么。

符思对此充耳不闻，一双手直接抓住演出督导："我们走吧！"

眼看演出督导被符思拉扯着往服装区去，刚才还稳坐着的梁语菁竟猛地站了起来。不等众人做出反应，她朝符思冲了过去。生活区面积不大，到处摆放着化妆台和椅子，她这一下实在莽撞，碰掉不少化妆品不说，人也被拦路的椅子带得失去了重心。

只听"咚"一声闷响，梁语菁眼前一黑，感觉自己摔在了一个人身上。

完了，戏做过头了……

她战战兢兢地睁眼，做好了被符思还手的准备，然而眼前的景象却让她倏地愣住了——怎么回事？被自己撞倒的人根本不是符思啊！

被看得不太自在，林粤的睫毛颤了几下："你先起来……"

梁语菁吓得立刻弹开了。

许卫松这下彻底被激怒了："你们闹够了没！不是马上开发布会，信不信我报警说你们寻衅滋事，送你们去拘留所蹲几天！"

林粤抬起右手，拽了把他的衣袖："欸，松松你先别顾着发火，我左手好像骨折了。你先联系慎安，让他安排人送我去医院，至于这两位嘛……"林粤仰面打量了一眼同样震惊到失神的符思，"等她们先把正事做完再说吧！"

经她一说，许卫松才发现林粤倒下的地方刚好在墙角，她的左手应该是硌在了直角的位置，才因此造成骨折。他不可置信地瞪着她——所以她是专程过去给梁语菁当肉垫的？！

出了这么大的事，没人敢继续看戏了，后台很快恢复了秩序。至于梁语菁和符思，别说继续吵架，现在就连大气都不敢出一声。

林粤坐在沙发上等叶慎安过来接人，梁语菁和符思你看看我，我看看你，最后是一脸沉重地一同走到了她跟前。

"对不起！"

所有瞬间都是你

"哎，没事，我正愁忙得休不了假呢，现在总算有了个好理由。"

"可是……"

"没什么可是的，是我自己要过去当肉垫的，还是你们现在在怪我——没精确到位？"

两人被林粤说得哑口无言，又连声说了好久的"对不起"。刚好演出督导过来叫她们去化妆，符思深深鞠了一躬，转身先走了。

梁语菁见她走了，也准备要走，林粤忽然叫住了她："还给她了吗？"

梁语菁错愕："啊？"

"你想还的东西。"

梁语菁顿时怔住，许久，她低下头："大概吧……"

林粤微笑颔首："那你走完秀，记得来医院一趟啊。"

"怎么？"

"医药费总该结一结吧？"

"是！是！是我自以为是，没把控好！真的对不起！"

叶慎安闻讯赶来，见到林粤垂着的左手，气得呼哧呼哧的："林粤！"

"欸？"

"你当自己三头六臂啊，肉垫都给人做，亏你想得出来！"

"瞎说，我可是当自己六头十二臂呢！"

"林粤！"这种时候了，竟然还嘴贫！叶慎安作势要拍她，手落到头顶，却是轻轻地抚了一下，"这回吃亏了吧？知道不是什么都尽在自己掌握了吧？"

他兴师问罪的样子挺可爱，林粤配合地乖乖点头："知道了。"

"走吧，我送你去医院。"

"不行，你得留下，发布会结束了再过来。"

"可是……"

"你不听话，我以后就再去做人肉垫，专垫跳楼的！"

"几岁了啊？还犯起混了啊？行了，我知道了，我下班了再去看你行了吧。"

"嗯！"

"不过，你以后真的少管别人的闲事……"叶慎安忧心忡忡地看了她一眼，照她这个德性，真有六个脑袋十二条胳膊也不够折腾的。

"这你就说得不对了，严格意义上讲，发生在我们酒店的事，就是我

278

的事。而且……"林粤顿了顿，偷瞥了梁语菁和符思一眼，附在他耳畔小声道，"我又不是真的喜欢看女人掐架，也完全没有做好事不求回报的高风亮节，只是我之前惹毛了松松，想还他个人情，而且，刚好她们是最好的选择——第一名和第二名强强联合，和第二名跟随便哪个人凑合，换你选谁？"

叶慎安一本正经地掐了她的脸："我选你。"

"你是皮卡丘吧？"怎么什么事都能皮一下？

"我是你老公！"

"哦……"林粤歪头瞄了他一眼，狡黠地笑了，"那现在得麻烦老公大人，扶老婆我起来一下了。"

/ 所有瞬间都是你 /

第十九章

启程

　　梁语菁来时，手头捧了束艳丽的红玫瑰，大概百来支，阵仗大得跟求婚似的，叶慎安看得心惊胆战，这女的该不会是脑子一抽，感动到想对林粤以身相许了吧……

　　梁语菁自花束后探出半张脸："别惊讶，我就是觉得那些康乃馨啊，小百合啊，都太小清新了，跟您不配，您就适合这样的！"

　　林粤听罢微微一笑，转身看叶慎安："去帮我弄个瓶子插上呗。"

　　"我到哪儿找那么大个瓶子啊？"

　　林粤低头看表："商场还没关门，要不你跑一趟吧？"

　　"……"呵呵，有病就是不得了，越来越会使唤人了。

　　叶慎安悻悻起身，擦过梁语菁身边时，不忘低声耳语："话先说在前头，你再让她受伤，我就不客气了！"

　　梁语菁脖子一缩。等叶慎安走远了，才慢慢挪到林粤床边："看不出，你老公面上笑盈盈的，生起气来还挺凶……"

　　"嗯哼。"林粤不置一词。

　　梁语菁自知理亏，不敢造次，立刻回归正题："林总，我是来付医药费和营养费的。"

　　"还没结账呢，留个联系方式，回头发你。"

　　梁语菁点头，视线滑过林粤打着石膏的手臂："您的手……医生怎么说？"

　　"前臂中段骨折，石膏外固保守治疗，看恢复情况，差不多四到八周拆吧。"

"要这么久？"梁语菁骤然一愣，连忙朝她鞠躬，"真的对不起，耽误您工作了。"

林粤似笑非笑："没关系，这伤其实来得还挺是时候……"

"什么？"

"没什么，一点儿私事。倒是你，不跟我解释一下前因后果？好歹我为了保护你，受了伤呢！"

梁语菁神色忽地一黯："其实就像你上午听到的那样，几年前，我抢了她当时的男朋友，因为这事，我们从朋友反目成仇了。自那之后，她一直回避我，因此放弃了很多工作机会。"

"所以呢？你想补偿她？"

梁语菁自嘲地撇嘴："我才没有那种觉悟呢，不过是自己想从罪恶感中解脱罢了。可她这个人既别扭又清高，我轻轻松松还给她，她绝对看都不会看一眼，所以……"

"你才故意表现出争抢的态度？"

"呃，但没想到演过头了，我本来只是想冲过去唬唬她的，结果连累你受伤了……今天的事都是我的错，除去医药费，今后您要有用得上我的地方，尽管开口，我不收钱。"

林粤沉吟着，最后一摊手："可惜，论外形，我更喜欢符思。"

梁语菁被她说得一愣，笑了："那您眼光真不错，我也觉得她什么都比我好，所以才忍不住想从她手里抢些什么吧……不过她看男人的眼光却不怎么样，那个男人……"她顿了顿，没继续说下去，"算了，说这些陈年旧事没意思，林总您好好休息吧，我待会儿还有约，先走了，过些日子再来探望您。"

叶慎安抱着个水壶似的花瓶回来时，林粤才挂上电话。她瞄了那瓶子一眼："哪买的？"

叶慎安喘着气："南边夜市地摊，五十块一个！"

林粤"扑哧"一声笑了出来。

把花束拆开插上，花香瞬间溢满了整个房间。叶慎安正叉腰满意地端详着自己的劳动成果，林粤忽然拍了拍床单："慎安，我有事跟你说。"

"怎么？"

"刚才我联系过两边家长了……"

"嗯？"

"在我休养的这段时间里，我想你暂时接手我的工作。当然，正式的讨论会议明天才会召开，到时你需要到场，相关工作也要重新调整分配。但我和爸妈们，都是这么打算的。"

林粤顿了顿，认真地看着他的侧影："你应该知道的吧，世悦副总经理的职位为什么会一直空着？"

叶慎安心神一晃，他当然知道。是怕他过分依赖副手，懈怠了对管理的学习。

他沉默着，手指抚过灿烂的花枝。玫瑰虽艳美，花刺却尖锐，他被扎得一痛，恍然回神，偏头朝她挤出一个难看的笑容："你真的觉得，我可以胜任吗？"

迄今为止，他都觉得是自己拿错了属于哥哥的剧本。更甚至，如果不是哥哥中途离家导致父母对未来的规划偏离了既定轨道——现在别说要他管理一家酒店，也许就连站在林粤身边的机会都不会有。

林粤静默片刻，反问他："慎安，你觉得你足够了解自己吗？"

叶慎安眸中闪过一丝茫然："什么？"

"我一直觉得，你从来没有真正了解过自己，也误解了管理者的意义。一个成功的酒店管理者，其实不需要有雷霆万钧的气势。至于你最在乎的经验，谁又不是从实践开始一步步累积的？就像我说过的那样，责任心、观察力、应变能力，这些才最重要的，而这些特质，刚好你全部拥有。还记得酒店评测风波的时候，你在泳池服务过的那位刘竹小姐吗？如果不是因为你观察到她鞋底的水渍，及时处理妥当，我们也不会收到她的好评，从而扭转了舆论风向。还有那位乳糖不耐的郑先生，我这个人，就算百密，偶尔也有一疏，是你刚好填上了我那一疏的空缺……不论别人怎么想你，你又是如何评断自己，我在你身上看到的品质告诉我，其实你非常适合做酒店业，甚至，比你那个离家出走的哥哥更适合！"

叶慎安闻言，脚步颤了一颤，内心的震动如涟漪般散开。

就在他失神的时候，林粤朝他笑了一下："你好好想想我的话吧。"

他沉默，点了点头。

时间一分一秒过去，室内安静得只有两人呼吸的声音。不知过了多久，叶慎安转过身，走到她的身边，掌心抚过她固定着石膏的手臂："没骗我？"

林粤抬起头，莹亮的眼珠映出他略紧张的面容："骗你我有什么好处？"

"可以偷懒不工作。"

"我像是那种人吗？"

"你不是。"

"所以——"

"你没有骗我。"

叶慎安长叹了声气："林粤，我从来不知道，你是这么想我的。"

明明世上所有人都觉得他走错了片场，拿错了剧本，但眼前这个人却坚定地告诉他，不，这就是属于你的剧本，哪怕有别于你的想象，但你足以胜任。他不是谁的替补，他只是他自己。

"怎么办，我感觉——"

"嗯？"

"想亲你。十下八下不够的那种。"

"欸？"林粤惊讶地看了他一会儿，旋即微笑，"那还不赶紧的！"

第二天上午，病房来了位不速之客。

叶慎安刚一瞅见对方的脸，心里就拉响了十级警报。林粤被他如临大敌的防备架势逗乐了："你干吗呢，想打架啊？"

陈伟廉冷冰的目光顿时扫过来，眼里写满了嫌弃，感觉像是跟叶慎安打架会脏了自己的手似的。

叶慎安恨恨地磨牙，抬出一个不屑的笑容："哪能啊，我可是文明人。"

林粤没好气地瞪他一眼："你不是要回家收拾准备去开会吗？"

"我……"这不情敌来了他不放心吗！

陈伟廉似乎看穿了他的那点小心思，倨傲地开口了："你放心，我对破坏人家的家庭没有兴趣。"

"……"你最好言行一致！叶慎安悻悻地瞥了他一眼，扭头走了。

走廊传来"噔噔噔"的脚步声，一听就是故意的。林粤忍俊不禁，偏头看着陈伟廉，鼻子轻轻嗅了嗅空气，神情似有些讶然，却很快释怀："换香水了？"

"嗯。"

"也是时候换了呢。"林粤轻松道，"怎么，来探病？"

"不然呢。"

"那好歹备份礼物啊，没礼貌！"

陈伟廉微微一怔，淡淡笑了："我以为我的祝福，就是最好的礼物了。林粤……"他快步走向她，居高临下地对上她错愕的眼神："我是来祝福你的。"

陈伟廉说罢停了一停，似乎在等她的反应。

林粤抬眼，语气欠欠的："那你说来听听，我给评断评断。"

陈伟廉被她逗得愣了半晌，她是真变了。却不是因为他。

也许世上有无数人能够重来，但他没有那样的幸运。有一刹的失落，他很快肃清情绪："林粤，我是想说——也许未来每当我回想起你，还是会为了当初没有为那段感情倾尽全力而遗憾，但和遗憾相比，我更希望你得到你最想要的。这也是我当初选择跟你分开的原因之一。我希望你快乐。"

林栩拎着大包小包找到病房门口时，陈伟廉正跟林粤聊天。她捂着脸，从指缝中偷看他们——妈呀，这画面也太和谐了吧，换姐夫搁这儿，保管气得七窍生烟！

她啧啧感叹着，里头蓦地传来林粤的声音："你杵在门口当柱子呢？"

被发现了！林栩讪讪，赶紧将将头发，把堆在地上的一堆礼物搬进去。

林粤吃惊地看着那些乱七八糟的补品："你往我这儿搬家呢？"

"没有啊，就是给你补补！"林栩匆匆放下东西，拍拍手，心虚地瞄了陈伟廉一眼，转身就要走，"那啥，姐，东西送到了，我先走了哈！"

"等等——"开口的人竟然不是林粤，而是陈伟廉。

林栩惊了个呆，嘴巴完全合不拢了。

"正好我也准备走了，一起吧。"

"啊？嗯，哦……好。"

林栩紧张地攥紧了衣角，一颗心鼓到了嗓子眼，不确定他有没有消气，还是准备再顺道说教她几句。明明她已经深刻反省过了啊！最近也老老实实没去餐厅了……

一出电梯，林栩脚底抹油，拔腿要溜，陈伟廉的声音却在身后拴住了她："林小姐。"

"啊？"林栩慌乱地转过身。

"喝咖啡吗？"

"……啊？"

和姐姐谈过恋爱的男人，果然不是一般的男人。

284
／所有瞬间都是你／

林栩坐在沙发里，不禁陷入了"我为什么会答应跟他来喝咖啡"的迷思。可能，还是因为她对陈伟廉有好感吧，虽然她已经完全不敢对他有非分之想了。

她一脸茫然，对面的陈伟廉则从容开口："之前的事，我后来想了想，当时没能考虑到你的心情，不小心说了重话，我很抱歉。"

"没事没事，"林栩连连摆手，"我从小接受的是打击教育，内心很坚强的。"

"……"陈伟廉好像有点接不上话，停了停，微微颔首，表示接受。

林栩发现自己的小心脏又开始咚咚咚了……

正巧服务员送咖啡过来，为了掩饰情绪，林栩迅速端起咖啡抿了一口，眼光倏地一亮："欸，这个豆子是瑰夏？"

陈伟廉自杯中扬起脸："林小姐喝得出？"

"嗯……"林栩不好意思地挠挠头，"我挺喜欢捣鼓咖啡的，以前还特意去学过烘焙呢。这个豆子吧，烘太浅会出杂味，太深也不行，损花香气和酸度，我当时可是失手了好几次才烘出满意的……没办法，人比较笨。"

林栩说得头头是道，陈伟廉默默听着，嘴角不觉扬起一抹淡淡的微笑，竟然是同好。

意识到自己话太多，林栩赶紧噤声，默默低下了头。

一杯咖啡喝完，陈伟廉要回酒店准备工作了。结过账，林栩跟着他站起来，一起去门外开车。陈伟廉坐进驾驶座，正要发动车子，意外发现林栩一直站在自己的车边，没动静。他奇怪地看着她。

林栩纠结许久，终于心一横，咬牙，拢着手朝他喊："那个，William，我们可以交个朋友吗？你不要误会，就是普普通通那种朋友……"她心虚地别开了脸。

"可以。"是陈伟廉的声音。

"啊？"啊啊啊啊啊！

林栩心中顿时跟过年似的炸响了烟花——果然，女人有了事业，就什么都有了！她以后一定要更努力地工作！

转眼新年，元旦假期后不久便是林伟庭的生日。林粤虽在住院，心里却一直惦记着这件事，刚好最近酒店的事务交给叶慎安负责，她正好能抽出时间来准备这件事。最重要的是，她有话跟林伟庭说。

自从妻子过世，林伟庭便再没有对"庆祝生日"这种事上过心，林粤这次主动提出要回家替自己过生日，他听完不禁一愣，语气生硬："这么多年都没庆祝，突然折腾个什么劲儿？"

林粤第一次端出了不讲理的态度："不行，我说要过就得过！"

林伟庭被她的说法镇住，挂断电话后老半天都没能回过神。不应该啊，女儿不过是结个婚，怎么结得人都转性了？

虽然一肚子疑惑，但林伟庭还是交代家里的阿姨，提前备齐一桌丰盛的饭菜。过不过生日另当别论，就当是女儿的回门宴吧。

林伟庭生日当天，林粤一早将备好的礼物装进了后备箱，转头交代叶慎安："记得先去黑天鹅取蛋糕。"

叶慎安笑盈盈地应承下来，难得老婆有心哄老丈人开心，他当然乐于配合。

路上林粤像在想什么心事，沉默得紧，叶慎安不习惯她不讲话，主动找话："你就不关心一下我最近工作顺不顺心？"

林粤好笑地看了他一眼："那你顺心？"

叶慎安不满地撇嘴："你这样，我会误会你没有诚意……"

林粤目视前方，语气泰然："你没误会，我本来就没有诚意。"

"……"就不想跟他聊天是吧？晚上看他怎么收拾她！

"你是不是在想，晚上怎么收拾我？"

"……"你这是最近不上班的工夫，去学读心术了吗？

叶慎安当然矢口否认："不，我正在认真反省，究竟自己做错了什么，会让我的老婆不愿意跟我聊天。"

"你没做错什么，"林粤脸上浮起一抹无奈的笑容，"我只是在想，待会儿怎么跟我爸开口……"

"什么！你怀孕了？我怎么不知道？！"

林粤张口结舌："叶慎安，你可真看得起自己！"

叶慎安品了品，觉得这话不太对，当即变得气呼呼的："林粤，话可说清楚啊，我怎么就看得起自己了？"

虽然他觉得他们的感情才刚拨云见日，还没进入稳定期，现在计划这事儿赶了点，但现在林粤竟然质疑起了自己的能力，他觉得有必要好好重新考虑一下这件事了……

一路琢磨着如何让林粤看得起自己，车很快就开到了林家。

阿姨出来迎接他们，顺便帮着把东西拎进去。林伟庭已坐到了餐桌前，见到他们，言简意赅地招呼："到了？过来吃饭吧。"

"爸，生日快乐！"叶慎安殷勤地迎上去，将怀中捧着的蛋糕摆在了桌上。

林伟庭听罢微微一愣，不太习惯这种热情的氛围，但知道女婿是一片好心，遂轻轻点了下头："先坐吧。"

林粤拉开椅子入座，面对林伟庭持重惯了的脸孔，像酝酿了很久，终于挤出一句："爸，生日快乐！"

叶慎安忍了又忍，才没让自己笑出声来。她这个拘谨的样子，也太可爱了吧？

林伟庭的反应则更夸张，握在手里的筷子直接掉在了桌上。

见气氛僵硬，叶慎安赶紧催促二人："你们别顾着发呆，都动筷子啊，我早上起晚了没吃，现在要饿死了！"

林粤回神，眼角的余光剜了他一眼——不知道是谁早上吃了三个煎蛋，饿死鬼变的吧！

但饭桌上的气氛明显回暖了，林伟庭率先拾起掉落的筷子："吃吧，我特地让阿姨做了你喜欢吃的菜……"

吃过饭，阿姨留在餐厅收拾，叶慎安则一早打定主意要参观一下林粤的少女闺房，筷子一放，便上楼没了踪影。

林伟庭泡了茶出来，看一眼林粤："到院子里陪我坐坐？"

林粤点头。

正是一年最冷的时候，北风呼呼地吹，吹得天空一派明净晴朗。林粤捧杯，抬头看天，默了默，长长呼了口白气："爸，其实这么多年来，我一直有件事想问你……"

"嗯？"

"当年那个姚阿姨，你们为什么会分手？"

林伟庭被问得怔住，一双眼久久盯住粗瓷杯底的纹路，良久，轻声道："因为我以为，你不喜欢。"

在重新择偶这件事上，林伟庭一直态度明确，家世背景都不重要，但林粤必须喜欢。那时林粤在念高中，他曾经试探着放她们单独相处，自己则在暗中观察，但很显然，林粤虽然表面上从不拒绝，但态度上始终十分冷淡。他知道女儿在这方面随自己，有什么绝不会拎上门面来跟自己坦白交流，只好想了个迂回的办法试探她，说放学跟姚阿姨一起吃饭，有重要的事要告诉她。结果林粤没有来。不仅没有来，回家的时候，她的眼睛还有哭过的痕迹。他心里自然有了答案，第二天就提出了分手，理由是他不能找一个女儿不喜欢的女人做自己的妻子。哪怕他喜欢。

"爸，其实我没有不喜欢。我只是一想起妈妈……就会难过。"林粤垂下眼帘，疏疏的阳光穿过睫毛，落在她光洁的脸上，"但是爸，我现在已经长大了，也有了自己的家庭，能够对妈妈当年生病去世的事释怀了。人生在世，生老病死都没有准的，你今后要是遇到喜欢的人，记得务必把她娶回家，无论是谁，长什么样子，我都会打心眼里喜欢她……这些年你过得一定很寂寞吧，我希望你不要再孤单了。"

林伟庭被她这一席话搅得心乱如麻，一时竟不知如何回应，只道："喝茶。"

"嗯。"

"我知道了。"

"嗯。"

头顶有一列雁鸟飞过，雁过留痕。林粤心中难免涌起淡淡的伤感，错过的选择，终究是回不去了，她只能寄望，未来会有新的幸福在等他。一定，会等到的吧。

送林伟庭回房午睡后，林粤才慢悠悠往楼上自己的房间去。

自大学毕业回国，她便搬出去独居，这间房已有很多年没有住过人了，别说叶慎安好奇，她自己也想重温一下过去的岁月。

推开半掩的房门，某人居然跟大爷似的躺在她的床上，他的眼角眉梢都是震惊的情绪："老婆，我真的没有想到……"

"嗯？"

"你高中毕业之前竟然一直住在这样的房间里？！"

"哦，什么样的房间？"林粤眉心一拢，抱着一双手盯着他，"说说看。"

叶慎安迅速斟酌了一下被揍的可能性，连忙笑着摇头："没什么，没什么，就很正常的少女的房间呀……你看这些蕾丝窗帘，多精致啊，还有这个粉色的家具，一点都不俗气，简直是清新中透着高级，高级中充满气质……"

听他这么瞎掰还挺有趣的，林粤鼓励地看着他："不错，继续。"

"……"继续个屁啊！他已经掰不下去了。

从缀满蝴蝶结的缎面床单上坐起来，叶慎安沉痛地和林粤对视："告诉我，这不是你的品味！"

林粤凉凉瞥了他一眼："请注意你的措辞，你正在诋毁的，是你去世丈母娘的审美。"

"……"

见叶慎安一脸吃瘪的表情，林粤倏地一笑，扯了扯他的脸："怎么，怕了？"

叶慎安拼命点头："当然，我不能对丈母娘不敬！"

"乖。"林粤满意地松手，视线越过他的脸，扫视房间一圈，"怎么，有发现什么了不起的'宝物'吗——"说罢她故意暧昧地递给他一个眼神："好比你房间里《新华词典》那种……"

"……"欺人太甚啊你！

瞅准机会，叶慎安猛地搋住她的手，直接将人按在了床上。他的唇瓣轻轻擦过她的耳垂："你算么？"

林粤浑身一颤，脸红得要几乎滴出血来："我爸还在睡觉呢……"

"嘘——所以你不能出声。"他就不信，这样她还敢看不起他！

时隔月余，周世嘉仍时不时想起那天。老房子楼道昏暗，灰尘在空中飘摇，最后却落地无声。周世嘉望着脏兮兮的地面发呆，悻悻点了一支烟。距离夏筱筱上楼过去了大半个钟头，她刚跟他说，自己有急事，想接着聊的话，就留在这里等着她。

他也不知道自己怎么想的，竟然真在这里等了她这么久，甚至没有考虑过，她是不是又在骗人了。她不是一直在骗他的吗？戴着一张人畜无害的面具，画皮似的，谁能知道，那底下隐藏的究竟是什么脸孔。

忽然，楼上响起了一阵脚步声。周世嘉神色骤凛，一双眼直勾勾望上去，隐约看见一双女人的脚。准确地说，是夏筱筱的脚。他略吸了口气，咬住烟蒂。

夏筱筱拾阶而下，看见他，惊讶溢于言表："你还在？"

周世嘉怒极反笑："不是你让我在这儿等的么？"

夏筱筱轻轻掀了掀眼皮："我以为你等不了这么久。"

周世嘉突然不说话了。

气氛冰冻得厉害，还是夏筱筱打破了僵局。一双圆不溜秋的眼睛抬起来，黝亮的瞳孔中凝着一层霜凌："那我们就简单地说吧。"

/ 所有瞬间都是你 /

"嗯。"

"周世嘉，你越界了，所以我觉得不好玩了……我不玩了。"她说罢，抬脚就走。

周世嘉气得把烟蒂往地上一丢，脚下用力碾了几下，一只手不由分说捏住她的手腕："话说清楚了，是谁先越界的？"

明明她先不由分说敲破他生日的结界的，现在她怎么好意思责怪他越界！

周世嘉这下用了全力，夏筱筱的手腕很快红了一圈儿。垂下的刘海恰好遮住她的眼睛，周世嘉吃不准她在想些什么。

突然，她回头，挑眉睨了他一眼："怎么，要睡吗？"

"……"

"不想睡的话，就松手。"

事到如今，周世嘉也不知道自己为什么会松手了。想来的确毫无道理，这场恋爱既然不是为了结婚，那他总该要图点儿什么的吧？但他却松手了，松手了……

这事他硬生生憋在心里月余，就连叶慎安主动跑来关心他失踪女友的后续，他都咬紧牙关，半个字没敢透露，怕被看了笑话。

为什么不呢？

是有一个答案，隐隐约约匿于心底，但他不敢知道，也不想知道。

这种虚伪的女人，不值得。还是算了吧，周世嘉顺手将刚拿到的首饰盒丢在桌上，怪他自己无聊，竟然还费事地给她定做了礼物——一枚拇指大的、K金打造的彩票造型吊坠。

看她这么喜欢刮彩票，他本想跟她说，别刮了，我才是你人生最有价值的彩票。周世嘉自嘲地笑笑，人仰回沙发里，缓缓闭上眼。

不该还觉得心动的……但当她冷着一张脸，问自己"要睡吗"的时候，他竟然觉得，这样的她比跟自己装傻充愣时，还勾人。

拆下石膏当天，林粤匆匆赶往跟夏筱筱约定的地方。

一段时间不见，夏筱筱清瘦了一圈。前段时间林粤住院，她甚至没能来探望，只打了电话，礼物都是差快递送去的。林粤回味了一下觉得不对，逼问下，才知道她家里真出事了。

和曾经的自己一样，夏筱筱不擅长在这种时候主动向人倾诉，更遑论寻求帮助。林粤气得牙痒，石膏一拆，人就来兴师问罪了："够不够意思啊，到底有没有把我当朋友？虽然不一定帮得上忙，但好歹该主动知会我一声吧……"

夏筱筱捧着水杯看她，面上漾起两个浅浅的梨涡："你那会儿不住院了么？大忙人难得休息一下，就老老实实休息好吧！况且我不已经解决好了吗？跟你认错还不行么，今晚就请你吃大餐补偿你！"

林粤心疼地不作声了。夏筱筱抬眼，环视了一圈周围的环境，突然问她："你觉得这地方怎么样？"

林粤蓦地顿住——这是疗养院，又不是什么风景名胜！

夏筱筱却自顾自道："我觉得挺好的，设施配套不错，最重要是清净，不该看到的东西，绝对不会看到……"

林粤眉毛一拧："你妈到底看到什么了？"

"我爸呀，还有他的新夫人——在电视里看到的，人家作为植物学界的夫妻档，前段时间刚接受了市台的采访呢，说成功培育了濒危物种。听阿姨说，我妈一见那两人，就彻底失去了理智，哭哭啼啼乱砸东西，大骂我爸劈腿，没良心，还一门心思想往外跑，说要去找他们算账……不过这事呢，也不能完全怪她，谁叫她根本不记得了呢，不，应该说是不想记得，他们已经离婚好多年的事实……"

"我本来不想把她送过来的，费用是一方面原因，更多是心存侥幸，寄望有朝一日她能有所好转。但我爸竟然从楼上楼下的邻居那儿听说了她现在的状况，主动联系我，想插手，说可以安排她去接受治疗。我实在不想让他们再有任何纠葛了，就抢先一步把她送了过来。至于以后的事，以后再说吧……"

夏筱筱说完长吁了口气："反正眼下，我总算能暂时喘口气了……人类真的好奇怪啊，可以接受植物的死亡，动物的死亡，甚至人类自身的死亡，为什么偏偏不能接受爱情的死亡呢？明明爱情比这些实物，都要来得脆弱很多吧……"

作为这对陌路夫妻的女儿，夏筱筱亲眼见证了一段爱情从热烈到消亡的全过程。想想就很可怕啊，明明没有第三者插足，两人却在日复一日的生活中渐行渐远——父亲志在研究，母亲却志在父亲，分歧终于将彼此有过的爱意、热情、期待磨蚀殆尽，婚姻终于只剩一个丑陋的躯壳。最后，壳也碎了。可哪怕这样，妈妈还是不肯松手，宁愿继续沉浸在风化的幻象里，怀抱着记忆的残骸，自欺欺人地生活。

与其说这样的成长经历让夏筱筱不相信爱情，不如说，这令她觉得婚姻是一件可有可无的事——爱情的发生和消亡并不会因为婚姻的存在而有所改变。

可平心而论，在这些年她陆陆续续谈过的恋爱里，她从没有一次，真正卸下过心防。

只接受恋爱，却不想结婚的女人不等于要流氓吗？她不想浪费时间跟人解释个中缘由，索性把所有尖锐的棱角统统藏了起来。呈于世人眼中的这个她，可爱、善良、温柔，有一副我见犹怜的皮囊，她觉得没什么不好，直到遇到周世嘉。就像动物的本能，她在他身上嗅到了同类的气息。

和同类恋爱是什么感觉？她忍不住想试试。试着试着，却开始贪心，也开始畏惧——他们竟然都好奇起了真实的对方。

可明明真实的他们，一点儿都不可爱，更不好爱。

"对了，我听说周公子最近过得挺苦呢。"

话题还是被林粤绕到这上头，夏筱筱一早有心理准备，语气平静："听你老公说的？"

"嗯。"

"有多苦，说来听听。"

"茶不思饭不想，说离出家不远了吧。"

夏筱筱一下子没屏住，笑得手一抖，杯中的水溅了出来："唬人呢，他那种人能出家？红尘就算真有一万丈，他也会嫌扑腾起来不够宽敞吧？"

"你真这么想的？"

"那我还能怎么想，想他情深似海，矢志不渝——"

"你应该知道，他不是表面看起来那样的……"

"那你应该先问问我，他知道真实的我是怎样的吗？"

"他知道了？"

"差不多吧。"

"所以你们才分了？"

"是啊……"夏筱筱掏出纸巾，慢条斯理擦着袖口的水渍，眼睑低垂，"所以他跑来找我兴师问罪，但我正烦着呢，没工夫和他掰扯，就干脆说不和他玩了。不过事后想想，多少有点儿后悔。"

"嗯？"

"没睡到啊，亏大发了。"

林粤默了默，唇角轻轻一勾："那，要地址吗？"

292

/ 所有瞬间都是你 /

一件事结束时，她喜欢把所有的枝蔓都清楚斩断。现在回想起来，高中毕业那年偷亲叶慎安，应该也是怀抱着这样的目的。不是创造回忆，就是想干干净净结束。可谁能想到，多年后，这件事竟成为了他们感情的契机。

林粤意味深长地看了夏筱筱一眼，说不定，于她而言也是呢？

夜深，周世嘉被一阵敲门声吵得从床上直直坐了起来。这时间，谁啊？

最近他在脑门上挂出了"失恋中，暂停营业"的牌子，大家都识趣地没敢登门叮扰他，他每天除了吃就是睡，然而洗澡称重竟然还瘦了两斤。这体验前所未有，他新鲜得不禁对镜转了一圈，要不以后别去健身了，就多失几次恋得了呗。

高兴了没两分钟，心情又渐渐沮丧起来，这世上又不是谁都是夏筱筱，能附带免费的减重功能……周世嘉满肚子郁闷，披上外套骂骂咧咧往门关走，刚一拉开门，人就傻眼了。

檐下灯影昏黄，夏筱筱一袭白色羊绒大衣，飞快地与他对视一眼，纤纤玉指则迅速解开了衣服的纽扣——门襟将将豁开一条口，露出里头精致的黑色蕾丝内衣。

"睡吗？"

"……"

活了二十八年，头一次遇上活的妖精！

"从盘丝洞来的？"他低头瞪她，声音喑哑。

"什么？"

"没什么……"他自言自语着，一只手攀上她的后颈，牢牢扣住，嘴唇则缓缓凑近她的耳畔，"话先说好，这回我可不松手了啊。"

夏筱筱怔住，良久，唇线抿紧："嗯。"

转天清早，周公子自睡梦中睁眼，意识还有些迷糊。屋里暖气太足，他睡得口干舌燥，舔了舔嘴唇坐直身体，准备下床倒杯水喝。

忽然间，他感觉到一种奇妙的违和感，猛一低头，身旁果然是空的。他怔住，一双眼环顾四周。卧室里一切如常，除了床头柜上多了一张便条，他急忙抓过来——"江湖儿女，好聚好散。"

"……"什么玩意儿？！

有生之年学到的脏话这一刻根本不够用的，周公子噌的一下从床上弹了起来，散你大爷啊散，老子从现在起算是跟你没完了！

林粤出院的第二天是个周六，然而叶慎安一大早就起来了。

林粤难得一觉睡到中午，睁开眼，看见收拾妥当的他，不禁震惊："你怎么这么早就起来了？"这人平时明明能多睡一分，绝不浪费半秒。

叶慎安低头端详了她片刻，忽然意味深长地笑了："当然是因为要跟你做点有意义的事！"

"……"大早上的，禽兽吧？

不想搭理他，林粤迅速缩回被子，闭眼："我拒绝，我是病人，我很累！"

"可你昨晚上很配合啊？"

"叶慎安！"林粤脸倏地绯红，没好气地瞪了他一眼。

"好了好了，不跟你开玩笑了，我是真有地方带你去，你赶紧起来换衣服吧，我们先吃点东西，准备出发。"

"啊？"

"嗯！"叶慎安再一次露出了神秘的笑容，这下林粤彻底蒙了。

车开上高速，林粤才意识到叶慎安是打算出城。

"你要去哪里啊？"

"约会。"

"啊？"

"约会！"他又字正腔圆地重复了一遍，温柔的笑容如湖水般粼粼漾开，"我们不从来没有好好约会过吗？去约会吧，就现在。"

怀来是个县城，地方不大，因盛产葡萄而闻名。下午五点来钟，叶慎安的车终于开到了目的地官厅水库的附近，他提前找了个地方停车，锁好车门，朝林粤伸出手："剩下的路，我们散步过去吧。"

林粤垂首，目光在他的掌心逡巡，渐渐，唇边浮起一抹幸福的微笑："好啊。"

两人手牵着手沿路走，凛冽的寒风刮在脸上，林粤不觉朝叶慎安的怀中偎了偎。意识到她的举动，叶慎安不觉扬起了嘴角，将怀中的人搂得更紧了些。

他们的头顶是大片而浓郁的蓝，浮云连绵成一线，仿佛一条通往天空笔直的道路。

林粤正仰面看天，忽听叶慎安开口："在你住院的时候，其实我抽空来过这边一趟，买了个葡萄园。"

林粤惊讶地回看他："为什么啊？"

"也没什么理由，就想送你一份礼物，想想我们结婚到现在，我好像什么礼物都没送过你。"叶慎安满怀歉意地看了她一眼，"你不会怪我吧？"

林粤怔了怔，一双亮晶晶的眼睛转了转："会！"

"啊？"叶慎安呆住。

"骗你的！"林粤眉眼弯弯，"不过，其实你已经送过我了哦……"她的指尖轻轻点了点他的脸："那天你愿意提前十分钟走进餐厅，坐在那个座位上等我，就是最好的礼物了。"

"……你都看见了？"

"嗯。"

"所以你比我到得还早？"

"嗯。"

"老婆，"叶慎安笑吟吟地托起她的下巴，"我这是不是……被你算计了啊？"

林粤但笑不语。其实那天在等他的时候，她悄悄和自己打了个赌，如果叶慎安迟到一秒钟，她就放弃这个荒谬的想法，不再幻想走进他的世界、他的人生。

"老婆……"

"嗯？"

"等下次葡萄成熟的时候，我们再来约会吧。"

"好啊，然后我要请一个最满意的酿酒师，把那些葡萄酿成酒……"

"听上去很不错的样子！"他低头，心满意足地吻住她。冬日的夕阳映亮平静的水面，也映亮了两人的脸，林粤悄悄睁开眼，偷看眼前人，还好，他提前到了……所以，她赢了。

两人看完葡萄园回程，天已经完全黑了。

车窗外风声啸啸，叶慎安正打算放点音乐来听，突然，手机响了起来。

低头看了眼屏幕上的名字，叶慎安的背脊倏地挺直，和林粤交换了一个眼神，将车停在了高速路边的应急车道上。

按下接听键，再打开功放功能，值班经理慌张的声音立刻从听筒里飘了出来："总经理，酒店出事了！客房部刚才有服务员冲到楼下大厅，哭喊着说709房间的客人想要强奸她！我现在正赶上去查看情况，请您赶快过来！"

所有瞬间都是你

第二十章

------------------------------ 相信 ------------------------------

　　车子一路疾驰到酒店，叶慎安直奔事发楼层。

　　值班经理一听到电梯门开，便急急迎了上去，发现来人只有叶慎安，不由一愣："林总经理没跟您一起来吗？"

　　他以为出了这么大的事，林粤好歹没有正式卸任，应该会一起来的。

　　叶慎安飞快打量他一眼，伸手按住他的肩膀，沉声道："董事会已暂时将林总的工作交由我负责，现在酒店发生了任何事，都由我来负责。"

　　值班经理没见过这样气势夺人的叶慎安，一时愣住了，半晌，默默点了点头。

　　"说说吧，目前为止你所了解到的情况。"

　　值班经理看了看表，距离事发已过去了差不多一个钟头。

　　"李晶，就是刚才我提到的服务员，是在凌晨十二点十分左右下楼，哭着表示自己差点被客人强奸的……那之后我立刻带保安上楼，去709号房间查看情况。客房的门当时是打开的，那位客人正坐在沙发上，见到我，也没有表现出特别抵触的情绪。我看他形容整齐，就偷偷观察了一下房间内的情况，除了床上比较混乱，床单滑到了地上以外，其余没有异状。为了维持现场，我和保安一直守在门口，客人也还在房间里……保安主管那边，刚才已经联系过保安经理，现在正在调查这一层走廊的监控……"

　　叶慎安沉吟片刻，问："那你们报警了吗？"

　　"还没……"

　　"为什么不立刻报警！"

"因为……"值班经理为难地看着他的身后走出来的人，"因为陈经理说，在事情弄清楚之前，先不要急着报警。"

叶慎安循着他的视线回头，发现来人正是陈洪。他眉头皱紧，声音里渗着寒气："你为什么不让他们立刻报警？"

陈洪并未被他的气势慑住，半晌才掀了掀眼皮，拿正眼看他："叶总经理，想必你是第一次遇到这样的事，没有经验吧？强奸未遂是最难以取证的了，更何况我刚才已经仔细查看过监控，李晶跑出房间时，上衣是扣好的，除了头发稍显凌乱，根本没有充分的证据证明她的说辞……我们就算是报警，警方也不一定能找到证据成功起诉对方，酒店反而会因此被牵涉进去……搞不好，还会影响我们的声誉。依我看，不如等李晶冷静下来，再安排他们坐下来好好谈谈，说不定，这件事就圆满解决了……"

叶慎安气得浑身发抖，蓦地想起赶过来之前，自己和林粤的那番对话。他原本是想她一起来的，但她却干脆地拒绝了。

"为什么？"他不解。

林粤微微一笑："你忘了吗？"

"嗯？"

"我已经回万汇上班了。"

叶慎安无言以对，事实诚如她所言，可这样大的事，他实在没信心能处理好。

"慎安。"林粤突然叫他。

他恍惚，一回头，恰好对上她信任的眼神。

"我相信你，从一开始就相信——所以这件事，你务必按照自己的想法处理，不要受任何人影响，也不要犹豫。"

她当时是这么说的……她说，她相信自己。叶慎安缓缓攥紧了拳头，无视掉陈洪的一番说辞，厉声吩咐值班经理："你还记得，我才是这里的总经理吧？所以酒店的一切，都要遵照我的指令——去报警！现在就去！"

为了配合警方，叶慎安一夜未合眼。709房间的住客被请去配合调查，李晶也在情绪暂时稳定后，被安排去取证。

叶慎安让值班经理随行，自己则留在酒店，主持关于这次事件的临时会议。

陈洪因为对叶慎安的处理方式不满，会议上，直接不客气地拍了桌子："叶总经理，你知道吗？因为你一意孤行的决定，这件事现在闹得酒店上下

所有瞬间都是你

人尽皆知，服务员个个人心惶惶，据说光今早提出不想安排夜班的女服务员就有十来个，我们还要不要开门做生意了？"

叶慎安的脸色极难看，下颌骨的线条绷得紧紧的，刚要说话，会议室外忽然有人开始敲门。

他整了整情绪，开口："进来！"

来人是大堂副理。

他一挑眉，声线冷厉："什么事？"

大堂副理怯怯地看他一眼，默默递过了自己的手机："刚才办理入住的客人给我看了这段视频，问我这事是不是真的……"

叶慎安定睛看向屏幕，发现视频里播放的，正是昨夜李晶狂奔到大堂，哭喊着说自己被强奸的画面。因为声音开到最大，在座所有人都听得清清楚楚。每个人的背后，都不觉渗出了一层细密的冷汗。

还好报警了……如果当时没有及时报警，事情以这样的方式公之于众，无法想象世悦可能会面对怎样的舆论……

事已至此，无需再有任何争论，叶慎安直接按着桌子起身："公关部门及时跟进舆论，今天就要发布关于这件事的公告，昭告大众，我们已在第一时间报警，后续更会积极配合警方的调查工作。也希望在座各位明白，酒店不仅仅是客人休憩、度假、中转的地方，还是员工的家，我们一定会捍卫员工的人身安全和合法权益。"

说罢，他又转头看向陈洪："陈经理，你觉得对一个经营者而言，最重要的是什么？"

陈洪被问得发蒙，一时答不上来。

叶慎安继续道："赚钱吗？当然重要。声誉吗？也很重要。但如果不能守护自己的员工，不能赢得他们百分百的信任，谁又替你赚来金钱和声誉？自己的员工——在我看来，这才是经营者最需要守住的东西。"

散会后，陈洪坐在座位上久久未动，直到其他人都走光了，他才意识到还有一个人没走——叶慎安。

他看着他，眼神中既有挫败，亦有唏嘘，明明他们的初衷一样，都是为了守护酒店，怎么就阴差阳错……

叶慎安与他静静对视着，良久，淡淡一笑："陈经理，你已经意识到了对吗？现在不是从前的那个时代了，不是任何事都可以用权力掩盖、用金钱解决，网络这么发达，侥幸心理只会毁掉一切。"

陈洪脸色惨白。叶慎安起身离开，望着他的背影，陈洪颤抖出声：

"我……抱……"

叶慎安回首，笑容稀松："你不需要向我道歉，你真正需要道歉的人，是李晶——作为酒店的管理层，你没能守护好她。"

公告发布当天，舆论反馈一派大好，警方的调查亦在进行中，所有人都以为风波即将平定。

然而三天后，舆论忽然起了异象。起因是公告下的一条评论：听说这个差点被强奸的服务员，刚刚二婚呢，是外遇哦。

措辞没有任何不当，却一石激起千层浪。

网友甲：哈哈哈哈，所以这个女人特别会勾引人了对吗？

网友乙：我看视频里她衣服系得好好的，看不出来是刚要被强奸的样子，这件事不会另有隐情吧？

网友丙：也有可能是勾引客人未遂，想要倒打一耙啊！

还是有正义人士看不下去，在下面破口大骂：你们就站着说话不腰疼，差点被强奸的人不是你们，你们才可以口无遮拦地在这里二次伤害！

网友甲：你谁啊？你姓监名控吗？我们合理猜测，关你屁事啊！

后面两派人直接为此怼了起来，闹得不可开交。

叶慎安逐条看完评论后，第一时间找来公关部经理询问："怎么回事？你们为什么不及时删帖？"

经理瞥了眼屏幕，神情讪讪："因为警方的调查结果还没出来，评论又的确涉及了一部分事实，我怕贸然删掉，会有人说我们掩盖真相。"

"什么意思？"

"李晶出轨再婚的事，是真的。不过不是那种意义上的出轨……我私下里找跟她关系不错的服务员问过了，她前夫家暴，两人分居了一年，对方迟迟不同意离婚。你知道的，这种事没闹到法院，社区一般都劝和不劝分，李晶又怕他，只好一直拖着……后来她遇到了现在的丈夫，现任丈夫找过去逼迫前夫，才成功把婚离了……"

叶慎安沉默片刻，问她："李晶看到这些评论了吗？"

"我不确定……"

"我知道了，你先去忙吧。"

公关部经理离开后不久，叶慎安便接到人事部的汇报，说李晶提出了辞呈。叶慎安思考了一会儿，要来了李晶入职时登记的家庭住址。他觉得，有必要亲自走一趟了。

开车途中，叶慎安接到了林粤的电话。不等她开口，他先说："你看到那些评论了？"

"嗯。"

"有什么想跟我交代的？"

"去劝解女员工的时候，切记不要太激进，要有同理心。实在不行，不要强求。"

"你怎么知道我现在要去见她？"

"因为如果是我的话，现在已经到了啊！"

感觉积压在心中的阴霾一扫而空，叶慎安微微勾起嘴角："还有几分钟，我就到她家楼下了。"

"去吧。"

"没别的想跟我说？"

"我老公超能干超棒的？"

"不是这个……"

"我超爱你的。"

"嗯。"

"所以，做到你想做的，就足够了。"

"林粤，嘴这么甜，是想被收拾了？"叶慎安说着顿了顿，看了眼不远处的楼宇，"不过，最近我太忙了，先放过你……等这事结束之后，看我不慢慢收拾你……呃，不光得收拾你，还有一件事，得一并跟你聊聊。"

"是选家具的事吗？"

"你怎么知道？"

"妈找到我了啊，说你迟迟不给她答复，只好来问我的意思了。"

"你怎么说？"

"我说，她尽管按自己喜欢的来。"

叶慎安一怔："你就不怕这次选的还是不喜欢？"

"喜欢呀，我可是个住了十来年粉红色房间的人，特别好满足的。"

"……"你以前可不是这么说的！

"慎安，等春天的时候，我们就搬去新家吧。就我们两个人。"

"嗯……"他沉吟着，想起匆匆过去的三季，不免有些感怀。

林粤又发话了："你是不是已经到了？"

这女人不会在自己车里装监控了吧？他停车，抬头看一眼楼上亮灯的房

/ 所有瞬间都是你 /

间："那，我上楼了啊。"

是李晶的丈夫来开的门。叶慎安微微欠身："抱歉，打扰了。"

李晶的丈夫深深看了他一眼，语气听不出喜怒："没关系，最近已经被打扰惯了。"

叶慎安不禁露出了歉疚的表情，李晶的丈夫却转过身，朝他摆手："直接进来吧，鞋不用换了，麻烦……我们最近也没心情收拾。"

叶慎安点头，迅速跟进去。

李晶的丈夫示意他在客厅里坐下，说自己先去问问李晶的意思，想不想见他。叶慎安同意了。

不一会儿，卧室的门开了，里头走出个瘦弱的女人，散乱垂下的长发遮住半张脸，看模样，比视频里还要憔悴。

叶慎安心里一酸，忙不迭起身："对不起，打扰你们夫妻了。"

李晶的身体明显僵了僵，半晌，哑声道："是叶总经理吧，谢谢您特地来探望我。真对不起，网上那些事，给酒店添麻烦了……今天我已经把辞呈递了，真的对不起……"

叶慎安被她突如其来的道歉弄蒙了，回味过来，不由更加愤慨——明明她没有做错任何事，为什么要向自己道歉？

"李太太，我来这里，其实是想告诉你，辞呈我已经叫人事部暂时放一边了。等警方的调查结束，你又休息好了，随时可以回来工作。"

或是没想到叶慎安是来挽留自己的，李晶错愕地看着他，眼神惶恐："可现在大家都在骂我，说我人品有问题，活该，还说我是倒打一耙……我之前好不容易才离了婚，摆脱掉那个男人，过上了平静的生活，再回去酒店，大家都知道了我的事，我一定会被人指指点点吧……我不想这样……"

"可……"想到林粤的话，叶慎安努力按捺住情绪，"现在你不愿意，我完全可以理解，但如果今后你有什么需要帮助的地方，请尽管联系我，任何时间都可以。"他说着递上自己的名片，"要是你改变了想法，想回来工作，我也随时欢迎。"

李晶犹豫了片刻，还是把名片接了过来，垂眸道："谢谢您，叶总经理。"

叶慎安收回手，无奈地看着她："我只希望你明白，世界上没有完美的人……"

不明白他的用意，李晶怔怔地抬起脸。

所有瞬间都是你

感觉嗓子发涩，叶慎安好半天才挤出后半句话："你是受害者，你更不需要做到那些人眼中的完美！"

李晶的嘴角抽动着，不一会儿，泪水顺着脸颊淌了下来。

听见哭声，她的丈夫当即冲了出来，防备地瞪着叶慎安："你对她做了什么？"

李晶连忙抓住他的手："叶总经理什么都没做……"

"那你……"

李晶仍然抽泣着："是我，我太软弱了……他们凭什么让我变得不幸？！明明我什么都没有做错！老公，我改变主意了，我要联系上午来的那家媒体，我要接受采访！我要告诉中伤我的每一个人，我才是真正的受害者，我是无辜的！"

三月开春，下午的天空清澈得犹如一面被仔细擦净的妆镜，映出片片轻薄而明亮的云彩。

林粤正跟林栩与夏筱筱喝着下午茶，周公子忽然跟踩了阵风似的，翩然来到了三人跟前。林粤悄悄和他交换了个眼神。

一旁的夏筱筱则眼皮都没动，"嗒"一声放下了杯子："怎么，上次没睡够啊？"

林栩一口咖啡喷了出来。她她她又错过了什么？夏筱筱这是被鬼上身了吗？这话怎么听怎么不该是她能说出来的啊……她皱着鼻子，狠狠瞪了周公子一眼，都说近朱者赤近墨者黑，周公子真不是好东西！

不是好东西的周公子的脸皮倒是上好的陈铁："嗯，不够！"

林栩又一次喷了。林粤见她杯里没什么内容可再发挥了，一把将她拎了起来："走，陪姐姐逛街去。"

林栩脚下岿然不动——不，她不想走，她想看戏！

"怎么，不走吗？"林粤犀利的眼风顿时扫过来。

林栩被看得两股颤颤，不甘心地咬牙："走……吧。"

人被拽着往门口去，她依依不舍地三步一回头。

呃，周公子坐下了……

呃，夏筱筱竟然没赶他走？

呃，服务员你不要挡住我的视线啊啊啊啊啊！

林栩最后还是被林粤塞进了车里。

林栩苦着脸："姐，我不想逛街……"

林粤点头："好，那就不逛。"

林栩惊喜："太好了，那我们可以回店里了吗？"

林粤微笑："不，我决定送你回工作室工作。松松昨天跟我说，你才接了他们下一季发布会的舞台设计，不想长期合作么？还不赶紧回去努力？"

"……"她的姐姐是魔鬼变的吧！一定是！

周世嘉就这样坐在沙发上，不动声色地看夏筱筱连喝了三杯咖啡。看她这个德性，今晚是不想睡了，不想睡也好，他刚好也不想让她睡……

正这么胡思乱想着，夏筱筱突然站了起来。周世嘉急忙拽住她的手："你要去哪儿？"

夏筱筱一个白眼丢过去："上厕所！"

周世嘉愣了愣，脸上渐渐堆起讨好的笑："也好，一会儿要去的地方挺远，赶紧把该解决的解决了，免得你路上想解决，也找不着地儿。"

夏筱筱神色一凛："你要带我去哪里？"

"你猜啊，那么会演的人，不该聪明得要死吗？"

"你才要死！"夏筱筱没好气地扭头就走。

周世嘉拦腰截住她，把人顺势捞到了怀里："乖，上完厕所就告诉你。"

夏筱筱没说话。几秒后，周世嘉意外地发现她的脸红了。

"演的？"他下意识问。

"真的！"夏筱筱一把推开他，气呼呼地往卫生间去。

周世嘉回味了一下她的表情，不禁哈哈大笑起来，管她真的假的，这人真挺有意思的！

另一边，夏筱筱正忿忿然地洗着手，早知道就不脑子一热跟他睡了的……显然，她这个江湖儿女还不够老练，不明白"好聚好散"的前提是当事人诚心想散。

车在路上开了整整一个钟头，还没到周世嘉口中的"那个地方"。

一路上，夏筱筱目不转睛地盯着窗外飞逝而过的风景，逐渐意识到，他们现在已经彻底开出了市区。

"你不会是为了报复，想找个荒郊野岭把我丢那儿吧？"

"那我能舍得啊？"周世嘉张嘴就撩。

夏筱筱冷哼了一声，不想搭理他。周世嘉还是笑吟吟的："就算要丢，

/ 所有瞬间都是你 /

也是往床上丢，不能往墓地里丢啊……"

夏筱筱惊了："你要带我去墓地？"

周世嘉无奈地叩了两下方向盘："没听我说荤话么，能不能麻烦配合演出一下娇羞的表情？"

夏筱筱配合地丢了他一个杀人的表情。周世嘉乐了："好了好了，不逗你了。不过我们现在是真要去墓园。"

"谁的墓？"

"我妈。"

一年都来不到一次的地方，他实在记不清路，只好一边走一边找。天色渐暗，暮色低垂，整个墓园都笼上了一层黄黄旧旧的金。穿梭在错综石径中的两个人，渐渐凝成了萋萋树影中的两个小黑点。

不知绕了多久，周世嘉终于在一座蒿草丛生的墓碑前停下了，以下巴示意夏筱筱："喏，就这里。"

夏筱筱神色复杂地看了他一眼："你到底多久没来了啊？"

"三年？还是四年？记不清了……葬得太远了啊，来回一趟多费劲。"他顺手薅开了挡在碑文前的杂草，夏筱筱这才看清上面镌刻的字——蒋姗晴之墓。

夏筱筱端详了一会儿："这碑文谁写的啊？"

"我爸。怎么了？"

"一般名字前头不都会写'爱妻'的么……"

"哦，因为我妈没名分啊，我爸要敢多刻一个字，他老婆估计得把整个家都给掀了吧。能让我开开心心跟空气似的活到现在，已经很不容易了。就连我，偶尔都会为她的深明大义、忍辱负重感动。"

"你说什么？"

"我说——我妈是小三，上位失败的那种。"

落日的余晖缓缓没入地平线，冷风刮在夏筱筱脸上，她忍不住缩了缩脖子。

周世嘉看着她震惊到失色的脸，忽然笑了一下，脱下外套丢进她怀里："穿上再说。"

"嗯。"

"就像你听到的那样，我妈是个小三，我呢，则是她指望上位的筹码。那会儿我爸还没有儿子呢，只有一个女儿。她盘算着要是把我生下来，就

/ 所有瞬间都是你 /

算他的长子。不都说母凭子贵吗？她觉得自己搞不好能上位……没办法，好基因都长脸去了，脑子不太行。然后这事吧，也压根没能朝她想象的那样发展，因为我爸的太太突然怀孕了，这回是个儿子……你懂了吧？我的价值因此大大降低了。她知道后，情绪一直不太稳定，也不想要我了，但因为已经到了孕后期，我爸坚决不同意引产，我因此捡回了一条小命。而她呢，怀孕时心情抑郁，产后又大出血，人救回来没多久，就去世了。那会儿我还没出月呢，我爸觉得我到底是他的儿子，心一软就把我弄回去了，最后跟他老婆签了个协议，把我放在外面养，该有的都有，但不要想进周家门，也没有继承权。按理说，我爸只要再活一天，我就能过现在这样的生活一天……怎样？我的底全交给你了，你要不要考虑跟我说说你真实的想法？"

夏筱筱攥紧外套的手指微微颤抖着："你让我想想啊。"

"欸，好，你慢慢想，我原本也没打算今天听到，开车多费力啊，我不想再费脑子了。"

夏筱筱"扑哧"一声笑了："你这人，情绪怎么总跟说的话对不上啊？"

"嗯？"

"上次过生日的时候就是，嘴上说'今天我生日'，脸上的表情却丧得不得了。"

"有多丧？"

"跟死了人差不多吧。"

周世嘉自嘲地笑笑："不就是差不多么，我妈的确是因为生我死的啊……"

夏筱筱紧张地握住了他的手，喉咙却发不出声音。

周世嘉低头看了她一眼，安慰地摸了摸她的头："不过你别太担心，我不是伤春悲秋的那块料，而且最近看到叶二的改变，我多少受了些启发，大家不都说我们像前世失散的兄弟么，既然叶二都能找到自己的方向，我想，搞不好我也可以呢……"

"你可以的。"夏筱筱的声音里有了鼻音，像在哽咽。

周世嘉稀奇地端详了她半天："……演的？"

夏筱筱一巴掌呼在他胳膊上："信不信我踹你啊？"

"不要啊，很疼的，那天我看着都疼……"

"那我劝你注意一下自己的措辞。"

"好好好，等我重新措个辞，你再听听看？"

"你说。"

"夏筱筱，我是什么样的人，想成为什么样的人，现在我已经全部告诉你了。那么，现在换你回答我了，你要和眼前的这个真实的我，谈恋爱吗？"

夏筱筱的瞳孔蓦地放大了一些，里头有泪光在滚动。她用力擦干眼泪："我再提醒你一次啊，我一点也不可爱，更不好爱……"

"胡说，我觉得会演戏的你可爱得不得了呢。"

"我也完全不想结婚。"

"没事，以后日子长着呢，说不定你明年就想了呢！"

"其实酒店开业那天，你跟我搭讪的时候，我就喜欢上你了。"

"哦？哪个我？"

夏筱筱踮起脚尖，轻吻他的额头："不都是你吗？"

周世嘉愣了愣，终于释怀地笑了，手插进裤兜："对了，我还有礼物要给你。"

"什么？"

"彩票。"

"彩票要现场刮才有意思。"

周世嘉把项链摸出来，直接往她脖子上一套："那你赶紧刮吧！别怪我没提醒你，这可是超级头奖！过这村没这店的那种！"

夏筱筱低头瞥见那枚吊坠，呆住。良久，她破涕为笑："你这人怎么这么搞笑啊？"

"笑什么笑，领奖的时候要严肃一点！"

"那等我酝酿一下？"

"成……"

远处有星，疏疏朗朗，周世嘉将怀中人搂紧，渐渐释然，不论他们是否曾经做戏，今后又会否再继续演下去，只要这份感情是真实的，那就足够了。

事发过去差不多半月，是否提起公诉还未有定论，但李晶第一次接受媒体采访的视频却不断在网络上发酵着，无数有过类似经历的"受害者"相继站出来发声。更有人主动站出来爆料，709房的客人几年前就曾猥亵过自己的下属，这件事当时在那个部门几乎闹到人尽皆知。可惜那时网络舆论的影响力还不够，受害女孩又年轻未婚，不希望这件事影响今后的生活，所以主动离职搬去了别的城市。

这事捅出来之后，越来越多的女性向公众号为此发声——如果说李晶这样社会地位卑微，曾在婚姻中受挫，人生履历不够光鲜的女性不符合部分人对"受害者"形象的想象，那么请仔细看一看你生活中所了解的其他受害人吧，她们可曾因为年轻、优秀、幸福这些美好的品质而幸免于难？

"你之所以被强奸，是因为你长得漂亮，穿得少，大晚上还光着腿上街。"这原本就是一种诛心的谬论。杀人者法律自当令其偿命，而诛心者则需时时谨记，当噩运无故降临，你随时可能成为自己口中那个不完美的"受害人"！

星期二下午，叶慎安意外接到了一通电话。是市台当红主持人方晴亲自打来预约采访的。因为两家人偶有往来，叶慎安之前见过她几次，算是脸熟。

面对突如其来的邀约，叶慎安讶然："怎么突然想要采访我？"

方晴笑答："李晶最近来我们台里接受采访了啊，她一直跟那档访谈的主持人夸你呢，说你是她见过最好的总经理了，有能力，有担当，还特别会体谅人……领导就把你的名字给记下了。然后他不知从哪儿看了你的照片，一拍大腿，说，这人脸长得真俊啊，访谈类节目就缺这种会做生意，脸还周正的嘉宾——这不，把我撺掇来请人了呗！这事你空了考虑一下啊，好歹算免费广告。"

"行，我回头答复你。"

"欸，好……对了，李晶那个案子，现在有结果了吗？"

"说就这两天吧。我之前咨询过律师，说大概比较难，不一定能起诉。但如果李晶手头还有证据，还可以自诉……反正无论结果如何，她接下来有什么决定，作为酒店方，我都会全力支持的。"

"真是个好上司啊。"

"还成。"

"改明空了约顿饭吧，叫上你老婆。"

"好。"

回去后，叶慎安立刻跟林粤提了这事。林粤笑嘻嘻打量他，手指捏住他的脸："不错啊，要红了，准备什么时候出道，我给你摆个庆祝会呗？"

叶慎安没好气地拨开她的手："你最近越来越皮了啊！"

"哪敢呀，"林粤故意摆出一个低眉顺目的表情，"太皮了可是会被人收拾的呢。"

大白天就知道撩拨人！他把人拽过来塞怀里，低头亲她的脸，轻轻地："东西收拾得怎么样了？"

"差不多了。"

"那过些天我们就准备搬吧。"

"嗯。"

夜里，林粤自睡梦中醒来，发现叶慎安正站在阳台上抽烟。

玻璃门关得严严实实，她的声音透过去，幻化成一缕幽微的风："大半夜的，干什么呢？"

"想点儿事。"

"那想完赶紧睡觉。"

"老婆。"

"嗯？"

"你说，高中那会儿，我们要是在一起了，现在会怎么样啊？"

林粤被问住。良久，她摇头："不知道啊……"

青春的美，在于每个人都回不去了。但人生的美，却意味着睁开眼就能去到过去完全无法想象的明天。

叶慎安熄了烟："好了，我想完了，咱们睡吧。"

四月，天刚刚回暖，去往新家的一路，车窗大刺刺地敞开着，灌进的风拂乱林粤刚没过肩膀的头发。

人间最美四月天。新家的院子里种了不少新树，眼下刚冒出几缕嫩芽，勃勃的生机很容易令人联想到往后枝繁叶茂的样子。

李晶的案子前些日子已经出了结果，证据不足，取消立案。但李晶已经决定提起自诉。没有人知道这一次她会不会得到自己想要的结果，但至少他们曾为想捍卫的一切努力过，就绝不算输。

上周叶慎安忙着为她寻找合适的律师，这两天人定下了，事情暂告一段落，他们才终于抽出时间搬家。

门打开，新房子的气息扑面而来。林粤绕着客厅随意兜了一圈，转头扎进了厨房。今天他们起晚了，没顾上吃早饭，路上她买了早点，得抓紧热一热。

叶慎安被她敷衍的态度气到："你不上楼看看吗？"

"不看了。"

"我合理怀疑，你之前说不想搬过来的理由都是骗我的！"

"不用怀疑，就是骗你的。"那时她有许多顾虑，考虑到这段婚姻失败的可能性，不希望叶家人过多涉入，才撒了谎。

"林粤……"有人在身后呼哧呼哧地吹气。

她不以为意地笑："生气的人没有早饭吃。"

"那好，我吃别的。"

双脚一下子腾了空，她下意识攥紧罪魁祸首的衣摆："你干什么啊？"

叶慎安麻利地把她掉了个头，面向自己，稳稳放在了料理台上："干什么？当然是吃早饭！"

"……流氓！"

"怎么，难道有哪条法律规定，不准流氓吃早饭了吗？"

"……"

将下巴搁在叶慎安的肩窝，林粤的嘴唇凑近他耳畔，声音哑哑的："欸，我问你，想不想要个小家伙啊？"

"啊？"

"嗯，就那种会跑会闹的……"

"狗吗？"

"……别贫！"她一巴掌呼在他背上。

叶慎安疼得皱了皱眉："想……"说着用脸蹭了蹭她的脸，香香软软的，触感真好，"不过，再等等吧。"

"怎么？"

"这不恋爱没谈够吗？还是你等不及了？"

他这么一说，她觉得自己似乎也想再等等……嗯，多等几年都可以。

叶慎安琢磨了一下："要不，咱们先养只狗吧？"

"怎么？"

"看生活里多个会跑会闹的东西，习不习惯啊。"

"行……"

叶慎安脑子一转："那狗的名字，今天先取了吧？"

"啊？"

"就叫莎士比亚！"

莎士比亚要是地下有知，得被你气活过来吧。

五一假期前一天，叶慎安终于抽出时间去录了之前答应方晴的那档节目。

　　录制结束是傍晚，林粤如约去电视台找他，两人约好了一起去看狗。

　　车一路稳稳开着，林粤瞥见窗外越发熟悉的景致，忽然一愣："不对啊，这不是去我们学校的路吗？"

　　"嗯。"

　　"我们不是去看狗吗？"

　　"没错啊，就是去看'莎士比亚'啊。"

　　十年过去，班主任Leslie如今已升为教学主任兼话剧社顾问。前段日子接到叶慎安的电话，他大大吃了一惊："臭小子，泡妞的主意都打到学校来了啊！"

　　"不是泡妞，是泡老婆。"叶慎安认真纠正。

　　Leslie大笑："能娶到林粤，还不美死你了！不过这事啊，我可做不了主，得跟上头汇报一下，不定能批得下来……但林粤跟你都算我们的杰出校友，可能性还是很大的。"

　　"我杰出？"叶慎安咂舌。

　　Leslie答得骄傲："我教出来的学生，能不杰出吗？"

　　"Leslie，没想到你年纪一大把了，还这么自恋。"

　　"这位英雄……"Leslie明显还记得当年的老梗，笑得灿烂而感怀，"我也没想到，十年之后，大家还能聚在一起，排一出'莎士比亚'呢！"

　　一周后，Leslie那边有了答复，说校方同意了，不过只能用当初排练的小礼堂，时间也必须选学生放假的时候。叶慎安忙不迭点头，立刻着手联系演员。

　　当初天南海北的老同学时间难凑他是想到的，但他们的态度他却始料未及。

　　许卫松："你可真有劲儿啊，老胳膊老腿还挺能折腾的嘛！"

　　赵希茜："我不管，我是仙女，我只演仙后。"

　　简辰："心意很好，但穿戏服免谈，旁白勉强接受。"

　　话虽这么说，大家能来的还是都来了，包括怀孕六个月的孔诗雅。

　　孔诗雅看见他，老远就开始挥手，脸上闪耀着幸福的光芒："叶二，好久不见啊！"

　　他忽然想起毕业那天，在KTV里，她曾分享给自己的心愿，要谈一场轰轰烈烈的恋爱。现在看来，她一定如愿以偿了吧。

　　关于青春的故事都会结束，还好人生的乐章却不会就此停下。

舞台的幕布徐徐拉开，熟悉的旁白响起，林粤震惊地捂住了自己的嘴巴——《仲夏夜之梦》！

　　莎士比亚青春时代最后一部也是最著名的喜剧，更是她最喜欢的莎士比亚的故事。

　　本来嘛，爱情故事当然是喜剧收尾最好了！

　　但……

　　"叶慎安，你这是什么意思啊？"

　　"什么什么意思？"叶慎安莫名地瞪了她一眼，"你还不赶紧去换衣服吗？再拖下去，待会儿我可不给你跪了啊！"

　　"啊？"

　　"啊什么啊？我看上次简辰跟希茜下跪的时候，你不满脸羡慕吗？你们女人可真奇怪，就喜欢这种形式主义的事情……"他虽抱怨，嘴角却挂着掩藏不住的笑意。

　　林粤的眼眶倏地红了："叶慎安！"

　　"嗯？"

　　"你知不知道，我好爱你啊！"

　　十六岁的我，好喜欢十六岁的你。

　　二十八岁的我，更深爱二十八岁的你。

　　不是错过，也没有过错，是刚刚好的幸运。

　　感谢所有有你的瞬间，在这一刻汇聚成属于我们的，最好的未来。

　　–正文完–

自由

相信打开这本书的你，一定看到扉页上的话了吧，没错，这本书是送给我的先生的。

不敢说我所拥有的婚姻是一场完美的婚姻，但至少此时身于围城中的我，是自由和快乐的。曾担心过，婚姻是否会降低自己的表达欲，甚至影响对爱情故事的刻画，现在看来，不能说没有影响，但起码自己肉眼可见的一部分影响，应该不算是坏的。

我变得坦率了，明亮了，故事中的人，也相应发生着变化。

这本书大概是目前为止我写过最满意的一本了。

如果说作者本身能有这样主观的认知，那我想除去生活中妻子的角色，作为那夏的这个我，在写作上应该是在缓慢进步的吧。

婚姻没有剥夺走我的思考，我的乐趣，也没有驯服我的灵魂，甚至带给我一些新的灵感。提前读过这个故事的朋友跟我说，林粤和叶慎安的身上明明有你和你老公的影子嘛！但我又的确没有为他们安排过自己生活中的桥段。可能化学反应的气息从真实的生活蔓延至了虚构的文字。如真亦假才是写作的乐趣所在。

这一次，我尝试在剧情和感情中寻找了一下新的平衡，就结果来看，基本符合自己的预期。

阅读酒店相关理论知识和资料的时候，我知道这注定是一件"十斤拨二两"的事，很多细节无法在故事里以特别专业的形式体现，但我希望在力所能及里，能尽量少一些缺憾。

关于专业性，我还在努力探索，如果你发现不对的地方，欢迎指正。

写作这件事，于我而言也算是一种特别的学习渠道了。

关于林粤与叶慎安，我特别想说的是，这不是一个破镜重圆的故事，只是再次邂逅全新的彼此。就像我在文中写的那样，青春的美，在于每个人都回不去了。所以他们的注意力，从来没有放在寻求过去的答案上，而在于现在。

现在的我，被现在的你吸引，才是这段爱情会发生的真正原因。关于过去的答案，只是水到渠成的结果。

有人曾问过我，你觉得一生中最重要的是什么？我的答案是，当然是自由啊！

哪怕我结婚了，这个答案也没有变过。我渴望得到与付出的爱，都是自由的。

但自由不意味轻佻。相反，自由意味着信任、责任，以及更加宽广的胸襟，包容其他人所不能。自由之代价，使其更加稀有和高贵。

这也是故事最初，林粤与叶慎安两人各自怀抱的关于"自由"的认知。只是两人展现出来的方式不尽相同罢了。

他们太般配了，般配到我根本不需要编排刻意的情节，去推进爱情的发生。甚至我经常写着写着，会忍不住跟朋友抱怨，怎么办，完全拽不住这两个人，简直是对视一下就要接吻，多看两眼就要出事！

我还希望，阅读这个故事的你们，不要过分在意他们感情的历史。

人活到二十七岁，几乎不可能没有恋爱过。曾有过的每一次恋爱都会在记忆里、行为上留下痕迹，甚至很多人是通过一次次恋爱，才得以实现性格的完善。这一点我深有体会。

我曾经爱过别人，并不是一件需要在现有感情生活中有所忌惮的事。

反而正是因为遇过当天的某某，才能有现在的自己。

非要我总结两段爱情的差异，大概是叶慎安对酒酒有过的爱，是想逗她笑的爱。对林粤，则是想守护她笑容的爱。

爱不分高下，只是每个阶段，对爱的认知和需求有所不同而已。

能携手走到最后的两个人，不仅需要时机和运气，更需要理解和努力。

但大家无须为此伤感，爱人总是快乐过。

而且，酒酒也是会长大，生命是流动的，爱情亦是。

下个故事，就到她啦。

值得一提的是，这是我写过配角最多的一本书，可能因为各占据不少笔墨吧，我竟然会有看着他们长大的感觉。半路登场的夏筱筱和周公子这对戏精夫妇，也真实地为我贡献了不少乐趣。

　　我爱文中的每个人，虽无法一一细诉，但希望他们能带给你，那些给过我的快乐与感动。也感谢为这本书付出过心血的所有人，尤其是沈鱼藻和施施小姐，在日复一日陪伴我写作的过程中，你们带给了我不少灵感的火花。

　　这本书上市的时候，沈鱼藻小姐的民国故事《旧梦1937》也已经上市了，能为这份识于微时的友情在后记献上祝福，是我的幸运。

　　同时希望施施小姐不要食言，早日完成属于自己的长篇故事。

　　最后，但愿每个读过这个故事的人，都能自由地爱与被爱。

　　我们下个故事再见。

那夏

2018.10.25于家中